U0612250

大义千秋

陈松来◎著

九州出版社
JIUZHOUPRESS

图书在版编目（CIP）数据

大义千秋 / 陈松来著. -- 北京 : 九州出版社,
2022.8
ISBN 978-7-5225-1022-4

Ⅰ. ①大… Ⅱ. ①陈… Ⅲ. ①长篇历史小说－中国－
当代 Ⅳ. ①I247.5

中国版本图书馆 CIP 数据核字 (2022) 第 110063 号

大义千秋

作　　者　陈松来　著
责任编辑　刘　嘉
出版发行　九州出版社
地　　址　北京市西城区阜外大街甲 35 号（100037）
发行电话　（010）68992190/3/5/6
网　　址　www.jiuzhoupress.com
印　　刷　成都市兴雅致印务有限责任公司
开　　本　710 毫米 ×1000 毫米　16 开
印　　张　18
字　　数　323 千字
版　　次　2023 年 1 月第 1 版
印　　次　2023 年 1 月第 1 次印刷
书　　号　ISBN 978-7-5225-1022-4
定　　价　69.80 元

前序

五代残唐历百年干戈。公元951年（广顺元年），郭威称帝，建立后周。时至周世宗柴荣为帝，赵匡胤任殿前都点检。公元960年（后周显德七年），赵匡胤乘周恭帝柴宗训年幼，谎报契丹联合北汉南侵，领兵出征，发动陈桥兵变，黄袍加身，代周称帝，建立宋朝，定都开封（汴梁）。在位期间，推行文主武辅之策，文风盛行而行武衰微，至宋徽宗赵佶继帝位，笃信道教，自称教主道君皇帝，建宫观，设道官，喜书画，好花石，四处搜刮奇花异石，称为花石纲。其间，重用蔡京、童贯、高俅等奸佞之臣，大肆搜刮民财，穷奢极侈，荒淫无度，以致民怨神怒。

时至北宋末，贪官横行，贫富对立，盗贼丛生。有山东宋江、江南方腊、河北田虎、淮西王庆等好汉率众造反。施耐庵所著《水浒传》主要描述山东宋江率众造反的英雄故事。《水浒传》脍炙人口，家喻户晓。其文所述宋朝末年，天下瘟疫肆虐，天灾人祸不断。皇帝听信谗言，使洪太尉往江西龙虎山伏魔殿开启封印，三十六员天罡星、七十二位天煞星降在世间，聚义水泊梁山寨，除暴安良，替天行道，其义可泣，其志可嘉。故事扣人心弦，阅后意犹未尽，但觉宋江被招安及征方腊后，其文所述故事情节，有诸多不合情理之处，且文风迥异。如：高俅干儿子高衙内害死林冲发妻，高俅陷害林冲，逼其上了梁山，林冲与高俅有不共戴天之仇！只要高俅仍在朝为官，林冲怎会随同宋江受朝廷招安？宋江于楚州任安抚使，饮御酒之后，觉肚腹疼痛，知是中了奸计，担忧李逵再去啸聚山林，坏梁山忠义清名，使人往润州唤李逵来（饮鸩酒），这楚州与润州往来，少则七八日，多则十几日，却待李逵到楚州时，宋江尚未死？吴用与花荣至楚州外蓼儿洼，双双悬于树上，自缢而死！想那吴用号称智多星，这宋江为朝廷所害，岂不担心梁山其他兄弟也会遭朝廷毒手？而应告知弟兄们早做防备！那花荣是有家室之人，且正是英雄壮年之时，与宋江感情至深，理应替宋江报仇，手刃奸贼。即便势单力薄也不至于学妇孺之举，自缢身死！又说武松自此在六和寺中出家，后至八十善终。想那方腊造反最盛时部众有百万之众，杭州离方腊老巢清溪不远，杭州又是方腊部众盘踞之地，虽然方腊造反为朝廷镇压，但余众四散，根基颇深，其余党怎肯容武松于杭州六和寺中出家静修？诸般等等，且此后诸英雄好汉最终去向归宿，令人遐想。

故为传承发扬中华民族传统文化，弘扬无畏无惧正义之精神，以余之角度对《水浒传》作后续，书大义千秋。

目录

CONTENTS

CONTENTS

CONTENTS

CONTENTS

CONTENTS

第一回

李宝奉令联络义军
燕青续述水浒英雄

绍兴九年正月，宋金订立和盟。同年秋，金国完颜兀术发动兵变，将力主与南宋和议之挞懒等一干重臣诛杀，自任都元帅，又领行台尚书省，集大权于一身。次年五月，金兀术背弃宋金之盟，发兵百万南侵中原。

此际，岳飞、韩世忠正统领军马征剿洞庭杨幺，闻金兀术兵犯中原，已占郑州、洛阳、开封等重镇，兵锋直指朱仙镇。若朱仙镇有失，则临安不保。岳飞见军情万分紧急，便急率军马赶往朱仙镇拒敌。

岳飞心想：金人用兵百万，耗费粮草甚多，若断了金人粮草，金人不战自败！想到这里，即唤来一人。此人姓李，名宝，人称泼李三，山东曾氏人，颇有胆略。曾于山东濮州率义军抗金，后投岳家军。岳飞传来李宝，授其为河北路忠义军统领，令其连夜赶往山东、河北，联络各路义军，游击金军后队粮草、辎重，以钳制金军。

河北、山东皆陷金人铁蹄，李宝于濮州领义军之时，已闻梁山好汉旧部人马，在蒙山、泰山一带聚众抗金。这次奉令联络义军，便径往蒙山寻到朱仝、郓哥、李平、孙良、周冉、朱胜和江南五侠——章雄、卢刚、周飞、东方明与方青夫妇诸位头领，将金人背盟南下，岳飞率军抗金，欲联络河北、山东义军袭扰金军后援之事述明。众头领深明大义，愿捐弃前嫌，齐心协力，共抗外敌！由美髯公朱仝、千佛手卢刚、铁头侠周飞领义军三千即日赶往濮州，留章雄、郓哥、李平、孙良、周冉、朱胜和东方明夫妇镇守山寨。行前朱仝修书一封，让李宝往徂徕山寻浪子燕青。

那徂徕山山势巍峨，绵延数百里，是泰山支脉。这日晌午，燕青正带着手下二三十个弟兄，在山林中围猎。忽闻山间小道中传来一阵匆促的马蹄声。不一会儿，便见有一骑沿山道飞驰而来，其后却是三五十骑金兵紧追不舍。燕青一声呼哨，手下弟兄皆聚到身边。那马跑得近了，只听马上之人高喊道："金兵来了，众乡亲快逃命去吧！"燕青一声冷笑，大声道："好汉莫慌！让燕青来会会这帮鞑子。"说罢，放过来人，横刀拦住金兵去路。

原来李宝一路急行，过天宝关时，遇金人掠杀汉人妇孺，一时性起，杀了几个金兵，露了行踪。那帮金人为首的便是大将军铜先文郎手下大将花喇模。花喇模一路紧追，李宝且战且退，背上已中了两箭，危急关头，却遇上浪子燕青。

那花喇模提把宣花斧，催马到了燕青马前，指着燕青大声骂道："大胆南蛮！敢挡爷爷去路，岂不寻死？"燕青仰天狂笑，喝道："尔等鞑子，不知死活！欺我中华无人，今日遇上燕青，定叫尔等命丧当场！"说罢，挥刀凌空劈下。花喇模吃了一惊，来不及举斧相迎，忙闪身后仰。燕青一刀未中，急转手中刀，左右横劈。花喇模左闪右躲，未及还手又见燕青迎面一刀，花喇模急举斧上架。不料燕青这一刀实中有虚，右手举刀相劈，左手早拈了三枚飞镖，待花喇模双手举斧露出破绽，便挥手射出三枚飞镖，齐齐射入花喇模胸脯。花喇模一声惨叫，抛了宣花斧跌落马下，早有几个眼尖的赶上，长枪乱刺结果了性命。燕青手中刀一挥，手下弟兄一股儿掩杀过去。

那群金兵见主将被杀，哪里还敢应战？急勒转马头逃窜，那走得慢的，早没了性命。燕青见刚才那汉子已下了马，坐在道旁，忙下马至近看视，方知那汉子背上中了两箭，血流不止，伤得不轻。燕青急命手下弟兄将那汉子背上山寨，唤来郎中，拔出雕翎箭，上了金疮药，吃了止血丹。燕青正待离去，那汉子突伸手拉住燕青手，道："多谢好汉相救，刚才山下与鞑子交手时，闻好汉自称燕青，敢问是不是梁山好汉——燕青前辈？"燕青笑道："正是在下。"那人闻言，大喜，随即从怀中掏出一封书信交与燕青。正是：踏破铁鞋无觅处，得来全不费功夫。

燕青看罢书信，道："原来将军是岳元帅帐下，江湖人称泼李三的李宝将军。朱仝来信已交代清楚，抵御外侮乃男儿义不容辞之责。李将军且安心养伤，容燕青与几位头领商议后再定。"说罢，便派人去找黄信等人。

山寨中也似梁山一般，造了座聚义厅。黄信、杨林、姚忠平几位头领都来到聚义厅中，燕青将山下围猎遇金兵救李宝和朱仝来信之事说了一遍。

黄信听罢，道："前几日已有探子来报，道是百万金兵南下，已破郑州、洛阳、开封等地，河北、山东各地金兵催缴粮草甚急。这几日，正寻思着去做几趟买卖！”姚忠平道：“中原百姓饱受战乱之苦，真是生灵涂炭，民不聊生！”杨林也道：“素闻岳飞精忠报国，岳家军神勇，我等理应助岳家军一臂之力，共御外侮！”黄信又道：“朱仝等兄弟已领兵前往濮州，俺梁山兄弟出生入死，患难与共，理应同舟共济！”燕青道：“濮州北临黄河，往北可断其粮道；西近河南，朝西可击其后营，乃兵家必争之地！当年曹操踞濮州而争天下。今若得两三万兵马，占据濮州要冲之地，可使金兵首尾不能相顾！”

众头领当下商定：由镇三山黄信、锦豹子杨林领兵三千往濮州，由燕青和姚忠平镇守山寨。后来秦桧、万俟卨陷害岳飞，罗织的罪名中的一条便是：私结反贼，意图谋反。此是后话不提。

次日一早，燕青来探视李宝，李宝挣扎着起身。燕青告知李宝：黄信、杨林二位头领已率三千义军连夜赶往濮州。李宝俯身要跪谢燕青，被燕青扶住，道：“将军无须多礼！人言：天下兴亡，匹夫有责。今国难当头，我梁山兄弟义不容辞！”李宝又道：“大恩不言谢！小将明日便动身往河北响堂山、青崖寨联络义军，容来日再行报答前辈大恩！”燕青闻言，道：“将军少安毋躁，不可妄动！那箭矢差之毫厘便伤及心肺，若血脉偾张，则箭疮复发，必危及性命！”李宝急道：“俗话说：救兵如救火，军情紧急，可耽误不得！”燕青略作停顿，道：“将军若身体健朗，此去河北响堂山、青崖寨，少则也需半月。今有一人，二三日便到。可请此人代将军去走一遭。”李宝甚为疑惑，问道：“莫非此人有神通法术？”燕青笑了笑，道：“李将军言中了，此人果有广大神通。乃梁山有名好汉，唤作天速星神行太保戴宗。如今在泰山东狱宫中做个清闲道人。”燕青说罢，便唤人去请戴宗来。

过了一日，时近黄昏。燕青又来到李宝房中，随其后进来二人。李宝一瞅，一位是道人打扮，两眼炯炯，步履稳健，约莫五十开外；另一位是年轻后生，堂堂七尺身躯，估摸十七八岁，长得两道浓眉，一对凤眼，鼻直口方，天庭饱满。李宝欲起身相迎，燕青急伸手按住，道：“李将军身体未愈，不必多礼！”又接着道，“这位便是梁山好汉，神行太保戴宗。”戴宗、李宝二人互相抱拳施礼。燕青又指着后生道：“这便是犬子，名唤燕十八，今岁也正好十八。”

原来宋江征方腊回京，燕青不愿回朝受官，辞别卢俊义，偕李师师浪迹名山大川，生下龙凤子女一对。燕青心想：李师师的李字，上为木，下为子，木为十八，便给儿子取名燕十八，女儿取名为燕子，含燕、李合一传承之意。当年燕青将一双儿女送上泰山交无尘道长，一晃十余年。燕十八已是文成武就，六韬三略，拳法兵刃，样样精熟。后燕十八随李宝抗金，于绍兴三十一年大败金军，官至水军都统领，此乃后话不提。

燕十八上前行礼，轻声道："李将军，安好！"李宝赶紧还礼，道："原来是燕公子，果真是英雄出少年！"

戴宗道："贫道已知悉事情原委，既是军情紧急，就让贫道代李将军去河北一趟，李将军尽可安心养伤。"李宝闻言，甚是感激，道："有扰前辈清修，真是罪过。"戴宗笑道："咱江湖中人无须客套。贫道法号清闲道人，今金兵南侵，黎民遭殃，咱也清闲不得！"当日，李宝修书两封，戴宗施神行之术，连夜赶往河北。

戴宗走后，李宝在徂徕山养伤，与燕青谈得投缘。天文地理，兵韬阵法，文学武修，无所不谈。燕十八在旁听得入神，也不时插上几句。

李宝忽道："李某少时，久闻梁山好汉大名，心中着实敬仰。只知梁山好汉受招安后征讨方腊，折损了很多人马。"燕青叹了口气，道："当年宋公明一心想要招安，枉死了很多弟兄，十亭去了七亭。"李宝问道："不知后来梁山好汉归宿如何？"燕青仰起头，道："征方腊后，大多受了官爵。可恨朝廷为蔡京、高俅辈把持，非要将梁山好汉斩尽杀绝！众好汉又被逼上梁山，再举义旗！"李宝接着道："前辈们忠勇大义，不屈不挠，真的是可歌可泣，若能传颂出去，定可激荡人心，千秋颂扬！"

燕十八听了也来了兴致，催着让父亲说一说梁山英雄好汉的故事。

燕青笑了笑，道："李将军在此闲着也无事，就说一说这段往事也罢，好让后人知道咱梁山好汉的英雄大义！"自此由燕十八磨墨，李宝作记，听燕青续述水浒英雄。

第二回

梁山好汉还朝受封
朝中奸臣陷害忠良

宣和三年四月，江南方腊兵败被俘，解上东京受凌迟之剐。九月，宋江、卢俊义、吴用、关胜、呼延灼、花荣、柴进、李应、朱仝、戴宗、李逵、阮小七、朱武、黄信、孙立、樊瑞、凌振、裴宣、蒋敬、杜兴、宋清、邹润、蔡京、杨林、穆春、孙新、顾大嫂二十七员将佐回到东京汴梁，屯于城外陈桥驿，候了数日却不见圣旨下来。宋江让裴宣写录一份朝恩表章，投宿太尉府中，让其呈奏道君帝。

道君帝已有十余日未上早朝。宿太尉入宫候了半日，未见道君帝，时有宦官密告，遂寻至延福宫，方见到道君帝。那道君帝正专心修炼圣道，宿太尉上奏宋先锋班师还朝，呈上表章。

表曰：

平南正先锋使臣宋江等谨上表：伏念臣江等愚拙庸才，往犯无赦之罪，幸蒙圣恩浩荡，招安录用以赎罪身。高天厚地岂能酬，粉身碎骨何足报！登五台立宏愿，兄弟同心；离水泊除奸恶，天下安定。幽州城鏖战番邦，帮源洞生擒贼枭。尽忠秉义，保国护民。弟兄十损其八，臣旦暮悲怆，伏望天恩。让殁于王事者，沾蒙恩泽。使功于社稷者，再展其才。臣江等肝脑涂地，永感圣恩！谨录存殁者名录，随表上进以闻。

道君帝看罢表章颇有感触，不胜伤悼，遂让宿太尉拟了份封赏名录。次日，着钦差至陈桥驿宣读了圣旨，宋江等跪拜谢恩。

那正将十二员各授武节将军：授宋江庐州安抚使，兼兵马都总管，加授武德大夫；授卢俊义庐州安抚使，兼兵马都总管，加授武功大夫；授吴用武胜军承宣使；授关胜大名府正兵马总管；授呼延灼御营兵马指挥使；授花荣应天府兵马都统制；授柴进横海军沧州都统制；授李应中山府郓州都统制；授朱仝保定府都统制；授戴宗兖州府都统制；授李逵镇江润州都统制；授阮小七盖天军都统制。

偏将朱武、黄信、孙立等十五员各授武奕郎，诸路都统领。女将一员顾大嫂，受封东源县君。

将已殁于王事者，正将封为忠武郎，偏将封为义节郎。子孙承袭官爵。

众将受了封赐各往任所。宋江回乡拜扫，省视亲族后也往楚州赴任。活阎罗阮小七受了诰命往盖天军去做都统制，职事未及二月，有童贯手下部将王禀、赵谭因曾与阮小七言语冲撞，怀恨在心，于童贯处累诉阮小七曾于帮源洞穿着方腊的赭黄袍、龙衣玉带，心怀不轨，道这盖天军地处偏僻，易生事端。童贯上达蔡京，蔡京本就对朝廷授封赏赐梁山部众不满，便上奏道君帝，免了阮小七官职。那阮小七复为庶民，倒也自在，回到石碣村奉养老母。小旋风柴进看不惯官场尔虞我诈，厌烦琐事杂务缠身，纳还官诰回沧州横海郡，自在快活去了。李应赴任后闻柴进辞官不做，也自推风瘫不能为官，申达省院纳了官诰，与杜兴复还独龙冈李家庄过活。宋清也不愿为官，回到郓城宋家村。

徽宗帝赵佶信奉道教，自称教主道君皇帝，大建宫观，四处搜刮奇花异石，称之花石纲，以营造延福宫、艮岳等，耗费国财，暴敛横征，民怨神怒。又喜弄文墨，兴词作画，不理朝政，蔡京、高俅、童贯、杨戬乘机变乱天下，谗佞专权，屈害忠良。蔡京专权飞扬跋扈，平日以年事已高为托，不上早朝。

这日，高俅、杨戬来到太师府报知蔡京：今日早朝有太尉宿元景上奏本，告太师搜刮民财，侵吞国库，独断专权，屈害忠良。蔡京闻言大怒。高俅道：“这宿元景与梁山宋江等人关系甚密，宋江征方腊回，龙颜大悦，重礼厚赐，授武节将军。那宿元景时常与太师作对，如今外倚宋江、卢俊义一帮梁山将校掌握兵权，更加有恃无恐，越发不将太师和我等放在眼里，若不早想对策，早晚为其所害！”蔡京问道：“依高太尉言，有何良计？”高俅冷笑一声，道：“途中已与杨太傅商量妥了，为今之计先剪除羽翼，免去后患，再对付宿元景老狐狸，方为上策。”高俅说出一条毒计，蔡京连声称妙。

几个贼子计议定了，便诓骗卢俊义来京，于御食中下了水银，卢俊义不知，尽受而食。是夜回庐州觉腰肾疼痛不能骑马，坐船行至泗州淮河，失足落河而死，从人打捞起尸首葬于泗州。

话说宋江征方腊回京后，得朝廷封授，在楚州任安抚史兼兵马都总管。一日，宋江在府中闲着，心烦意乱，打开一坛女儿红正要喝上，只见杨雄、石秀、王英夫妇等一干兄弟在门口分列，宋江赶忙起立，快步上前相迎，大喜道："众兄弟何时至此，快快进来一同畅饮。"众人不答，只当作没有听见。突然一股黑风刮起，顿时飞沙走石，天昏地暗。从黑风中蹦出一只大虫，张着血盆大口，向宋江扑来，宋江一声惊叫醒来，原来是半夜噩梦，继而思忖着：这帮兄弟在梁山时多么快活，跟着自己征方腊，却命丧他乡。只因自己招安一念，害了众兄弟性命，想那方腊也是一条好汉，实不该自相残杀，想俺宋江已是个大罪人。又思忖着：都是蔡京、高俅施的奸计，如今奸人在朝，今后还不知会使出啥阴谋手段。思来想去反复难眠，终于熬到鸡叫天亮。

楚州三月，已是地气转暖，桃梨盛开。宋江回想昨夜之梦，心中感慨，虽见满园桃花，却是无心欣赏。匆匆用过早饭，去府衙转了转，也无甚大事，正要招呼宋福回转，突然有公人来报："钦差大人驾到！"宋江心中一惊，竟从坐着的椅子上跌落地上。宋福见状忙上前搀扶，宋江心慌，口中却念道："不打紧！不打紧！"整整衣帽，出门相迎。却见一钦差在前，后面跟着两个公人抬着一坛酒，三步并作两步，就进到府衙。宋江赶忙作揖相迎，念道："不知钦差大人驾到，有失远迎。罪过！罪过！"只见那钦差长得男不男、女不女，妖声怪气地说道："宋江，当今皇上口谕：念宋江剿灭方腊有功，特赐上好女儿红一坛。"宋江惊得面色蜡黄，回想昨晚之梦，趴在地上半晌说不出话来。那钦差又道："宋江还不谢恩？"这时宋江才回过神来答道："谢……谢……谢皇上恩赐。请钦差上座。"那钦差也不就座，又说："皇上有话，等宋江喝了这酒，再回朝廷复命。"说罢，叫公人启了酒封。宋江一听这话，顿觉天昏地暗，两眼金星乱冒，刚从地上慢慢爬起又倒退了几步，瘫坐在椅子上，心中想道：酒无好酒，宴无好宴，今日催命鬼上门，吾命休矣！这哪是什么好酒？分明是来取俺宋江性命。这钦差抿着嘴，露出一丝奸笑，斜着脑袋朝宋江瞅着，这时正好宋江也瞅过去，两斜眼一对，目光一顶，直把宋江惊出一身冷汗，浑身不自觉地直发抖，三魂六魄只剩一魂一魄。突然宋江放声大笑，口中大呼："替天行道！替天行道！"说罢，快步上前，拿过酒坛，也不用碗，直接拎起就倒进嘴里，咕噜，咕噜，咕噜噜，一坛酒半坛倒进肚里。这时，宋江反倒清醒了许多，坐在椅子上发呆，钦差也不挪步，也不就座，两手叉着，就等着毒性发作后回去复命。正是：命似三更油尽灯，身如五鼓衔山月。

宋江明知是毒酒，喝下半坛，只觉得肠胃中千百条毒蛇在咬，额头大汗直冒，性命片刻不保。且说这钦差是谁？原是高俅府中唤作汪伦的奴才假冒，蔡京、高俅使计要取宋江性命。这时汪伦眼看宋江喝下毒酒，有一炷香工夫，想吐也吐不出了，必死无疑，心里思忖：难道真要等到这厮死了才走，说不定冒出几个梁山死党，还不把咱活剥了，这时不走，更待何时？想到这儿，双手一揖，道："宋江你好生做官，本公回朝复命去了。"也不待宋江回话，与两公人转身飞也似的开溜了。这时，府衙中只剩下宋江、宋福二人。这宋福是宋清的儿子，从郓城宋家村带来身边，宋福年少，涉世不深，不明就理，对宋江说道："钦差大人真是好官！茶水不喝，歇也不歇就走了。"宋江暗自苦笑，也不与他说清。想想死了就死了，早晚也是个死，只怕梁山弟兄得知后，定要为己报仇，他人不提，只那个黑牛一定会反，到时坏了俺梁山忠义大名。想到此，便强提十分精神，说道："宋福速去拿笔墨来。"宋福随手递过。宋江写道："莫反为忠义。"交与宋福，道："速去润州将这半坛御酒送与黑旋风吃了，再转南京将字条交与军师吴用，无须多说，军师自然明白，马上就走！越快越好！"说到这里，宋江强忍剧痛，把手一挥。宋福纳闷，也不敢多问，回到里屋取些银两盘缠，带上半坛酒，怀揣字条，骑着快马飞奔润州而去。

宋江眼看宋福走远，再也支撑不住，口中鲜血直涌，双目圆睁，大叫一声，一命归阴府。真所谓：阎王叫你三更亡，不敢留到五更夜。

但凡可悲之人，必有可恨之处。宋江自知喝下奸人毒酒必死无疑，临死还惦记黑旋风。宋福得宋江令，晓行夜宿一路赶往润州，不说。

且说黑旋风李逵征方腊后，受封镇江润州都统制，自到任后不甚习惯官场客套礼仪，水泊梁山中无拘无束，大口吃肉大碗喝酒惯了，州府公堂不见黑旋风影子，平日里走街串巷，市井赌馆，酒楼杂耍，哪里闹猛就在哪里，城里城外地痞流氓、恶棍、乡绅、员外、军民人等，无不知晓黑旋风名声，只要被黑旋风得知哪个混球恃强凌弱，欺男霸女，以富欺贫，必是一顿痛打。几个月下来，润州地头倒是太平不少，那些还算识相的，有事无事请黑旋风喝酒。

这日，李逵昨日酒多，日出三竿还未起床，忽听得门人来报："都统老爷，有客到。其自称打楚州来，叫宋福。"李逵一听，呼地坐起，大声说道："快请！是我公明哥哥那边来的。"赶忙穿戴完毕，紧步来到客厅，看见宋福，忙问："公明哥哥可好？"宋福道："老爷自上任后很是空闲，楚州地面远近都走了几遍，时常带俺去楚州南门外蓼儿洼，说这地方景色如同梁山，风水很好，兄弟们有空了到那儿聚，喝酒畅饮。小人这趟来润州，是朝廷念老爷有功，特派钦差赏赐御酒一坛。老爷已吃喝了半坛，另半坛特着小人给爷送来品尝。"李逵一听，大喜，眼睛一亮，精神顿时一振。平时里就喜欢喝酒，一听公明哥哥把皇上御赐的好酒送来，乐得不得了，忙对底下人说道："还是公明哥哥惦记俺，快叫厨子烧几个好菜，今日好好喝上几杯。"正说间，走来昨晚一起喝酒的大头王五，拎着条十来斤鲤鱼。那王五昨晚酒间，听李逵说道：当年，浔阳江头识得宋公明哥哥，为找条大鲤鱼给哥哥下酒，与浪里白条张顺相打，差点儿被那厮淹死。那大头王五很是用心，能识得梁山好汉黑旋风甚是欢心，今早去江边等了一个时辰，觅得一条鲜活大鲤鱼，来给黑旋风做下酒菜。李逵见了，甚是开心。说道："来得正好，这是俺公明哥哥给俺送来的皇上御酒，都是自家人，一起喝个痛快。"那大头王五应声坐下，其也活该倒霉。这边几位闲话闲扯，那边厨子即兴发挥，不一会儿，炖炒清蒸，大煮小炒，摆满一桌。三人正要落座开吃，有公人进来，说道："都统老爷，知府大人有要事相商，要请大人速去一趟。"李逵道："奶奶的，平日里没事，今日偏有事，寻爷爷开心。"那宋福道："平日里没有事，说明今日里真有要事，爷您快点去，这里不打紧。"李逵一脸无奈，起身随公人一起来到府衙里厢，只见里面早已摆上一桌酒菜，知府及几名公人已经就座，知府见李逵到来，忙起身相迎，李逵道："听说有要事相商，原来是吃酒，俺那边厢也有客人。"说罢，转身要走。知府赶忙拉住李逵道："确有要事相商，我等边吃边说，你少喝几杯再过去。"李逵性直，也就落座。那知府姓崔名正，河北冀州人，在润州为官已有十年，只因赴考时监考官为蔡京，便以师生相称，历年蔡京做生辰，逢五逢十，少不了要送大礼，今岁又逢蔡太师大寿，也难为了崔知府，办了灵芝、何首乌、野山参不少土产，平日里东搜西刮，封了五千两纹银，欲送去开封孝敬蔡京，思来想去怕半路被强人劫了，忽地忖到大名鼎鼎的黑旋风李逵，就差人来请。这边厢，短话长说，酒一杯一杯，话一句一句，慢慢道来，你来我往已有半个时辰。那边厢，宋福和大头王五眼见一桌酒菜慢慢变冷，御酒旁边放着，肚子叽里咕噜作响，口水直咽。那大头王五平日里也是地方一霸，碰到李逵也是少爷见大爷没法儿，一等再等还是不来。就开口说道："先来一小口尝尝鲜。"没等宋福开口，就把酒坛打开，顿时满屋酒浓飘香，大头王五顿觉口水直往肚里咽，酒碗怎能空？先斟上一碗，对宋福道："小老弟你去门口看看大哥来了否？再不来俺们边吃边等。"宋福应声起立走到门口张望，哪见李逵身影，宋福道："大哥您先慢用着，俺再等等。"那王五也是命里该绝，端起酒碗休管它身前身后事，咕噜，咕噜，倒进肚里，口里说道："爽，好酒！"既然开吃，第二碗咕噜，第三碗也咕噜，忽然，觉得肚腹好热，心中思忖：喝了皇上亲赐御酒，真好口福也！又想到不要等大哥来了，都被俺喝得精光，于是小口慢酌起来。又说李逵在崔知府处喝酒，酒过三巡，听得崔知府把事情说清，李逵一口答应，愿意往东京走一遭。心中想此处已待得久了，正好外出走动，顺道找几个梁山兄弟，喝喝酒解解闷气。这一想，一时高兴又与几位公人你来我往喝个半醉。李逵这时想起都统府里还有宋福、王五候着吃御酒，这才起身告别，知府众人也不强留，道声走好，送出门外。李逵前脚高、后脚低，三步并作两步来到都统府，宋福见李逵到来，急道："大爷不好了！那位大哥刚才还好好地喝着酒，突然在地上打起滚来，说酒有毒，小人正不知怎办，大爷来了正好！"李逵进前一看，只见那王五一只手捂着肚子，一只手抓地，口中吐白沫，出气多，进气少！李逵忙道："快叫门人去请郎中。"宋福赶忙跑步出门去请，那王五见李逵到来，还能识得，用手指着酒坛，断断续续说道："酒有毒，大哥莫喝！"说着，大口鲜血直喷，一命呜呼，归阴曹去了，奈何桥上又多了个枉死鬼！叹一个大头王五，真是天堂有路你不走，地狱无门自来投！待到郎中赶到，那王五已经是气绝身亡，魂魄全无。郎中问过事由，取出随带银针往酒碗中一浸，银针瞬间变黑。郎中惊道："此酒何来？剧毒无比，休说一个王五，就一百头水牛，也顷刻毒死。"李逵闻此，横眉倒竖，虎目圆睁，真是恨从心头起，恶向胆边生。拎起宋福衣领大吼一声，道："小畜生，此酒何来，为何要害爷爷性命？"此时，宋福已是吓得魂不附体，再被黑旋风一拎，更是六神无主，哆哆嗦嗦地说道："此酒钦差御赐，是小的亲眼所见。"说到这里，宋福和李逵同时大叫一声："不好！"这宋公明已经半坛喝掉，想必是凶多吉少，此时，定是一命呜呼！无奈山高路远，二人不由得放声大哭。这边人命一出，传到崔知府那里，知府衙役一班人赶到，得知御酒一事，崔知府惊得半晌无语，一介小小知府哪敢开罪朝廷？不敢深究多问，只说了句："都统保重，本官一定秉公办案。"宋福这时已清醒许多，说道："老爷来时还说叫俺去南京应天府，将字条交与军师吴用。"李逵道："也不早说，快快随俺一同前往。"这大头王五按暴饮暴毙论，其后事交与府衙处理，李逵也不与人道别，径直进里厢取了一包银两，带足盘缠，二人各骑快马，出了北门，星夜赶路往应天府而去。

第三回

蓼儿洼祭拜宋江
嘉祥县巧遇杨勇

且说花荣受封应天府兵马都统制，遂辞别了众兄弟，带着夫人崔氏、妹子和四个亲随军汉去南京赴任。花荣至梁山泊落草前，原在青州清风寨任武知寨，这些年又久历沙场，武艺更为精湛。正是：百步穿杨张神臂，雕翎箭发寒星月。

再说吴用受封武胜军承宣使，心想：此承宣使只是个虚职而已，每日无所事事，留在京中也只是个闲人，弄不好还为奸人所害。遂报个久历风寒难愈，告请养病。那上官也是蔡京脉系，吴用平日也没银两孝敬，心中已是不满，见吴用借病告假，也不挽留，顺其所请。吴用到应天府南京花荣处闲居，日久与花荣妹子生情。当年，霹雳火秦明被慕容知府杀了一家老小，宋江做媒将花荣妹子嫁与秦明，那秦明性情暴躁，又常年在外征战，夫妻二人不睦，未育有子女。霹雳火秦明征方腊战清溪时，被方杰所杀。花荣见吴用与妹子投缘，便促成这段姻缘好事，择日成亲，皆大欢喜。

每日晨，花荣便到小校场中操练军马，日间阅些兵书阵法，晚间常与吴用小聚，日子倒也过得自在。

这日，吴用与花荣用过午饭，在都统府喝茶闲聊，吴用道："你我兄弟与公明哥哥一别已有时日，不知那厢境况如何？甚是惦记！不如修封书信过去，问个究竟。"花荣道："如此甚好，以宽兄弟之心！"正说话间，有门军来报："外面来了二人，一人满脸乌黑，眼如铜铃，自称黑旋风爷爷，另一人面目清秀，像是书童。"吴用、花荣一听，赶忙起身道："这黑牛，怎会到此？"说着，二人忙去相迎，还未走两步，那黑旋风已大步流星跨进府堂，后面踉踉跄跄跟着宋福。黑旋风李逵看见吴用、花荣，"哎哟"一声道："大事不好了！公明哥哥已经被奸人害了！"说罢，“哇哇”哭将起来。吴用听闻此话，顿觉天旋地转，东西南北一片暮黑，差点儿昏倒。花荣赶忙搀扶吴用坐定。过了半晌，吴用缓过神来，细问李逵、宋福，二人把事情原委一五一十道来，吴用、花荣听罢，只得叫苦。宋福把老爷写的字条交与吴用，吴用拆了信函，只见五字“莫反为忠义”，字迹潦草。吴用顿时泪如泉涌，哽咽着对花荣道：“公明哥哥写这字条时，只剩一口气了。公明哥哥被奸贼害了，还教兄弟勿为其报仇！”黑旋风忽然道：“那哥哥明知酒中有毒，还差人给黑牛喝！是何道理？”吴用道：“怕你坏了梁山忠义大名！”黑旋风大声嚷道：“忠，忠，忠，忠个鸟，爷爷才不吃这一套！爷爷这就去劈了皇帝小儿，给俺公明哥哥报仇！”说罢，拎着板斧就要出门。吴用忙道：“不可！”花荣上前一把拉住拖进里间。吴用、花荣心神稍定，对着李逵、宋福道：“你二人赶路辛苦，先去用些茶饭，我与花荣商议事体，待会儿再行叫你们。”花荣忙叫下人安排酒饭，招呼二位。吴用对花荣道：“如今奸人在朝，魅惑皇上，公明哥哥既已被害，我等早晚也遭毒手，不如弃官不做，重回水泊故地。”花荣道：“山寨已毁，兄弟四散，何处落脚？”“这个无妨，去处我早有设计。”吴用附在花荣耳旁细言：原来如此，如此。花荣听后，双眉解锁，乌云消散，顿觉宽心。吴用又道：“我想如此安排妥否？黑牛二人一路赶来定是困乏。待过了今晚，明日一早出发，赶去楚州探个究竟，心里踏实些，再去郓城。”花荣道：“一切听军师安排。”随后，花荣叫来四位小校，这四位是花荣从梁山带出来的亲随，“宋先锋公明哥哥已被奸人害了，本将弃官不做，明日就去楚州，尔等作何打算？”四位小校道：“将军待我等恩重如山，我等愿终身追随将军。”花荣道：“如此也好，那你等去准备则个，明早也好赶路。”这一夜，吴用思这想那，辗转反侧未曾合眼，鸡叫头遍，东方未亮，就早早起来，叫醒花荣、李逵等，带了夫人，收拾停当，一行十人悄无声息出了南京西门，昼行夜宿赶去楚州。

沿途桃李芬芳，菜花金黄，蝶飞鸟鸣，春意浓浓，一行众人却无意欣赏。这日中午，已到了楚州地界，早望见前面一座酒肆，一面酒旗挑出在檐前，写着：十里铺酒馆。李逵道：“军师俺饿煞了，打尖再走吧！”吴用道：“嘴巴不停，还一路叫饿。”花荣道：“军师，离城还有些路程，这店客人倒是不少，想来不错，我也有点饿，我们歇息则个。”众人下马，店小二赶忙过来，牵过马去喂草料，店主有些年纪，连忙招呼众人入座倒茶，问道：“客官要些什么吃喝？小店有刚宰的黄牛肉正煮着。”李逵一听，笑口一开，道：“来十斤牛肉，三斤白干。”吴用只是摇头道：

"给我泡一壶龙井。"那店主应声道："得令了。"不一会儿，十斤炖牛肉、楚州小炒、猪油炊饼裹大葱就上桌了。黑旋风是狼吞虎咽、风卷残云，吴用细嚼慢咽，吃得正香。旁桌几人东扯西拉，只听得一句真切："宋江死得可惜了……"吴用起身作揖，道："诸位客官，我等识得宋江，知其大名，敢问宋江如何了？"那几位客人道："听说前些日钦差送来御酒，那宋江喝了御酒当场被毒死，死时也没有家人在场，官家也不敢深究，后来几位乡绅仰慕宋江替天行道大名，凑了些银两，在南门外蓼儿洼，买了块山地葬了，可叹一代英雄草草了结。"吴用一听，皱眉苦笑，早已料到是如此结局，李逵等人听到此话，都不自觉地立了起来，吴用将手一挥，示意众人坐下，道："各位吃好，也不用进城了，就直接去那儿。"诸人又胡乱吃了些，花荣又向店家要了十斤牛肉、十斤炊饼分了几包，结了饭钿，买了香烛，请了个导向，直去南门外蓼儿洼。

走了约莫一个半时辰，遥见一座高峰，三面水荡，峰顶烟雾缭绕。走近看，其内峰峦曲折，坡砌台阶，沿山而上，两边松柏苍翠，放目远眺，前后湖荡，四围港汊，俨然是水泊梁山一般。

不一会儿，众人见到宋江坟茔，吴用等人泪如雨下。哭罢多时，点上香烛祭祀，吴用言道："吴用一乡村学究，始随晁盖，后遇仁兄，至今坐享荣华，皆赖兄之恩德，今兄无恙而亡，叫我等兄弟何以现世存活？！"李逵闻此心痛，大呼道："哥哥，俺黑牛也不活了！"说着，拔出板斧砸向脑门。花荣眼明手快，一把抱住黑旋风，夺过板斧甩在地上。吴用见状，喝道："死黑牛，为兄说说而已，又不是真死！你可当真要死。傻子！呆子！你这黑牛死了，让乌鸦把你黑牛慢慢啄了，蚂蚁啃了！"花荣道："李逵兄，我和军师来时就已商定，我等兄弟先到此处祭祀，再回梁山一起喝酒吃肉，替天行道，为公明哥哥报仇。有言道：留得青山在，不怕没柴烧。"黑旋风这才回过神来，心忖：还是花荣兄弟仗义！一个是明知毒酒，却还送与俺吃；另一个是狗头军师早有盘算，却假装要死要活，害得俺黑牛差点儿枉死！等俺寻到东京，劈了高俅老贼，拿他脑袋当球踢，这才快活！想到这里，就道："一切听军师哥哥的。"时光飞逝，日落西山。吴用等人看天色不早，祭过宋江坟冢，洒泪挥别。

吴用一行人一路走去，快到嘉祥县地界，已是日落黄昏。此时，人困马乏，遥见一家客栈，三角杏黄旗，迎风呼啦作响，众人赶忙打尖投宿，店小二牵过马匹，到马厩拴住喂些草料。众人拣了靠东首大桌坐定，点菜上酒。大堂中已有几桌客人正在吃酒，西边厢有父女二人，正弹琴卖唱。吴用一听，正是一曲《琵琶行》。歌声凄婉，琴声悠扬。吴用兴起也倒上一杯，与众兄弟一饮而尽，李逵又给斟上一杯，花荣起立走到父女跟前，摸出几文钱，递给那弹琴的老父，花荣回到酒桌，对吴用道："那边喝酒的相貌，跟一位梁山兄弟真相似。"吴用一瞅，跟杨志一个模样，只是青面兽杨志脸上有一块手掌大的乌青，此人却没有。心想：莫非是杨志的兄弟？想起来招呼，又恐唐突。突然，从外面进来七八个人，大呼小叫，前头的穿着锦袍团袄，头插一枝菜花，獐头鼠目，对着弹琴老者叫道："小老儿，昨日已对你言明，这地头上不管做哪行，都要给小爷纳币，今日里赶快交钱了事！"那父女俩吓得瑟瑟发抖，那老者道："这两日没生意，只刚才那位客官给了几文钱，要不先把这几文钱纳上。""不行，没有就让小娘子到我家唱几天！"后面几个奴才跟班一哄而上，就去拉那小女子，这老者哪里肯，拼命拉住女儿不放，一奴才抬起一脚，把老者蹬倒墙角边。这边李逵一见，这还了得，在爷爷面前还撒野！吴用、花荣未及阻拦，黑旋风飞步上前，上劈下挑，左挂右砸，七八个地痞倒在地上打滚。花荣赶紧过来，拉住黑牛道："莫打出人命，赶快住手！"黑旋风愤愤道："今日爷爷手下留情。要不，活活打杀尔等杂毛！"那几个混混连滚带爬逃出大堂，看着远了，说道："尔等外乡人，给大爷等着，是好汉的，不要走了！"众人重新落座，只当没生事端，继续喝酒吃肉。约过半炷香工夫，店堂中闪进一条大汉，后面跟着刚才一班混混。吴用抬头一望，只见那大汉长得是疙瘩横脸生怪肉，双睛突出带杀气。那汉子环视四周，大呼道："刚才哪厮吃了豹子胆，敢伤我徒？"黑旋风一听，怒从心头起，恶向胆边生，大喝一声，道："是你爷爷！怎的？"边说边飞步上前，挥拳朝面门打去。那汉子也不搭话，两脚一沉，双手上封，左粘右压，一招黑虎顶肘。李逵一见，侧身移步，右手变沉肘，立虎掌，缠住对方左腕，左拳顺势打出一记崩拳，直击那汉子太阳穴。那汉子马上收肘回拳化解，李逵一拳走空，踏正步起右脚，正中那汉子左膝。一招得势，招招紧逼。黑旋风打得兴起，使出一招排山倒海势，双掌齐发，千钧之力。那汉子哪里吃得消，整个身子弹起撞在墙角。黑旋风见不禁打，笑道："你那汉子，不是爷爷对手，再去叫几个厉害的角色来陪爷爷玩玩。"说罢，转身欲回酒桌。那汉子倚墙靠住立起，向堂外迈步，左脚迈出大堂门槛，忽转身一挥手"嗖"地甩出一支飞镖，往黑旋风打来。那花荣见飞镖朝黑旋风背后射来，正要出手相救，只见那边厢白光一闪，"砰，叮当"两声，飞镖已被酒碗打落在地。黑旋风耳听风声起，知道不好，身子前纵跳出丈远，待到转过身跑出去追，那汉子和一班混混已逃得远了。

先说那汉子是谁？真是冤家路窄，原来那厮是当年史文恭在曾头市收的徒弟，叫曾霸虎。那年梁山人马破了曾头市，史文恭被卢俊义活捉，曾霸虎乘乱走脱，不敢回曾头市，流落此处做个拳师，看家护院混口饭吃。未曾想却碰到黑旋风，活该倒霉。且说吴用、花荣，见那位客官出手相救，忙过来抱拳道："多谢侠士出手。敢问尊驾高姓大名？"那客官赶忙抱拳作答："刚才听几位喝酒谈话。已知是梁山好汉。说来咱们是自家人。小弟姓杨，单名一个勇，人称二郎神。为杨家后人，青面兽杨志便是咱哥。小弟原在京城做枪棒禁军教头，只因咱哥被劫了生辰纲，连累己身，被革了官职。现经宿太尉呈荐，皇上念及杨家功绩，又因咱哥征战有功未及封授而亡，故授咱为海州知州兼兵马都统制。今儿个正带着家小赶去就任。"真是：有缘千里来相会，无缘对面不相识。

杨勇招呼家小下来，与大家拼作一桌，重新上菜喝酒。席间，杨勇指着与奶妈并坐的一少年，道："这是咱小儿，名唤再兴。天生顽皮，他娘走得早，少人管教，每日里就喜好枪棒。"杨勇让再兴来见过叔伯。吴用道："你家少年生得天庭饱满，面色粉红，两眼有神，大了定是一员虎将。名字也取得好，杨家定能再兴！"又说到宋公明被害，众人嗟叹不已。酒逢知己千杯少，众人喝到半夜，店家酒缸朝天。吴用道："今日有缘得遇兄弟，明日还要赶路，诸位兄弟，天下没有不散的筵席，咱们来日方长！"众人这才打住歇息。

一夜无话，吴用因有心事醒得早，东方刚亮，就把众人叫醒，用过早餐，见杨勇家小尚在安睡，就不当面辞别，把账全结了，留了张字条给店家，嘱咐：待客人杨勇起床交与他。吴用等人昼行夜宿赶去郓城。

第四回

活阎罗又见豹子头
梁山汉重聚石碣村

话说当年石碣村阮氏三兄弟，一个唤作立地太岁阮小二，一个唤作短命二郎阮小五，一个唤作活阎罗阮小七，远近百里，无人不晓阮氏三雄大名。当年与晁盖等人劫了生辰纲，上了梁山，后随宋江被招安南征方腊，阮小二、阮小五双双战死，只剩活阎罗阮小七一个，回至东京受封盖天军都统制。不久，因曾得罪小人，道君帝轻信谗言，被追夺了官诰，贬为庶民。这倒省了活阎罗一番心思，本已散漫惯了，遂回到梁山水泊石碣村，置些田产，开了爿鱼行，奉养老母，倒也安稳。阮小七回到石碣村后，托人写了封书信，告知吴用自己的境况。

这日，阮小七用过午饭，在鱼行门口小息，但见有人叫卖纸钱、香烛。回头一问，方知明日便是清明。甚是感慨！回想当年水泊梁山兄弟一百单八将，何等兴旺、快活？到如今只落得俺小七一人，卖鱼晒太阳，心中一阵难过。便对店工道：“帮俺去置办些祭品、二斤牛肉、一件猪头、三斤白干，明日要用。”

次日一早，阮小七带上祭供物品，欲雇只小舟驶向水泊梁山去。那船家认得阮小七，惊道：“小七哥，您好大胆子！自您等那班好汉被招安下山后，梁山上一直闹鬼。十个上山去，九个下不来，一个回来也废了！您给再多银子，小的也不敢去！”阮小七笑道：“俺天不怕，地不怕，还怕啥鬼怪？俺的绰号便叫活阎罗，专管天下鬼怪！”那船家见阮小七执意要去，便将船交与阮小七自己撑去。

约莫过了一个时辰，阮小七将船撑到水泊金沙滩，但见青山依旧绿，不遇旧时人。心中十分伤感。一路沿石阶而上到了头关，两边松柏苍翠，怪石嶙峋。正是春风缓吹不觉寒，野花竞放鸟争鸣。进了头关不觉便到二关，只见遍地落叶随风舞，门罗蛛网梁结巢。但看故楼已被火毁，寨门虚掩，进得关内，又见杂草乱蒿满园。见此情景，活阎罗心中不免凄凉。径直往上至寨中，便是忠义堂。却见大寨完好依旧，牌楼整齐，大门半掩。阮小七心中纳闷，那日招安开拔，遥见梁山一片火海，却未曾料到大寨完好如初，真是惊喜。推开忠义堂大门，不见“忠义堂”横匾，却见天罡地煞两厢座椅依旧。阮小七缓步进内，环视四周，想当年众兄弟快意恩仇，晁天王、宋公明、林教头、小二、小五等弟兄历历在目，叹如今亡的亡，散的散，都怪公明哥哥招甚鸟安！

阮小七摆上祭品、点燃香烛，斟上酒，默默呆坐。待香烛燃尽，纸钱烧过，口中念叨完毕，拔出随身匕首往猪头上一插，酒一杯肉一口地吃将起来。正当活阎罗忘却巫山休管云，吃喝正浓间，忽然闻得一句：“好生大胆！”背后一阵疾风，阮小七心中一惊，真道是有鬼怪？一个旱地拔葱，两脚一蹬，跳转到原来宋江坐的椅子上，定睛一看，却是活阎罗活见鬼。你道是谁？正是五虎上将豹子头林冲。小七惊道：“林教头，俺来祭祀。莫吓兄弟，你我阴阳相隔，俺回去给您做水陆道场，超度超度！”林冲道：“咱已成仙道，无须超度！要不，兄弟喝上几杯？”言罢，大步上前，拔出插在猪头上的匕首，割了块肉，塞进嘴里吃了起来，又倒上一杯酒，一口喝尽，说道：“酒好肉香，你再不下来，咱把它全吃了。”小七刚才一魂一魄飞走，定了定神，看得真切，那当真是林教头！问道：“林教头，你当真还活着？”林冲笑着答道：“你下来摸摸，要不咱上来掐你？”那小七这才慢慢起身，到了林冲跟前，上下打量一番，道：“俺兄弟下山当日，都道林教头患病死了。那时走得匆忙，军师催促得紧，未及探望，实是惭愧。”林冲道：“不打紧，今日兄弟难得相聚，咱们边吃边聊，你快给咱说说下山后之事。”阮小七把招安后奉旨讨辽邦，战田虎，诛王庆，征方腊，小二、小五等兄弟战死，鲁智深坐化，武松六和寺出家，皇帝封授诸官，石碣村开鱼行，一五一十，从头说来。林冲听得半晌无话，只是叹息不已！二人边说边吃，不知不觉把酒肉吃尽，已是晌午。林冲道：“当年宋公明执意招安，咱也不好阻拦。但俺与高俅之流势不两立，不共戴天！岂可再与其为伍？咱在这里系军师当年安排，另有十来个亲兵相随。当年，梁山受了招安，大军开拔之时，咱让几个亲兵四处放些树枝乱草点起火堆，以掩人耳目。现关后养着鸡、鸭、猪、马，粮草充足，又设了机关，不让外人进来。你上山时，早为亲兵发觉，那亲兵认得你这个活阎罗，早来告知我。兄弟下山后，莫要对外人提及此处情景，可养些鸽子往来联络，无事不要上山。”阮小七应声道是，看辰光已晚，便辞别林冲下山，撑船至石碣村交还小船，道是确有鬼怪，逃得性命回来。

且说吴用一行骑快马行到郓城郊外，李逵回头问吴用道："军师，俺们进城歇歇，还是径直去梁山？"吴用道："这二处且不去，我等往石碣村。"李逵道："那里有军师亲家？"吴用笑着道："黑旋风你且跟着来就是，一会儿就明白。"李逵心中猜想：那狗头军师又在卖弄啥名堂？也不多问，一路跟随来到石碣村。

这石碣村在郓城县东门外，水泊边上，乡人多以打鱼为生。阮小七在石碣村为人仗义公道，渔家打的鱼，都往小七家鱼行送，阮小七买卖公平，几月下来生意十分兴旺。吴用早得阮小七来信，知其在石碣村开鱼行。

众人打老远就看到一面三角杏黄旗，斗大一个"鱼"字。吴用径直进到鱼行，只见里堂正中高高坐着活阎罗阮小七东指西点。那小七抬头看到吴用，喜出望外。"哎哟！"一声，"哪阵风把军师送到这里？"快步上前，拉住吴用手道："可想煞兄弟啦！"又道："就军师一人？"吴用指了指外面站着的男女，阮小七这才看到李逵、花荣等众人，牵着马在外面候着。小七赶忙出来与几位兄弟相见，花荣又引夫人和妹子与小七见过。黑旋风道："原来是来看小七兄弟，军师瞒着不告诉俺，要是俺知晓，早就一个人先来了！"吴用道："就怕你黑牛性急。"阮小七急叫人去置办酒菜，带众兄弟去家里拜见老母。过后，各位围坐一大桌，阮小七满杯先干，酒过三巡，菜过五味，小七见军师声调低沉，愁眉苦脸，说道："吴用哥哥有何不开心？"吴用见阮小七老母在里堂，且众人喝得兴趣正浓，忙道："路上有点累，不要紧，各位兄弟开心，酒多喝点。"黑旋风埋头吃菜，大口喝酒，心里想着：公明哥哥死了，你狗头军师不告诉小七，待会儿俺告诉他。五碗酒下肚，黑旋风起身道："小七兄弟，俺黑牛这一碗喝掉，你小七陪二碗，俺告诉你一件天大的事。"说着，就"咕嘟"一声喝个精光。吴用见状，起身道："黑牛你暂且不要说！"这时，黑旋风酒性已发，哪里还劝得住？对着小七道："军师哥哥不叫俺说，俺偏要说！那公明哥哥被奸人害了！俺也差点儿死了！"阮小七一碗酒刚喝到一半，一听此话，心一惊，差点儿被呛个半死，定了定神，问道："刚才兄弟说啥？"这时，宋福把宋江喝御酒已死等事由，说了个明白，阮小七与众人半晌无话。活阎罗刚才还有说有笑，瞬间是阴云密布，带着哭腔道："军师，现今如何是好？"吴用道："那朝中奸贼蔡京、高俅把持朝纲，皇上不能明察是非，我等当差迟早一个个都被奸贼所害。现今弃官不做，另寻生计，再图打算。"阮小七言道："那就在石碣村落脚，我等有饭同吃，有衣同穿。"吴用道："我早早就料到，已有安排，待酒后再与你说来。”小七听罢，也稍宽心，招呼诸位吃酒夹菜。酒足饭饱，小七安排众人歇息。吴用拉住阮小七进了厢房，道：“当年公明哥哥铁了心要招安，我心有疑虑，也不敢多言。当时思忖着，一旦朝廷反水，我等应有个后招。就叫宋清给郓城县令费了些银两，在水泊东北面青龙山麓，置了块荒地，方圆足有八百亩，那里盖了庄园，把晁天王家小等都安置在那里。现今出洞蛟童威、翻江蜃童猛二弟兄也在那里落脚，外人并不知晓。明日我等就去那里，你在这处照开鱼行，打个前站，也可相互照应。”阮小七忽道：“前些日去梁山遇到豹子头林冲。”吴用道：“也是我安排的退路，切莫向外人提起。”二人闲扯了一会儿，各自就寝。好一个智多星，早有先机打算。原来智多星怕招安后，朝廷言而无信，除买田盖庄园外，早把梁山历年得来的金银财宝埋于忠义堂下，设计叫豹子头酒醉诈死守护财宝，一来林冲与高俅有血海深仇，不愿在朝为官；二来有八十万禁军教头把守，谁敢图谋？再者，林冲把头领首位真心让与晁天王毫无私心，更无家小牵挂，真可谓是万里挑一，不二人选。此刻，阮小七若不提遇到林冲，智多星就会绝口不提，如今令林冲守护财宝一事，怕阮小七说漏了嘴，也就瞒过阮小七不提。

第五回

梁山汉暂聚聚义庄
小李广夜探太师府

话说一帮英雄在石碣村吃住了二三日。这日，众人用过午饭，吴用对阮小七道："我等这就去青龙山下聚义庄，你在此打理生意，做个前哨，有紧要事，尽速联络。"阮小七送众人到村口别过。

吴用等人往聚义庄而去。这聚义庄占地八百亩，庄前二里地处，有一小山冈，名曰麒麟冈。下了冈有一排桃树，径到庄前，庄后不远便见山峰巍峨叠翠，终年云雾缭绕，名曰青龙山。沿山麓有左、右二溪，溪水直通水泊。吴用等人一路行来，心境舒畅。只见：桃花三月映面红，暗吐清香；云遮青龙接天关，万道金霞。

吴用在前左转右弯，李逵等人后面紧随。遥见一茅屋，四周竹篱围定。吴用打开柴扉，有小黄犬狂吠不已，里屋走出一老者，那老者一见军师众人，一脸惊喜，道："军师今日怎会到此？快快有请。"原来这老者姓韩，为晁盖庄客，当年晁盖等人劫了生辰纲，郓城捕快来东溪村拿人，随晁盖一起上了梁山。今日遇见众人，甚是欢心。李逵一见低矮茅屋，外面竹篱相围，便笑道："军师，这厢就是聚义庄？"吴用笑而不答。那老庄客道："您爷莫急，请随老夫来。"那老庄客不慌不忙，打开茅屋前门，穿过里堂转弯开了后门，眼前是个偌大院子，两边密植着冬青、蔷薇。径往里走，又见一片桃林，进到桃林，再转东拐西，李逵已分不清东西南北。忽有青石铺路沿阶而上，一座楼宇矗立，门前庭院平坦，左边是苍松翠柏，右侧是峭壁陡立，一条清溪飞奔而下，犹如桃源仙境，恰似天上琼阁。房内早有人出来相迎，众人进到大堂，分坐两厢。那老庄客道："快去通传，说军师等爷到了，叫大爷、少爷都出来相见。"真是：几载飘零今转回，凶吉祸福话难叙。大雁南北分飞久，蓦然相逢似梦中。

众人用茶，片刻，但见大堂中先是跨进童威、童猛，与众兄弟相见，随后迈进一对年少男女。吴用道："这二位少年，诸位还识得否？"众人抬头一看，见那少年——年少英豪目有光，凌云壮气傲秋霜——正是晁天王的公子，晁云龙，年已十八，长得浓眉大眼，鼻正口方，威风凛凛，气宇轩昂，一表人才；那少女——眉弯新月，脸映桃花。蝉鬓金钗双压，柳腰红裙匀称——正是晁天王的千金，晁云飞，年方十四，娇滴滴一站，亭亭玉立。二兄妹拜过各位叔爷，站立一旁。吴用对宋福道："这边风景独好，你叫云龙、云飞兄妹带你到外面转转，过一会儿吃饭。"李逵一听，忙道："俺也去四周转转。"说罢，拉着云龙、云飞的手，三步并作两步出去。童威道："军师和花荣兄这回如何空闲到此？"吴用叹了口气，道："兄弟你莫要悲伤，公明哥哥已经被奸贼所害。"童威、童猛二兄弟一闻此言，如五雷轰顶，差点儿晕倒。吴用把朝廷封授后，使钦差赐御酒毒死宋公明之事，细细一说，童威、童猛一会儿长吁短叹，一会儿咬牙切齿，要为公明哥哥报仇。众人这边嗟叹良久，那边已是酒菜办妥。这时云龙、云飞兄妹领着李逵、宋福回来，李逵道："这地方真大，看天色快黑，肚皮饿得作响，就回来吃饭，明儿再走个遍。"众人各自坐定，叙长道短，一直喝到半夜，李逵是酩酊大醉，吴用招呼众人各自歇息不表。

次日一早，云龙、云飞兄妹得知宋江被害之事，来给吴用请安。这时，花荣也进来问安。吴用道："你们来得正好，我等在梁山时见你兄妹习得武艺，这些时日可否长进？"兄妹俩道："不敢偷闲，几位叔管教得紧。"吴用又道："那正好，我等到庭院落座，看你兄妹一展武艺如何？"言罢，吴用、花荣来到庭院泡茶落座，那李逵闻风，也赶来凑热闹。那云龙年轻气盛，当即叫人取来一柄日月斩马刀，后退三步，行了个礼。一招拨云见天日，二招横扫千军马，三招力劈华山峰……真是招招生风，刀刀夺魂。三十六路斩马刀使完，大气不喘，抱刀行礼。吴用道："真是长江后浪推前浪，江山自有英雄出。"这云飞见兄长将刀使完，抽出一把青萍剑，低身道："各位叔叔，小女子也使一路剑，万莫见笑。"言罢，青萍剑诀起，一招仙人指路往东去，二招剑锋回转望明月，三招流星追月夺命剑……真是寒霜凛凛，剑气纷纷。吴用见兄妹俩各使刀剑，身手不凡，甚是喜悦，道："你俩英雄少年，武艺各有长进，但使沙场征战，更须加倍苦练。"二人点头应诺。李逵在旁道："武艺明日再练，偌大一个庄园，昨日只走一段，今日再去走个遍。"遂拉着兄妹俩，径往院内走去。吴用见李逵走远，对花荣道："这黑牛还是小儿性子，你莫与旁人说，明日你带上云龙侄儿，去梁山住上些日子，将这书信交与林教头，让林教头尽可多传授些武艺与他。云飞由你负责授艺。"言罢，吴用又道，“我明日欲差人给各家兄弟去送个信，告知公明哥哥被害之事，好歹教兄弟们防着点，莫再着了奸人的道！如若风声扯紧，可教弟兄们来此聚首。”花荣道：“军师如此安排甚好！”次日，花荣带着云龙与众人别过，只说给云龙去找个高人指点武艺，径上梁山。吴用叫来几位庄上弟兄，嘱咐一路小心往各处给兄弟们送信去。

花荣与晁云龙一同往水泊梁山，把吴用书信交与林冲，将宋江被害之事和聚义庄情景，一一相告，花荣将云龙叫到跟前道：“军师交代，让您林教头多授些武艺与云龙侄儿，让梁山英雄重生光辉。”林冲见云龙已出落得一表人才，也甚高兴。花荣于梁山宿了一晚，二人促膝长谈，从招安后战辽邦、灭田虎、诛王庆到征方腊，不觉天光放亮。次日，花荣便回到聚义庄中。

吴用见花荣回来，道：“你回来正好，近来我心中总是忐忑不安，想去一趟开封。一来看看几位弟兄境况，二则探个朝中究竟。”花荣听罢，忙道：“如此甚好，小弟陪军师走一遭。”正说话间，李逵大步走进厅堂，听到半句：花荣要陪军师走一遭。便道：“要往哪里去走？别漏了俺黑牛。”吴用一见李逵，心想，不带上你，肯定拗不过，留在聚义庄，说不定还生出些事端，就道：“刚才我与花荣商议去趟东京，带上你黑牛就怕滋事。”李逵道：“俺黑牛不似从前任性了，今听从军师，决不惹事。”吴用听了，道：“去也罢，但须依得三件事。”李逵应声道：“依得，依得，一不喝酒，二不打架，三不任性。”吴用笑道：“黑牛说对一半，此去东京怕有人认出你黑旋风，需乔装打扮一番。”李逵应声称：“一切听军师吩咐。”

次日一早，晁云飞、花荣夫人崔氏和妹子，闻花荣等人要去东京卞梁，都说皇城热闹，也闹着要去。吴用心想此去东京打探消息，也无甚紧要，遂让二位夫人、晁云飞一起同行。一行人骑着快马前往东京，一路无话。

再说前岁宋江一帮梁山好汉南征方腊回朝后不久，大刀关胜又受封为征辽禁军都统；双鞭呼延灼又受封为征辽先锋；一枝花蔡庆追随关胜任禁军指挥使；神医安道全于太医院做了医官；玉臂匠金大坚御宝监为官；圣手书生萧让在蔡京太师府中做门客；铁叫子乐和在驸马王都尉府中做门客；神行太保戴宗辞官后，与几个亲随在开封闹市唤作龙亭的地方开了爿杂货铺，经营南北土特干货，倒也自在。吴用离京赴南京时，还特至店铺与戴宗道别。

这日，吴用一行进了东京开封，径到龙亭僻静处寻了家客栈投宿，留二位夫人、晁云飞与李逵于客栈中，吴用与花荣径到店铺见戴宗，弟兄久别重逢，叙短道长。吴用将宋江遇害，弟兄弃官不做，相聚聚义庄之事，细细述明。戴宗含泪道："时事不由人，咱兄弟京城一别，竟已发生诸多变故。"过了半晌，戴宗道："兄弟这边买卖当作消遣，平日里与留京诸弟兄时有联络，那玉麒麟卢俊义于泗州淮河溺亡，呼延将军已在幽州战亡，关胜将军酒醉落马，伤后不愈也已亡故，其子关冲出落得英雄一般，甚是懂事，无甚家人，与奶妈相处，前些日还来过这儿。"吴用闻此，嗟叹不已，良久道："我此来东京欲与宿太尉碰个面，怕京城眼杂，你先帮我去太尉府串门通话，等天黑后我再去他府上拜会。"戴宗道："甚好，现时日已黄昏，咱就赶将去。军师、花荣兄你们先用饭，不用等咱。"言罢，匆匆出门。吴用与花荣在就店铺后堂用过晚饭，闲聊间见戴宗回转，忙问："如何？"戴宗道："已见着太尉，太尉道：军师到来甚好，正好有事相商，叫军师天落黑后，从里弄后门进府。"

一更过后，天已落黑。吴用与花荣二人转到太尉府后门里弄，见前后无人，敲开门早有人引路到府内，见到宿太尉，转到书房。宿太尉道："先生怎么有闲到京？"吴用道："真是一言难尽。"吴用将前事细述一遍。太尉听罢，道："宋先锋亡故之事，早已知晓，朝中仅闻其暴亡，不知是御酒毒死，定是蔡京、高俅奸人使的诈，高俅已在皇上面前保荐高衙内去楚州补宋江的缺。"太尉又道："先生也不是外人，有一事相告，有线报蔡京老贼与辽人勾结图谋不轨，苦于无据。日前，有几个辽人扮作商人模样进京，本官差人盯梢，见他们这几日半夜里进出太师府，不知偷摸着干些啥名堂。"吴用道："既然如此，今晚就叫花荣去探个究竟，若能搜得老贼勾结辽人证物，也好定个死罪，为国除奸，替公明哥哥报仇。"那宿太尉也是直爽之人，闻言道："如此甚好，但须谨小慎微，那老贼门客甚多。等会儿盯梢的来了即去。"花荣道："太尉敬请放心，花荣自当小心。"宿太尉将太师府内院方位布局细述与花荣。又道："我与先生二人候着，等你回音再做决断。"正是：英雄跻身入虎穴，好汉冒险探狼窝。

宿太尉唤人取来一套夜行衣，花荣换过紧身黑衣，收拾利落。三转四弯来到太师府院角，见一大樟树沿墙伸展入院内，花荣伸手蹬脚，"噌噌"两下，蹿上树梢，见院内假山错落，怪石倒影，不远处灯光烛影。花荣轻飘入院，依太尉所述路径，摸到太师府正堂寝房，听到里面几个女子声音。花荣捅破窗纸，见两个丫鬟与一位妇人闲聊，其中一个丫鬟道："太师爷这么晚了还在书房不息。"那妇人道："也不知是啥要紧客人，这几晚都睡这么迟。”丫鬟道：“日里听小哥说是北边来的客人。”花荣听得真切，又蹑手蹑脚摸到书房，捅破窗纸，见屋中有三人，正中而坐正是蔡京老贼；一人与蔡京对坐，浓眉豹眼，一脸胡须散开；另一人腰挎弯刀伺立一旁，背影矮实。花荣侧耳细听二人谈话，蔡京道：“皇上主意定了，与女真结盟已成定局，今日早朝后，老夫又到内宫见了皇上，虽力陈得失，仍未能挽回圣心。老夫今修了封密函交你带回，呈与辽国国主，以作预备。”那人道：“事已明了，我们明日即回幽州。”这时，巡夜家丁打着灯笼过来。花荣见状，往假山洞中一闪，这队家丁刚走远，又有一队过来，花荣待两队家丁走远，再回书房前瞧，已不见了三人踪影。思忖：太师府看守得紧，再待无益，遂躬身猫行，悄无声息出了太师府，径回到太尉府中。

宿太尉与吴用于书房中边等边聊，一见花荣回来，忙问情况如何。花荣将所见所闻细细说明。宿太尉言道：“那蔡京老贼果然私通辽邦。前几日，朝中诸臣议论与女真结盟攻辽之事，那老贼未见发话，不知是何盘算。今日事理大明。”花荣问道：“太尉此话怎讲？”太尉道：“那老贼平日定收了辽人重礼，不敢公议联女真攻北辽，怕开罪辽邦，又不敢反对众臣之议，怕遭非议。”吴用道：“联女真攻北辽绝非良计，实乃驱豺狼迎虎豹，只能图一时苟安，大宋国难不远矣！”太尉道：“老臣也是一力反对，可朝中一般文臣武将均目光短浅。皇上已信其策，圣意难回。”花荣道：“那几个辽人明日就回，我等该如何处置？”吴用道：“此事莫急，待那辽人离了京城，再拿不迟。”吴用设计道：这般，这般便可。

第六回

吴用设计擒辽贼
蔡京伏法受剐刑

吴用与宿太尉为拿辽奸定下计策，连夜赶回戴宗处，将情况说明。吴用又对戴宗道："明日那帮辽人心急赶路，必出北门。北门郊外三十里处，有一家茶馆客栈，四周没有人家，僻静之处正好动手。兄弟五更起床，多带银两去把那铺子收了。我与花荣、黑牛等扮作过客随后赶到。将那几个辽人用蒙汗药麻翻了省事，要留活口。切记！"

这边宿太尉派人盯梢。那边，戴宗带了个亲随伙计五更出门，神行太保日行千里、夜行八百，二人不稍片刻，已到三十里茶铺。那店家刚把炉火生旺，茶水烧滚，抬头一见有客到，忙上前招呼道："客官好早，用些早点早茶。"戴宗道："早起赶路，正觉肚饿。"又道，"此去多远才有人家？"店家道："要行三五里，才有几家农户。此处是前不着村，后不靠店。"戴宗接着道："这些年东奔西跑，实在太累，咱也想开爿茶馆，图个清闲。"那店家闻言，道："这些年，天下不安稳，生意难做，咱已开了三年，也不挣钱。"戴宗接着道："像你这样一爿店铺，需多少银两转手？"店家道："不瞒客官，咱三年前转店花了二十两纹银，现今只多值十五两。"戴宗道："今天黄道吉日，若店家愿意，咱愿出三十两纹银转你这店铺。"店家一闻此言，大喜道："客官大人你可莫开玩笑！"戴宗道："咱是实惠人，从不打诳语，若店家愿意，咱这里有现成的银子。"店家见客人当真，喜出望外，忙道："那真是一大早遇财神，咱就立据转店。"戴宗又道："咱是直性人，就交钱立据。"那店家收了银两，收拾些随身物件，高高兴兴上路走人，这边店铺戴宗二人里外准备，单等客到。

再说吴用这边，天刚亮，就有太尉派出盯梢的门人来报：辽人一行三人正朝北门而去。吴用这边瞒过夫人和云飞，让花荣与三位亲随军汉骑快马先行，吴用与李逵随后。先说花荣等人出了北门快马飞驰。约走了二十里路，就见前面有三骑在路上驰行，花荣快马赶过。侧目一瞟，其中二人正是昨晚所见之辽人，心中暗喜，头也不回继续飞驰向前。急行了一阵，后面已不见辽人，放缓慢行，不远处已见三十里铺茶馆。到了近前，已有店家过来招呼，众人会意点头，花荣要些炊饼泡壶茶，叫众人放松闲聊，边吃边等。半壶茶工夫，辽人三骑也到，见这边有爿店铺，飞身下马，店小二忙上前相迎，道："客官这边请坐，小店有刚蒸的包子、炊饼，上好龙井。"辽人落座，其中那腰挎弯刀的矮个儿大汉，大声道："给咱们泡壶龙井，上五斤肉包。"小二应声道："好嘞，稍等。"小二将五斤肉包、一壶清香龙井端上，道声"客官，慢用"，一旁去忙。这时，刚才那矮个儿辽人道："大哥，你们先用着，小弟肚子有点急，去方便则个。"起身问小二，小二道："左首转弯便是茅屋。"这家伙偏偏事多，另俩家伙也不客套，茶倒上，抓过包子就吃。戴宗见状着急：这俩猴急，也不等你兄弟先吃上了，这不是要坏事吗？！唉，吃了包子还喝上茶，咕噜咕噜两口喝完再满上，端起来又喝，吃着，喝着，就觉眼前金星一冒，腰骨一软，咕咚、咕咚，哥儿俩趴在桌上不动了。戴宗急招呼道："快将辽贼弄到里屋去。"几个亲随出手干净利落，扛肩搭背像扛死猪一般，把俩辽人扔到里屋绑缚定了。花荣拿过包袱打开一看，却没见书信密函，将包袱藏过一边，众人在桌底各抽出一把短刀，正要往茅房去，只见矮个儿辽人已解好手出来，那辽人见众人凶神恶煞般，各执明晃晃短刀，又不见了二位同伴，心中一惊，暗叫"不好"，倒退一步，转身甩出流星锤，往花荣胸口飞来。花荣眼明手快，眼见锤到，一个移步侧身，逼近那辽人，挥手一刀，仙人劈树。辽人流星锤打出还未及收锤，见花荣进步挥刀，朝腿上砍来，不多思考，一个旱地拔葱，蹿起丈高，还未落地，花荣又一招盘根错节，连扫带砍直攻下盘。那辽人躲过刀砍，躲不过连环腿，被花荣扫中腿肚。辽人顺势一滚，起身还未站稳，又见几位好汉执刀攻来，那辽人哪里是众人对手！真是：天降刀兵劫运来。众人招招紧逼，辽人左躲右闪，忽往前甩出一锤，又回手一挥，只见火光一闪，"砰"的一声，一股黑烟腾起，众人赶紧捂住脸，跃身躲避。原来是黑烟弹，待众人定神再看那辽人，只见辽人已跃上马背，正要逃遁。说来凑巧，李逵和吴用赶到，只听李逵大吼一声："哪里走！"话音未落，见李逵手按马背，脚一蹬，使出一招大鹏展翅，整个身子飞起直扑辽人，好似泰山压顶，又像雄鹰捉小鸡。可叹辽人刚脱虎穴，又入龙潭。那辽人被黑旋风扑倒在地，众人齐上捆个结实。将三个辽人绑在一块扔进柴房。这边三十里铺抓住辽人奸细，搜出蔡京蜡封密信。吴用让花荣、李逵等人严加看守，自己与戴宗急速赶往太尉府。

戴宗施起神行之法，与吴用片刻来到太尉府。见到宿太尉，把情况一说，太尉甚是高兴，速遣门人、亲兵三十余人去押解辽奸。这边吴用与太尉打开蜡封密函，只见那密函用小楷端端正正写道：

大辽国天祚皇帝：

上皇所赐夜明珠、碧玉如意及大辽国师书函收悉。今上皇所虑吾朝与女真结盟，绝非空穴来风。去岁女真遣使携厚金游说吾朝重臣，奏与吾皇称女真允诺结盟，败辽之后以燕云十六州归属吾朝。吾皇尚虑其诚意，然岁前幽州战事，失吾朝先锋呼延灼等上将，致朝野震动，吾皇又提前事。前日老臣探吾皇之意，见其意决，故特告上皇作备考，若察军机事变老臣会复遣使通告。

臣顿首叩拜，祈上皇万岁

蔡京

二人看罢，宿太尉道：“蔡京老贼这回死定了！”吴用道：“恐怕老贼垂死狡辩，还须人证、物证齐全方好。我思忖，几个辽人汉子肯定不招，神医安道全有一方子，唤作迷魂散，吃了它，不管多硬的汉子都会乖乖招供。”宿太尉忙道：“那快叫戴宗老弟去取了，等会儿辽人押到好办事。”戴宗应声而去。

次日早朝，道君皇帝临朝，文武官员山呼“万岁”。道君帝曰：“今日诸爱卿有何事要奏？”宿太尉整衣出列，道：“皇上，臣有要事启奏！”道君帝曰：“何事？”宿太尉大声道：“本朝太师蔡京私通辽邦，罪不可恕！”蔡京闻言，大惊失色。道君帝惊道：“可有凭据？”太尉忙掏出密函，道：“昨日，臣获悉有辽人奸细与蔡太师来往，因事态紧急就捉了辽奸，搜出蔡太师回复辽邦邦主耶律延禧的密函！”太尉言罢，呈上密函。道君帝一看，果真是蔡京手迹，阅毕大怒，道：“蔡京，尔作何解释？”蔡京忙道：“皇上明鉴，老臣素与太尉不睦，老臣墨迹坊间多有流传，那太尉教人模仿甚易，万望皇上替老臣做主！”道君帝闻言，生疑。太尉又道：“辽人奸细已被押来，在外候着。”道君帝曰：“带上来。”不一会儿，有侍卫押上三个辽人，一声“跪下！”，那三个辽人“扑通”齐齐跪下。太尉厉声道：“你们三人在辽邦做什么？”其中一人抢着说道：“咱是大辽国御前侍卫，实名耶律花雕。”又指了指旁边跪着的另外两个辽人道：“这位叫花骨阿打，旁边的是他亲弟，叫花骨阿彪。”太尉又问道：“尔等三人来大宋东京做甚？”耶律花雕应声道：“找人，送夜明珠、玉如意。”太尉大声道：“找哪位？”耶律花雕道：“找蔡太师，吾皇有言，要谢他上回送信，让咱杀了一个叫呼延的宋朝先锋。”道君帝一听，火冒三丈，道：“蔡京，尔还有何话可说？”蔡京瑟瑟发抖，道：“老臣，冤枉！”太尉又道：“蔡太师平日喜欢弄墨，看那信函上有其章印，那印章就挂在其颈间。”道君帝低头一瞧，果有一个红色小印，忙厉声道：“取来！”蔡京一听，腿一软，瘫坐殿上。侍卫一步上前，从蔡京胸前摘下碧玉印章一枚，呈与皇上。道君帝往高俅、童贯一瞧，言道：“让高太尉、童枢密上前比对。平日不是走得近吗？”高俅、童贯闻听此言，吓得前言不搭后语，高俅道：“是，是，是……不是，不是。”高俅暗叫不好，皇上莫非在说同党连坐？拿过信函、印章装模作样看了看，道：“奏皇上，臣见过这印章，确属蔡太师无疑！”童贯也道：“蔡京身为太师，私通敌国，罪不可恕，臣等平日不察，险被利用，望皇上明察秋毫！”高俅又道：“蔡京私通敌邦，害吾大宋良将，乃十恶不赦之罪，按律应处凌迟之刑！”蔡京闻言，魂魄顿消，瘫坐地上，一言不发。道君帝道：“宿太尉，依爱卿之见，如何处置？”宿太尉忙道：“应将蔡京押入死牢，由大理寺和刑部会审定案，搜取证物，抄没蔡京家财，缉拿余党！”太尉说完这话，瞪了一眼高俅、童贯，二人心中一惊。道君帝道：“就依宿爱卿所奏。”侍卫架起蔡京，似拎小鸡般扔进死牢。正是：奸臣贼子，久占都堂。奸心迷暗，闭塞贤路。只顾贪婪，蛇蝎本性。欺君罔上，卖主求荣。埋下恶因，终有果报。

大理寺卿于蔡京府中搜出辽邦邦主耶律延禧及国师与蔡京密书及前述夜明珠、碧玉如意等贿物，又得圣手书生萧让举证。一应人证、物证齐全，不日大理寺、刑部会审，定蔡京通敌叛国之罪，处凌迟之刑；家财罚没充国库，府中男丁判配沧州，女眷为奴。次日，于开封东河菜市口行刑。剐了一千九百九十九刀，蔡京眼见身上肉一片一片割下置油锅中炸熟，市民争相抢食，而不得速死，受尽万苦。正是：万事劝人莫作恶，举头三尺有神明。早知今日受凌迟，悔却从前使黑心。

吴用等一帮梁山兄弟目睹老贼蔡京受刑伏法，黑旋风吃够活杀现炸蔡京之肉，心中大快。戴宗在龙亭醉仙楼摆了一桌酒宴，以示庆贺。请了宿太尉、圣手书生萧让、神医安道全、轰天雷凌振来喝酒。说来也凑巧，这日晌午，奶妈让关冲来戴宗杂货铺买些什物，戴宗见了便留关冲一道去醉仙楼吃酒。

席间，众人感谢宿太尉弘扬正义为国除害，也为宋公明、呼延灼兄弟报仇雪恨。喝到半夜，宿太尉先行告辞，众人重又归座。戴宗道：“当初还是军师神机妙算，见老贼之所好，以萧让安插其间，顺利查得各证物罪据。”吴用言道：“蔡京老贼一倒，高俅托病避风，余党贼焰暂息。近些日子，谅其不敢造次，几位在京兄弟以后若有风吹草动，可先到石碣村找阮小七。”众人应声称是。

关冲与晁云飞并坐，二人年龄相仿，打骂说笑甚是投缘。关冲一听军师众人明日要回，便道：“小侄在家闲着无事，明早也让小侄一道跟去，好让小侄多长些见识。”吴用看那关冲，将门虎子，气宇轩昂，与云飞好相处，甚是欢喜，便道：“小英雄，外面多走走也好，家里高堂可要安顿好方可。”关冲忙道：“家中只有奶妈，不碍事。”吴用闻听，也觉放心，众人又喝了几杯，各自歇息。

次日，吴用众人收拾行囊毕准备起程，却不见李逵，吴用赶忙叫人去找。一会儿，花荣过来对吴用道：“军师，李逵兄弟还在大睡，说让我们先走，他随后来。”吴用又与花荣进到客栈，见李逵蒙头大睡，轻声道：“黑牛，怎的？身子欠安？”李逵听是军师，拉下被子大声嚷道：“军师，等俺砍了高俅脑袋再走！”吴用马上叫花荣关上门，低声道：“前几日已叫花荣兄弟去探过几次，那奸人做贼心虚，重金请了众多江湖高手，府衙内外昼夜巡查得紧，无隙下手。若让你知晓定会坏事！我这里已吩咐戴宗兄弟时常打探，若高俅出了东京，速来通报，到时下手不迟。”李逵道：“原来军师哥哥已有打算，也不早说。”吴用又道：“现今高俅干儿高衙内在楚州，那小东西平日狗仗人势，欺男霸女，这番叫花荣顺道去取了其狗命，替林教头报了家仇。”李逵一听，眼睛一亮，马上坐起，嚷道：“好啊，俺黑牛也去！”花荣忙道：“那高衙内手无缚鸡之力，哥哥去杀他有辱黑旋风大名，小弟速去速回，像砍瓜一样方便得很。”李逵一听也是，就道：“那俺就随军师回去。”众人出了开封东门，花荣带了夫人崔氏及三个亲随往楚州去，那花荣夫人崔氏，从小习得刀枪拳棒，也是女中豪杰。吴用和夫人、李逵、云飞、关冲径回山东郓城去。

第七回

小李广缘定凤鸣楼
高衙内命丧楚州城

且说花荣带着夫人和三个亲随赶去楚州。这日，来到睢阳城内，沿街商铺林立，轿来人往，倒也热闹。花荣牵马缓行，见一伙人围住看热闹，花荣分开人丛，挨近看时，却是父女二人使枪棒卖膏药，看那中年汉子使了一路棒法，呼呼作响，又使了一回拳，拳拳生风，功夫扎实厉害，好一个教头，不似一般走江湖混饭吃的花拳绣腿。又见那女子长得眉清目秀，身姿婀娜，玉质娉娉，手中拈上一杆花枪，轻卷翠袖，抖擞精神，见那红缨上下翻腾，犹如蛟龙腾跃，翻江倒海，已是出神入化。花荣大声叫好。那教头待女子花枪使毕，拿起一个盘子来，向众人抱拳行礼，道："小人从京城来，赶去楚州，失了盘缠，初到贵地，舞个枪棒，卖些祖传金疮药，请看官慷慨解囊，赐几文闲钱。"那教头掠了一遭，没一个出钱赏他。花荣见状，取出五两银子，道："你这汉子好身手，我是过路客，这五两白银，权表敬意，休嫌轻微。"那教头连忙道谢，又道："恁地偌大的睢阳城，竟没有一个好汉抬举！难得这位恩官。"正说间，见人丛里一条黑大汉分开众人，后面跟着二三十人，手执械棒，大喝道："那厮什么鸟汉？敢来睢阳城逞强，舞枪弄棒耍威风！"说罢，提双拳朝那教头劈脸打来，后面喽啰也一拥而上，父女俩左右拆招，只是不敢下狠手，渐落下风，所谓：双拳难敌四手，恶虎还怕群狼。花荣见状，大声道："休欺外乡人！"一个箭步闯入人群，左劈右挂，手到处人仰马翻，脚起处哭爹喊娘。那黑大汉见有帮手，回手一击，花荣出双手，左手挂，右手攥住黑大汉衣领一拉，黑大汉身子前倾，花荣松右手，中指急点天突穴，黑大汉眼前一黑，一个踉跄，瘫倒在地。众喽啰一见，闪到一边不敢向前。花荣住了手，喝道："尔等听着：天下乃天下人之天下！以后再敢造次，休怪拳脚无情！"喽啰们面面相觑，见花荣和教头已住手，大着胆子上前扛起黑大汉，飞一般跑了。

教头父女俩赶紧朝花荣抱拳施礼，教头道："多谢英雄出手相救，敢问恩公尊姓大名？"花荣道："路见不平，拔刀相助，是我等本性，莫要言谢！"又道，"本人姓花，单名荣。"教头道："莫非是小李广花荣？"花荣道："正是在下。"教头又道："久闻大名，今日得见三生有幸！说来咱们有缘。在下是河南洛阳人，姓洪，名光，在东京禁军中任职，曾与宋先锋同征方腊。前些日，得罪了童贯，辞官不做，携女儿洪霞去楚州投亲，途中失了盘缠，在此处讨些生活，实在惭愧。"花荣闻言，顿觉好似久旱逢甘霖，他乡遇故知。心头一热，忙道："洪教头，失敬！时近中午，肚中也已饥饿，近旁酒楼边喝边聊。"洪教头也不推辞，当即收拾枪棒，随花荣到了一家酒店——凤鸣楼。店小二迎进二楼雅间，洪光父女俩与花荣夫妇等四围坐定。花荣点菜上酒，道："千万莫客气，洪小姐你想吃啥就点。"那洪小姐脸上一红，小嘴一抿，道："就听花公子的。"花荣夫人定睛往洪小姐瞧，好个漂亮女子，真是：芳容窈窕玉生香，天然美貌海棠花。那洪教头看了看崔氏，问道："这位姐姐怎的称呼？"崔氏笑着道："俺是花荣妹子。"洪教头又道："花公子可曾成家？"崔氏抢着道："说来惭愧，俺哥江湖中奔波，平日里只晓练武，至今还未成家。"

那崔氏想自己嫁与花荣多年未育子女，花荣赳赳大丈夫，英雄了得，若无子嗣花家断后，自己岂不是花家罪人？今日见洪小姐天生丽质，与花荣天生一对，地设一双，若能促成……想到这里，便自称花荣妹子。花荣以为夫人开玩笑，便也不说穿，任其以妹子自称。

洪教头心中思量：看那花公子英雄俊才，至今未娶妻生子。我那女儿已是老大不小，整日舞枪弄棒，哪个敢娶？今日似对花公子有意。便欲开口说这亲事，又回头一想：婚姻乃终身大事，得问过女儿后再定，便止住不说。

崔氏有心要促成这桩好事，便变着法儿让众人一直喝到晚上，众人皆喝得酩酊大醉。崔氏见洪小姐已是十分醉了，便道："咱姐妹俩投缘得很，今晚便同睡一床，也好促膝长谈。"说罢，让酒家去收拾了一间上房，搀着洪小姐进房，扶其上床。又下得楼来，与洪教头、花荣干了几碗，花荣不胜酒力，大醉。崔氏扶着花荣进了上房，那房中早已灭了灯，崔氏帮花荣去了外袄，推搡着上了那床……

次日一早，花荣酒醒，睁眼瞧见自己与洪小姐同睡，大惊失色。这时，崔氏坐房中正梳发理妆，见花荣坐起寻那衣袄，便笑道："恭贺夫君纳了新人！”花荣一脸羞愧，不知何言以对。崔氏又道，“为妻已为夫君和新人煮了红糖鸡蛋面，洗漱了趁热吃了。”说罢，哧哧笑着，掩了房门出去了。

洪教头昨晚也是酒醉，直睡到巳时方起。刚起身不久，那崔氏便来串门。崔氏道：“俺们江湖儿女心直口快，有啥说啥，不遮掩则个。俺看你家姑娘与俺哥甚有情缘，今日俺来做媒提亲，不知教头意下如何？”洪教头也是心直之人。闻言即道：“花公子乃人中之龙，咱看了也甚中意，可不知咱家姑娘心意如何。”崔氏笑道：“你家姑娘中意得很！不瞒洪教头，他俩昨晚已成合卺之欢，生米煮成了熟饭！”洪教头闻言，一时无语。崔氏又笑着道：“洪教头，瞧你做爹的，男大当婚，女大当嫁。今日大吉，就把喜事给办了。”洪教头也是满心欢喜。

当日，花荣与洪霞行了夫妻之礼，于睢阳城又宿了一晚。次日，花荣对洪教头道：“既是一家人，不说两家话，这回去楚州，小婿有大任在身。”花荣遂将宋江被害，英雄相聚聚义庄，东京拿辽奸灭蔡京，去楚州除高衙内之事，一一述明。洪教头听后是赞不绝口，道：“做英雄，就要如此轰轰烈烈，咱小女终有好归宿。”那洪小姐听了也是更加敬佩，便道：“那奴家就随相公一道去楚州，除了那小奸贼，再去郓城聚义庄。”花荣听了，甚是开心，道：“能得岳父相助，更是万无一失。”花荣于集市置了两匹快马，众人赶往楚州。

上回花荣与吴用、李逵来祭拜宋江，径到蓼儿洼未入楚州城。这日黄昏，众人赶到楚州，花荣见这楚州城城高墙厚，四面护城河与城门吊桥相连，一排倒垂杨柳影入河中。进得城中只见车马人流不息，沿街叫卖杂耍十分热闹。花荣抬头望见一家客栈，一面杏黄旗迎风飘荡，上书五字——四海阁客栈，十分醒目。便道：“我们先投宿。”店小二遥见客到，赶忙招呼迎进客栈，花荣要了几间上房，用过晚饭，便作休息。次日早起，众人餐毕，洪教头道：“咱独个先去寻那亲戚，咱表兄在楚州做提辖，顺道打探高衙内则个，中午再做会合。”花荣道：“甚好，我与娘子四处转转。”花荣偕二位夫人沿热闹处闲逛，只见前面众人围住一处空地，花荣分开人众看时，场中间一个汉子正耍着一杆银枪，银蛇飞舞间，突然枪把往空地一插，枪尖对准喉结，双手分开，一招银枪刺喉，那银枪弯如弓月，又忽往后仰，那杆银枪忽地弹起丈高，汉子伸手接住，双手一揖，向众人要钱。此时，花荣定睛一瞧，“哎哟”一声，这可不是混江龙李俊？正是：本是同林鸟，分飞竟失群。他乡遇故知，结义胜关张。

李俊一抬头看见是花荣，喜出望外，忙拉住花荣道：“怎会遇上兄弟？真是幸事！”花荣道：“这是俺新纳的媳妇。”李俊在梁山时早见过花荣夫人崔氏，闻花荣说又纳了新人，忙行礼道：“见过弟妹。”又道，“兄弟何时讨了媳妇，哥哥喜酒可没喝上。”花荣道：“街上不便说话，去客栈里长谈。”几人挽臂搭肩来到客栈，花荣叫小二泡了壶茶，李俊道：“那年征方腊回时，兄不愿随公明哥哥入京受封，仍去扬子江讨生活，不承想鱼市行当已为州府亲戚所霸，兄一时性起，将那厮打得半死，星夜出走来楚州投公明哥哥，不料公明哥哥已不在人世，本想去洞庭寻那费保等四位弟兄，又得知高衙内在此任安抚史，思忖着要寻个时机结果了这厮，为林教头报家仇，故而在街头耍枪卖膏药，以寻机报仇。”

花荣将众人去蓼儿洼祭拜宋江、聚义庄兄弟相聚、东京捉辽人除蔡京、来楚州欲除高衙内、途遇洪教头父女喜结良缘，一一述明。李俊感叹不已。过了会儿，洪教头回到客栈，花荣互为引见。洪教头道：“我表兄，姓郑，名善堂。同在京城禁军中任职，随童贯南征方腊后，调任楚州为提辖官。表兄道高衙内至楚州整日不理事务，与狐朋奸辈常去望仙楼饮酒寻欢，因看不惯其作为，时常托病在家。”花荣道：“依岳丈见，从何下手？”洪教头道：“咱已与表兄言明，途中已招梁山好汉小李广花荣为婿，此来定取那厮性命，替林教头报家仇！表兄又道：‘咱定尽全力相助！’洪教头又言：“咱路上思忖，州府内防卫森严，又有京城来的侍卫，不如在酒楼中下手，咱家女儿从小戏曲弹奏精熟，让女儿先入望仙楼，寻机下手。”花荣闻言，转身问娘子，那洪霞姑娘深明大义，江湖儿女英雄虎胆，忙道：“爹爹所言极是，定叫那狗崽子有命来无命归！”当日，计策已定，花荣即安排洪霞姑娘往望仙楼卖唱。李俊到北门耍枪卖膏药做策应，亲随三人轮流盯着州府，若那厮出府即刻飞报，花荣与崔氏和洪光在客栈中静候消息。

再说高衙内在高俅处千般恳求，得了楚州安抚史之缺，高衙内权当游玩，高俅却实在不放心，从禁军侍卫中抽了几个高手做贴身护卫，吩咐日夜跟随，事有凑巧，侍卫中一人上街买食，瞟见李俊大街卖艺，正好识得李俊。思忖：这不是同征方腊，于杭州城大破涌金门的梁山混江龙李俊？这厮如何到了楚州？可有梁山同党对衙内不利？回到州府遂告诉同伴，要衙内闭门不出。四五日过去衙内府中闷得正慌，有二三富少上门见衙内，道：“公子老爷，这几日怎的闭门不出？前几日，望仙楼来了个花容月貌的大美人。今日特地邀公子老爷前往寻乐。”衙内一听，心花怒放，连声道好！侍卫一听，面有难色，衙内道：“这几日尔等可见梁山同党否？”侍卫摇头应道：“未见同党，但见其每日里在北门卖艺。”几位少爷应声道："堂堂老爷惧一个卖艺的做甚？其来寻事，先吃爷们儿拳头！"衙内又道："就算来几毛贼，要尔等做甚？今日里老爷偏要去！"说罢，大步出门去，后面一行人相随，沿途大呼小叫。早有亲随飞报花荣、洪教头。

望仙楼地处楚州城最繁华闹猛处，洪霞姑娘在此弹奏小曲，已有几日。这日，正当弹奏间，忽听有人低声道："高俅儿子高老爷来捧场了。"洪霞一瞅，只见来人，獐头鼠目，轻浮漂荡，乃奸邪之徒，后面零乱跟着五六人，高衙内往正中一坐，其余分坐两厢，店家忙上前倒茶招呼，高衙内道："这小娘子长得真是标致。"又道，"店家，今日老爷高兴，直接上酒上菜，让小娘子过来陪酒！"店家犹豫道："不知使得使不得……"侍卫厉声道："老爷叫使得，就使得！快去呼来！"洪霞姑娘闻言，迈婀娜步，启轻袅身，来到高衙内桌前，道个万福，"承蒙大人不嫌，愿陪酒侍奉。"高衙内笑逐颜开。须臾，酒菜齐上，洪霞给高衙内倒满一杯，又给自己斟上，二人一饮而尽。洪霞道："大人真是海量，今儿个高兴，可否换大盏？"衙内连忙道："准，换大盏，今日不醉不归！"正说间，花荣与洪教头各藏一把短刀于身背，一前一后过来。洪霞看得真切，右手往左袖内攥住一把匕首，侍卫见有人靠近，伸手欲拦阻，花荣也不搭话，左手施个缠丝手，右手自右向左径往其脖颈横刀。侍卫大惊，身体上躯急往后倾倒，花荣右步踏进，刀锋直插侍卫胸口，那侍卫背部被桌子挡住，无法挪身，那刀从胸口直入，当场呜呼！另一侍卫与洪教头缠住打斗，高衙内惊得魂飞魄散，洪霞见状，右手匕首顺势往衙内颈脉一挥，顿见血喷如泉，高衙内身子一挺，"扑通"翻倒在地，其余三五个粉头四散逃窜，另一侍卫见势不妙，虚晃一招，跳出圈外，三窜五跳，逃得无影。花荣等人也不追赶，上前一步，把高衙内头颅割下，招呼一声，奔出望仙楼。早有策应亲随牵过快马，花荣不慌不忙将头颅装入盐筐，几人飞身上马直奔北门，那李俊拿了行李候在北门，早早看见众人飞马而来，见守门兵丁未察觉，也省得动手，与众人飞奔出了北门。李俊与众人道别，往太湖去寻费保等弟兄，花荣等径往山东郓城而去。早有人飞报郑提辖，他装模作样，大吆小喝，追拿凶手，追出约莫二十里地，犯人不知去向，缓步而回，行文上报交差。正是：快乐至极终生悲，恶人恶满终有报。

第八回

吴用重整梁山寨
孙立逼上登云山

上回说到郑提辖追凶不及，回府后行文上报，不提。却说高衙内望仙楼中被杀，走了一个东京来的侍卫，那侍卫星夜赶路，径到高俅太尉府中，禀报太尉道：梁山李俊纠结余党，于楚州望仙楼刺杀衙内，闯出楚州城，郑提辖怠慢缉匪，致使梁山凶匪脱走。高俅闻言，差点儿昏死过去，道："我高俅命苦，膝下无儿女，好歹一个干儿，不致高家断后，他却不听老人家言，偏要去楚州做官，枉自断送性命。"高俅呆坐良久，对侍卫道："尔去歇息，有事再唤你。"心中思忖：梁山与老夫积怨久深，上回假赐御酒毒死宋江，其余党必有所闻，故对干儿下手。心中又盘算：如何奏请皇上剪除梁山余党，替干儿报仇，除了心腹大患。

这日，道君皇帝早朝，高俅出班奏道："臣有本要奏。"道君皇帝曰："高太尉何事奏来？"高俅道："得吾皇恩泽，封宋江等一干梁山反贼为州官、都统，今宋江虽亡，其余党贼心不死，臣闻登州都统孙立纠集梁山余党孙新、邹润等占据登云山劫杀官兵，又竖'替天行道'之旗，那应天府都统制花荣、武胜军承宣使吴用、润州都统制李逵均已不知去向。前些日，梁上李俊伙同余党劫杀了楚州安抚使！"皇上闻奏，大惊，曰："这帮贼人如此反复，欲作何为？"高俅又奏道："所谓本性难移，贼心不死，皇恩已然浩荡，贼人并未领情，臣恳请皇上速遣官兵追剿匪寇，授封州官都统之梁山余党，均应削职为民，以防生变。"宿太尉闻言，忙道："皇上，万万不可。那梁山一百单八位已受招安，为国尽忠尽职，征方腊十去七八为国捐躯，余下人众受封后，恪尽职守。臣闻那楚州安抚使不理政务，整日游闲，欺男霸女，市井积怨甚众，应速侦明事由，方可断论，不可无辜累及旁人。"道君皇帝闻言，道："宿太尉所言有理，着刑部速侦楚州安抚使被害案，着登州府尽速侦剿登云山贼寇，其余概勿究！”高俅闻言，只能作罢，道：“吾皇圣明。”下朝回家，再做策划。高俅思忖：那帮梁山贼人弃官不做，劫杀干儿后定然去了老巢水泊梁山，苦于没有凭据，皇上不信。想到这儿，叫过一个亲信家将，道：“近来老夫烦心，你多带些银两，去山东郓城、登州走一趟，四周看看，水泊梁山、登云山如何，若有风吹草动，速速来报！”那个家将一点即明。次日，收拾停当，即往梁山而来。

再说花荣一行昼夜赶路，不见追兵稍觉放心，昼行夜宿，回到聚义庄。次日一早，花荣捎了些酒菜，带着腌渍的人头，直奔梁山。林冲正教云龙练武，见到花荣甚是高兴。花荣道：“林教头，小弟今次来，为哥哥带来大礼。”林冲道：“兄弟间莫要客套。”花荣打开竹筐拎出一颗人头。林冲惊道：“此何人头颅？”花荣道：“高衙内！”林冲大吃一惊，顿时面目通红，咬牙切齿，回想当年高衙内调戏娘子，自己又被高俅设计陷害，逼上梁山，一幕幕情景再现，高声道：“真是好礼，为兄千般寻思，要报这血海深仇，今日得报大仇，应受兄弟大礼！”林冲说罢，要向花荣跪拜，花荣马上拦住，道：“林教头千万勿要如此，折煞小弟。”林冲点上香烛，摆上夫人灵位，拎过头颅做祭品，心中怨气出了大半。花荣将东京设计擒辽奸除蔡京，去楚州途中结识洪教头父女，喜结良缘，又逢李俊设计刺杀高衙内，一一道与林冲。林冲听罢，频频点头称赞。林冲祭供完毕，取过一杆长枪，挑起高衙内头颅使劲一甩，抛入山崖。花荣道：“兄弟长久未见，好生想念。小弟来时备些酒菜，吃上几杯。”林冲忙叫过亲随兄弟，围坐一桌。宴间，花荣道：“侄儿功夫可有长进？”林冲即叫云龙耍了刀、枪、剑、棒让花荣过目，众人叫好不绝。花荣见天色不早，辞过林冲众人，赶回聚义庄。

花荣新婚不久，众弟兄轮流做东，阮小七时常差人送些生猛活鲜做下酒菜，聚义庄中尽享兄弟之乐。这日，吴用收到宿太尉书信，信中道：高俅因高衙内被杀，认定是梁山兄弟所为，已向皇上进言，登州都统孙立纠集孙新、邹润在登云山重树替天行道大旗劫杀官兵，让吴用多加小心，详情已告知戴宗，云云。吴用思虑：我等剪除蔡京、高衙内，高俅必不肯罢休，孙立也太心急招眼，若那厢吃紧定然重投梁山，这边应早做准备。吴用唤来众人，道：“高俅老贼与我梁山死对头，今番必不罢休，我等也应早做准备。”吴用就将梁山欲招安时让林冲诈死，留守山寨一事，与兄弟们说明。李逵心道：怪不得花荣老弟瞒着黑牛进进出出。吴用吩咐阮小七以鱼行出面多造些舟船。童威、童猛密招工匠，将梁山关隘重新修整，设置机关、陷阱。又叫洪教头置备弓弩、刀械，按凌振所画图纸，铸造轰天炮。吴用部署停当，又写了封信差人送与登云山孙立。正是：天理昭昭不可诬，须知暗里有神扶。

又说当时道君帝于延福宫中，让宿太尉拟了份梁山将佐授封名录。那宿太尉不知小尉迟孙新和母大虫顾大嫂是一对夫妻，拟定孙立授登州都统，孙新授登州副都统，顾大嫂授东源县君。

顾大嫂受了诰封，不敢耽搁时日，自去东源县赴任。孙新随孙立去登州上任，夫妻各奔东西。独角龙邹润不愿为官，还莱州乡里为民。

那孙立为何复反？却说当年梁山军得病尉迟孙立献计打破祝家庄，庄上教师爷栾廷玉凭手中一杆铁枪冲出重围，投在东京杨戬门下。杨戬为其亲弟杨戡谋得登州知府，又闻登州府濒海，常有海匪滋事骚扰，遂举荐栾廷玉去登州做了都统制。

栾廷玉见孙立来登州赴任，回想起当年孙立以同门师兄弟之名赚取祝家庄，恨不得生吞活剥之，奈何孙立有敕赦在身。二人在登州相见，真是冤家路窄。孙立没想到栾廷玉在登州任都统制便告病在家。孙新也借故告假，往东源县顾大嫂处去，正好顺道路过莱州，来探独角龙邹润。

再说独角龙邹润回到莱州乡里，正闲着无事，见孙新到来甚是高兴。那邹润撺掇孙新，二人于莱州城里开了间赌坊，生意倒是不错。可好景不长，被府衙中张孔目盯上。张孔目见赌坊财旺，三天两头来找碴儿敲竹杠。这日，张孔目又来赌坊，邹润压不住怒火，双方起了争执，邹润一时性起，头上独角撞死了张孔目。孙新见闹出人命，忙催促邹润打了包金银奔出莱州城，径往登云山落草。孙新怕牵连哥哥孙立，急忙赶往登州报信。

那孙新心急火燎快到哥哥家时，刚转过路口却见孙立被五花大绑，一群做公的推搡着押出来。孙新大吃一惊，忙闪在一旁，隐在弄堂口。瞥眼瞧去，那领头的正是登州都统制栾廷玉，孙新思量自己不是其对手，不敢贸然出手相救，眼见哥哥被押去着实心急，当日，便托人去牢中上下打点。

原来邹润杀了张孔目，与孙新逃出莱州城，内中早有人识得小尉迟孙新为同谋，报与府衙缉凶。这缉捕公文先行到了登州，栾廷玉奉了知府杨戡令，带上五十名公差，来缉拿孙新，孙立不知原委，辩说诰敕在家，可栾廷玉记恨当年孙立破了祝家庄，不容孙立分说，以大宋有血亲连坐之律，绑去监于大牢。

次日，栾廷玉点齐登州城两千兵马去攻打登云山。

孙新见登州城内只剩得几百老弱兵士，便急赶去登云山，见山前已被官兵围定，便绕道后山丹枫岭小径上山。孙新将哥哥孙立被监登州牢中，城内兵力空虚之事与邹润说知。二人商定：连夜率五百喽啰兵，走后山丹枫岭，乘天色未明，偷进登州城，四处放起火来。各门军士知是贼兵进城，尽皆乱窜，各自逃生。邹润直打进内衙，杨戡慌了手脚，被邹润一刀砍翻。孙新径奔监中，监守牢卒已然逃散，监舍无人看守，众喽啰兵打开监牢，放出孙立等一干人犯。孙立到家中收拾家资，跨马执鞭直驱杨戡家中，把家眷杀尽。城中百姓关门闭户，不敢出来声张。邹润让喽啰把库廪中钱粮装了几十车，奔出登州还从丹枫岭上到登云山。

栾廷玉闻登州城破，杨戡家小被杀，孙立也上了登云山，大惊，连忙撤兵回登州城行文上报。

且说病尉迟孙立被逼上登云山为寇。这日，收到军师吴用来信。信中告知，梁山部分弟兄已重聚山寨。另东京高俅上奏皇上曰：登云山孙立聚众劫杀官兵。已令登州官兵克日侦剿。彼登州知府系贪官，可重金贿之，并偃旗息鼓，掩人耳目以图长久，若事变危急，可秘退梁山。孙立依计行事。

且说登州新上任知府，姓蔡，名辉。这蔡辉密州人氏，平日喜弄文墨，借此巴结上蔡京，卑称学生，时常搜寻些古今名画字帖，讨得蔡京欢心。蔡辉瞧着登州知府肥差有缺，便不失时机地讨了这个缺。那蔡辉不理正务只图钱财，今得了孙立三千两白银，便行文上报，道："自本官到任登州，辖区并无匪盗扰民。前些时日，确有二三十流民窜入登云山，谎冒梁山孙立、孙新之名，假借替天行道，蛊惑民众。今本官亲带州府官兵，几经周折辗转，捉得三五个领头，已处斩立决，余众乱徒四散逃窜，正尽力追捕。"那蔡知府从大牢中拎出几个毛毛虫，替作冤死鬼，处了个斩立决。这三千两白银揽进蔡辉兜里。本来十万火急事，却是三言两语过。真可谓：有钱能使鬼推磨，无钱却做枉死鬼。

第九回

捉陆谦施以反间计
杀蔡辉劫其贿赂金

又说童威、童猛得军师令，昼夜赶工，整修水泊山寨关隘，四面设下陷阱，八处布置机关。这晚，林冲正要熄灯就寝，童威、童猛绑进一人。林冲定睛一瞧，吃了一惊！那厮不是别人，正是冤家陆谦陆虞候。当年是林冲将陆谦举荐，做了禁军教头，后陆谦投高俅太尉府。不料陆谦恩将仇报，竟诱林冲带宝刀入白虎节堂，害得林冲吃了官司，差点儿送了性命，又在沧州军马草料场纵火，被林冲一枪贯穿胸腹，昏死过去……林冲走得匆忙未及细察，那厮命大还过魂来，逃过一劫，却落下一身残疾。

陆谦又转回高俅府中混差。这回奉高俅密令，潜入梁山刺探境况。白日不敢进寨，趁夜色雇只小船入山，不料掉入陷阱被擒。如今仇人相见，分外眼红！林冲怒火中烧，拔出腰刀要削陆谦。童威伸手拦住，道："林教头且慢，这厮半夜里偷摸着上山，必定有甚见不得人的勾当！明日告与军师，审过明白后，再杀不迟。"林冲闻言，道："老弟言之有理！"遂吩咐众人仔细巡查，以防有伴当同伙进寨。

次日，吴用得报与李逵一道上得山寨，李逵一见林冲，真是兄弟久别重逢，千言万语叙说不尽。不一会儿，吴用见陆谦被推押到跟前，用手一指，道："陆谦！你偷摸着上山，所为何事？若有半句假话，就一刀砍了扔到后山，去喂野狗！"陆谦"扑通"一跪，忙将高俅让其来梁山探察虚实之事，一五一十说了，又道："小的上有老、下有小，也是受高俅逼迫，不得已才来梁山做此勾当。今大人有啥事要吩咐小人，只管吩咐！小人只求能苟延残喘。"吴用道："既然想活，就赏条活路给你，你给家中修书一封，就说途中风寒病重，速来相见，这边自然会有人去接，到时就放你走，还有些许金银赏你。"陆谦小声道："此话可真？"李逵大声喝道："你这贱人，不信怎的？爷爷劈了你！"陆谦无奈，只得依吴用之言，去一旁修家书。吴用对林冲道："那陆谦乃高俅太尉府奴才，杀不足惜，若诓其家中老小押在山寨，单放其回高俅太尉府，高俅贱命岂不是顷刻间了结？省却多少工夫！"林冲闻言，连声道："军师真是高明！"不到一盏茶，吴用见陆谦写好家书，就对童威、童猛道："好生待客，莫要怠慢！"童威、童猛应声称是。吴用遣人速去东京接陆谦家小，自己与李逵仍回聚义庄中。

约莫半月，陆谦妻儿家小被带到梁山，吴用对陆谦道："今日放你回去，可你家人须留在此处，我等会好生照料，你到高俅府中，休提这边所见，高俅老贼有何举动图谋，须如实禀报，不得丝毫隐瞒。若有耽搁延误，梁山好汉的性子你应知晓！"陆谦听得冷汗直冒，连声道："小的知晓，知晓。"吴用又道："你依言行事，这边家小尽可放心。"陆谦又大着胆子，问道："那小的家小何时可回？"吴用慢吞吞道："须待除了高俅。你只管回京城，到时自会有人同你联络。"吴用叫人取了些银两给陆谦，那陆谦辞别家小，跌跌撞撞下了梁山。早有小船等候送过对岸。陆谦思忖：这趟差使把家人搭进去，真亏死了，幸小命得保，想梁山贼人还讲信义，送银两与我。又思忖：若要高俅老死该是猴年马月，要么弄些鼠药毒死了之，说不定老贼一夜暴病而亡，那可省事。陆谦下了梁山直往东京，一路胡思乱想，夜不能寐，茶不思饭不想，总算挨到京城见到高俅。高俅一见陆谦面黄肌瘦，去时红光满面，回来干瘪邋遢，问道："梁山可有异动？"陆谦忙道："回太尉，小的水泊四周，梁山上下，走了几回，不见人影，荒凉得很，未见异常。"高俅又问道："那登云山去过吗？"陆谦忙道："小的也去过，山上山下未见贼人，只见砍柴打猎的进出。"高俅道："这趟辛苦了，去领些赏钱，歇息去吧。"高俅心中纳闷：上回州衙来报，道登云山贼人聚众作乱。今登州知府行文上报称没有匪情。这陆谦向来行事稳妥，未见登州有贼人犯乱，或许是地方误报也未可知。此事也就暂且作罢。

再说楚州城中高衙内被杀，高俅催刑部下文，限一月内缉拿凶犯。郑提辖接缉捕限令后，叫来酒家、食客、路人画了疑犯人像，于各县镇、乡里四处张贴缉凶告示，楚州城内挨户盘查。这哪里捉得住？人犯已远走高飞，郑提辖揣着明白装糊涂，眼看时日已近，淮安道又行文急催，限日不能缉拿凶犯，将按律治罪。所谓重赏之下必有勇夫，楚州府衙又行文布告：军民人等缉拿人犯一人者，赏银一千两，举报人犯线索者，赏银五百两。

那日，郑提辖府中有一崔姓门人，闲着无事去城中闲逛，见到府衙布告画像，两眼一亮，心中一热，这可不是那日来府中的郑提辖的堂弟？那日正是我引入与提辖相见。今日左眼直跳，活该发财，这五百两白银唾手可得。又转念一想：今新到知府与郑提辖要好，郑提辖手握兵权，若急了来个杀人灭口，岂不是误了卿卿性命！想到这里便要了匹快马，直奔淮安道去告发。

再说郑提辖未能捉得人犯，明日限时已到，晚上辗转难眠，思忖：免不了要挨一顿罚棍，说不定还要被治罪。自家被治罪事小，可膝下一儿一女尚幼，这可如何是好？突然想起结义兄弟二郎神杨勇，他如今在海州为官，为人仗义，前几日还来信问候。不如先将一双儿女托付于他，自家明日再做打算。想到此，遂披衣起床，修书一封，唤过管家，吩咐明日一早带上儿女，去投海州知府杨勇。那管家多年跟随，明白事理，也不多问，就道："老爷您也要早做盘算，莫无端吃了官司。"郑提辖道："咱知晓，您老人家多带些银两盘缠，不要让外人得知！"

次日，天未放亮，管家带着郑提辖儿女出了北门，径往海州去，郑提辖见车马已远，心中稍觉宽慰。自忖道：咱也备着些，要不三十六计走为上。若有变故便去山东郓城，寻表弟洪光。遂收拾好金银换洗衣服，备了一份包裹，喂好快马，挨到未时，还不见州衙有甚动静，心中忐忑不安。忽然，提辖府后门闪进一人，见郑提辖在府中，上气不接下气，道："郑提辖，有人告发你串通梁山余党杀害高衙内，淮安道官兵马上就到。你快快逃命去吧！"说罢，转身告辞。郑提辖不及细问来由，遂拾起包袱，挎上腰刀飞身出门，骑上快马出南门，转往山东郓城而来。

原来那门人到淮安道告发郑提辖，旁有郑提辖昔日同僚张指挥使闻言，去攒点兵马，又秘嘱心腹亲随骑快马来楚州通风。郑提辖逃得性命，寻到郓城石碣村阮小七，阮小七又引至聚义庄中。

郑提辖到了聚义庄，将州衙限日缉凶，被小人告发，儿女送往海州之事，向吴用、洪光细述一遍。吴用道："我梁山之事，累及郑提辖仕途，真的羞愧万分。"郑提辖忙道："不然，如今奸邪当道，非我辈所能掌局，早晚受那窝囊气，此等鸟官不做也罢！"洪教头道："梁山兄弟忠义之士，表兄在此落脚，尽可舒心。"吴用连着安排三日筵宴款待郑提辖。

这日，东京传来消息：那登州蔡知府因失去蔡京靠山，吏部已将其革职，公文不日将到登州，新任知府为高俅门生即将赴任。吴用得知后火速给登云山孙立去信，让其于贪官蔡辉回乡途中劫杀之。

再说孙立上了登云山，令人整修关寨又招贤纳士纠集兵马，山寨气象一新，如今只愁钱粮不足。这日，收军师吴用飞鸽传书，甚是高兴。即安排精干喽啰于必经要道设伏，又派人日夜紧盯蔡辉那厢动静。这边是登云山好汉磨刀霍霍，虎视眈眈；那边是蔡知府贪官白日美梦，高枕无忧。一日，登州新知府到任，卸职公文也到。蔡辉心道：人走茶凉，世道炎凉。真所谓：朝中无人莫做官。幸亏这几年没有白忙乎，万两银子落袋，回乡置业买田，也无甚吃亏。蔡辉公事交割完毕，金银珠宝打拼了几箱，三辆马车开道，可谓是腰缠万贯，满载而归。

次日黄昏，蔡辉一行十余人出了登州地界，眼见前面是两座大山，中间夹着一山道，正觉天朗气清，山林寂静。那左边山麓树林中忽地转出一大汉，肩上扛着一柄大斧，唱喏道："此山是我开，此路是我踩，要打此路过，留下买路财！"蔡辉一听，吓得魂飞魄散，几个亲随定睛一瞧，只见那大汉一人，忙道："老爷莫怕！咱这么多人怕他做甚？"抽出腰刀上前围住那大汉。那大汉一声口哨，忽地四周窜出二三十人来，各执刀棍。那几个亲随吓得把刀一扔转身便跑，众好汉赶上，一刀一个砍翻在地。蔡辉见状，吓得瘫倒在地，连声道："各位好汉爷饶命，小的乃过路客商，上有八十老母，下有待哺小儿，万望众好汉高抬贵手。"那大汉道："蔡知府别装了，你这厮吞了咱三千两白银，今日休想走了！"蔡辉一听，心忖：完了，遇上登云山强人！那大汉不由分说，斧子挥动，一颗脑袋滚落路旁，血柱喷出尺高，蔡辉尸首翻倒沟边。那大汉不是旁人，正是独角龙邹润。正所谓：升官发财黄粱梦，万贯家业却成空。

第十回

大宋金邦结盟伐辽
朱仝李应被逼再反

这日，道君帝临朝，文武百官朝贺毕，有殿头官唱道："有事出班早奏，无事卷帘退朝。"有枢密院枢密使童贯出班奏道："启奏皇上，昨有女真金主遣使至京，责我朝与女真信誓订盟伐辽，然岁过几载，未见履约。今传谕金主之意：若宋怠毁和盟之约，则金灭辽之日，不复纳还燕云诸州。"道君帝闻奏道："前岁吾朝与女真动议和盟伐辽，时有种师道、王庶、安尧臣诸臣皆上奏谏朕，曰：女真茹毛饮血，刚悍善战。而辽虽为夷狄，然久沾圣化，谨守澶渊盟誓，未敢妄动者，乃知信义之不可渝也。今辽为女真所困，势已穷蹙。夫灭一弱虏，而与强虏为邻，恐唇亡齿寒，与吾朝不利。又有高丽王上谏言：女真似虎狼，不宜为交。苟存契丹，尚足为中国捍边。朕思之再三以为然，故而暂搁盟议。今依童爱卿之所见，以为如何？"

童贯素与女真通好，闻道君帝问话，忙道："启禀皇上，燕云诸州自古皆属中国。燕、赵倾国之力固筑城垣，除北夷之患，而后争雄七国。若得燕云之地，可倚绵延群山，巍峨奇峰，踞守燕赵之地，俯瞰北疆蛮夷，使京畿重地免受北夷窃觑。况燕云诸州四季分明，水草繁茂，可牧良驹、畜牛羊，乃鱼米之乡。若能光复燕云诸州，诚属太祖立朝一百六十载以来，最盛伟之功绩！足使大宋江山万世永固，黎民百姓世受恩泽，吾皇圣名千古流芳！"道君帝闻童贯一番言语，龙颜大悦，道："童爱卿颇有见识，殿中诸位爱卿有何见解？"道君帝说罢，环视朝中文武众臣，时有大臣宗泽力主和北辽拒女真，正欲出班跪奏，在旁少宰王黼与童贯一党，却抢步上前，道："童枢密使所言极是，前者王庶、安尧臣越俎进言，目为不法，其腐儒之辈，鼠目寸光，未能通彻世理国道。其只道女真刚捍，不说大宋勇略。今域内宋江、方腊、田虎、王庆之反，皆已平定，可谓是四海升平，国库充裕，兵精粮足，正好用兵伐辽。所谓：天与不取，反致受害。臣贸然直言，恳请吾皇圣决！”

是日，宿太尉因病未上朝，那高俅自蔡京被诛便一直托病在家。

道君帝每日辰时要去延福宫听道，觉时辰快到，便道：“今日诸大臣直言诚谏，皆有其理。然兵者，国之大事，不可不察也！且容朕再斟酌思量，日后再议。”众臣谢恩退朝。

又过月余，边外传来急报：女真部起兵二十万过混同江，攻陷黄龙府。又分兵二路，一路沿潢河直指上京，另一路取通州往大定府进兵。

童贯径往延福宫中来面奏道君帝，将女真部起兵攻辽，已攻取黄龙府，又兵分二路之军情，奏明道君帝，又接着道：“若我朝坐视女真伐辽，不出兵相助，恐女真灭辽后，不复谨守纳还燕云之约！”道君帝心忧：辽为女真所灭，燕云十六州易主女真，京畿之地将直面女真部，覆巢之下，焉有完卵？遂决意出兵伐辽！即日修国书致女真金主完颜阿骨打，曰：海上之盟，诚意不渝。闻尊邦已起兵讨辽，吾国不日也兴伐辽之师，誓志协力，南北相击。克辽之日，当如往约：尊邦取上、中二京，吾国取西、南二京，彼吾兵不过关，岁币之数同辽，燕云诸州归复与吾国。谨守前盟，神天可鉴。

命童贯为征辽大元帅，蔡攸、刘光世为副帅，赵良嗣为监军。童贯即点本部原剿方腊得胜还京之师十万，又抽调各路军州官兵，聚二十万大军，兵分两路克日进兵伐辽。刘光世领左路五万大军，奔袭阳泉关，进逼西京大同；蔡攸率右路十万大军，出保定直取涿州往南京幽州；童贯亲领中军五万，以作策应。

再说扑天雕李应、美髯公朱仝随蔡攸右路大军出征。蔡攸命黄涛为先锋，李应、朱仝等正副偏将率五千军马直驱涿州城下，涿州守将乌木完朵提着双锤，点齐五千人马，开了城门，放下吊桥，一声炮响，冲出城外，宋军退出一箭之地。辽军一字长蛇阵排开。朱仝见对阵门旗之中冲出一员猛将，只见这番将生得脸如火炭，发似乌云，虬眉长髯，口阔睛圆，身长一丈，膀阔三停，好似凶神恶煞。

那番将正是涿州城守将乌木完朵。乌木完朵举锤一挥，责问道：“不知死活的南蛮，为何不守盟约，无故犯境？”朱仝大声道：“燕云诸州历来中华故土，岂容夷狄久占不还！今日天兵降临，赶紧纳土归降，保尔无虞。若不识时务，待城破之时，玉石俱焚，寸草不留！”乌木完朵闻言，狂笑几声，道：“天下广土，能者据之。况宋、辽有盟，互不相侵。今宋帝昏庸，受女真蛊惑，轻起兵端，当遭天谴！”

二人正说话间，辽军阵中又飞出一骑，那番将挥舞手中狼牙棒，大声道："将军休与南蛮啰唆，待末将取其性命来祭旗！"乌木完朵闻言，勒马回阵。朱仝大喝道："辽将报上名来，本将不杀无名小辈。"那辽将大声道："本将耶律花豹。"说罢，挥动狼牙棒横扫过来，朱仝挥起大刀，一招拨云见日，又顺水推舟挥刀直削，耶律花豹躲闪不及，一条胳膊飞出老远。耶律花豹一愣，被朱仝砍翻在地。辽军阵中耶律花虎一见弟弟被杀，手中也舞着狼牙棒，大声喝道："还我兄弟命来！"一拍马屁股冲出阵前，这边李应见了急提手中银枪飞驰而出，笑道："哥哥！这趟买卖兄弟来做！"朱仝提马回阵道："兄弟小心在意！"那耶律花虎也不搭话，与李应拼死战在一起，两边金鼓喧天，号角齐鸣。一个是报仇心切，招招拼命；另一个是稳扎稳打，枪枪凶险。战了二十几个回合，只见李应虚晃一枪，拖枪回阵，耶律花虎一瞧，南蛮怯战欲逃，便拍马紧追。眼看着快要追上，耶律花虎抡起狼牙棒，使个力劈华山，李应听马蹄声逼近，后脑勺风响，突然身子前倾，脚尖一钩银枪，回身使出一招回马枪，正中耶律花虎咽喉。耶律花虎翻落马下，一对狼牙棒，一双兄弟，同日阵亡。宋军阵中黄涛见杀了两员番将，便催动大军掩杀过去，两军混战厮杀，宋军是人人奋勇，个个当先，乌木完朵领辽军边打边退败入城内。黄涛乘胜指挥宋军攻打城池。但见城楼上滚木礌石弓弩灰瓶，雨点般打下，攻城宋军死伤无数，黄涛只得鸣金收兵，离城十里扎下营寨。

宋军旗开得胜，首战先捷，中军帐中黄涛与众将饮酒庆贺，独不见朱仝、李应。一员副将道："今日头功却被梁山贼配军抢去。"黄涛道："莫要急，明日本将命贼配军去攻城。若战死，这头功就记在本将名下，若败回，军法处置！"几员副将随声应和。不料，众将之中却有个叫姚忠平的与李应是同乡，心中愤愤不平。待酒宴散尽，独自到李应帐中，见朱仝也在，遂将黄涛算计如实告诉二人。

次日，黄涛点将，道："正将朱仝、李应听命。"二人应声站出，黄涛道："本先锋观城中守军不多，趁增援未到，命你二人今日攻城，务必拿下，否则，按军律处置！"二人心中明白：昨日夺了头功，今日分明难为咱们。二人应声领命，点齐人马，置备攻城械具，令盾牌兵一字排开为前队，弓箭手、刀斧手随后，后队长枪手压阵，令旗一挥，逼向城墙。突然城楼上现出无数兵将，箭弩、矢石像蝗虫般朝宋军打来，宋军将士躲在盾牌后面，箭、弩也似骤雨般往上射。兵士沿云梯奋力往上攀登，城上滚木礌石疾下，砸着便死，压着就亡，宋军虽然骁勇，辽兵更是拼命，不消一个时辰，宋军死伤无数。扑天雕李应脱去上衣，取了面盾牌，冲到城墙

边沿，以盾牌护身奋力攀登，眼看已到城头，突然城楼上伸出木叉叉住云梯，辽兵硬生生将云梯推开，李应随云梯翻倒下来，眼看着地，李应一个倒地翻滚，刚立身肩头却中了一箭，盾牌兵速将李应护过护城河。朱仝见李应受伤，城池久攻不下，伤亡大半，遂鸣金收兵。

朱仝来到中军帐，黄涛问道："朱将军，城可否攻破？"朱仝道："守城辽军拼死抵抗，我军虽奋力攻打伤亡大半，却未能攻下，李将军受了伤，我已下令收兵。"黄涛一听大怒，道："没有本将军令，怎可擅自收兵？来人，给我拿下！"帐前兵丁一拥而入，将朱仝按倒在地，捆了个结实。黄涛厉声喝道："朱仝，你这梁山贼配军，敢违我将令，推出去砍了！"在旁副将姚忠平忙上前道："先锋使息怒，朱将军昨日首战告捷，众将士有目共睹，今临阵斩将，恐军心不服，不如令其明日再战，若能攻取，也可以将功补过！"黄涛闻言，道："姚将军替你求情，死罪免过，活罪难免，鞭杖二十，缚营前示众！"美髯公朱仝被剥去上衣，反缚营前木桩上，二十鞭抽打下来，背上血痕条条，朱仝未吭一声。姚忠平寻着李应告知此事，李应咬牙切齿，道："狗日的，操他祖宗，爷爷这就去砍了那厮！"姚将军赶忙拉住，道："不可！待晚上我与将军一道动手除了这厮。"

是夜，没有半点星月，三更刚过，李应与姚忠平换上紧身黑衣来救朱仝，窃喜无人看守，割断了绑绳，松开朱仝手脚。李应道："这窝囊气受够了，反了！"遂递给朱仝一把短刀，三人轻手轻脚摸向中军帐，见帐外几个兵士正在打盹儿，三人上前挥刀结果性命。黄涛正呼呼大睡，朱仝近前往脖颈上一刀，又一阵乱砍猛戳。叹黄先锋从梦乡直去阎罗处报到！三人牵过快马，奔出宋营。各自赶往家中去接家眷，约好至郓城石碣村会齐。朱仝、李应此前已知吴用等人在郓城聚义庄中。正是：杀尽奸邪恨始平，千秋义气终无悔。

朱仝、李应、姚忠平及家眷一干人与吴用等众人相见。朱仝将出征杀敌，受辱砍杀先锋黄涛述明，李逵拍手称好。吴用一听，忙道："不好了！"众人相问为何？吴用道："童贯见先锋被杀，又走了几位梁山将领，定会上奏皇上，说梁山贼寇于军中斩杀先锋，重新造反，肯定要累及其他弟兄。"吴用想到这里，一边吩咐大摆宴筵，自己修书一封飞鸽传书给东京戴宗，让其速速通知诸弟兄，来郓城避难。

不出几日，传来消息：涿州城辽将乌木完朵于次日闻宋军内讧，先锋被杀，遂倾城杀出，宋军不敌，大败溃输。蔡攸上奏：梁山降将临阵反叛，使辽军乘机突袭，以致宋军溃败。道君帝震怒，下旨缉拿梁山余党。

不久，神医安道全、轰天雷凌振、圣手书生萧让、镇三山黄信、锦豹子杨林、一枝花蔡庆、鬼脸儿杜兴、小旋风柴进、神行太保戴宗、混江龙李俊、铁扇子宋清陆续来到聚义庄。母大虫顾大嫂去登州路远，担心途中被擒，也径来聚义庄中。

吴用见众弟兄又重新聚义，遂吩咐凌振多铸造火炮，置于梁山紧要关隘路口，又派遣杨林、杜兴、蔡庆于各地采买粮草囤积于梁山，各位头领下山去纠集旧部人马重聚山寨。

第十一回

功名利禄水云间
贩售圣作市东园

当年燕青追随玉麒麟卢俊义入伙梁山，后宋江受了招安，又奉诏伐辽邦，战田虎，剿王庆，征方腊，替朝廷南征北讨，眼见兄弟折损了许多，十去七八，燕青生死百战终捡得一条性命。

宣和三年九月，征方腊大军班师回朝，仍驻于京城外陈桥驿。燕青心灰意冷，无意功名，心中惦着李师师，便收拾了一担金珠私物，只身出了营寨，径到城中御街烟月牌。

燕青出征前曾偷着来与李师师私会，许下誓言：若能全身而还，便来替李师师赎身。那李师师闻知宋先锋班师还朝，打听得燕青小乙哥也随军而回，心中窃喜。这几日，翘首盼小乙哥到来。

这烟月牌乃汴京繁华之地。燕青寻到门前看时，依旧曲槛雕栏，绿窗朱户。燕青轻叩门环，仍是李妈妈迎进。迈入庭院中，已闻凤箫悠扬。李师师从窗中瞧见燕青，赶忙轻移莲步，款蹙湘裙，出来相迎。燕青望见，别是一番风韵，但见：貌似海棠初开，腰如杨柳轻摆，浑如九霄琼姬，绝胜月宫嫦娥。

李师师紧走两步扑入燕青怀中，燕青只闻得兰麝芬芳，馥郁飘香，已情不自禁，将李师师搂在怀中。李师师轻声道：“小乙哥，可想煞师师妹了，闻知宋先锋班师回朝，这两日，师师妹一直盼着见到小乙哥，今日终于得见了。”李师师边说边挽着燕青进了厢房。李师师替燕青去了披风，李妈妈早已备下诸般果品肴馔，着丫鬟端上，李师师执盏擎杯与燕青交杯互敬，两厢欢喜。李师师轻声道：“哥哥此番回京作何打算？”燕青道：“我等梁山兄弟一百单八将南征方腊，如今十去其八，使人心寒，公明哥哥明日要入朝受封，我已闲散惯了，不愿受朝廷制约。”李师师喜道：“师师愿终生陪哥哥天涯浪迹，只为仙鹤飞，休做鸟官人。”燕青喜道：

“如此甚好，正合我意，从此骑鹤去，休管凡间事。”

李师师着丫鬟唤来李妈妈。那李师师可是牌楼里头当红花魁，李妈妈视师师为牌楼金牌宝贝，平日里对师师是百依百顺。今闻燕青要替师师赎身，吃了一惊，心忖：若花魁娘子走了，这牌楼生意不好倒是事小，若是惹恼了当今天子，可是吃不了兜着走！燕青见李妈妈顾左右而言他，说话吞吞吐吐，犹豫不决，便竖起剑眉，瞪着虎眼，道：“咱今日按风月场中规矩行事，前来赎身！多少银两开个价。若是吐出半个不字，咱可不嫌多杀几个杂碎！”李妈妈一听，吓得差点儿瘫倒在地，心道：这梁山大盗个个儿都是杀人不眨眼的魔君，眼前这位可是惹不起的主儿！便定了定心神，道：“莫说赎金多寡，老身待师师如同己出。今师师得遇相公，可是前世修来的姻缘，老身自然乐见其成。只是师师一走，那赵大官人处开罪不起，故而老身觉得为难！”李妈妈停顿了一会儿，叹了口气，又道，“老身命苦！拙夫死得早，早年儿子与人去了淮西，至今已有十几载不归，定是客死异乡！这些年，老身身子骨也大不如前，这风月场中讨生活也是厌倦了，老身思来想去，若师师定然要走，老身乡中也无亲友投靠，可否带上老身一道去了？”李师师闻言，喜道：“李妈妈与师师情同母女，平日里也是百般呵护。若李妈妈撇得下这爿牌楼，随师师一道远走，互相也有个照应，那是最好不过！”李妈妈听师师这么一说，心中甚是欢喜，也不计较赎金多寡。

当晚，燕青留宿于牌楼中，与师师两情相悦，颠鸾倒凤，也不细说。

次日一早，李师师收拾几大箱金珠细软、古玩书画、奇珍异宝。李妈妈这几年也积攒了不少金银，昨晚已收拾妥了。燕青去早市置了两乘马车，雇了车夫。几人出了汴京，来到陈桥驿。燕青吩咐李师师稍候片刻，便径入营中，见到卢俊义道：“小乙自幼随侍主人，主人待小乙如亲生儿子般，蒙恩感德，一言难尽。今大事已毕，小乙愿隐姓埋名，浪迹山水，寻个僻静处修身养性，不愿在朝为官受人制约，特来辞别！不知主人意下如何？”卢俊义闻言，道：“自水泊梁山招安，我等身经百战，经受诸般苦楚，弟兄折损许多，幸存我等性命，正要衣锦还乡，光宗耀祖，你却寻这等没结果？！”燕青笑道：“主人差矣！朝中蔡京、高俅、童贯、杨戬之辈结党营私，陷害忠良。帝自诩道君，乐于圣道，朝政为奸党把持。我辈必遭排斥，不得弘志，到头来空有一股热血，却报国无门。古人云：狡兔死，走狗烹；飞鸟尽，弓箭藏。若不早退，反受其害！故小乙不求封官，只图安逸快活。我意已定！今日一别恐难相见，愿主人前途保重。”拿出一封书信，又道：“烦主人将这封书信交与公明哥哥，我也不去当面

辞别，恐其挽留为难小乙。就此别过。”燕青与卢俊义挥泪而别。卢俊义见到宋江，宋江拆开书信见四行字句：大雁分飞自有序，不求封官不求荣。此身自有红颜伴，洒脱风尘山水间。

待到宋江追出营外，已然不见浪子燕青踪影。

去岁燕青随大军南征方腊无暇留意山水美景，今日洒脱红尘，心无牵挂，一路尽情玩赏。真是：海阔凭鱼跃，天高任鸟飞。

过这应天府，但见：三月春风麦浪生，黄河岸上晚波平。村原处处垂杨柳，乡野青青飞鸿雁。登上敬亭山，有诗赞曰：众鸟高飞尽，孤云独去闲。相看两不厌，只有敬亭山。

下到扬州府，堪称：淮左名都，竹西佳处。有道是：天下三分明月夜，二分无赖是扬州。有诗为赞：江都王气逐浮沤，旧说维扬第一州。银烛夜攒喧风吹，金鞍晓织卫龙舟。绿芜城上军声合，红药阶前客泪收。云散月明天在水，误疑身世落瀛洲。

再转江宁府，夜泊秦淮酒家。那钟山龙盘，石头虎踞。扼长江天堑，为帝王之宅。有诗赞叹：地即帝王宅，山为龙虎盘。金陵空壮观，天堑净波澜。又赞曰：江南佳丽地，金陵帝王州。逶迤带绿水，迢递起朱楼。

顺去润州，为金陵津渡，京口瓜州，但见：云间铁瓮近青天，缥缈飞甍百尺连。几番画角催红日，无事沧海起白烟。

途经常州，观此延陵壮哉邑，古隶水乡地。绿杨烟袅袅，红蕊莺寂静。有诗赞美：随风柳絮轻，映日杏花明。无奈花深处，流莺三数声。兰桡画舸转花塘，水映风摇路渐香。任兴不知行近远，更怜微月照鸣榔。

到无锡，眺望太湖，临风怀古，只见：金山冉冉波涛雨，锡水茫茫春木草。登七十二峰，万千情愫融于万壑烟波中，感怀古今，悲不自禁。

历数月方至苏州城，游枫桥历寒山寺，上姑苏醉思西施。有唐白居易作诗赞：阊门四望郁苍苍，始知州雄土俗强。十万夫家供课税，五千子弟守封疆。阖闾城碧铺秋草，乌鹊桥红带夕阳。处处楼前飘管吹，家家门外泊舟航。云埋虎寺山藏色，月耀娃宫水放光。曾赏钱唐嫌茂苑，今来未敢苦夸张。

二人看不厌江南山水，赏不尽世间美景。李师师见苏州园林满城，景色如画，甚是欢喜。二人游罢虎丘回客栈歇息，李师师倚靠着燕青道：“奴家已有数月身孕，觉得有点累，看苏州城里城外，景色如画，民风朴实，物阜民丰，倒是个好去处，此处觅个安身所在倒也不错。”燕青闻言，道：“娘子所言甚是，我也觉苏州确是个好所在。明日里我出去四处打听一下。”

连日来，李师师与李妈妈留在客栈将息身体，燕青东游西逛四处打听八方察看，终于寻到一个好所在——阊门外的东园，那东园占地三十余亩，园内布置精巧，假山奇石众多，厅堂宽敞华丽，楠木殿夏日无蚊蝇之扰，有不出城郭而获山林之趣。原来此东园故主乃当朝太师蔡京，蔡京本打算来此颐养天年，可人算不如天算，最终落个凌迟处死、家资罚没的下场。今朝廷集大军征辽，国库空虚。三司使令苏州府卖蔡京宅邸以充国库，那苏州知州不敢怠慢，便令人四处张贴告示，以三千两白银市卖。那些权贵、富户皆避嫌不取。

燕青见了市卖告示，便邀李师师同到东园，里外看了几遍，满心欢喜。二人回到客栈，李师师问燕青道："相公身边有多少银两？"燕青答道："那日攻占方腊帮源洞取了些珠宝，可去市上卖了换些银子，加上朝廷赏赐，应相差无几。"李师师笑道："奴家箱中有几幅道君帝赐的画作，拿去卖了应值千两银子。"说着，便去打开珠宝箱，取出两幅画来。燕青细瞧，道君帝那细长的瘦金书体甚是醒目，只见一幅为《芙蓉锦鸡》，另一幅却是《池塘晚秋》。燕青瞧了半日，也没瞧出端倪。

燕青怀揣两幅圣画，走了苏州三街六市，寻到平江巷，一个唤作藏宝斋的店铺。店中伙计二十出头，见有客到来，忙上前笑脸招呼，唱道："贵客打哪儿来？本店有的是稀奇珠宝，四海珍玩，货实价廉，尽保客人满意！"燕青笑道："自汴京来，去唤你家掌柜的来，咱有几样珍奇宝贝，不知你家掌柜识不识得？"那伙计一听，忙进里间请出掌柜。那掌柜姓李，约五十开外。李掌柜长得一脸富贵，不高不矮，不胖不瘦。燕青从怀中取出两幅字画置于柜上。李掌柜小心打开画轴，眼珠顿时一亮，急从怀中取出西洋琉璃镜，上下左右近瞧远望，对燕青道："尊客何许人也，有当今圣上宝作？"燕青脸色一沉，道："道有道法，行有行规！店家何故问客东西南北？若无意买卖，便另寻他家！"说罢，欲卷画走人。李掌柜见状，忙道："本店无意冒犯尊客，只是觉得稀罕之物，常人难得，故而发问。但问尊客出价多少？"燕青见问，便伸出一个手指头，道："少一两不卖！"李掌柜摇了摇头道："贵了！苏州城中可寻不到如此大的买家，若是五千两银子，藏宝斋便倾囊收受！"燕青心中暗喜，李师师道是值千两银子，那几幅烂画竟能售得五千两银子！于是便道："今日手紧，急需银子使唤，若是平时真舍不得这稀世之宝！"李掌柜见客人愿售，心中暗自窃喜，此乃当今圣上真迹墨宝，可谓传世之作，价值连城，忙道："今铺间只有三千两现银，另两千两需待三五日取齐。"燕青便道："无妨！"两厢交割了钱物，李掌柜具了一份赊欠条捺了印，皆大欢喜。

次日，燕青径到苏州府衙来，知州庄玄闻燕青欲购东园，开口问道："尊驾何方人氏？尊姓大名？作何营生？"燕青答道："小民祖居大名府，姓燕，名丰月，做些丝茶小本经营。"燕青心忖：即来苏州隐居，不便将真实姓名相告，将"青"字拆开，为"丰月"二字。燕青接着道："昨见府衙售卖东园告文，故来府堂惊扰知州大人。"庄玄道："燕施主三千两银子可备好？"燕青笑着道："此售价实在悬高，小民有心无力！昨日请了风水先生去看了那园子，道是园大克主。今小的命硬，也不信那个邪。若售价肯低些，小民即便使尽家底，也有意购之。"庄玄干咳了几声，呷了口茶，缓缓道："此园子本是蔡京私邸，三司使责本府尽快售卖，言价三千两。本府也以为价偏高了，可要降价售卖，须报三司使认可，颇费周折！"燕青压低声道："小民行商多年，颇通世理。知州大人可称此宅园克主，乡民避讳，数月无人问津，偶有外乡人不知备细，经反复论价，以两千两售出。小民另备五百两花银，供大人疏通上司。"庄玄闻言，咧嘴一笑，道："燕施主可谓通情直爽之人。如今为官难做，有苦难诉。若如此，今日即将此桩大事给办了！"燕青心中咒骂贪官，可也乐得省下五百两银子。

燕青与李师师于苏州安顿下来。光阴飞逝，过了几月，李师师生下一对龙凤双胎。燕青整日在家陪着师师。这日，园中走进一人，燕青抬头一看，吃惊不小。不是别人，正是行者武松。

第十二回

英雄归隐六和寺
冤家寻仇钱江畔

上回说武松入到东园，燕青见了欣喜万分。燕青自幼随卢俊义习艺，卢俊义师从周侗，那周侗乃大宋第一武师，当年西夏国寻衅大宋，欲兴兵南侵，但不知大宋底细，设下天、地、人三座生死擂台。周侗年少气盛，武艺超群，打下了天擂，慑服西夏。

又说武松疾恶如仇，当年清河县里出手伤人，避走他乡游迹江湖至东京，也曾受周侗老师点拨武艺。故武松与燕青二人既有同门叔侄名分，又有梁山兄弟之情义，今日久别重逢，显得格外亲热。

燕青将武松迎入厅房入座，吩咐李妈妈去置办酒菜佳肴，让李师师出来与武松相见。燕青将自己不愿入朝受封，辞别卢俊义，偕李师师游历江南，于苏州购得东园生儿育女，诸般事体，细述一遍，又问道："哥哥在杭州六和寺出家修行，缘何到此？"武松见燕青发问，又观李师师瞧着自己少了左臂，眼中透着疑惑，便苦笑了一下，长叹一声，道："说来话长！"

武松思绪万千，眼前闪现一幕幕往事：当年武松在汴京拜别恩师周侗，周侗曾叮嘱武松道，往后江湖中行走须小心提防一僧一道。

那"一僧"，便是悬空头陀。惯使两把戒刀，江湖人称铁脚头陀。原是天台寺僧人，因犯了寺规，不服戒律，于江湖中游走，撞在十字坡母夜叉孙二娘手上，做了馒头馅。说来那厮也与武松有缘，武松孟州城犯下命案，官府搜捕得紧，待挨到十字坡，菜园子张青荐其去投二龙山花和尚鲁智深和青面兽杨志，孙二娘怕途中被做公的捉了去，便寻出那铁脚头陀一领衣袄、一串人顶骨数珠、一个铁界箍、一本度牒、两把雪花镔铁戒刀，将武松打扮成行者模样。后来有天台寺僧人见武松这身行头，误以为铁脚头陀坏在武松手上，又引起一番江湖纷争。

这“一道”，便是妖道包道乙。他早年在仙华山昭灵宫学道，后游黔西，入了左道，善使妖法，有一口玄元混天剑，被方腊拜为应灵天师。前岁，宋江奉令南征方腊，鲁智深与武松引兵会攻乌龙岭，遇着妖道包道乙，包道乙见武松十分骁勇，两口戒刀上下翻飞，南兵抵挡不住，便掣出那口玄元混天剑来，当空飞下断了武松左臂……

官军得胜还朝时，驻扎六和塔下，武松自与鲁智深在寺中一处歇息。

是夜，月白风清，水天共碧。睡到半夜时，鲁智深听得潮声如雷，似金戈相击之声，只道是方腊余众杀将来，便摸着禅杖，跳将出来，众僧吃惊不小，问明事由，笑而告之：传说是当年吴国夫差不听伍子胥谏言，终至亡国，伍子胥愤而投钱江。自此钱江日夜两潮，从不违时，谓之潮信，今夜合当三更子时潮来。鲁智深听了大笑，又忽有所思，道：“吾师智真，曾嘱四句偈言：逢夏而擒，遇腊而执，听潮而圆，见信而寂。此偈言前两句已应验了，今日听见潮信，自然就是圆寂。”次日，鲁智深沐浴更衣，焚香坐禅，无疾而终。

宋江接报，急引众头领来焚香拜礼，众皆嗟叹不已，宋江自取金银请僧众替鲁智深做水陆功果。

当晚，宋江与吴用留宿六和寺香客房中。武松事毕来香客房探视宋江，行至房前，只听得宋江与吴用道“……武松已成废人……”。武松闻言，一阵心寒，便止步不前，自回房间。武松一夜辗转难眠，心中思忖：自己英雄一世，心高气傲，如今落个残废，若去汴京做个鸟官，也无甚益处，反受奸人嘲讽。此处风光旖旎，景色秀丽，乃世外桃源，清静世界，不如在六和寺中出家，安度余生，也为善果。次日，武松请来六和寺住持大惠禅师，说明本意，将所赐金银尽纳入六和寺中。宋江见武松意决，不得忤逆其意，待做满三昼夜功果，与鲁智深下火，葬入塔院，便率大军还朝去了。

虽说武松在六和寺中出家，却不随僧众诵经打杂，还是早晚习研武学。因断了一臂，便改使单刀，尤在腿脚下功夫。

这日，武松用过早膳，登上六和塔，倚栏远眺，见大地苍茫，群山苍郁；俯瞰钱江，看风帆飞驰，水天共辉。有诗为赞：怒声汹汹势悠悠，罗刹江边地欲浮。漫道往来存大信，也知反覆向平流。任抛巨浸疑无底，猛过西陵只有头。至竟朝昏谁主掌，好骑赪鲤问阳侯。真令人心旷神怡。武松正看得发呆，却隐约听见塔下有人询问：“武松可在此处？”武松心中纳闷：“今日怎会有人寻俺？莫非是梁山兄弟到此？”遂飞步而下，见有生人三位，生得臂粗肩阔，目光炯炯，见武松下塔，问道：“尊驾可是梁山武松？”武松环视三人，道：“正是俺武松，不知几位有何见教？”其中一汉子声音低沉，道：“尊下可记得去岁今日之事？”武松蓦然想起，去岁宋军兵分六路攻破杭城，张顺血溅涌金门。之后去夺乌龙岭，自己被包道乙妖法所伤，断了左臂。往事历历在目。眼前这三人分明是方腊余孽前来寻仇！便冷笑一声，道：“俺武松正独自烦恼，这断臂之恨还未得消！尔等不知死活的泼才，竟寻上门来，岂不是寻死！”那汉子怒道：“你等自称好汉，替天行道，却助纣为虐，杀戮我南国多少兄弟，今日休想走了，明年今日便是你的祭日！”言罢，那汉子发一个崩拳，直朝武松胸口打来，武松见对方拳到，平地旋身躲过来拳。那汉子见崩拳走空，急用劈掌连环扑面，掌法凌厉。武松使个童子拜佛，挂、按、拨、挤，以四两拨千斤，一一化解。

余下二人见状，也拔出短刀，三面围定，夹攻武松。武松急转步移身挪位，九宫步法变化无常，那仨汉子使出平生本事，却占不到半点上风，那使拳汉子见六合意拳讨不到便宜，突施出连环劈挂手，左掌劈出，右掌即到，武松斜侧身避过左掌，伸手沾住那汉子右臂，使个金丝缠臂，顺势发劲一抖，那汉子立身未稳身子前倾，武松迅以肘顶肋，那汉子忙缩臂回护不及，肋骨已断三根。武松得势进步，顺手反掌击中那汉子胸口，那汉子跌出丈远，口中鲜血直涌，倒地不起。武松忽闻身后刀风紧迫，也不及回头，低头躲过横刀，顺势起右脚后踢，正中另一汉子手腕，这短刀拿捏不住飞向半空，武松一个鹞子翻身，接住落下短刀，顺下落之势，插入那汉子胸口。第三个汉子见不是对手，虚晃一刀，跳出圈外，飞奔下山，逃遁而去。

早有僧人飞报大惠禅师，大惠禅师带着一班僧众赶到，见一汉子胸口插着一把短刀，血汩汩直冒，已然不活。另一汉子一手扶地，欲挣扎爬起，大惠禅师忙从怀中掏出一粒药丸，塞入那汉子口中，问道：“究竟何事打斗，犯出人命？”武松道：“那几人是方腊余党，来寻俺报仇。”大惠禅师闻言，叫人取来一条绳索，将那汉子捆个结实，让僧人去报与州衙。那汉子被押至州衙经不住拷打，一一实招。

原来三条汉子都是方腊大公子南安王方天定部下，一个唤作温克让，另二位是吴值和赵毅。去岁年初，随方天定镇守杭州。宋军久攻杭城不下，折损了许多兵将。混江龙李俊诈冒南国解粮船到，趁夜夺得涌金门，宋军似潮水般涌入，方天定率部激战半夜，手下将士大部战死。眼见大势已去，无力回天，由温克让、吴值、赵毅三将拦住宋军死战，方天定拼死杀出南门。此时宋军已全部入城，城外没有宋兵。方天定见有几条运粮船泊在湖里，便下马欲上船去，不料湖中阴风骤起，冒出一人。方天定忽觉手脚僵硬动弹不得，原来是张顺英魂显圣，一魂缠住方天定。恰巧这时，船火儿张横飞马赶到，见方天定似木桩呆立，便一刀割了头，驰去城中邀功。待温克让、吴值、赵毅杀至南门，只瞥见方天定无头尸身横在岸边，三人痛哭不已，无奈身死不能复生，赵毅俯身拾得方天定兵器——方天画戟，三人上了运粮船，正欲解开船缆离去，突见一员女将飞驰而来，身后紧随着三五员女兵，定睛细瞧，那女将却是方八妹。

当夜，方八妹驻于大营中，闻宋军入城，便率部众杀至西门，又从西门杀向东门，待从东门杀至南门时，只剩得身边三五骑随从。

方八妹见到侄子方天定无头尸身，顿时泪如泉涌，哽咽着道："今日血海深仇，非报不可。"言罢，让部众将方天定尸身搬到船上。众人连夜驾船，经海盐出钱江入海，颠簸数日漂至昌国富都，将方天定下葬。方八妹经此一役，身心疲惫，大病一场。待其病愈，清溪帮源洞已被攻破，方腊被擒，押至东京处死。

方八妹等人至昌国富都隐居下来，仍时刻不忘报仇雪耻。两月前，方八妹让温克让、吴值、赵毅三人去洞庭蛇盘山，拜会摩尼教两湖道圣坛坛主杨枭，商议举事大计，又联络各处旧部人马，以图东山再起。

前日，三人潜回杭城。那温克让探听得知，梁山部将武松在六和寺中出家为僧。赵毅闻言，便咬牙切齿，道："那厮伤了咱多少弟兄性命，今日便去结果了他，替咱弟兄报仇雪恨！"吴值听了脸有忧色，道："那打虎武松本领高强，恐你我不是他的对手！"温克让奸笑一声，道："咱已打探得明白：去岁武松攻打乌龙岭时，被应灵天师包道乙的玄元混天剑断了左臂，如今已是废人一个！凭咱三人之力，剪除一个废人，易如反掌！去岁明日正是杭城失陷之日，正好拿武松人头祭奠我南国英魂。"三人商议定了，便来取武松性命。不料赵毅被杀，温克让被擒，单走了一个吴值。

次日，武松打了一个包袱来见大惠禅师，道："昔日蒙大师收留得以在宝刹修行，不料行踪被方腊旧部得知，恐日后血雨腥风，有扰宝刹清静，今武松去意已决，大师也无须挽留。"大惠禅师见武松执意离去，想武松将赏赐财物已尽纳入寺中，身无分文，便叫僧人去库中取出百两银子，打了一个包袱，当日与武松送别。正是：旧仇未报替新恨，前因未了再生恶。小人从来不释仇，英雄自古不计怨。

第十三回

天台山偶遇铁头侠
悦来店救助父女俩

武松辞别六和寺住持大惠禅师，还是那身行者打扮：一领皂布直裰，头箍界箍儿，挂着一百单八颗人顶骨数珠，腰挎两把雪花镔铁戒刀，背了个包袱，走下月轮山。途中思忖：俺武松这半生杀人无数，罪孽深重，本想在六和寺修度余生，却被仇家搅了功果，想必是尘世间恩怨未了！想这大千世界，美好景致，旖旎风光，不如游历一番，也不枉此生来世间走一遭。想到这里，心境豁然开朗。

到了山下，眼见是一个三岔路口，北去入杭城往湖州，朝西是临安去徽州，向南经越州往天台。正当武松犯疑之际，南边大道上走来三个僧人。

武松蓦然想起一桩心事：当年杀了蒋门神、张团练和张都监一门老小，逃出孟州城来到十字坡，孙二娘将天台僧人铁脚头陀的一身行头，给俺打扮定了。从此，俺以僧陀行者的模样行走江湖间。梁山招安后，俺随大军先去伐辽，又至河北去剿田虎。那铁脚头陀是天台山国清寺道逵住持收养，取法名悬空，道逵住持将毕生武功悉数传授与他。那厮功成后尤以腿脚功夫见长，人送外号铁脚头陀。可惜那厮心术不正，行事不端，被逐出师门，却在江湖中行恶。道逵闻之，便想清理门户，又于心不忍，遂遣弟子下山四处打探其行踪，欲带回天台惩戒。这日，道逵弟子慧明、慧心于河北榆社界内遇上俺，见俺这身打扮，便认定铁脚头陀坏在俺手上，不容俺分说，双方动起手来，慧明、慧心却不是俺对手。俺应诺：待征完田虎，自会去天台山见道逵住持解说。不料征完河北田虎，又去淮西打王庆，打完王庆再去江南剿方腊……如今见了这几个僧侣，忽想起还有这桩孽缘未了，便迈步朝南，径往天台山来。

过了越州去天台尽是山路，武松迤逦而行。这日，到了天台县境，武松向路边摆茶摊的一老者询问去国清寺路径。那老者用手一指，笑着答道："这国清寺离此只五六里地，沿赭溪直去，有一座石桥，过了桥再前行百丈，左去便是。"那老者瞧武松这身行者打扮，又道："大师傅也是去赶明日法会的？"武松问道："明日是何法事？俺可不知晓。"老者脸现惊讶之色，道："大师傅不知晓？！明日二月十九，可是观音菩萨诞辰之日，四方信徒皆来天台礼佛。"武松心中思忖：明日法会，道逵住持不得空闲，俺不便去打扰。这天台山佛宗道源，山水灵秀，俺先游山玩水一番，过两日再去拜谒道逵住持也不迟。武松主意打定，便径朝天台山去。

这天台山有赤城栖霞、石梁飞瀑、双涧回澜、琼台月夜、华顶秀色诸般景致，令人目不暇接，可谓：古、清、奇、幽。武松于华顶峰上露宿一晚，次早观华顶日出。有唐李白留《天台晓望》赞美诗一首：天台邻四明，华顶高百越。门标赤城霞，楼栖沧岛月。凭高登远览，直下见溟渤。云垂大鹏翻，波动巨鳌没。风潮争汹涌，神怪何翕忽。观奇迹无倪，好道心不歇。攀条摘朱实，服药炼金骨。安得生羽毛，千春卧蓬阙？

武松在水泊梁山时，听得神医安道全曾说起天台山有三宝——黄精、矮樟、枫斗，服之可补精益气，延年益寿。武松过罗汉岭，观石梁飞瀑，上华顶峰采得三宝不少，用藤蔓捆扎了背下山来。行到山脚下，已是黄昏时，见山道旁有一片竹林，林前有个凉棚，凉棚下搭块门板，胡乱放着些瓜果茶盏，有个黑大汉躺在竹椅上。武松瞥眼瞧去，只见那大汉长得黝黑，一脸络腮胡须，敞开了胸脯露着一簇黑毛，一双二郎腿搁在门板上。

那黑大汉见山上下来一个行者，背着一捆山珍，便哧溜起身，迈步立于山道中，拦住武松去路，唱个喏道："此山属天台寺僧所辖，凡军民人等挟带山货者，均应照例赋税！"武松一听此言，怒道："那朝法度予僧侣禀受税赋？尔个山野村夫，分明是拦路劫财！"那黑大汉闻言，横眉冷对，厉声道："天台山自隋以来便划归天台寺，尔何方行者？若不识趣，打折了腿脚，剥了衣裳，扔到山中去喂狼狗！"武松"哼"了一声，冷笑道："尔等不知死活的腌臜杂猴！"黑大汉见遇到硬茬儿，便几声呼哨，棚后竹林中蹿出六七条凶神恶煞的汉子，手中各执刀棍。黑大汉指着武松，大声嚷道："弟兄们将这不识趣的野汉给做了！"那群汉子闻声，各举手中刀棍，朝武松劈头盖脸打将下来。

武松见状，并不慌张，急移步挪身，提脚起处，山中猛虎心惊；拳头落时，海内蛟龙丧胆。没行几回拳脚，这帮汉子丢棍弃刀，东倒西歪，起不得身。

黑大汉见此人身手厉害，自己不是对手，反身奔进竹林中，旋即引出一人。

武松抬眼一瞧，见那黑大汉身后来了一位身着黑短袄光着两臂的后生。细瞧那后生：眼似铜铃，两眉倒竖，牛鼻阔嘴，脸生怪肉，不高不矮，七尺身躯，约莫二十出头，手提一条齐眉熟铜棍，黄灿灿晶晶亮。那群倒地汉子见后生到来，忙起身让在道旁。

那后生姓周，单名飞字，明州府人。自祖父始开设镖局，号龙武镖局，人称江南道第一镖。其父周达与天台国清寺道逵住持为同门师兄弟，周达从小将周飞送至天台，由道逵亲授武艺，练成铁头金刚之身，惯使一条齐眉熟铜棍，人称铁头侠。与铁金刚章雄、千佛手卢刚、青锋侠东方明、鸳鸯花单青结拜，江湖人称江南五侠。

今日，周飞正与乡间弟子于竹林中舞刀弄棒，闻黑大汉言遇到硬茬儿，急掣了铜棍飞奔而出。

周飞见那行者模样，蓦然想起一人。此前听师父言，早前大师兄悬空因犯戒律被逐出师门，行走于江湖，忽没了消息。道逵心中放不下师徒之情，仍是挂怀，遂遣慧明、慧心二位师兄下山寻其踪迹，前些年于河北遇上武松正随军征剿田虎，二位师兄见武松着悬空一身行头，任凭武松如何分辩，只认定是武松害了悬空性命，与武松动起手来，却不是对手。武松胸怀坦荡，行事光明，应诺待剿完田虎自来天台见道逵住持。

周飞想到这里，便抱拳行礼，道："尊驾可是梁山好汉，打虎英雄武松？"武松闻言，脸现惊愕之色，答道："正是在下。"周飞闻听正是梁山武松，忙道："失敬！失敬！方才弟兄们不知是打虎英雄，多有冒犯，还望见谅！"武松见这后生气宇轩昂，颇通礼节，便抱拳还礼，道："好说！尊驾作何称呼？"周飞答道："在下周飞，乃天台国清寺道逵禅师弟子，敢问英雄来天台，可是去国清寺见我师道逵？"武松笑道："前些年有些误会，俺来天台正为见道逵，只是昨日有法会，不便去打扰，明日即去拜会，烦周老弟先行通报一声。"武松说罢，便辞了周飞大步下山去。周飞也散了众人，去国清寺见道逵。

武松行到山下镇上，已是酉时。于闹市处找了家悦来客栈，要了间上房，换过行者衣裳交店家去洗了，觉腹中饥饿，于店中上桌坐定，时有三五成群客约来店中聚食。店小二忙上前招呼："客官，本店名师掌厨，善做江南名菜、诸般衢杭美食。"武松道："给俺上一坛绍兴陈年花雕、二斤五香牛肉，特色美食一一上来。"小二闻言，急道："这牛肉本店可不敢售卖，本朝道君帝曾颁旨天下，不可宰牛！"武松笑道："尔浙江南人，牛倒是不敢杀，造反的事却做得？"小二闻言，脸显惊慌之色，小声道："客官小点声！今朝廷仍在缉拿方腊叛党，若做公的闻'造反'二字，不分皂白青红先捉了去！"武松哼了一声，道："休要言了！就做好吃的上来。"小二应声下去。没过一盏茶工夫，端上红烧鲤鱼、铁板石蛙、火腿海参煲……各色江南名菜佳肴。

武松正自斟自饮，享用美食，忽闻胡弦唱曲之声。循声望去，见东首处有一对父女正在卖唱，那老者六十开外，拉着胡琴，女儿二十出头，面容姣好，歌喉清扬。细听词曲：君不见，黄河之水天上来，奔流到海不复回。君不见，高堂明镜悲白发，朝如青丝暮成雪……唱的却是一首《将进酒》。待唱到人生得意须尽欢，莫使金樽空对月，武松喝彩道"好！"将杯中酒一饮而尽。那女子又唱道：古来圣贤皆寂寞，惟有饮者留其名。武松哈哈大笑，道："惟有饮者留其名，唱得好！不理会那狗屁圣贤。"武松听着曲儿，将酒食吃尽，唤过小二，从怀中摸出一锭银子，道："算了酒账，余下的赏那唱曲的。"那边厢父女俩闻声，忙不迭躬身施礼。

武松酒足饭饱后，回到房中倒头便睡。酣睡到夜半，客栈内传来男女打骂之声，过后又闻哭泣之声，细听却似那唱曲的女子。

武松半夜未睡好，一大早下楼来用膳。却是昨晚那拉琴老者上前招呼，武松见了问道："昨夜里你家姑娘何事啼哭？吵得俺不得安睡！"老者闻言，叹了口气道："实在对不住尊客，说来还与尊客有干系。"武松听老者如此说，急道："奇了，如何有干系？说来听听。"那老者四处张望了一下，凑近武松，小声道："说来我女儿命苦，老夫姓谭，杭州人氏。那年，有一位天台县安姓后生，去杭州会试，与我家女儿相识，两厢中意，老夫随女儿愿，让女儿嫁到天台安家。未料那安家入了摩尼教，女婿随同方腊造反，去岁方腊兵败，女婿也死于乱军之中。老夫来天台欲接女儿回杭州，这家悦来客栈胡掌管却说我家女婿曾赊欠银两，看我女儿容貌姣好，逼纳为妾，我家姑娘不从，胡掌管却以方腊余孽告官要挟，挟持在此。小老儿不忍女儿孤身受苦，权寄店中，做些杂役陪伴在此。小老儿少时曾习得艺曲，见客多时便在店中唱些曲儿，欲攒足银两还了赊账，好还乡去。"武松听到这里一拍桌子，道："岂有此理！去岁平了方腊，张招讨出榜安抚，方腊余党随从，尽皆准首，复为良民，不再究责。胡某何以此为挟？"武松大声说话，惊坏了谭姓老者。那谭姓老者惊慌万分，压低声音道："尊客不可大声，怕是惊动了胡掌柜，惹来祸端！"武松瞪起虎眼，道："怕他怎的！"谭姓老者急道："那胡掌柜与江湖黑道往来甚密。昨晚便在铁头侠周飞开的赌坊中赌到半夜才回，将尊客打赏给我家女儿的银子搜了去。我女儿不肯，却被毒打一顿，因而啼哭半夜，惊扰了尊客，实在不该！”武松听到这里，略思片刻，问谭姓老者道：“那胡掌柜何时起身？”老者答道：“胡掌柜每日要睡到午饭时方起身，吃了饭便去茶馆、赌坊消遣。”武松闻听这不平事，心中愤然，决意要管这桩闲事。

到了午饭时，店中已有二三桌食客，武松仍于上桌坐定。武松瞥眼见柜台内坐着一矮墩胖子，一脸络腮短须，约莫四五十岁年纪，翻弄着账本，揣摩着就是胡掌柜。店小二过来招呼，武松依旧要了各色名菜、一坛佳酿。

须臾，小二端上酒菜，武松自行筛满酒杯，仰颈而饮，突然“噗”的一声，喷了小二一身，大声道：“什么鸟酒，一股骚味，分明是马尿！”小二抹着脸，道：“客官，这酒是十里八乡有名的绍兴花雕，与客官昨晚吃的一般无异。”武松瞋目怒道：“呸！酸骚尿味，分明是有意糊弄俺外乡人！”小二显得十分委屈，回头看胡掌柜。那胡掌柜朝小二努了努嘴，微甩了下头，小二会意，道：“客官，对不住，这就给您去换坛好的来。”说罢，拎起那酒坛转身去厨间，拣了坛陈年女儿红，捧到武松桌前，启了封口，顿觉醇香四溢，沁人心脾。小二轻声道：“这是我家店中珍藏二十年的女儿红，只招待尊客。”小二倒满酒壶去温了来，给武松筛上，武松呷了一口，道：“这还差不多，下回休要将腌臜烂货胡乱唬人！”店小二堆起笑脸，道：“不敢，客官慢用。”说罢，转身忙去了。

少顷，店小二端上一菜，唱个喏：“三门青蟹炖鹅蛋。”武松举箸尝了一口，一拍桌子，大声道：“你这黑店，竟敢将臭死蟹拿来唬人！”武松这用劲一拍，桌上碗盏震起寸高，店小二着实吓了一跳，回过身战战兢兢，道：“客官，这蟹确实是活煮的，怎会是死蟹？”武松瞋目而视，怒道：“你这小二不明事理，去叫你家店主过来理会。”店小二回头看胡掌柜脸色，这时，胡掌柜已攒了一肚子火气，出柜台到武松桌前，厉声道：“哪里来的野汉！本店售卖的青蟹个个儿鲜活，要是来本店撒野找碴儿吃白食，有你好果子吃！”武松大怒，道：“放你娘的狗屁，老子就是来寻开心找碴儿的！怎的？”说罢，甩手一巴掌，掴得胡掌柜两眼直冒金星，站立不住，摔得不轻。店小二赶紧上前来扶，胡掌柜摸了下额头，鲜血殷红，扶着桌脚撑起，气急败坏，道：“你这野汉，有种的不要走了！”说罢，紧步往外奔去。武松笑道：“此处可有个唤作铁头侠周飞的，最好叫那厮来！”邻桌的食客见武松打了胡掌柜，胡掌柜拔腿跑出去，定是去搬救兵，纷纷离座，去对街立着，似要看这边热闹。谭姓老者在厨间打杂，早闻得外面动静，赶紧出来对武松道：“那铁头侠周飞是个有名的狠角色，去年有外乡人被打得半死投到河里。俗话说好汉不吃眼前亏，咱父女俩的事，你也甭管了，赶紧走吧！”武松哼了一声，冷笑道：“俺身子骨发痒，正愁没人挠痒痒咧！”谭姓老者见武松不走，直替武松担忧。

那周飞正与弟子玩弄枪棒，见胡掌柜这副狼狈模样，道是被人打了。这胡掌柜平日给常例钱还算勤，周飞遂吩咐边上几个弟子随胡掌柜去。胡掌柜道：“那厮点名要会会您。”周飞问道：“那厮什么来历，何方人氏？”胡掌柜答道：“听口音好似山东人，来时头陀行者打扮，少了一条臂膀。”周飞一惊，忙道：“活该你倒霉，那是梁山好汉打虎武松。昨日便在天台山下碰到过。江湖盛传其为人仗义，不知你何处开罪于他？”胡掌柜道：“实是没来由，不知怎的，先说酒是馊的，再说蟹是死的，又劈头打了一巴掌，脸上着实生疼。”胡掌柜停顿了会儿，又道，“店中客人都被惊跑了，若是没结果，恐被左邻右舍笑话，咱在这镇上甭待了！”周飞瞧胡掌柜一脸委屈模样，心中好笑，便道：“那就替你去走一遭吧！”

武松于店中独饮，胡掌柜出去不到一盏茶工夫，客栈外人声嘈杂，一阵喧哗。周飞领众人入客栈来，胡掌柜立于周飞身边，指着武松道：“就是这厮耍狠吃白食！”武松抬眼望了望，将杯中酒喝尽，对周飞道：“莫非是来替这厮出头打架？”周飞赔个笑脸，抱拳道：“岂敢！久闻英雄大名，行事光明磊落，今日缘何却与这家小小客栈为难？”武松哈哈一笑，道：“既是来做说客的，不妨说与你听听。”武松瞥见谭姓老者在边上，便呼其到跟前，道：“你这老丈休要忌惮，有俺给你做主，将你父女冤屈之事，尽管说来！”那老丈便将女儿嫁到天台，女婿死于乱军中，胡掌柜以女婿赊欠挟持女儿为妾又凌辱之事，当着众人的面，一一细叙。

胡掌柜见众人听了面有愠怒之色，未等老者说完，急吼道：“欠债还钱，还不了钱，妻儿抵债，天经地义！”武松大怒，道：“放尔狗屁！信不信活剐了你！”周飞听老者说完，一脸怒色，道：“原来你这厮欺男霸女，怪不得惹恼了英雄！今日若我等信你胡言，帮你这厮出头，岂不落个助纣为虐的骂名，江湖中辱没了我等名声！”胡掌柜闻听周飞此言，如同泄了气的皮球，再不出声，呆立一旁。武松又道：“你这厮若是识趣，赶紧算清赊账，付还与你，任由老丈父女离去，不得阻挠。若不然，打折了你狗腿！”众人也附和着，胡掌柜无奈，翻出旧账欠据，计欠酒账、赌债五两八钱。武松让老丈去自己房中搬下采挖的山珍，当众售卖了十余两银子，替老丈还了胡掌柜，剩下的给了老丈做盘缠。周飞让人去找了辆车，父女俩千恩万谢回杭州去了。

周飞心中敬重武松，遂邀武松畅饮至晚……

第十四回

天台寺叔侄相认
昱岭关斩魔除恶

次日，武松用过早膳，径去国清寺，问寺中僧人，道是道逵住持正于妙法堂中讲经。武松迈步到妙法堂外，见僧众双手合十肃立，静听堂上一老僧说法，揣摩着应是道逵住持。武松不敢擅入，怕扰了说经解文，在外静候多时。忽闻老僧与众僧言："今日且讲解到此，诸僧自去省会悟法。"众僧退出妙法堂，老僧又言："有尊客到寺，慧明、慧心且留下。"武松抬眼望那老僧：白眉银须，面色红润，约莫七十有余。原来周飞昨日已来禀告道逵，道是武松已到天台，方才道逵讲法时，已瞥见堂外武松，便屏退了众僧。

武松迈步入内抱拳行礼，道："斗胆相问，大师可是道逵住持？"道逵微点了点头。

这慧明、慧心自与武松相识，慧心脸现怒色，道："武松，我那悬空师兄如何坏在你手上，从实说来！"武松闻言，心有怒气，瞪起双眼，道："你这秃驴，如何便一口咬定是俺武松害的？"慧心"呸"的一声，怒道："到了天台寺不容你撒野！吾师兄一身行头、一对戒刀都落在你身上，你如何还要抵赖，亏你自称梁山好汉，敢做不敢当！"慧明也道："武松，今日不将事由说清，休想出天台寺！"武松哼了一声，道："此来天台，本想细说原委，却遇上你俩倔驴，一味恐吓逞强，若顺你说了，倒显得俺怕了你！如今不说也罢，尔等要想怎的？俺武松奉陪！"

这慧明、慧心自河北与武松交手落败，心有不甘，回到天台寺便不分昼夜，勤加练习，憋了一股子劲，今日见了武松，定要见个高低。

铁头僧悬空的武艺为道逵亲授，道逵心想，这江湖中没几人是悬空对手，若悬空果真为武松所害，这武松必定是武艺超群，今日倒要见识一下，便道："慧明、慧心就陪这位施主动动筋骨。"

妙法堂外有偌大庭院，全是青石铺就。四周修竹青翠，边上是寒拾亭，不远处有座七佛塔庄严矗立。

慧明僧急不可耐与武松以拳脚相搏。一个尽展平生所学，招招凶狠；另一个展日常之技，进退自如。二人龙虎相争，斗了几十回合。慧心僧在旁，见慧明师兄渐落下风，也不由分说，一个箭步上前，慧心与慧明合力与武松缠斗在一起。武松脚踏九宫八卦步，脚步灵活；拳施七星北斗法，拳法刚猛。

道逵观武松见招化招，借力打力，一人斗二僧，独臂战四手，越战越勇，心中也不由得赞叹！

慧明、慧心二僧一起练功日久，心念相通。只见慧明僧一招黑虎掏心，直奔武松胸口，慧心僧却施以古树盘根急攻武松下盘，与慧明上下呼应。

武松见状，急闪身移步，施个风摆荷叶，前躲慧明夺命拳，后避慧心盘根脚，再以神龙摆尾回首势，接着风卷残云旋风脚……

道逵住持眼见武松拳法身形，忽想起一人，便高喝一声："住手！"慧明、慧心二僧即将落败，闻师父言"住手"急跳出圈外。

武松回头问道逵住持道："大师有何见教？"道逵一捋银须，道："请问施主，京城的铁臂膀金刀周侗是你什么人？"武松应道："是俺恩师。"道逵近前一步，对武松道："真是大水冲了龙王庙，怪不得这路太祖连环拳这么眼熟！施主，且随老衲到妙法堂中说话。"

武松随道逵住持入妙法堂，各人依次坐定。道逵望着武松道："你家师父乃老衲师弟，悬空能死在你手上，也是不冤，算来与你是同门师兄，你替老衲清理了门户！"武松闻言，即将自己在孟州城杀人逃到十字坡，菜园子张青、母夜叉孙二娘夫妻二人担心自己于路上被做公的捉了去，换上其店中留存的一头陀衣裳，并将一本度牒、一串顶骨念珠、一对镔铁戒刀交自己带上，打扮成行者模样，后遇上慧明、慧心二僧误解之事，细叙一遍，言明悬空僧并非自己所杀。

道逵听了潸然泪下，长叹一口气，道："想不到那悬空死得如此窝囊，竟被做成人肉馒头！说来也是其行恶太多，现世果报，咎由自取。"

武松略有所思，道："那年离开京城时，恩师曾叮嘱，于江湖中行走，须留意一僧一道，那'一僧'便是铁脚头陀悬空。"道逵又叹了一声，道："我与你师周侗和周达等人当年追随先师金台，为大宋抗北辽、驱西夏，打下七十二座擂台。不料朝中奸贼与外夷相通，陷害忠臣义士，吾师无端被投牢中，老衲为避祸端，隐入天台为僧，一晃数十载。后收了悬空为徒，也是老衲娇纵了他，艺成之后却祸害江湖。老衲早欲清理门户，又于心不忍。今其遭此横祸，应是冥冥之中注定，令人唏嘘！”

武松又道：“俺曾问起恩师的师傅是谁，恩师只是说‘王不过项，将不过李，拳不过金’，弟子也不甚明白。想来恩师不愿提及往事，做弟子的也不敢多问。”道逵笑了笑，道：“这‘王不过项’，‘项’就指楚霸王项羽；‘将不过李’，‘李’指唐末名将李存孝；而‘拳不过金’便指大宋拳王金台，也是你的师公。”武松点了点头，道：“想不到前辈们壮怀激烈，气贯长虹，英雄事迹，可歌可泣！晚辈却自称英雄好汉，真是无地自容！”

道逵凝视堂外良久，道：“忆当年空有一腔热血却报国无门，真是不堪回首！只恨人生短促，壮志未酬人已老。如今唯有佛灯长伴，余生无嗔，无痴，无妄。”

武松与道逵住持叔侄相认，道逵甚是喜欢，亲授金台神拳。武松于天台宿了数日，将神拳练得娴熟，与道逵相辞，慧明、慧心、周飞等众人皆来相送。武松将悬空头陀一身行头物什交还天台寺。道逵住持见武松只剩得一臂，便赠戒刀一把，武松也不推辞，收了戒刀与众人别过往徽州去。

这日，行到绩溪，已是黄昏时分。再往前去便是昱岭关，原是吴越分界关口，为兵家必争之地。去岁，宋江率大军攻陷杭州城后，玉麒麟卢俊义分兵袭取昱岭关。梁山兄弟史进、石秀、陈达、杨春、李忠、薛永六将皆战死在关前。武松心想：昱岭关雄隘险，路径不熟，赶过去还有些路程，恐将落夜。这绩溪镇中倒是热闹，且在此落脚。遂拣了家干净客栈投宿。看天色尚早，到镇子上闲逛，见前有一簇人围着看布文告示。有人议道：“又有女子失寻，世道不太平呀！”武松也没在意，转了一周便回客栈歇息。

次日早起，拳走三趟，刀行六路，用过早饭，添些炊饼、牛肉，打成一包，放开大步往昱岭关而来。一路高山低丘，树稠林密，清溪涧水，山鸟声鸣，路人稀少。行了一日，又时近黄昏，似有山雨欲来之势。两旁山势愈加巍峨雄壮，唯中间一道蜿蜒曲折向前延伸，道旁伴有清溪流淌。前有山坡土冈，上得半冈见两侧山高峭陡，峥嵘险峻，似刀砍斧劈。一座城楼与二侧绝壁相接，行至近处，但见城墙半塌，城门被大火烧得只剩半扇黑炭，蛛网罗织。两侧石刻“绝壁接天门，峭崖连清凉”，中间“昱岭关”三字，尚模糊可辨，石凿的城墙曲折蜿蜒不见尽头。

此时，天色黑沉，乌云密布，雷电交加，黄豆般的雨点打下。武松瞭望四周山冈，只见离关隘不远似有座庙寺。武松暗道：此处关口，前不着村，后不靠店，今晚又逢雷雨，且到庙寺中过夜。遂提了口气，冒雨飞奔。

到了跟前，原来是座三清道观。门环三叩，未有人应，观门虚掩，推门入内，紧步过了大院，沿阶上殿前，见殿门半开，大殿中空荡荡，殿中支了口铁锅，尚有炭火未尽，不见僧道。武松寻思，这道观必定有人来过，遂推开大殿后门，见后殿门庭紧闭，瞅里厢漆黑一片，未见响动。武松又回前殿拾些枯木树枝，脱下湿衣置于铁锅中生起火来烘烤，又取出饼、肉。正吃得喷香，忽闻门外人声嘈杂，推门进来三个道人，见武松在大殿中生火吃肉，厉声道："哪里来的野汉？在此打盹儿吃肉！"武松见状，忙起身作礼，道："俺是过路行人，错过宿头又逢大雨，借宝观歇脚，打扰了诸位道友清修，明日一早雨停，即行离观，万望道友见谅！"道人见武松生得魁伟，声音低沉回荡，地上又放着戒刀，谅不是一般角色，遂道："咱这道观从不留生人，明日一早便走吧。"说罢，走出后门，打开后殿入内。武松心道："这伙道人行踪鬼祟，贼眉鼠眼，不似良善之辈，俺小心着点。"武松填饱肚子，烘干衣服，又添了些干柴，就在火堆旁盘坐，行起吐纳禅功。

约莫过了个把时辰，隐约听见有女子断断续续哭声夹着雨声传来。武松心中生奇，这道观中哪儿来的女子哭声？武松藏过包袱，拎起戒刀，轻步到了后殿，见殿里漆黑，侧耳细听，确有女子哭声传出，武松借助闪电，拨开门闩，顺声摸到后殿右侧厢房，见里面还有亮光，这时听得真切，有女子低声啼哭，还有几个男子说话。

武松从缝隙中往里瞧，只见一桌酒菜，刚才进来的三个道人旁边落座，中间多了一个道人，旁边坐着一女子，中间那道人一手端着酒杯，一手搭在女子肩膀，那女子低着头哭泣，听那道人正说着话："当年本将助庞万春将军镇守昱岭关，杀得官兵屁滚尿流，若庞将军不派本将去歙州，此昱岭关如何失得？说不定这时已坐在东京龙亭喝酒咧。"几个道人应声称是。那道人又言道："前几日，昌国来的吴值兄弟道，洞庭湖的九洞十八寨头领不日起兵，我等重聚兄弟，再举大事，到那时杀上东京。你小娘子只晓得哭哭啼啼，却不知富贵已到。"旁边道人问道："伍将军，外面汉子如何打发？"中间那道人应道："看那汉子行李沉重，这会儿睡得熟了，你等吃尽这杯酒，就去结果了他！"

那四个道人将酒一口喝尽，三个道人各抽出一把短刀，起身开门出来。前面一个道人左脚迈出门槛，武松已将戒刀从其左颈插入贯穿右颈，戒刀抽回，道人扑倒在地，另一只脚却还在厢房内。后面道人笑道："没喝几杯酒，就如此脚力不稳。”说罢，迈上一步，俯身来扶，武松一刀劈下，一颗人头滚出丈外，那姓伍道人看得真切，大叫一声“不好！”见武松一步踏进厢房，急寻兵器不着，拎起长凳相迎。武松见状，脚下使劲，飞上八仙酒桌，腾空而起，戒刀凌空劈下，那道人见戒刀当头劈下闪避不及，双手举凳使劲力挺。一个是刀劈华山千钧力，另一个是霸王举鼎力千钧。只听得“扑哧”一声，板凳断成两截，那道人身子慢慢裂成二爿倒下，两手还各握着半条板凳，五脏六腑散落一地。武松又从桌下一把揪出另一个道人。那道人连声道：“好汉饶命！好汉饶命！”武松厉声喝道：“尔等哪儿来的鸟人在此胡来，害人性命！”那道人忙道：“小的据实说来，但求好汉饶我一命！我等原是南国大将庞万春部下，追随方腊造反。刚才好汉劈死的唤作伍应星，小的唤作王力。”武松瞧了一眼角落里吓得缩作一团的女子，问道：“那女子是咋回事？”王力忙答道：“都是伍应星的主意，扮作道人，平日里剪径单身商客，时常让我等去附近掠些女子来陪酒作乐，这位是前几日才寻来的，地道下还有几位。”武松闻言大惊！怪不得前日路过绩溪镇时，官家布告寻人，忙对女子道：“小女子休要惊怕，俺是来救你的。”那女子惊魂稍定，才道：“多谢恩人相救！”武松背插戒刀，反扣道人脉门叫女子打着火把，顺地道下来。

原来大殿下早被庞万春挖空，平日用来贮备军粮马草，只见六七个女子用绳子拴着，见有人下来已吓成一团，武松忙向众女子道：“休要惊怕。”一道下来的女子也道：“刚才是这位好汉杀了几个恶道。”遂把众女子绳索解开，众女子忙跪倒拜谢。武松不经意间松开了道人，那道人见武松松了手，一个箭步蹿出丈外，往洞口疾速蹿去，武松急抽背上戒刀，甩手飞出，不偏不倚透入道人背脊。那道人一声未吭，扑倒在地。武松拔出戒刀擦干血渍，还插背上。挨到天亮时，搜出百把两银子，分一半与众女子，众女子又磕头跪谢，相扶着自行下山去。

武松将前后殿浇些油，一把火烧得精光，径往黄山而去。

第十五回

徽州城偶遇兀术
光明顶相识五侠

武松在昱岭关剪除假充道人的方腊旧将伍应星等人救了众妇人，放把火烧了道观，下了关隘，这日，来到徽州。这徽州地处浙、徽、赣三省交会处，南连黄山，东临淳安，四面青山环绕，城中江溪横贯，物产丰茂，商贾云集，为历代兵家必争之地。

这徽州即为歙州，年前方腊被灭后，道君皇帝钦更州名。

武松见徽州十分繁华，于三江口闹市狮子山酒楼要了间上房，安顿停当，临街酒桌坐定，点上徽州名菜佳肴——西溪鲤鱼清蒸、东溪鲫鱼红烧、后溪鲶鱼炖当归，三斤老徽白干，自酌自饮。

武松环视四周，酒楼中宾客满堂，但见邻桌三人，生得甚是奇特：中间一少年后生，面如枣红，口阔睛圆，长髯虎眉，身长八尺，膀阔肩厚，声音洪亮。左首一人，背朝武松，发似乌云，虎背熊腰，说话低沉。右首一人，獐头鼠目，牛鼻羊口，躬背弯腰，低声细语。桌上全烤羔羊，一坛老徽白干，边说边吃。中间那后生目光炯炯，也打量武松。武松望街上店铺林立，人来轿往，下面三五小儿踢球戏耍。

这时，街上一阵喧哗，遥见一匹白马飞奔而来，待得近了，却是一匹脱缰之马，无人敢拦，那几个玩球小儿，惊得站立街中不知躲避，狮子山酒楼上众人见此危情，一片惊叫之声。只见武松腾空跃起，双脚往窗沿一蹬凌空旋身，单手一托翻身站立街中。那匹白马沿街狂奔，突然从空中飘下一人，一声嘶鸣，双蹄凌空，武松瞧个明白，待那匹白马双蹄刚触地之际，一招秋风扫落叶横扫马腿，白马受疼顿失前蹄，其首触地。武松顺势麒麟蹲身压住马头，右手擒住马腿。那白马翻倒在地，后腿乱蹬，呼哧呼哧大气直喘，翻身不得。众人上来抓住缰绳，揪住马鬃按住，拉过一旁。

武松起身又入狮子山酒楼，酒楼上宾客都起身相迎。武松回桌坐定，邻座中间那少年后生倒满酒杯，到武松跟前，武松忙起身，那后生道："刚才英雄所为，小弟甚是敬佩！让小弟敬上一杯，以表敬意！"武松忙端起酒杯，道："力所能及，不足挂齿！"二人举杯喝尽。那后生尚要说话，酒楼店家带着刚才街上玩球小儿过来。原来踢球玩耍的一小儿是这狮子山酒楼郑掌柜儿子。郑掌柜五十开外才求得此子，要是有个三长两短，教他如何能活？郑掌柜双手抱拳一揖，道："幸遇恩公出手，不然小儿定然被惊马踩死。"说罢，叫小儿跪拜谢恩。武松忙道："莫要如此！不必在意！"店家又道："敢问恩公尊姓大名，好让小的记住感恩。"武松道："不必太介意，俺山东阳谷县人，姓武名松。"店家又道："恩公酒水莫要付账，本店还有一坛上好女儿红，让恩公慢饮。"说罢，就叫小二去取来。

邻座后生闻言，忽又起身过来，抱拳行礼，道："尊驾可是梁山好汉，景阳冈上的打虎英雄——武松？"武松笑道："正是俺武松。"那后生忙道："久仰壮士大名，今日一见，三生有幸。在下姓金，名龙子，是北边来的商人。"说着从怀中取出一张钱引，道："望壮士休要嫌少，些许银两略表对壮士的敬意。"武松一瞧，是值五十两白银的票子，这钱引票，民间少见，可去官府兑换银两。武松忙起身道："金少掌柜，俺们萍水相逢，有句话叫作无功不受禄，这钱引票决不能收！"那金少掌柜又道："武壮士的大名响遍大江南北，若壮士不收，是嫌金某小气了，愧死金某矣！"说着，把钱引硬塞进武松衣襟，道："武壮士莫再推辞，今日相见甚是有缘，咱们一起喝酒。"武松闻言，道："既是金少掌柜执意相送，俺武松若再推辞就不爽直。好！俺们合桌共饮，一醉方休！"金少掌柜也大声道："好！咱们一醉方休！"小二过来将二桌拼拢，重新点菜上酒。金少掌柜连敬武松三杯，武松也回敬了三杯。金少掌柜道："武壮士真是英雄海量，武壮士此来徽州可是来聚英雄会？"武松道："并不知晓什么英雄会，俺是闲走游逛。"金少掌柜道："江湖传言，江南道有五大武林高手，个个儿身怀绝技，江湖上人称江南五侠，于三月初三日在黄山光明顶白云山庄相聚，切磋武艺。再过三日便是三月初三，我等便想去走一遭。"武松忙道："如此甚好，俺本就闲逛，那就去见识一下江南五侠有何手段！"众人说着，已将一坛女儿红喝尽，都有七八分醉意。那瘦子道："少掌柜咱们今日酒喝到此为止，明日还有紧事要理。"金少掌柜闻言，道："今日结识武壮士甚是开心，若明日无紧要事，今日定再喝上一坛，那咱们三日后于光明顶再聚！"武松道："也好，那就三日后再会！"说罢，各去歇息。

且说那三位是谁？一位是金邦完颜阿骨打四子，唤作完颜兀术，一位是军师哈迷蚩，另一位是武将铜先文郎。此番奉金邦狼主之命：出使大宋，商议联宋伐辽之事。女真金邦狼主见辽国势微已不敌金，若能联宋击辽，则灭辽易如反掌。其后所图的便是中原富土。

金兀术三人离了东京汴梁后，并未回女真，而是走中原下江南，察看山川要地，关隘险道，贿赂重臣大将，收买江湖豪士，以便灭辽之后，再图大宋江山。武松心地纯厚耿直，岂会知晓？

次日，武松将包袱中白银都兑成钱引票子，紧身轻装大步流星径往黄山去。

入黄山南大门，过西海峡谷，一路行来见奇峰巧石或立或卧、古木怪松或仰或俯、奇花异草争奇斗艳。武松于路上闻得，这黄山一顶三十六峰各有奇特景色，最为有名的是天都、莲花、玉屏、炼丹诸峰，而光明之顶更为奇特，却不在三十六峰之内。武松缓步慢登，饥餐渴饮，尽玩诸峰。

第三日，东方微亮，武松登上光明之顶。见旭日东升、彩霞满天、云海奇峰、顶谷飞瀑、福泉清澈、群门向天，犹如仙境一般。看这山势九宫八卦，乾坤挪移，三十六道天门遍布，晨光照射在摩尼光石诸佛像上，奇幻景致更显神奇无比。武松环视四周空无一人，见不远处便是白云山庄，山庄大门紧闭。武松观时辰尚早，也不去打扰，面朝东南盘腿坐禅，行起吐纳之功。

约过了半个时辰，有三五成群游客上到光明顶来，其中也有不少江湖人挎着刀剑驻足光明顶。这时，白云山庄有小童将庄门打开，武松入庄内，见有一长者，鹤骨仙风，端坐于院落正中，庭院中石桌上摆了一盘棋局，两旁香炉中青烟缭绕。走近一瞧，有一块小木板置于铜炉旁，上书：能力举炉鼎者，再入局对弈，平者赠银一百两，胜者赠银五百两。武松抬眼端详长者，面容慈祥，白眉白须，面色红润，脸正口方，于棋局前盘腿端坐，旁置一壶清茶，小童侍于旁。武松心想，那炉鼎俺武松轻而易举，但那棋局不得一二。众多游客行人触目旁议，不敢有举鼎下棋者。突有人呼唤：“武壮士！”武松抬眼一瞧，见是金少掌柜三人也入庄来。武松忙答道：“兄弟果然如约，俺武松也是刚到此地。”那长者闻言，瞧了瞧武松，心中略有疑惑，也未答话。金兀术三人一阵嘀咕，铜先文郎迈步到炉鼎前，道：“让咱来试把手。”说罢，两腿一开，四平马扎稳，一手持炉耳，一手托炉底，双手运劲，那炉鼎竟然离地，举到肩背发了几次劲，竟托不起那鼎，眼看支持不住，金兀术跨步上前，双手托住炉鼎，铜先文郎忙闪一旁，面红耳赤，直喘粗气。金兀术吸了口气，大喝一声“呔！”将鼎举过头顶，又走了一圈，将鼎轻轻置于原位。众人齐声喝彩，金兀术朝老者抱拳，道：“敢问前辈，如此可算是过得第一关？”长者微笑道：“施主英雄年少，可以算是过关，那就请入局吧。”主让客先，金兀术执黑棋居中星位落子，白棋跟随应子，黑棋攻势凌厉，一路紧逼，白棋节节防守退让。突然，白棋在黑棋后星位落子，黑棋跟随应子，白棋落子如飞，黑棋也紧步紧趋。旁边哈迷蚩突叫不好，众人定睛细瞧，先前大批黑子，已被白子前后包抄。金兀术马上落子施救，白棋却是贴身粘连，步步紧逼。金兀术见四面危难，八方待救，急得满头大汗，黑子握在手中举棋不定。见败局已定，遂抱拳行礼，道：“恕刚才冒失，不自量力，入局下棋。在下斗胆请教前辈尊姓大名？”那长者淡淡一笑，道，“山人已是尘外之人，姓名已经淡忘，世人称山人白眉居士矣。”又道：“下棋如行兵，诡道也。实而备之，强而避之，卑而骄之，乱而取之。攻其不备，出其不意。”金兀术道：“居士行棋表面似是而非，实则暗藏杀机，防不胜防，令人无所适从。”众人赞叹不已。这时，一对仙鹤在院落上盘旋，白眉居士笑道：“有贵客到了。”

不一会儿，山庄中进来四男一女。细瞧这几个人，个个儿精神抖擞，人人气宇轩昂，确实非同一般。众人窃窃私语，这便是江南五侠。老大姓章，名雄。身高丈二，虎背熊腰，脸正口方，浓眉豹眼。浙东雁荡山人氏，自幼家传武学，少年时入南少林学艺，习得金刚、罗汉神拳，使一柄九环斩马刀。行遍大江南北，为人仗义豪爽，江湖人送绰号铁金刚。二哥姓卢，名刚，身材不高不矮，不胖不瘦，祖上行武，少时于九华山随一眉真人学艺，尽得内家功法秘传，十三势绵掌，柔中带刚，各种暗器更是独步武林。江湖人称千佛手。三哥复姓东方，名明，一柄青锋剑，已是炉火纯青，人送外号青锋侠。四妹姓方，名青，使鸳鸯双刀，舞得风雨不透，又惯使长鞭，人称鸳鸯花。二人轻功了得，少时同于龙虎山拜智善道长为师，已结为夫妇，于太湖西山明月湾闲住，养一对仙鹤如影随形。五弟姓周，名飞，明州府人，自祖父始开设龙武镖局，号称江南道第一镖局。少时拜天台国清寺道逵住持为师，练成铁头金刚之身，惯使一条齐眉熟铜棍，江湖人称铁头侠。

这五位侠士因意气相投，义结金兰，三年前结伴游黄山光明之顶得遇方腊，五侠中鸳鸯花方青原是浙江青溪人氏，与方腊同族。方腊又见五位侠士英雄了得，便十分客气，万分礼遇，五位侠士甚是感激。方腊少时入摩尼教，此时已为摩尼教东南道圣坛坛主，白眉居士为摩尼教护法，方腊不听白眉劝阻执意率众造反，去年兵败身亡，教众四散亡命。五位侠士闻知，扼腕痛惜。去岁末，五侠中东方明与方青夫妇重游黄山，欲于光明之顶塑方腊之像，受日月精华，吸天地灵气，意使方腊脱离六道，登彼极乐，以报知遇之恩。不料白眉护法执意不允，双方斗了几十回合，东方明夫妇不能胜。白眉放言：若江南五侠皆来，也不惧之！双方约定于次年开春三月初三日，再决雌雄！

第十六回

白眉设局光明顶
五侠义塑方腊像

上回说到光明顶白云山庄又来了五人，正是江南五侠。老五铁头侠周飞见武松也在庄内，心中惊愕。自与武松点头招呼。领头大哥铁金刚章雄进门瞧见不少江湖中人，其中不乏能人异士，又瞥见白眉居士端坐院中摆了摊棋局，便道："白眉，今日我等兄弟来了，你给个说法！允得还是允不得？"白眉抬眼瞧了瞧章雄，答道："今日山人设了两个局，只要破了这两个局，一切随缘。"说罢，伸手一指小牌。章雄一瞧，心里嘀咕：这炉鼎看来有五六百斤重，倒难不住咱兄弟，只是此棋局白眉定是精于此道，了然于胸，咱胜不了。便大声道："你这白眉故弄玄虚，咱才不理会这一套！"言罢，丹田气转，运劲一掌，隔空往棋盘击去，那铁金刚章雄练得纯阳之劲，棋盘犹遭铁锤重击，黑白棋子顿时弹起，白眉见状起身一挥左臂，黑白棋子尽纳袖中。武松等众人瞧见，心中惊叹，这隔空发劲，竟有如此功力，而白眉手法更是迅疾无比。

这时，老五铁头侠周飞也不说话迈步到香炉前，拎起熟铜棍一招拨云见日，只听"咣——噹——"一声惊响，那香炉四分五裂，有半爿香炉凌空飞起，竟朝众人飞来，众人发出一片惊叫之声……武松眼明手快，急上前一步，心动意动，气达掌心，运劲一击，那半爿香炉又是"噹"的一声巨响，凌空裂成数块飞出院外。众人又是一片惊叫。白眉居士朝武松一揖，道："幸有壮士出手，不然伤及无辜，罪莫大矣！"言罢，转过身朝章雄道："章雄，你等损我棋盘，毁我炉鼎，有违江湖道义！"章雄道："白眉，此局皆你自行设定，未问我等是否应允！今日搅之，何违江湖道义？"白眉心想，说得也有些道理，便道："咱化外之人，且不同你计较则个！说来你等也是江湖中成名人物，今日你我无须动刀兵，且来个文比，若你等能胜得，悉听尊便！"章雄忙道："说来听听。"白眉居士不慌不忙，说道："我等比三局。第一局比轻功。我在此点一炷香，离此三四里路程便是天都峰，峰顶北侧有株百年五色曼陀罗花，现正盛开。这香未灭前，能采一朵来便算赢；第二局比内功。我这山庄有一个暗室，各点上三十支香烛，用掌风击灭烛火，蜡烛倒得多的便输。第三局比暗器。用暗器写两个字，谁快谁赢。"

江南五侠互有灵犀，闻言互视，点头允诺。章雄大声道："我等就以此三局定输赢，还请在场诸位英雄做个见证。"四妹鸳鸯花方青朝章雄道："大哥，这第一局就让小妹占先吧！"三弟青锋侠东方明也道："我夫妇同去走一遭。"章雄点头应允。小童递上一炷檀香，白眉即将檀香点上插于另一香炉中。东方明、方青夫妇一提内气，双双飞出白云山庄，一对仙鹤也翅翼一振飞离白云山庄，二人迅即消失于群峰之中。

青锋侠东方明与鸳鸯花方青二人风驰电掣般飞奔天都山峰，一路奇松怪石却无心欣赏。不一会儿，就到天都峰北，二人于峰顶四处找寻却不见五色曼陀罗花，不由心急如焚。正在这时，那对仙鹤却于山崖边上下左右盘旋，又不时发出"唧唧"叫唤声，仿佛有事诉说，这仙鹤颇通人性。方青觉得蹊跷，探身往绝壁一望，"呀！"真有一簇五彩鲜花盛开，极为艳丽，再仔细一瞧，确为一株五色曼陀罗花。

东方明见绝壁万仞，峭壁青苔光滑，无处攀爬。正犯愁之际，方青用手一指，东方明顺势望去，但见下方一棵古松倒悬，离花仅有三四尺远。有情人心有灵犀，两目相视会意，东方明轻展猿身，纵身一跃，似飞燕般轻落于古松之上，两腿金蛇缠树，方青也随即飞身飘落，东方明伸双手接住方青双踝，方青两小腿夹住东方明腰间，一招倒挂金钟，身子前探，手中长鞭一抖甩出，正好缠着那朵曼陀罗花，往回一拉，花已在手。东方明借方青回荡之惯力，一抖一送，将方青往崖上回抛，方青借力直上，正好抓住悬崖岩石边际，脚趾一踮，飞身上了崖，随即将长鞭一挥，东方明伸手接住，双脚运劲一蹬，蹿上峰顶。那棵古松"咔嚓"一声，齐根折断坠落万丈悬崖。真是惊险万分！二人艺高人胆大，五色曼陀罗花在手又疾飞光明峰顶。

众人在白云山庄见一炷香已快燃尽，院外还不见夫妇俩踪影，都摇头叹息。武松心中思忖：白眉缘何让人去天都峰采摘五色曼陀罗花？

原来去年宋军攻打睦州，守将郑彪用法术杀了宋将矮脚虎王英和一丈青扈三娘夫妇，又曾大战武松，包道乙乘机作法断了武松手臂。后郑彪为大刀关胜砍杀。那郑彪却是白眉师弟。郑彪身亡留下幼子郑宏，白眉秘密收养，正是身边小童。这郑宏患有惊痫之疾，唯五色曼陀罗花方能治之。

正当众人叹息之际，忽见二仙鹤飞来，旋即，二人飞身进入山庄，方青见香炉中尚有青烟，笑道："白眉，五色曼陀罗花采到，这炷香尚未灭，这局也算赢得轻松。"白眉接过花交身旁小童，脸露笑容，道："就第二局吧！哪位大侠一试高低？"老大铁金刚章雄朗声道："白眉，我与你一试高下！"暗房内小童早已将蜡烛点燃，二人踏步入内。半盏茶工夫，二人一前一后出来，铁金刚一擦额头细汗，道："哎，惭愧。白眉你功高一筹，这一局我服输。"武松、金兀术等人迈步入房，见东、西两边蜡烛已全灭，却见东边蜡烛倒了三支，众人自思内功断不及二人深厚。众人又到院落中，白眉居士已唤人摆好两块木板。金佛手卢刚上前道："大哥你歇息，这局就让兄弟一展身手。"章雄拱了拱手，道："全仗兄弟了！"卢刚转身问道："白眉，咱们写何文字？"白眉应道："就'方腊'二字。"又转身朝武松道："就请这位壮士喝个令吧！"武松心中明白，原来这场纷争与方腊有渊源。见白眉这般相邀，便道："行，俺来喝个令。"武松见二人站立十步开外预备停当，大喝一声："着。"只见二人双臂疾挥，没等众人瞧明白，却见二人已经停手，这"方腊"二字，一个是梅花银针戳成，另一个是柳叶飞刀写就，针刀闪耀，紧凑分明，武松心道：这方腊活时受凌迟之刑，死后还受刀锥之辱，真是冥冥之中注定要受此劫难。这二人手法伯仲之间，难论快慢，应是相平。

章雄见一胜一负一平，不分输赢，便道："白眉，你我三局平手。咱们还是拳脚见高低，刀剑论胜负吧！"说罢，抖了抖手中九环斩马刀。

武松眼见双方要以刀剑相搏，非死即伤，急道："敢问这位仁兄，不知缘何相约争斗？俗话说：二虎相争，必有一伤。"章雄略一迟疑，清了清嗓子，道："不瞒这位壮士，我等兄弟其实也不为甚大事，仅为了结一桩心愿。"遂将三年前遇方腊以报知遇之恩之事，细述一遍，众人一听皆赞赏江南五侠侠义之情。白眉闻言，道："非山人执拗，这光明之顶，三十六道天门，乃天地灵气之所，又是东南道摩尼教圣坛。已有如来石佛、道教玄天大帝石像、水月观音石像等诸佛神灵，自然天成石佛像。那方腊执意造反，几十万众冤死，实在罪孽太深。若于这光明顶替方腊塑像，恐忤逆神灵，又忧朝廷深究，累及无辜性命，故不敢造次。"武松道："佛曰：我不入地狱，谁入地狱？方腊固然罪孽深重，但朝廷横征暴敛，花石纲弄得民不聊生，也是官逼民反！且方腊已身死不究。若不受天地之光，尽受无穷极苦，永不超生，居士又于心何忍？"武松见白眉若有所思，又道，"五位义士尽侠义之心，了这桩心愿，当是为善义举。"白眉闻言，心中感悟，便道："壮士一番言语哲理深明，请教尊姓大名？"

武松道："俺姓武，名松。"金兀术上前一步道："这位壮士就是梁山打虎英雄武松！"众人早闻武松大名，不见其人，听金兀术这么一说，皆往前凑，仔细打量武松，倒使武松觉得不自在。

章雄也是久闻武松打虎英名，未见其人，遂抱拳行礼，道："江湖传言，是你独臂擒了方腊？"武松忙道："非也，此乃江湖误传。当年梁山招安后南征方腊，梁山兄弟死伤无数，俺于乌龙岭被妖道包道乙断了左臂，便在杭城养伤。宋军打破帮源洞，方腊从后山走脱却遇着花和尚鲁智深被擒住。"众人一片唏嘘。

白眉感叹一声，道："武壮士真是英雄气概，不计前嫌，胸怀宽阔，确实不同一般。山人自视清高，实是孤陋，真是惭愧！今日就遂了五位义士之愿，一切皆有因果！"章雄闻言，忙抱拳致谢。白眉又道："山人有生之年在荒山之巅尚能识得众多英雄义士真是大幸！"言罢，自领小童入内熬药疗疾不出。

铁头侠周飞与武松同门师兄弟，显得格外亲热。众人互叙英雄豪气，尽道江湖情义。

金兀术见江南五侠英雄了得，便想凑近套个近乎，却不知江南人最闻不得羊骚味儿，这金兀术三人不改北人习性，一路上吃的都是羊肉，怀中还揣着几条羊腿，身上散发着羊骚味儿。金兀术见众人皆避而远之，实在没趣。想那前面是昱岭关，乃兵家要地还没察看，遂与武松道别，先行下山去了。武松见白眉居士闭关不出，江南五侠尚有事务，也不久待，辞了众人先下山来。

第十七回

少英雄打擂兴仁府
众好汉力战五丈河

武松辞别众人下了黄山又去九华山，再折回往苏州巧遇燕青。

武松于苏州东园闲住年余。这日，天气晴好，游走到东门口，见城门口贴着一张缉捕告示，边上围着一簇人议论纷纷。武松上前一瞧，吃惊不小。原来宋军兵败涿州，蔡攸为推脱败军之责，上奏朝廷称：梁山朱仝、李应复反，杀了先锋黄涛，辽军乘宋军内讧出兵进击，以致大败。道君帝传御旨：缉拿梁山余党。缉捕文书已至各州府县乡。

武松见到缉捕告示，怕被人认出，扭头便走。回到东园，与燕青说了详细。燕青也吃了一惊。武松道："那告示中述，梁山旧部贼人复反。照此所述，想那水泊中定有兄弟重聚。俺在此长住恐被人认出，连累了兄弟家小，俺今日便去山东，探个究竟。"燕青道："各州县官府定然盘查得严，恐路上不便。"武松笑了笑，道："无妨，俺观那缉捕告示中，俺的画形依旧是行者模样，今一般穿戴，反倒认不出俺武松。"燕青点了点头，道："也罢，我这里平日也不与人往来，他人也不知我燕青居于此处，待哥哥到了梁山，托个可靠之人，捎个信来，到时再作打算。"武松即与燕青夫妇道别，径往梁山而来。

这日，已到定陶地界，一条五丈河江水滔滔，武松觅个渡口呼喊对面艄公正欲过河，忽见有十来骑快马飞奔而来，后面数十骑官兵紧追，前队人马见渡口无船又勒马冲向后队官兵，两拨人马就在河滩厮杀起来。当中一女将身穿绿纱，挥舞宝剑，左冲右突，甚是显眼。这官兵足有四五十人，虽然人多却不占优，不稍一会儿，已有五六人被砍落马下，坐下马四散惊窜。武松瞧着，忽觉这几人身影好生熟悉，再一细瞧，"哎哟"一声，那个使两柄板斧的，正是黑旋风李逵，另一个使枪的，正是小李广花荣。这班梁山兄弟缘何在五丈河滩与官兵厮杀？武松不及细想，正有一匹惊马飞驰而来，武松瞅准了，抓住缰绳飞身上马，拔出戒刀，大喝一声："兄弟们休要惊慌！俺武松来也！"喊声刚落，已将官兵砍翻两个。花荣、李逵等人一见是行者武松，惊喜万分，更是奋勇无比。那官兵见众人凶猛，又有援手，发一声喊，回马逃遁而去。众人也不追赶，李逵将砍翻没死的，一斧一个结果了。

花荣下马拉住武松，兄弟久别重逢，激动不已。花荣叫过郑提辖、晁云龙、晁云飞、关冲几位少年与武松相见。这时，对岸来了三条渡船靠拢岸边，船上跳下三人，武松定睛一瞧，却是美髯公朱仝与童威、童猛带领兄弟前来接应。原来军师吴用放心不下，又遣朱仝、童威、童猛各领若干兄弟于五丈河对岸驾船前来接应。武松问道："兄弟们为何在此与官军厮杀？"花荣遂将事情原委，细述了一遍。

原来吴用见朱仝、李应、姚忠平于军中斩杀宋将，度量朝廷必不肯善罢甘休，遂传书给戴宗让其通知众弟兄前来郓城聚义庄中，众头领陆续到来又收拢三山旧部人马，密至梁山聚集，一切井然有序。

这日，林冲、吴用等梁山兄弟于聚义庄设宴欢聚，忽有消息传来，东京路广济军于立夏之时，在济阴兴仁府设武举会考，以备来岁赴京选考武魁。晁云龙、关冲二位英雄少年闻讯，激情高涨，欲去兴仁府一显身手。吴用见状道："自古英雄出少年，也该出去多长长见识！但是否去得，我可不敢做主！"言罢，瞥了一眼林冲，林冲笑道："军师是让我拿主意，那就让几位梁山少英雄出去抖抖翅膀吧！"云龙、关冲闻言，甚是欢心，旁边晁云飞忙道："二位哥哥去时，莫要忘记了小妹！"三兄妹每日鸡鸣即起，更是勤加练习。林冲、花荣、朱仝等人将武艺悉数传授。

一晃立夏将近。这日，吴用与林冲商定，由小李广花荣领几位少年进城比武，黑旋风李逵与郑提辖带四位弟兄于城门处设伏接应。次日，晁云飞穿一件绿纱衫儿，束好腰带，扎紧裤管，背弓挎剑，骑了匹枣红马，一大早就候在聚义庄门前，关冲一见笑道："小妹好早，还怕哥把你撂下！"为掩人耳目，众人分几拨奔向济阴。

一路上，关冲与云飞并驾齐驱说笑不停，没几日，就到了济阴城。

济阴城内格外热闹，明日即是立夏日，比武擂台就设在城隍庙前，花荣、李逵等人就近拣家客栈，置好马匹行李便来观擂。见那擂台丈高，四周遍插锦旗，一个后台，左、右两厢立柱，一副醒目对联"拳打南山虎豹，脚踢北海蛟龙"。李逵瞧了火往上冲，要砍了那柱子，花荣一把拖住，低声道："休要胡来！今日只是来看，明日再收拾不迟。"众人拽着李逵回了客栈，客栈中已有不少武林异人也来住店，花荣听旁人议论道：

"此番比擂五日，擂主是广济军安抚史张安的侄子唤作张天虎，又设副擂主二人，尽是广济军将官。那张天虎平日里仰叔父权势，又仗拳脚厉害，欺男霸女，目中无人。扬言武举非其莫属。"花荣闻言，与众人道："我等先去察看几日，看那厮手段如何，再与其相搏。"

次日一早，花荣与晁云龙、关冲等人来到城隍庙，已是人头攒动。众人挤到献台前，见一块告示，上书：京东路广济军设擂五日，决出胜者三人与擂主决胜负，得武举者，来岁入京参加武魁殿试，诸乡县军民人等均可报名。不消一会儿，已有人登台比试，二人一高一矮，拳脚展开。花荣一瞧，那矮个汉子使心意拳法，稳踏中宫，进退自如，手足相应，快慢从容；高个汉子使螳螂拳法，绕走侧攻，进步如风，偏锋斜入，勾掌反分。二人拳来脚往，真是：进步捷如风，失机退疾快，掌达即前吐，拳硬宜实打。花荣等人看得分明，高个汉子左旋右转，上打下撩，一时无法切入，忽变拳招，突进中门，一招大力伏虎拳，左拳前滚，右拳直击膻中穴。矮个汉子见状，立右掌疾速相迎，粘住对方拳面，左掌迅速托住外关上挺，退步旋身，向右侧一抖，高个汉子站立不住身子前倾，矮个汉子未待其站稳，一脚横扫秋风，竟将高个汉子扫落献台。

下一场，一人穿绿衫拿银枪，另一人穿红袍拎朴刀。二人也不搭话，枪来刀往战在一起，使枪的银蛇飞舞，使刀的寒光四射，战了二十回合，不分胜负。那红袍汉心急，抡开朴刀上三下四，左五右六，一口气砍上十来刀，又尽全力朝顶梁上"呼"的一声砍将下来，绿衫汉子银枪斜挂后压，顺着朴刀回收往前疾刺，只听红袍汉子"哎哟"一声，银枪已中肩胛，鲜血直涌，同伴上台相扶退下献台。接着，又有红袍汉子师兄登台挑战绿衫汉子。花荣等人连瞧四日，关冲、云龙看得火时急欲登台，均被花荣拦下。

当夜，花荣、郑提辖等人围坐客栈内。花荣道："欲取胜先虑败，虑败可戒骄。连日观战，已知敌之长短。所谓知己知彼，方保万无一失。"郑提辖也道："纵观武林，战无常胜，须以败不乱志，志定神清，避实击虚，方能败中求胜。"花荣又道："明日较技须牢记要意：虚实相应，以柔制刚；审时度势，见机而行。"

次日一早，用过早饭，众人结了店账，由李逵、郑提辖带几位兄弟依计至城门设伏，花荣领几位少英雄径到城隍庙。献台前早已挤满各乡武士、壮汉，花荣替云龙、关冲报上名，先比器械，后比拳脚。不消片刻，云龙提枪上台，见对方三十出头中年汉子，不高不矮、不胖不瘦，使一对双钩。二人各通姓名，行了个礼。中年汉子不由分说拉开架势，双钩指东打西，指上打下，左右翻滚，虚虚实实，招招凶险。那云龙一条银枪出自名家高人之手，不慌不忙，左挑右拨，上下点刺，见招拆招。中年汉子见这条银枪似蟒蛇飞舞，枪花飞转，无懈可击，便使个声东击西，上实下虚，顶门左钩直劈，右钩朝脚踝横削。云龙早已识破，枪尖往上一拨，退步躲过右钩，侧身转胯，横把正中对方右颊。只听“哎哟”一声，中年汉子身子往左闪了几步，云龙横枪抵住其喉咙，轻松赢得一场。关冲上场也只十几个回合，对手兵械即被打飞。哥俩儿连胜几场，与另一位巨野举子胜出。

这时，锣鼓齐鸣，从后台走出一位军校，那军校大声道：“本将广济军张安帐下，姓王，名大彪，俺久历沙场，汝等若能胜得了本将，便可与擂主一决高下。”那军校丈高身材，枣红脸膛，身如铁塔，一杆大枪台上一撑，似金刚再世。那巨野举子一见，大声道：“让俺先会他一会。”说罢，提条斩马刀，“噌”的一声蹿上献台。王大彪大声道：“刀枪无情，须纳个姓名，也好给你家人送个信。”巨野举子怒目横眉，大声道：“休要张狂，俺的姓名报与你听好，俺是巨野人，飞虎雷震。”说罢，举刀便砍，那王大彪提枪拨开来刀，转身舞个枪花，迎面便刺，雷震将家传三十六路泼风斩马刀使开了，真是风雨不透。王大彪见无隙可乘，久持不下，恐有闪失，遂虚晃一枪，回身卖个破绽，左手掏出飞镖掂在手心，右臂挟枪，又一招横扫秋风，左手一扬，三枚飞镖直奔雷震。雷震见对手落败，正待上步劈刀，突见其回枪横扫，忙举刀相迎，又见三道白光疾飞而来，知是暗器，速纵身斜跃，左臂已中了一镖，王大彪见雷震中镖，立脚未稳，乘势将大枪横扫雷震小腿。雷震见状不妙，凌空腾起竟出了献台。众人看了愤愤不平，关冲瞧得明白，早已憋不住，一步蹿上献台，报了个姓名，挥刀便砍。家传春秋大刀，力猛刀沉，劈山砍石，疾如闪电。那王大彪哪是对手？见对手凶猛异常，久持必不是对手，又故技重演。关冲看得真切，也不躲闪，转身挥刀，只闻“叮咚”声响，将三枚飞镖弹飞，竟有一枚射入军校王大彪眼中，王大彪疼得“哎哟哟”大叫，右手捏住飞镖一拔，竟将一颗眼珠带出，鲜血从眼眶中直涌而出。王大彪疼得昏死过去，几位小校七手八脚将其扛下献台。从此后广济军中出了一位独眼将。

这时，后台迈出一人，花荣一瞧，此人身高八尺有余，浓眉大眼，膀宽腰圆，真如金刚下凡，又似天王转世。此人便是张天虎。张天虎环视献台，上下打量关冲，道：“今日何方来的鸟人，敢伤俺家兄弟，此地便是纳命所在！”关冲闻言，就要动手，花荣见状，大声道：“你且下台来，休息观战，让云龙去会会。”晁云龙闻言，“噌”的一声蹿上献台。关冲道了一句“小心”随即跳下擂台。晁云龙朝张天虎大声道：“你休要嘴上逞能，咱们拳脚见高低。”张天虎瞧了瞧，道：“尔这小子，乳臭未干，却来送命，识相的换你爹来！”云龙早已按捺不住，运气贯身，脚踏天门，左掌一扬，右掌游龙挥爪直切颈脉。张天虎忙挥左掌回格，以右拳直击，使了个通天炮。云龙迅以右掌下行，拿其左肘曲池穴，左掌前探耳根。张天虎一惊，速退左脚，旋左臂缠绕对手右腕，右掌疾行至左颊，化解对手左掌。云龙转胯旋身，迅以右掌缠住张天虎右腕，扣其内关穴，左掌击其面颊。张天虎忙回格……张天虎自恃力大魁梧，想不到云龙以心意内家拳法连进三招，张天虎吃惊不小，显得手忙脚乱。二人盘旋几遭，又斗了几十个回合，张天虎有劲使不上，心中火急，忽大喊一声，似猛虎下山，云龙稳步守桩，张天虎回身掏出三枚毒针捏在手心，忽转身右拳直进，云龙正要接招化解，张天虎拳出半路缩回，左手一扬，三枚毒针直飞云龙面门，云龙正纳闷其出半拳收回，忽见张天虎左手一扬，亮光一闪，知是暗器来袭。云龙急蹬双脚身子后倒，使了个“铁板桥”功夫，一条身躯直挺挺飞出丈外，后仰之间早以左掌将三枚毒针收于手心。张天虎心中暗喜，踏步上前欲结果对手，云龙忽地“鲤鱼打挺”挥手将三枚毒针射入张天虎胸腹。那张天虎突然僵住身子，拳头停在半空，云龙一招神龙探海右手捞其裆部，左手捏其右脉，以肩顶其胸腹，大喝一声：“起——”一个硕大身躯平地托起，众人齐声喝彩。云龙转了几圈，将其抛下献台，却是个头朝下脚在上，只听青石板上“砰”的一声，头颅迸裂，脑浆飞溅。张天虎两脚蹬了几下，就到阎王处求功名去了。

济阴兴仁府知州瞧得分明，这张天虎死了，如何向张安交代？大呼一声，道：“快拿住凶犯。”台下济阴捕快与广济军将校官兵发一声喊，一齐上台来拿凶犯。

花荣、关冲、云飞见状，各拔出兵刃，杀将起来。顿时，台下一片混乱，刚才台下观擂的雷震也将斩马刀使开，众武士、好汉有不服的抽出随身兵器，也乘乱一阵混杀。花荣大喊一声：“莫要恋战，跟紧我，往城门冲！”云龙、关冲挥舞长枪、大刀往前奋勇冲杀，云飞居中，花荣断后，官兵抵挡不住，往两边躲闪，远处守城官兵望见，急去关那城门，李逵拔出两柄板斧，大喝一声：“黑旋风爷爷在此！”一团黑影挥舞板斧，左劈右剁，碰着死、磕着亡，守城官兵哪里见过这阵势？郑提辖提着长枪，后面拴着几匹快马，飞奔上前，几位梁山军校待花荣等人骑上快马飞奔出城，急推出装满了草垛的独轮车，这草垛上早就浇上了松油，一把火将官兵给堵在城门内。飞虎雷震出了城门，与众人道了声：“后会有期！多保重！”即与花荣等人告别，径奔巨野而去。

花荣等十余骑往定陶飞驰，奔出约二里地，见后面尘土飞起，知是广济军官兵追来，花荣大声道：“郑提辖你带几位先走，我去射他几骑，随后赶来。”说罢，勒转奔马，取弓在手，“嗖，嗖，嗖”射出三箭，官军躲避不及，前头二人应声翻落马下，花荣又掉转马头朝定陶疾驰。官军见那人厉害，不敢追近，只在后面紧随。

众人一口气奔出五六十里地，到了五丈河渡口，却无一艘渡船，又发一声喊，勒转马杀向官兵，李逵、花荣等人正奋力拼杀之际，又巧遇武松到来，众兄弟齐心协力杀退官兵。

第十八回

少英雄入伙梁山寨
公孙胜献策聚义庄

上回说晁云龙、关冲于济阴兴仁府打擂，摔死了广济军都统张安侄子张天虎，官兵追至五丈河滩，花荣等人与之大战，正巧遇上武松，众好汉合力杀退官兵。朱仝与童威、童猛驾船前来接应，众人渡过五丈河。花荣陪武松先到郓城石碣村见过阮小七，再至聚义庄中与吴用相见。

次日，吴用让宋清置备了一桌酒宴，派人去请林冲下山来，于聚义庄与武松会面。武松将方腊旧部至六和塔寻仇，去天台国清寺见道逵住持，过昱岭关杀了恶人，于黄山光明顶遇江南五侠，在苏州见到浪子燕青，细述了一遍。吴用也将宋江、卢俊义遇害，朱仝、李应杀了征辽先锋黄涛，兄弟重聚梁山之前因后果，一一相告。

吴用又道："前日，东京传来消息，朝廷已风闻梁山这边动静，令京东路侦办，公文不日将传至郓城。恐那郓城县令也包瞒不住，我等应早做防备，以备官兵来袭。"林冲道："梁山泊已聚有七八千义军，近闻蒙山、饮马川一带皆有义军啸聚。可烦武松兄弟去走一遭，知会山寨头领，若遇官兵征剿可来投梁山。"林冲说到这里，稍作停顿，又道，"人生尚有一件心事未了，心中恶气实在难消！"吴用会意地点了点头，道："陆谦那厮在高俅老贼身边替咱梁山做眼线，本打算让老贼多苟活几日。既然林教头如此纠结，耿耿于怀，便让安道全配服药，让其烂死了结！"林冲闻言，苦笑了一下，道："非我林冲量小，高俅老贼身为太尉掌管禁军，竟施奸计诱我入白虎节堂，陷我囹圄，又纵容高衙内逼死我娘子，害我家破人亡。人言：大仇不报非君子！每想起那老贼尚在朝堂之上作威，我林冲怒气填胸，寝食难安！"几人正说着，吴用忽一拍脑门，道："不好！云龙于兴仁府打擂摔死张安侄子张天虎，又杀出兴仁府，于五丈河滩杀了许多官兵，官府定不肯罢休！必追究及那巨野少年英雄飞虎雷震。"说罢，唤人叫来晁云龙，让其速去巨野，接雷震来梁山入伙，晁云龙应声去了。

吴用又道："公孙胜、朱武、樊瑞于蓟州无终山罗真人处修道。前日，我修书一封已遣戴宗去请，若能说得他几人来共济梁山，则复兴大业不愁矣！"林冲道："军师想得周全，全仗军师操劳了。"众人边聊边吃，一直畅饮至晚。

且说入云龙公孙胜随宋江剿灭淮西王庆，送宋江还京之后，便回蓟州无终山。神机军师朱武、混世魔王樊瑞又随大军南征方腊，回京后受了闲职，便去蓟州无终山投公孙胜。

这日，公孙胜对朱武道："近日心神不定，左眉直跳，今日早起占了一卦，应有故人来。"公孙胜与朱武用过午饭，正饮茶闲聊，忽见神行太保戴宗进到紫虚观来。朱武笑道："道兄卜算神通，果然有兄弟来访。"戴宗遂将宋江被害，众弟兄相聚聚义庄，林冲、吴用、花荣等人重整梁山，欲请入云龙与神机军师下山振兴梁山大业详细述明。公孙胜闻言，道："当年助晁天王劫得生辰纲，本欲干番惊天动地大业，未料晁天王早逝，壮志未酬，但宋公明聚天罡地煞一百单八将，正当风云际会，气象一新之时，却执意招安，又南征方腊，逆了天意。天罡地煞众星暗淡，元气大损。昨夜观星，梁山新星闪烁，当有一番作为。"朱武闻言，道："道兄，依你所断，这大宋气数如何？"公孙胜闻言，微笑道："大宋气数式微，败相已露，然败于天狼之星。"公孙胜又道："贫道虽为尘外之人，却心系众弟兄，如今梁山众星又聚，贫道岂可置身事外？梁山兴亡当一并担当。"戴宗闻言，大喜道："怎不见樊瑞兄弟？"公孙胜答道："樊瑞随师修行，已有正果，不便再行惊扰。"公孙胜偕朱武、戴宗来观鹤轩拜见真人。公孙胜参拜毕，欲述来由，真人将手一挥，道："一清不必细言，为师已然知晓，去时去，来时来，以了尘缘。"公孙胜与朱武叩首拜别恩师，随戴宗下了无终山，三人昼行夜宿，赶赴梁山。

再说吴用次日叫来神医安道全，道："那高俅老贼害我梁山不浅，与林教头不共戴天。如今老贼还在朝中施威，神医可有偏方，叫其慢慢遭罪受死，不得善终。"安道全闻言，道："我有一方，五毒相食成蛊，配以曼陀罗花，烘干成末，伴以蜂蜜，日以少许喂之，七七四十九日，周身脓疮，溃烂而死，不得医治。"吴用、林冲闻言大喜，遂叫安道全取来药粉。吴用修书一封，遣人将信和药粉送往东京陆谦。陆谦收吴用书信，心中大喜！毒死高俅便可与家中老小团聚。陆谦见高俅风寒夜咳，便道："老爷久咳不治，闻宝珍斋有高丽国蜂蜜，清肺润喉，治咳良药且常吃容颜如童，精神饱满，老爷为何不试？”高俅闻言，忙道：“这几日咳得难受，有这般好蜜，赶紧办来。”陆谦火速购得蜂蜜，拌匀药粉，日复一日，让高俅享用，暂且不表。

又说晁云龙赶赴巨野去接雷震。这雷震祖上本是巨野大户，与官府往来甚密。雷震回到家中，次日，便得到消息，官府发文要来缉拿。雷震正思量着去投何处，却见晁云龙到来，言明梁山境况，军师吴用特遣其来相邀入伙。雷震少时本就敬仰梁山英雄，便二话不说遣散家仆，随云龙来投梁山。

吴用、林冲见雷震英雄少年，一身正气，甚是高兴。梁山大摆宴席，席间，郑提辖与吴用述其日久思子，欲去东海郡杨勇处走一遭。吴用闻言，道：“杨知府与梁山颇有渊源，上回在嘉祥地界出手相助，对梁山有恩，那日走得匆忙未及招呼，今番郑提辖去东海郡可多带些金银，以示感谢。”郑提辖即日带上些金银，赶往东海郡去。

过了几日，戴宗偕入云龙公孙胜、神机军师朱武来到梁山。公孙胜、朱武见林冲、吴用、花荣、李逵、凌振、黄信、杨林、朱仝等一帮兄弟安好，梁山英雄有后，更有一帮入伙兄弟铁血丹心，梁山井然有序，心中甚是宽慰。当日，又是大宴。

次日，公孙胜、朱武来见吴用，吴用叫来林冲、花荣、李逵、朱仝、黄信、杨林、李俊、凌振等人，吴用道：“今番打扰二位兄弟清修，重新请出山，为的是重振梁山，共图替天行道大业。”公孙胜道：“如今军师对梁山前途作何打算？”吴用便道：“吴用一学究，才疏学浅，前番未能劝阻公明哥哥，受了招安，折损众多兄弟。今番吴用不敢妄论，梁山前途定要与众兄弟同谋共议。”公孙胜起身环视众弟兄，道：“前番梁山寨打的是‘替天行道’大旗，实未行得其道！众好汉被逼上梁山，会聚天罡地煞之星，公明哥哥将聚义厅更为忠义堂，反的只是贪官污吏，未反宋廷；想的只是众家兄弟，未虑百姓。仅图梁山存亡，未谋天下。无经纬之略，失纵横之谋，故梁山若不受招安，也必当衰枯。今番兄弟重聚山寨，定当重新谋略！”林冲闻言，向公孙胜抱拳作揖，道：“入云龙所言甚是，当初梁山失经纬之策，受了招安，如今重新振作，愿闻其详。”公孙胜便道：“梁山替天行道，要反就反它鸟皇帝，朝廷上贪下贿，横征暴敛，苛捐杂税，民怨神愤，只需振臂一呼，当万众响应。当今宋与金结盟征辽，大军集于辽境，各州郡兵少将寡。所谓天赐良机，此天时也！水泊八百里，已聚我梁山兄弟，此为地利。然成大业者，必集千军万马，攻城夺寨，占中原而怀天下。若固守梁山，如同静潭蛟龙，不能翻江倒海。”

言罢，掏出随身一轴图册，摊在桌上，又道，“长策：东出夺巨野占沂州，得山岳之险，扼守东路；北出郓州占齐州，断北来之敌，尽占山东东京路，便可扩军筹饷；再西夺定陶占济阴，前出京畿路，逐鹿中原，决战东京。近策：取郓城寿张与梁山互为犄角，占郓州平阴，夺取齐州，尽得山川之险，再图发展。”公孙胜言罢，众人齐声称赞。李逵听罢，问道：“先生妙计，为何不早早讲与公明哥哥听？”公孙胜笑道：“此一时，彼一时，天时地利不同！”李逵道：“老道卖关子，俺黑牛不懂，那人和又是什么？”吴用忙道：“黑牛休要插嘴！”众人正说话间，有探子来报：兴仁府征得东京西路十万担征辽粮饷，欲取道梁山水路，出济水押往幽州。公孙胜闻言，一拍大腿，大声道：“天助我梁山矣！”

第十九回

水泊里劫得十万粮
梁山军连夺七座城

再说朱仝、李应、姚忠平杀了征辽先锋黄涛，涿州城守将乌木完朵乘机杀出，大败宋军前锋。蔡攸率大军赶到，收拢前锋残部，将涿州城团团围住，乌木完朵率军拼死抵抗。监军赵良嗣见蔡攸久攻涿州不克，便催促蔡攸转攻新城、固安、永清。霸州守将郭药师本是汉人，见宋军势大，杀了几员辽将归降大宋。蔡攸大喜，不待涿州攻克，便驱大军径取幽州。这兵马未动，粮草先行。大军催促粮草甚紧，东京路广济军得了将令，征得粮草十万担，欲押运幽州。

吴用得探子来报，即与公孙胜、朱武、林冲等众头领商议，欲取这趟买卖。公孙胜道："若取了军粮定然惊动朝廷。干脆一不做二不休，乘各州郡兵力不济，一并取了郓城、寿张，再图巨野、郓州。"朱武也道："如此甚好！郓城、寿张易取，待取了郓城、寿张，巨野、郓州必然防备，乘此刻大事未发，多遣人扮作客商人等潜入郓城、寿张、巨野、郓州以作策应，里应外合大事必成。"吴用、林冲等众人闻言，点头称是。

吴用遂遣哨探去济阴打探粮草起程、押运情况。又遣李应、姚忠平、蔡庆、杜兴各带数十名心腹军士扮作客商，前往郓城、寿张、巨野、郓州。吴用一番布置停当，又与众人道："当年刘唐、阮氏等兄弟七人于水泊中，便杀得郓城几百官兵，如今广济军不知我梁山又聚上万之众，方走此水道。我等万不可走漏半点风声。"当日，吴用又与公孙胜、朱武、林冲等众头领定下连环之计。

梁山水泊南连五丈河通济阴，西达东京开封，北通济水过齐州，东入渤海。此番征辽粮草集于济阴兴仁府，由广济军张安帐下独眼将王大彪押运，欲经水路至齐州再转旱路官道。上回兴仁府设擂，王大彪施放暗器，反失了一目，成了独眼将，心中一直郁闷。这回王大彪讨得这趟差使，便特别卖劲，征得大小民船二百来条，雇得民夫三百余人。

这日一早，王大彪点齐广济军一千官兵，自己坐在头条官船上，大手一挥，喝道："开拔！"顿时，鞭炮大作，其后紧随三条官船，中间运粮船一字长蛇排开，依次而行。每条船上有士卒三名守护，两条官船断后护卫。夏日暖风微吹，船桅上广济军白虎旗迎风招展。王大彪抖擞精神站在船首，指挥船队沿五丈河浩浩荡荡往水泊进发。官兵船队自济阴至水泊有三日行程。那厢官兵粮草船队刚启航，这厢梁山寨便已知晓。

次日，梁山众头领齐聚忠义堂。吴用高声道："当年我梁山弟兄替天行道，为民除害。今番我等要重振梁山雄风，非但要劫富济贫，还要杀尽贪官！直捣东京！除掉昏君！"众弟兄闻言，齐声大喊："杀尽贪官！直捣东京！除掉昏君！"吴用一摆手，道："今番众头领且听吴用调度，来日当推选梁山新首领。"又道："阮小七与洪教头领三百水军，率两条大船并三十只飞舟于石碣村西大港汊设伏，见水泊中火起杀出。花荣领五百水军，率三条快船并飞舟五十只，于南港芦苇荡中设伏，放过官船大队，待前面火起炮响，从官船后队杀入，不得放走官兵一船一人。童威、童猛各领水军三百并飞舟百只，设伏于水道东芦苇荡中，见水泊中火起杀出。李俊领水军五十名，驾渔船一条并飞舟十条，上载麦垛覆以硫黄、松油伏于黄云荡正北迎敌。黄信、杨林领马军五百、步军一千，设伏于寿张县城外树林，待明日黄昏时分，城中火起攻入城中。朱仝、李逵领步军一千，设伏于郓城县郊外，待明日黄昏，城内火起掩杀入城，入城后三日内，一切人等只进不出。洪光、关冲领兵三千，驾大船三十条，于今日出发取巨野，由雷震领快骑五十，先设伏于巨野郊外，只待后日洪光、关冲船到，先杀入城内，接应大队入城。"林冲、柴进、晁云龙、吴用等余众头领坐镇山寨。

各路军马于当日入夜后悄然出发，依计而行。

再说王大彪押运粮草一路上顺水行舟，第三日进入梁山水泊。行了大半日，已近黄昏，见水泊碧波荡漾，蓝天白云，芦苇荡中野鸭、白鹭惊飞，偶有渔家打鱼，别有一番景色。忽见前方水面开阔，忙问旁边水工，道："此处为何所在？"水工答道："此处便是黄云荡，左首石碣村，当年郓城官兵数百人，被梁山强人劫杀于此水荡中。"王大彪闻言，"哼"了一声，道："当年若是有俺在，定杀尽这伙梁山贼人。"正说话间，见空中有几只秃鹫凄叫盘旋。忽闻前方传来渔家歌声，王大彪抬眼一瞅，见前面一条渔船正在水道上，船上一人摇着橹唱着渔歌，隐约听得："爷爷生在梁上泊……不怕天来不怕官……"王大彪听了，怒道："尽是梁山刁民，叫他让开水道，不然撞翻白撞！”军士忙对着渔船大喊：“喂，你这渔船赶紧闪开！休要挡了官家水道，不然撞死喂鱼！”见那渔船上人戴着凉帽，不紧不慢摇着橹唱着歌，还不时地回头瞧瞧官船，把王大彪气得脸色铁青。眼见越来越近就要撞上，可那小船就在水道中间偏偏不让。王大彪大吼道：“全力划桨，撞死这等刁民！”众船工用力划桨，官船疾速前驶，眼看要撞上那渔船，只闻官船“哐啷”几声，船底似撞上东西，船上官兵站立不稳向前扑倒，王大彪也一个踉跄，差点儿摔倒。船工惊叫道：“大人，不好了！船底撞破进水了！”王大彪望船舱中水汩汩直涌，大喊道：“快将漏洞堵上！”正说话间，后面三条官船也紧挨着往上撞，跟随其后的运粮船不知前头情况，收不住桨，也径往前撞到官船上。王大彪再瞧那条渔船还在，却不见了渔夫。

那渔夫不是别人，正是混江龙李俊。这李俊奉军师之令，早在必经水道中布下木桩。小渔船往来无碍，这官船船大吃水深，加上疾速快行，正好着了混江龙的道。

王大彪突见前面芦苇荡中，驶出十来条小船，载着丈高草垛，却不见人影，朝官船驶来，心中疑惑。有船工道：“大人，莫不是遇上梁山强人？”王大彪大声道：“这班贼配军早已被灭了！哪里来的梁山强人？”众人正说着，小船一字排开正好十条，径朝官船飞驰而来。王大彪感觉不妙，汗毛倒竖，大喝道：“快放箭！勿要让其靠近！”众军士赶忙拉弓射箭，只见船上草垛一人多高，不见人影，这箭皆射入草垛之中，小船越来越近，突见这十条小船同时火起，草垛中噼啪作响，烈焰滚滚，犹如十条火龙直扑向官船。瞬间，官船均被引着，王大彪呼喊着叫军士提水灭火，官兵、船工奋力扑救，官船上乱成一团。突然，有人呼喊：“王大人，不好了！左边又有许多船来。”王大彪抬眼望去，见左边草荡中又冒出几条大船来，其后紧随着几十条小船，朝这边飞快驶来。王大彪惊得魂飞魄散，心忖：今番果真遇上梁山强人，吾命休矣！副将见王大彪一直呆立不动，推搡道：“将军，现今怎办？”王大彪这才回过神来，忙道：“让后队改前队，赶紧后撤，这条大船休管了，赶紧换到后船上。”王大彪话音刚落，只听几声轰天炮响，这官船已被炸飞半条，阮小七与洪教头驾船从左边冲入敌船，官兵匆忙应战，又见大批小船从右边飞驶杀来，这官兵哪里能敌？会水的官兵、民夫“扑通、扑通”往水里跳，不会水的干脆弃械投降。王大彪未明白怎回事，人已在水中，两手在水中挣扎乱拍，身上披着一副厚重盔甲，不一会儿力气耗尽往水底沉去，却被一杆竹篙钩起。后队两条官船见前面官船燃起大火，又闻轰天炮响，左右又有无数飞舟夹击船队，断定遇上强人，正欲掉头，只见后面芦苇荡中驶出几十条船来，花荣率三条快船五十只飞舟，领五百水军杀到。这二船官兵不足百人，见四周水泊皆是梁山船只，无处可遁，又不敢应战，竟不做抵抗，弃械投降。

花荣押过官兵，朝天空连发三色烟火，阮小七见了，也发三色烟火回应。吴用、林冲早在水泊金水滩相候，宋清清点战获：俘获独眼将王大彪以下官兵七百余人，船二百余条，粮草十万担，刀械无数。独眼将王大彪被砍了祭旗。

且说美髯公朱仝、黑旋风李逵得军师吴用令，率一千步军于当晚由石碣村上岸，行了不到二十里地，便到郓城东门。朱仝往北门、西门、南门各分兵二百潜伏。次日黄昏，郓城四门火起，城内锣声大作，军民人等赶紧灭火，一片混乱。朱仝、李逵见城内起火，知是一枝花蔡庆放火，遂下令军士掩杀进城，守城军士正在救火，不防有大批强人杀入城内。

原来一枝花蔡庆等人照军师吩咐先行潜入郓城，都藏于顾大嫂开的客栈中。次日，蔡庆见时至黄昏，便令人于四门放起火来，朱仝、李逵领大队人马杀进城内，蔡庆等人见了抽出短刀，也杀将起来。黑旋风李逵见人就砍，两柄板斧，上下翻飞，所到之处，人头乱滚，梁山军士如狼似虎，官兵被杀得哭爹喊娘，四散奔逃。

朱仝本是郓城都头，城内路径甚熟，领军直奔县衙，县令朱安见城内火起，正命人去救火。突见朱仝手执大刀领人马闯入县衙，忙起身惊问："尔等何人，敢明火执仗闯入县衙？"朱仝大声道："俺梁山好汉，今日特来取你狗官性命！"朱安闻言，忙道："好汉且慢，我与吴用有旧，对梁山有恩，你等不可杀我。"朱仝笑道："你这等破事，还不是俺梁山平日花银子供着你，今日留你贪官不得！"朱安还想辩说，朱仝挥刀劈下，一颗人头滚出丈远，军士赶上，将一旁押司也砍翻在地。衙役、捕快见了，四散惊逃，被梁山军士追上，悉数结果性命。朱仝、李逵占了郓城，打开大牢，又收了一干含冤受屈囚犯入伙梁山。朱仝得官库钱粮无数。

又说镇三山黄信、锦豹子杨林奉军师吴用之令，潜伏于寿张县城外。黄昏时分，鬼脸儿杜兴在城门内放起大火，黄信、杨林见城内火起，遂挥兵杀进城去，守城官兵不及抵抗，便做了刀下冤魂，又活捉县令王富贵。黄信照军师吩咐，令五百军士扮作寿张县败退官兵和百姓，押上县令王富贵，连夜赶往郓州，杨林带大队人马扮作追兵紧随其后。

次日一早，郓州西门守城官兵见有大队官兵拥到城门口欲进城，守城士兵赶忙告知张都统，张都统与县令王富贵见过几面，问明是寿张县为梁山强人所破，后面又有梁山追兵，忙招呼放下吊桥打开城门。黄信挥军乘机掩杀入城，手中丧门剑挥下，即将张都统砍翻，梁山五百军士发起狠，突然砍杀起来，城门内官兵猝不及防，被杀得一个不剩，杨林带大队人马直杀进城去，姚忠平领人在城中已待了二日，见梁山人马杀到，遂叫人在各处放起火来，城中一片混乱，官兵未被杀死的，尽出北门逃往东阿县。

吴用、林冲、公孙胜、朱武坐镇梁山寨，捷报频传山寨。朱仝、李逵占了郓城，黄信、杨林取了寿张县后又诈得郓州，洪光、关冲、雷震袭取巨野，梁山声威大震。各头领按军师令，张贴安民告示，开仓放粮。各路英雄纷纷来投，吴用乘势令洪光、关冲、雷震攻占任城，又令黄信、杨林攻占东阿、平阴，兵锋直指齐州。梁山人马十日内连破七城。

第二十回

禁军魂断断魂崖
李涛命丧汶水畔

道君帝自宋与金结盟，遣童贯率大军征辽初战不利，甚为震怒，后蔡攸连克新城、固安、永清、霸州。捷报传至京城，道君皇帝龙颜大悦。近来特喜弄笔墨，自创“瘦金体”书法，甚为得意。

这日，道君帝正与几位妃子在后宫赏画，忽有兵部杨戬有要事来奏。道君帝见杨戬神情慌张，心中不悦，曰：“杨爱卿何事惊慌，慢慢道来。”杨戬忙道：“京东路广济军来报，梁山余党死灰复燃，夺了十万担征辽大军粮草，又攻占梁山周边州、县，现今又集上万之众围攻齐州。”道君帝闻言，大惊，急曰：“速传高太尉至金銮殿议事。”

前回说高俅服了陆谦所供的高丽蜂蜜，觉胸肺清爽，夜间久咳已止。但不知何故，背、股长了几个疔疮，忽疼忽痒，夜不成寐，精神萎靡。闻皇上召见，忙整冠束衣，强打精神，来到金銮殿。道君帝见高俅进殿，曰：“高爱卿，梁山草寇余党聚众谋反，劫了征辽大军粮草，攻城略地，气焰甚嚣。现今贼兵蚁聚齐州。高爱卿可有良策？”高俅闻言，先是一惊，忙道：“这梁山强人贼心不死，臣早就断言应斩草除根，不可姑息！皇上，今大军虽征辽未归，但剿灭梁山匪寇不可一日耽搁。可任杨戬为指挥使，率一千禁军为督军，遣青州、潍州、莱州、登州四州兵马为左路军，军援齐州。再调濮州、单州、徐州、兖州、沂州、密州六州兵马为右路军，进剿梁山老巢，使其首尾不能相顾，贼兵必破。”道君帝闻言，甚喜，曰：“朕就依高爱卿之计，杨戬听旨！”杨戬伏身跪下，道君帝曰：“朕封汝为京东路剿寇都指挥使，统领左、右两路大军，克日剿灭梁山贼寇。”杨戬退出金銮殿后，对高俅举荐心生感激，又随高俅到太尉府，表示日后定当报答太尉提携，高俅又说了些勉励言语。高俅因疔疮难熬发作，显得坐立不安，杨戬不便久待，即回兵部做出征准备。

杨戬尚未率禁军出东京，吴用便收到飞鸽传书，遂与公孙胜、朱武、林冲等众头领商议道："今朝廷命杨戬为都指挥使，率禁军一千，又令左路四州兵马援救齐州，右路六州兵马攻我梁山，欲使我梁山军首尾不能相顾，众头领有何破敌之策？"林冲闻言，道："杨戬这厮谄谀之臣，非将帅之才。朝廷仅遣一千禁军，可断言朝廷无兵可用，这各州郡兵少将寡，又互相猜疑，破之不难。"公孙胜闻言，手捋胡须，道："林教头说得不无道理！朝廷大军征辽，朝中兵力空虚，杨戬才庸，各州郡缺将乏才，为天时；我梁山依山水之险势，为地利；今梁山连克数城后，各路英雄来投，人马已近三万，士气正旺，为人和。梁山占尽天时、地利、人和，必胜无疑！"朱武沉思良久，道："杨戬令左路四州兵马驰援齐州。齐州城高墙厚，梁山军久攻不取，可佯攻实围。四州兵马远近不同，可先于章丘、龙山、长白山一带设伏，破淄、青二州之兵，再堵潍州，并令孙立人马佯袭登州，以牵制登州之兵。右路六州军马足有三万，我军可遣大将固守任城、巨野，引敌主力来取，则各州郡守兵必弱，再遣优势兵力袭取。右路之军必回兵去救，再半道袭之。"吴用闻言，大喜道："兄弟不愧为神机军师，我尚有一计，叫作擒贼先擒王，那杨戬领一千禁军自东京来，路途遥远，可于必经之险道伏之，定可获胜。"吴用又道，"今番敌军来犯，梁山不可一日无主，林教头武艺高强，德高望重，我推林教头为梁山首领，由林教头统领调度梁山人马。"花荣忙道："军师所言甚是，由林教头为首领，是众望所归。"林冲却是百般推辞。李逵急道："林教头武艺高强，做事公道，俺铁牛心中佩服！再这般推辞，难不成让俺铁牛来坐梁山头把交椅？"引得众人哄堂大笑。林冲见不能推辞，就道："各位兄弟盛情，林冲也不便再推，待破了来敌，再由众兄弟重新推选首领。"林冲又道，"今先做一事，将忠义堂牌匾摘下，这朝中昏君忠不得，还得更为聚义厅。"众人齐声称是。当日，便将"忠义堂"牌匾摘了，换上"聚义厅"牌匾。

林冲即令花荣、李逵、蔡庆、杜兴领两千人马悄然前出，绕过宛亭至东明山一带，伺机伏击杨戬带领的禁军，再回防巨野、任城一线作为游击。左路由朱武、姚忠平领军一万前去齐州与黄信、杨林部会合，依计而行；右路由李应、洪光、关冲、雷震领军一万见机而行；朱仝、顾大嫂率军三千镇守郓城；林冲、公孙胜、李俊等余众头领守护山寨，并做各方策应。

且说花荣、李逵、蔡庆、杜兴等人领命后，叫军士带足半月粮草，昼伏夜行。这日，过了宛亭县，见山峦起伏，已有探子来报，前面唤作大东山，连绵数十里，再往前便是京畿路，一条山道蜿蜒曲折，与东明县相连。此道为东京开封经东明至梁山必经之路。花荣领军在山道中走了约一个时辰，见两边山势愈加巍峨，左侧山崖陡峭，石墙高耸，青苔光滑，无处可攀，似鬼斧神凿，行至近处有石刻“断魂崖”三字，清晰可辨。沿山崖一条清溪湍急向东，流经五丈河。右侧山冈土坡一直向前延伸，足有二里地。花荣瞧这山势地形，大喜道：“此处真乃兵家绝地，我等在此设伏，定叫杨戬有来无回。”杜兴笑道：“此地离梁山足有千里，俺们出其不意，攻其不备，杨戬做梦也不会想到有神兵天降！”花荣遂吩咐李逵率五百军士至断魂崖西首关口，待杨戬军马过去断其退路。蔡庆、杜兴率一千军士沿右侧山坡林中设伏，多备些滚木礌石。花荣自领五百人马于断魂崖东首正面迎敌。花荣布置定当，就等杨戬禁军到来。

杨戬奉旨剿寇，满心喜欢。心忖：待剿灭梁山贼寇，定能加官晋爵。遂于三日后，点齐禁军一千出了东门，径往梁山而来。

这日晌午，杨戬领军过了东明县进入大东山，一路崇山峻岭，一条清溪沿山道向东流淌。黄昏时分，杨戬骑在马上见山势陡峭险峻，对禁军赵统领道：“若是此处设下伏兵，我等性命休矣！”赵统领忙道：“大人，在下派些探子上山去探视一下。”杨戬笑道：“无须多劳，梁山离此有千里之遥，此时十州大军进剿，梁山自顾不暇，我等尽可放马前行。”赵统领笑道：“大人英明。待剿灭梁山贼寇，望大人多多提携。”赵统领遂挥军放马前行。正行间，忽见前头道中有一骑拦住去路，杨戬勒住缰绳，高声喊道：“道中何人？赶紧闪开！”花荣笑道：“爷爷在此候你多时了，此地断魂崖，便是你等葬身之处！”赵统领闻言，大声道：“大胆狂徒，敢拦天兵！”话音刚落，赵统领身后闪出三骑飞奔上前，花荣抽出三箭扣在弦上，“嗖、嗖、嗖”三支箭飞出，三名禁军应声落马。又闻一阵锣响，前方涌出无数军士挡住去路。杨戬大惊，赵统领见状，忙道：“大人莫慌！”将手一挥，禁军马队向前冲杀过去，忽见山坡上滚下无数火球来，瞬间前方山道被大火封住。赵统领忙叫军士去抢占山冈，军士正往山头爬，突见山坡上滚木、礌石打下，禁军死伤无数，纷纷滚下坡来。又一阵锣响，山上梁山军士满山遍野冲杀下来。杨戬惊得魂飞魄散，见前方山道被阻冲杀不出，遂指挥军马急忙往后退去，赵统领拼死护住杨戬往回冲杀。

李逵见前面杀得热闹，生恐敌军杀完，轮不到自己动手，不待杨戬退到关口，只顾沿山道往关内砍杀进来。两柄板斧抡开了，一斧一个，杀得兴起，却忘了守关。赵统领见后面山道也有大批梁山军杀来，无法杀出，遂弃了马匹，护着杨戬拼命往山坡上冲杀。此时，蔡庆、杜兴已率山坡上埋伏的梁山军士悉数冲下山，杨戬见山冈上竟无伏兵，大喜，遂与赵统领等十余名禁军连滚带爬翻过山冈逃出关口。花荣见天色已晚，鸣金收兵，此役一千禁军除走脱杨戬等十余人外，余皆被杀于断魂崖，花荣连夜整军赶往巨野去。

再说林冲将各路人马调遣毕，又叫来轰天雷凌振，林冲道："黄信、杨林久攻齐州城不下，欲遣汝去黄信军营走一遭，就地铸造几门火炮，助黄信取了齐州。"凌振闻言，忙道："若备得生铁，不消三日，便能铸得大炮。"凌振当日便启程赶往齐州。

黄信率军围攻齐州月余，未能攻取。这日，有探子来报宋军四州兵马来救齐州，青州、潍州合兵一处，已出金岭。又过了一日，朱武、姚忠平领军一万赶到，黄信大喜。众人正商议攻城之计，又得飞鸽传书：林教头已遣凌振来铸大炮。黄信喜道："齐州城可破矣！"遂遣人收集生铁、火药，并令探子再探青、潍二路援军。朱武与黄信道："可暂缓攻城，待凌振到，再图齐州。今与汝分兵，汝留兵五千，多插些旌旗，寻些牛、羊，绑上树枝，每日清晨往来驱使，扬起飞尘作为疑兵，我与杨林、姚忠平领大军去破来援之敌。"

朱武、杨林、姚忠平趁夜幕率军离了营寨，昼夜急行至龙山镇。前面是齐腰深、几十丈宽的汶河横贯西东，挡住大军去路。有探子报，青、潍二州援军，尚有一日路程便到汶河。朱武见渡口不远处一片树林正好伏兵，遂叫大军伏于林中，命军士伐木为筏以备渡河。令姚忠平领一千步军于汶河东岸上游三里地筑坝断流，闻信号决坝放水并沿河杀下。令杨林领兵三千至汶河东岸下游二里地设伏，见汶水下泄便挥兵杀向渡口。二人率部依计而行。

且说青、潍二州得兵部援救齐州军令，即由总兵李涛、祝永清各率五千军马于金岭合兵，不待莱州、登州兵到，便往齐州赶。这祝永清乃祝家庄庄主祝朝奉亲侄，拜栾廷玉为师，当年宋江三打祝家庄，屠了这一庄大小，祝永清趁乱走脱，后做得潍州总兵，今率兵前来，可谓是与梁山势不两立。

这日，快到午时，李涛、祝永清领军来到汶河东岸，已觉腹中饥饿，但见河水深不过膝，对岸地域宽广，便令大军涉水过河后，再埋锅造饭。李涛率所部五千青州兵先涉水过河，祝永清率潍州兵随后，众军士卷起裤筒光着脚丫蹚过清冷的汶水。

朱武对岸见了，大喜。足有四五千官兵蹚水过河，已有部分兵士上岸来，遂放了三声炮仗，李涛走着前头已过了汶河，闻得林中炮仗三响，也没在意，以为是农家办喜事，站在岸上正指挥官军涉水过河。汶水上由远及近传来波涛翻滚冲击之声，李涛心中正惊疑之际，忽见河水汹涌而下，足有丈高，河中官兵一片惊叫，不及挣扎便被滚滚洪水卷走。官兵身穿厚重盔甲随洪水上下翻滚，不一会儿，就被滔滔洪水吞没。李涛在岸上目睹几千青州兵被冲没，正惊得不知所措，忽闻背后杀声震天，回头一瞧，见无数梁山军从林中排山倒海般杀出。李涛刚被突发洪水惊愣，又见敌军从天而降，吓得七魂去了三魄，与朱武未斗三回合，即被朱武挥剑斩去首级。青州兵仓促应战，一盏茶工夫，即被悉数斩杀。

祝永清从对岸看得真切，先见上游洪水涌来，卷走了青州几千兵马，又见岸上杀出无数敌兵，青州军转眼覆没。祝永清干着急没法援救，正急得如热锅蚂蚁，忽见汶水上下游各有伏兵来袭，又见汶河对岸无数敌兵撑木筏渡来。祝永清无心恋战，引军急退，一路溃败，逃进邹平县。朱武、杨林、姚忠平率部追杀，顺道袭取章丘，占了长白山关口。朱武留姚忠平领兵三千镇守章丘，自己与杨林率大军赶回齐州。

再说登州都统栾廷玉得兵部令援救齐州，不敢怠慢，又怕登云山孙立乘机来袭。于次日只点了三千兵马辞了知府赶往齐州。栾廷玉带兵刚走三日，孙立就带着登云山好汉来取登州。登州老弱守兵不足三千，知府火速派人唤栾廷玉回兵来救登州。待栾廷玉兵到，孙立也不死磕，马上撤回登云山。此番唤作敌进则避，敌走则进。这登州援军一直未能去齐州。

第二十一回

分兵合击破齐州
避实击虚夺兖州

话说神机军师朱武与杨林、姚忠平率军于汶水全歼了李涛所率的青州军，淮州军败退至邹平，梁山军乘胜追击占了章丘、长白山关口。这山东长白山产白银，贡辽岁币皆出产于此。梁山军占了长白山，断了朝廷财源，吴用获报，大喜。

朱武留姚忠平率三千步军镇守章丘、长白，自己与杨林率大军赶回齐州。这时，轰天雷凌振已到齐州，铸成三尊轰天炮。当日，朱武与黄信、杨林等众头领商议道："齐州城城高墙厚久攻不决，事关全局胜败，全军将士须上下齐心，不惧牺牲，一鼓作气方能破了齐州。兵法云：实则虚之，虚则实之。明日分兵击之，使其不知虚实，再蓄势一发，攻其不备。西、北二门各一千五百兵马于拂晓前先行佯攻，以诱敌分兵，杨林率三千兵马再攻东门，黄将军与凌振携三尊大炮率大军从南门攻入。"

齐州守军都统张叔夜为官清正，自幼饱读兵书善会用兵。见梁山贼兵来势凶猛，城中精锐马步军悉被抽调征辽，只剩得老弱兵士四五千人。张叔夜观齐州城墙厚实，护城河宽深，凭敌兵怎般叫骂，坚守不出。只待梁山军粮尽气馁，四州援军兵到之时，便一举出击克敌。不料有探子回报称：青、潍二州援军于汶水遭伏溃败。莱州援军被堵长白山关口数日，今绕道赶来。登州之兵受登云山贼寇袭扰，不得来援。张叔夜闻报大惊，思量：莱州援兵不过几千，梁山贼兵又新增援军，恐齐州不保。遂修书一封，连夜遣心腹缒出城外，至高唐州求援。又与齐州知府俞歪蜷道："前些日，未察围城之敌分兵袭援，本应乘虚破敌，却固守待援，墨守成规，今梁山军破了青、潍之兵，必已回齐州，我等错失良机。此失察之过，责在张某！"这俞歪蜷祖上山东临沂人，没真才实学。去岁，出五千两白银贿赂高俅，求得齐州知州。俞歪蜷闻言，道："张都统恪尽职守，保卫齐州。若不是都统调度有方，这齐州早已失陷。”张叔夜又道：“明日起叫众将士提起精神，以防贼兵前来攻城。”遂唤来众将再作布置。

张叔夜当晚忙毕，已是半夜。总觉忐忑不安，辗转反侧不得入眠，刚要合上眼，又被急促敲门声惊醒。有军士惊慌来报，道：“西、北二门有梁山军攻城甚急。”张叔夜见天未放亮，急道：“莫要惊慌！速唤梁参将去北门察看，本都统即去西门。”张叔夜急急提枪披挂上马，带领亲兵卫队正欲去西门，又有传令兵匆忙驰来，惊呼：“东门梁山军攻城，甚是危急！”张叔夜心中一惊，心忖：此为声东击西之计。这西、北二门定是佯攻，东、南二门倒是要紧，便急赶去东门。

张叔夜登上城楼，见城下火把无数，敌军攻城甚急，忙指挥守城兵士将滚木、灰瓶、飞石打下，城下敌军将火箭、矢石如流星、飞蝗般射来，官兵死伤无数。

双方正酣战之际，忽闻远处南门如惊雷炸响，张叔夜闻声大惊。速遣军士去南门探查究竟。未过一盏茶工夫，见大批官兵朝东门溃逃而来，其后追兵无数，有人高喊：“贼兵破了南门，快逃命去吧！”张叔夜闻声，几乎晕倒，这边东门守城兵士闻南门已破，争先下了城楼，往城内逃去，张叔夜眼见敌军破城，齐州不保，遂大喝一声：“众将士莫要惊慌，随本将往北门突围。”张叔夜率领南、东二门败军，往北奋力冲杀而去。

再说黄信、凌振见寅时已过，东方渐白，凌振命军士推出三尊大炮对准城墙，三声巨响，大地颤抖，城墙坍塌十几丈宽。黄信一声令下，大军似潮水般涌进南门，守城官兵还在蒙眬中，被轰天炮惊醒，眼见城墙炸坍十几丈宽，敌兵蜂拥而入，抵挡不住，即往城中溃逃。

杨林领军佯攻东门，见守城敌军溃败，遂变佯攻为实攻，挥军杀进城内。官兵皆往北退去，领头一员大将头戴银盔身披银甲，一条银枪于乱军中上下翻腾。杨林不识此将正是张叔夜，见梁山军士近身不得，便挺枪跃马与张叔夜战在一起。二人战了十几个回合，张叔夜见来人厉害，敌军越战越多，不敢久战，遂划个枪花，回马一枪，竟刺中杨林坐骑，杨林翻落马下，张叔夜乘势挥军向北突去。北门守军见张都统率军往北门杀来，即合兵一处杀出北门，城外梁山军兵寡，抵挡不住，张叔夜率军往高唐州败退。黄信领兵追杀了三十里地方回。

杨林坐下马被张叔夜刺死，待重换了战马，官军已去远，不知所往何处。杨林领军径往府衙冲杀过去，杀入府内揪出知州俞歪蟒，一刀削去人头。

黄信得凌振相助率军攻克齐州。大军休整三日后，由朱武、杨林镇守

齐州，自己与凌振率兵马五千去袭兖州。

再述右路六州兵马得杨戬将令，由兖州、沂州、密州三州之兵攻任城，由单州、徐州之兵攻巨野，广济军与濮州之兵待杨戬亲率禁军到时，攻取郓城，然后集六州之兵合击梁山寨。

右路军都统梁正英年轻气盛，得令后也不待沂、密二州兵齐，即率兖州四千军马往任城直逼嵫阳山，此嵫阳山为任城屏障，欲取任城必先占嵫阳山。嵫阳山三面峭壁。一条山道通隘口，有一夫当关，万夫莫开之凶险。洪光、关冲、雷震攻占任城，见嵫阳山险要，由雷震率一千步军筑垒守关。

梁正英率大军赶来，见嵫阳山已有敌兵防守，急令攻关。守关军士以逸待劳，利用险要地势，居高临下，将滚木、飞石从关上打下，兖州兵士攻了数次皆败回。次日又攻……连攻几日不克。兖州兵被阻于嵫阳山下死伤惨重，梁正英只得遣人催促沂、密二州之兵至嵫阳山一带会合，令大军于嵫阳山下扎营。

前回述花荣、李逵、杜兴率军于断魂崖全歼杨戬禁军，又依计赶往巨野城外，正逢单州、徐州官军围攻巨野，花荣见状，急挥大军从官军后队掩杀过去。官军正全力攻城，不防敌军大队从后杀入，顿时阵脚大乱。洪光见官军阵形大乱，后队尘土飞扬，杀声震天，知是援军到了。便打开城门，放下吊桥挥军杀出，官军遭里外夹攻，顿时大乱，各自四散逃命。梁山军合兵一处，如狼似虎奋勇杀敌，直追出三十里外才回。

官军一路溃逃，正庆幸梁山军未追上来，却遇上关冲奉令从山口镇率军赶来，又一阵冲杀。官军无心再战，丢盔弃甲，溃不成军，残兵一直退到金乡。此役官军损伤三千余军马，辎重、粮草、马匹悉数被梁山军掠获。

又说杨戬率禁军于断魂崖遭伏，全军覆没，幸有禁军赵统领拼死相护，趁夜色，连滚带爬，翻过几座山头，逃往东明县。

东明县令福已安于三年前至京中会考，中了魁首，因无钱财贿使高俅，仅授了东明县令。今番杨戬逃进东明，福已安大喜过望。好酒好肉供奉，每日早晚请安。杨戬将息三日，忽觉来了精神，与福已安道："今番遭贼人奸计，失了禁军，汝东明县有多少兵马可以调度？"福已安闻言，忙道："此东明县穷乡僻壤，守城官军加捕快不足六百。"杨戬又道："本将军暂调五百兵士，待剿灭了梁山贼寇，于高太尉前保荐汝做个知府。"福已安听了，甚是高兴。杨戬又令赵统领赴陈留调兵一千。

这日，郑提辖从东海郡归来，又引微山二位英雄华兴、金通率八百好汉来投梁山寨，军师吴用见郑提辖引好汉来投，又见各路捷报频传，甚是高兴！梁山寨大摆宴席庆贺。

次日，令华兴、金通各率五百轻骑至泗水、新泰、蒙阴一带袭扰沂州、密州兵马之粮草、辎重，又令郑提辖率军一千偷袭兖州军所屯粮草。

右路军都统梁正英见嵫阳山久攻不下，沂、密二州兵马迟迟不到，心中焦虑。忽闻所屯粮草被梁山军一把火烧个精光，军中粮草不多，遂下令于拂晓前悄然退军，往兖州去。

行了几日，终到兖州城下，将士们腹中饥渴，正要进城，忽见城楼上竖着梁山军“替天行道”大旗——城头已换了大王旗。

军士们正惊恐之际，闻一声炮响，城楼上箭如雨点般射下，左、右两侧冲出两支伏军。兖州军见状，吓得魂飞魄散，四散溃逃。官兵们只恨爹娘少生了两条腿，连日赶路饥饿困乏，没跑多远即被追兵赶上悉数斩杀。梁正英使出浑身力气左冲右突，杀出重围时，只剩得七八个亲随，连夜逃往邹县。梁山军又乘势追击至邹县，梁正英见邹县兵少不守，弃城退逃至滕县。中都城守城官兵见四面被围，也不战自降。黄信又攻克了仙源、泗水二城，兖境大部陷于梁山。

郑提辖、华兴、金通引得胜之师回山寨复命，梁山寨又大宴三日。

第二十二回

杨戬调兵围郓城
林冲设计破官军

前回说杨戬又凑了一千五百兵马赶到定陶，与广济军、濮州之兵会合。广济军安抚使张安道："梁山寨位于水泊北首，与南面巨野渡相距八百里，与郓城相距三四百里，三处互为犄角。此水泊为梁山强人所霸，其水军往来无阻，官军征剿累败于梁山水军。"杨戬闻言，道："若先攻取巨野，距梁山寨尚有八百里水路，水战非官军之长。而郓城为三处之中，攻取郓城可使梁山强人首尾不顾。"张安又道："据探子报，梁山强人中吴用、公孙胜、朱武等人诡计多端，左路军齐州都统张叔夜已败走高唐州，右路军梁正英所率兖州之兵全军覆没，皆是中了梁山诡计。"杨戬挥手道："张将军休长贼人志气，灭了自家威风。今番直取郓城志在必得！"遂令单、徐、沂、密四州即刻起兵，进剿巨野、任城，以作牵制。令广济军与濮州兵直取郓城，使其自顾不暇，不能驰援。

林冲得知杨戬进军消息，便一早唤来吴用、公孙胜、柴进、郑提辖等头领于聚义厅中商议。林冲道："今番杨戬合广济、濮州之兵近二万之众，郓城朱仝、顾大嫂仅有三四千守军，兵微将寡，敌强我弱。"吴用道："先调轰天雷凌振去郓城再多铸几尊轰天炮，令阮小七领一千步军速援郓城，郑提辖率一千步军于石碣村沿水泊筑垒扼守，与郓城守军互作呼应。待杨戬大军至郓城，令花荣、李逵出巨野去占合蔡镇，断其从五丈河运粮水道。一旦官兵粮草不济，其军心必散，再伺机相击。另令李应领兵袭扰滕县、鱼台、金乡，使徐州、沂州之兵，不敢全力进剿。"公孙胜也道："寿张、东阿、平阴、郓州、中都五城，可分兵秘至梁山聚集，令李俊引水军各路策应，待五城兵到，再一举击溃围城之敌。"林冲与众头领商议毕，众人即依计而行。

这日晌午，杨戬与张安率军到郓城西郊正要扎营，有探子来报：郓城同往常一般，似无防备。杨戬与张安策马向前，见城门口站着几个军士，行人同寻常一样进出。城楼上插了几杆旌旗，偶见七八个喽啰兵往来巡查。杨戬见此番情景，大喜道："梁山贼人浑然不知我大军已到城下，真是天助我也。"言罢，欲挥大军进城，张安忙道："大人，不可冒进，梁山强人诡计多端，官军累吃其亏。"杨戬道："高将军也太谨慎了，今番亲见贼人无备，若不趁机袭取，坐失良机。"赵统领也附和道："大人所言甚是，这天赐良机，机不可失！"杨戬遂下令：大军马上进占郓城。濮州军三百劲骑率先往城门冲去，大军随后掩杀过去，眼看濮州军近吊桥，忽然，"扑通、扑通……"马嘶人惊，冲在前面的几十骑连人带马坠落到梁山军所挖的大陷坑中，这陷坑上覆篾席细土，下插竹签，人马掉下去顷刻便亡。后面骑兵也一时收勒不住，又前赴后继掉进陷坑中。杨戬在后瞧得明白，暗叫不好。突闻轰天炮响，官军阵中炮炸开处，兵马血肉横飞。那战马闻轰天炮响，四散惊奔乱窜。杨戬见状，大惊！赶忙鸣金收军，后退五里外扎下营寨。

杨戬初战失利，十分懊恼，唤来众将商议。张安道："梁山贼人已有防备，今番虽奸计得逞，但见我军后退，并未驱兵来追，其城中兵马必定不多。明日，可四面围城佯攻，探个虚实，若察得一门兵虚，便可变佯攻为实攻。"杨戬闻言，道："此计甚好，明日四门各遣一千五百军士佯攻，我领大军坐镇中军，伺机而动。"

朱仝初战告捷，便于四门各置二门轰天炮，令军士加紧巡防，不敢松懈。

花荣得知杨戬率官兵已至郓城，便依军师吴用所定之计，与李逵各点一千兵马出巨野，趁夜色渡过五丈河，拂晓前赶到合蔡镇，从东、西两面杀进镇里，驻守粮仓官兵尚在梦乡，便做了刀下冤魂。不到一个时辰，梁山军占据合蔡镇粮仓，掠获粮草无数，切断了官军从合蔡借五丈河水道往郓城运粮之道。洪光闻花荣袭取合蔡粮仓，派人将粮草悉数运往巨野。

前文述张安定下四面围城之计。次日，郓城官兵围攻东门正急，不料从石碣村杀出郑提辖所率梁山军，官兵被前后夹击，死伤过半。杨戬不得已改为三面围攻，连攻几日不克，又突闻合蔡粮仓被袭，心中大惊，急遣人至大名府、开德府征调粮草，不料所派使者皆被梁山军查获。

过了几日，郓州、东阿等五城援军先后到来。林冲大喜，道："杨戬、张安不日断粮，军心已散，近日必定退兵。若就此放走，其元气未损，他日必定再犯。今郓州等五城援军已至，梁山军势正盛，正好破敌。"众头领齐声赞同。林冲正要点将用兵，忽有哨马来报：对港射来号箭，道是浪子燕青

偕妻小并引江南五侠来投梁山寨。这江南五侠的大名江湖中早已盛传。林冲、吴用、公孙胜等人赶忙出关口，下到金沙滩头相迎。

原来浪子燕青所购东园，为蔡京儿子蔡鋆闲居之所。蔡鋆门下有一庄客，唤作朱松，明州府人，勇武有力，曾徒手打死一只金钱豹，与东方明交情笃深。东方明说起这朱松，众人便顺道来到东园探视朱松。谁料世事变迁，物是人非，东园已经易主，朱松也远走他乡。众人叹息，周飞道："这朱松与武松大哥倒是一对。一个是打虎武松，另一个是打豹朱松。"众人说笑着正欲离去，正是说者无意，听者有心，燕青在旁听到，忙问："诸位说的是哪位武松？"周飞应声道："天底下就一位武松，乃景阳冈上打虎英雄！"燕青又道："武松是你何人？"周飞答道："是我相识的大哥。"章雄闻言，瞪了周飞一眼。这梁山好汉现今为朝廷通缉，周飞知道说漏了嘴，脸一红，改口道："是江湖中相识的朋友。"燕青笑了笑，道："既然诸位是武松的兄弟，咱也不瞒诸位好汉，在下便是梁山浪子燕青。"江南五侠也久闻浪子燕青大名，当下众人互通姓名，各报名号。真是，惺惺相惜，英雄重英雄。

燕青留五侠在府中用餐，吩咐李妈妈去备酒食。也是合该有事，那江南五侠被官府通缉，各州府县乡贴了缉捕告示，上有画影图形。时有市井痞子张三，见五侠长相与缉捕告示中人物颇似，渴望那五百两赏银，便一路跟随到东园，见五侠进园不出，便奔去官府告发。几日前，苏州府衙便有人来告发说见到江南五侠，知府庄玄急派捕快前去缉拿，却是误抓人犯。今日，张三前来告发，庄玄有心不搭理，但又怕万一确实是朝廷要缉拿的人犯，可耽误不起。便让衙中李捕头带公人前去盘查。那李捕头带了十几个做公的由张三带路，径入东园来，却果真是朝廷要缉拿的人犯。双方动起手来，燕青与江南五侠的手段非同一般，将这些公差连那张三一个不剩都杀尽了。燕青赶紧让李师师收拾了家中金银细软，与江南五侠一干人等连夜出苏州，往投梁山寨来。

这时，林冲正点将用兵，欲解郓城之围。老大铁金刚章雄朗声道："今日我等兄弟来投梁山未曾立功，此番正遇杀敌立功之机，我等兄弟愿效犬马之劳。"林冲道："几位兄弟一路辛苦，怎敢劳驾？"章雄闻言，大声道："林教头，不可将我等兄弟当作外人，杀些官兵权当纳个投名状。"林冲闻言，道："既如此说，那就一家人不说两家话，齐心协力杀退官兵，再叙兄弟情义。"

林冲即令江南五侠领五千人马，于郓城北郊官兵大营外设伏；令燕青、华兴、金通领五千人马，于西门郊外设伏，待次日拂晓闻轰天炮响，各自挥军杀入官军大营。令花荣领军马从合蔡镇赶来，截击败退之敌，又令李俊、郑提辖各领一千人马于拂晓出石碣村左右策应。林冲、吴用、公孙胜、柴进、戴宗、萧让、晁云龙、晁云飞余众头领镇守山寨。当晚，各队人马悄然出发。

林冲又将燕青与五侠家小由宋清、童威、童猛、洪霞护送安置于聚义庄中。

次日拂晓，朱仝、阮小七趁天色朦胧，命军士将轰天炮推出城门移至敌军营前，一声令下，大炮齐轰，又倾全城之兵冲入敌营，各路设伏梁山人马闻轰天炮响，一齐杀入敌营。

杨戬尚在睡梦中，忽闻轰天炮响，又见营帐外火光冲天，杀声震耳欲聋。杨戬未及穿戴披挂，跑出帐外，已见张安、赵统领匆忙赶来，张安喊道："大人，大事不好了！梁山大队人马突入营中。"杨戬忙道："莫要乱了阵脚，叫大军依次往南突围。"言罢，便与赵统领一道领了一队官兵，向南冲杀出去，张安领着广济军断后。

江南五侠领兵杀进大营，官军抵挡不住，四散溃逃。张安见梁山军凶猛不敢恋战，勒马往南去，又见一队梁山军拦住去路，张安见前后被围拼死冲杀，只见梁山军越围越多，里三层外三层，张安左冲右突不出，战了良久，渐感不支，身边军士非死即伤，所剩无几，遂仰天长叹一声，把枪往地上一插，拔出宝剑，欲自刎了事。章雄眼明手快，斩马刀一挥，震飞张安手中宝剑，反手将张安拍落马下，军士赶上绑了个结实，押上梁山寨。

杨戬在赵统领护卫下杀出重围，马不停蹄逃出十里地外。杨戬陆续收拢官军，清点人马，不足三千。又担心梁山军追来，不敢停下，急驱军士往南逃遁。前面是一座山冈，正欲上冈去，突闻一阵铜锣响，从冈上闪出一队人马。杨戬大惊，赵统领咬了咬牙，道："老子今日拼了！"拍马往冈上冲去，突见三支箭射来，赵统领躲闪不及，一箭射中肩头，疼得差点儿跌落马下，杨戬见有伏兵占着不能过冈，忙叫军士弃了马匹逃进右边林中，花荣领伏军冲下山冈，赵统领身带箭伤，慢了手脚，死于乱军中。

杨戬领残兵直往林子深处去，越过无数沟坎涧川，闯了半日竟出了大林，却是雷泽地界。眼见身边仅剩百十名残兵，杨戬百感交集，欲哭无泪。这兵败回朝不知如何向皇上交差，免不了要受羞辱责罚，到时生不如死，想到这里欲拔剑自刎，却被手下兵士抱住。有一年长老兵劝道："留得青山在，不怕没柴烧。君子报仇，十年不晚。"杨戬闻言，想了想，俗话说，好死不如赖活着，家中尚有万贯家财无福消受，怎肯心安？遂遣散了东明、濮州残兵，领十几名禁军，迤逦前行往东京去。

第二十三回

关冲云飞喜结良缘
童贯督军征剿梁山

话说梁山军在郓城大败官军，杨戬带了十几名禁军逃脱。张安被擒押上梁山寨，吴用见了张安道："宋将张安，今日被擒要死要活两条道由你选！你若要死，便拉出去砍了，但杨戬定会将败军之责推卸于你，家中妻小必受连累，且一世英名受污。"张安低头不语。吴用又道："今朝廷腐败成风，贪官横行，忠义之士累受排挤迫害。我等梁山义士个个豪气，人人英雄。看你也是条好汉，若愿意归顺，便以兄弟相称。大秤分金，大碗喝酒，何等痛快！"张安抬头道："梁山义士，替天行道，早有耳闻，只恐末将归顺了梁山，家小必遭连累。"林冲道："张将军若肯归顺，家小即刻遣人接来安顿。"张安听了，低头沉思了会儿，道："张安无能，若得梁山收留万分感激。但有一言，若日后寻得去处，万望众好汉放行则个。"林冲笑道："无妨，日后若有好去处，便由你去。"张安倒头便拜，吴用急忙扶起。张安归降梁山，梁山寨又多了一员大将，山寨当晚大宴众将士。张安趁着酒兴献上祖上所传神臂弓样图。

此神臂弓实为连发神弩，以檿为身，檀为弰，登子弩头为铁，马面牙发为铜，精麻扎丝为弦。弓身三尺二寸，弦长二尺五寸，弩木羽长数寸。此神弓利器，可射五百步之遥。林冲大喜，忙嘱宋清收好样图，明日多招工匠，依样赶制。

林冲又趁东京路官军因征辽兵力空虚，指挥梁山军乘胜连续攻城夺寨。梁山军所到之处官军闻风丧胆，东线占了莱芜、新泰二城，南线占了雷泽、定陶、济阴、宛亭、金乡五城，西线占了范县、阳谷、濮州三城，北线又占了长清、邹平、长山、青州四城。淄州、潍州二城被梁山军所围，东京路大半为梁山军攻占。

这日，正是中秋，林冲在山寨聚义厅大摆庆功宴。宴间军师吴用颁布军令告示：凡梁山军所占城池免赋税三年；所辖州县，不论男女均分田地；将士以功过奖罚；杀人者死，伤人者杖，偷盗者刑，余皆不究。众将士、百姓无不拍手称道。

军师吴用又命人于东阿县吾山淘取金矿，章丘长白山开挖白银，以资军饷。又遣人于各郡县遍布告示，招贤纳士。各方豪杰、壮士纷纷来投，梁山声势日盛，已有十余万之众。林冲命众头领加紧操练兵马，请了匠人依双鞭将呼延灼所留图样打造三千铁甲连环马。又以重金聘西洋欧罗巴人希尔罕打造惊雷战车。此战车为三轮三马翻山车，前一大轮把持方向，后二翻山小轮，遇高凸低洼可上下活动，车在前，马在后，车身二丈，阔一丈六尺，高一丈二尺，分上下二层，上层强弩硬弓，下层长矛利钩，前蒙铜皮，左右覆生牛皮，刀枪不入，明火不损。若收兵回时，将马带转便可。林冲唤人抓紧采办器具，日夜赶工打造。梁山军秣马厉兵，已是兵强马壮。

吴用见晁云飞已长得楚楚动人，便与林冲商议道："云飞已长大成人，与关冲整日嬉戏，打情骂俏，甚有意思，也应趁早将二人婚事办了。"林冲笑道："如此甚好，也可替晁盖、关胜二位兄弟了一桩心愿！"二人商定，便与云飞、关冲说了，二人自东京见面已是一见钟情，现下自然是满心欢喜。吴用遂叫公孙胜选了个吉日，二人拜堂成亲，梁山大宴三日。

又说杨戬只带了十几名禁军逃脱。这日，挨到了东京郊外，杨戬一路已想好了应对计策，对手下道："今番兵败必被追究，恐我等性命不保，汝等须依我计，方可无恙。"众士卒点头应诺。杨戬又道："若有人查问，先道梁山军兵势强盛有十万之众，后道单、徐、沂、青、密等州兵马各为自保，拖延迟缓不前，再说广济军都统张安临阵投敌，我等拼死杀出重围回京报信。"杨戬言毕，又抽出剑咬紧牙往身上划了数道口子，使了个苦肉计。

杨戬进了东京城，秘至府中备了一箱金银宝贝，叫士卒扶着先往高太尉府中，未进府门抬头见门庭中贴着驱魂符，太尉府门人告曰：三日前，高太尉因周身脓疮毒发不治身亡，皇上一心修道，将朝中事务交由大学士张邦昌打理。杨戬闻言，忙道："本将原有公务拜访太尉，不知太尉亡故，因公务紧要，改日再来凭吊。"言罢，带着珠宝转身往张邦昌府中而去……

次日，张邦昌至延福宫中，上奏道君皇帝称：官军征剿梁山强人大败，广济军张安临阵降敌，杨戬身负重伤，拼死杀出重围，被部下救护回京，现在家中养伤。道君帝闻奏大惊！急传御医去杨戬府中诊视，又问张邦昌有何破贼良策。张邦昌跪奏道："今征辽大军未归，京中兵马不多，不便再征，可令京畿路陈留军、安利军派遣人马出东明，至大东山筑关扼守，使贼人不得犯京，令东京路各州县自筹兵马以御贼人袭扰，扼梁山气焰，令淮南路抽调二万军马来京驻守，待征辽大军归时，再一举剿灭贼寇。"

再说童贯率大军征辽，左路大军刘光世出雁门关虽收复了朔州、武州、宁远，但辽军拼死抵抗，宋军伤亡过半，与辽军相峙于应州城外龙首山下；蔡攸所率右路大军出容城，攻涿州城不克。监军赵良嗣见涿州城难取，怕朝廷怪罪，遂催促蔡攸只留二万宋军于涿州城外，转而取新城、固安、永清，霸州郭药师不战降宋。大军径往幽州进发。

涿州城辽将乌木完朵见宋军大队往幽州去，便遣人出城往易州搬取救兵，里应外合击溃城外宋军，又顺刘水河夜袭良乡，焚毁宋军所屯粮草。童贯闻报，大惊。急督催粮草限日运到。正翘首以盼，忽闻粮草于梁山泊被劫，这下急火攻心，数日高烧不退，军中传言粮草不济，军心浮动。这时，辽援军陆续聚齐幽州城外，幽州城守将耶律胥庆是天祚帝驸马，倾力向宋军进击，宋军不敌，溃退于滹阴，再退于安次。辽军乘胜追击，三面围住安次城，宋军主力刚征完方腊，即赴辽征战，将士疲惫不堪，加之军中少粮，兵无斗志。童贯眼见宋军处境岌岌可危，却苦无良策。于军中如坐针毡，正当山穷水尽之际，闻报金兵已取中京，占了北安州。童贯急修书一封，让金兵速过古北口，袭燕云诸州，以解宋军之围。

时至中秋，金邦攻取燕云诸州，辽国天祚帝出鸳鸯泺败走夹山往乌古部。涿州城乌木完朵阵亡，宋军直抵幽州城外。

童贯见辽亡，即遣人向朝廷报捷。下令犒赏三军，正大宴众将之际，突闻小校来报：金国遣四太子完颜兀术、军师哈迷蚩二人前来宋营。童贯忙迎进中军帐内，分宾主坐定，道："本帅正欲遣使至贵邦。今贵邦占了燕云诸州，依两国盟约，此燕云之地应归属大宋，不知贵邦何时交割？"完颜兀术闻言，道："宋金之盟明示，宋取西、南二京，金取上、中二京，彼此兵不过关。今宋不敌辽邦，被围安次。时吾金国大军已出北安州，欲乘胜伐辽之奉圣州，恰童枢密来书言说宋军危急，求大金过关击辽。吾大金国信守盟誓，方回师过古北口，牺牲了无数勇士，耗费巨额粮饷，方取了燕云诸州。今仅凭童枢密空口一言，返回燕云诸州，岂不是太轻慢吾大金国！"在旁副帅刘光世火冒三丈，道："金邦若背盟违约，便以沙场见高低！"童贯忙呵斥道："不得无礼，两国结盟乃皇上之愿，岂可兵戎相见？！”刘光世愤然走出中军帐。童贯赔笑道：“刚才部下无礼，望四太子休怪，前番吾皇致贵国狼主御函，明列西南二京、燕云诸州归属吾大宋。况自秦以来便是汉之疆土，唐末石敬瑭擅将燕云诸州借与外夷，致与中华割裂，然华夏子孙血脉相承百年不息，今按宋金盟誓，理当归属大宋。”完颜兀术道：“贵国若要取此诸州也不难，除依约纳岁币四十万两，另需纳币一百万两，以资吾大金军饷耗费，慰抚勇士。”童贯闻言，额头汗珠直冒，道：“这个本帅做不得主，须禀明皇上方可。”完颜兀术一甩衣袖，道：“此番若不是吾大金国毅然出兵相救，恐宋军早已败亡！那就等你家皇上回话了再议吧！”言罢，径出中军帐，骑马回幽州城去。

二人出了宋军大营，金兀术与哈迷蚩道：“观南国将帅柔弱无能，兵无斗志。若依吾意，非但燕云诸州不与南国，趁势挥铁骑南下，不消半月便可踏平中原！”哈迷蚩道：“大狼主之意，先灭辽邦，再征南国，乃大策。今与南国施以怀柔之策，不可忤逆。”金人狼子野心已昭然若揭。

童贯本想交接了燕云诸州便可班师回朝，想不到金邦不肯轻易归还燕云诸州，要银币一百万两，遂修加急文书一封，上奏道君帝。道君帝获奏，令兵部议书一封急致童贯。

童枢密使：

此燕云诸州为宋金要冲之地、畜牧之乡，若金据之，必助生其虎狼之心觊觎中原，夷狄南侵则京畿重地无险可守。时有山东梁山贼寇趁大军远征复反，侵城夺寨贼势日盛。太祖有遗训：攘外侮必先安内乱。况大军远征耗费钱饷甚巨，不可持久。金人图财可先允之，待日后再谋，大军尽速回朝剿灭贼寇为当务之紧急。

童贯接旨后，即与金签约交割燕云诸州，金人将燕云诸州城内钱财人畜虏尽，仅留几座空城与宋军。诸州满目疮痍，十室九空，一片荒凉。

宋向金纳岁币一百四十万两白银，收回燕云几座空城。副帅刘光世愤愤不平，领余部三万人马自回京西路河南府。童贯率十万大军回朝。

童贯大军前锋刚过真定府，便收到朝廷加急文书：授童贯为剿寇兵马大元帅，率大军剿灭梁山反贼。童贯受命后，即授蔡攸为副帅，领五万兵马先行，又授张叔夜为左路军统领，率永静军并沧州、德州、冀州、恩州、高唐五州五万兵马攻打齐州一线；授梁正英为右路军统领，率淮阳军并徐州、宿州、亳州、陈州、颍州五州五万兵马攻打单州、济阴、定陶一线；授栾廷玉为中路军统领，率登州、莱州、密州、沂州四州三万兵马解潍州、淄州之围后攻打青州、莱芜、新泰、兖州；童贯亲率五万大军押后，纠集各路兵马气势汹汹来犯梁山军。

第二十四回

聚义厅中定大计
三山一川投水泊

梁山寨获报朝廷命童贯率大军来剿梁山军。当日，林冲、吴用、公孙胜等众头领齐集于聚义厅中商议应敌之策。

林冲道："今朝廷命童贯率征辽大军并纠集永静军、淮阳军及各州郡兵马二十余万之众来犯梁山，众兄弟可有破敌良策？"吴用看了一下众人，道："官军数倍于我，且征辽之军乃精锐之师，又久历沙场，其势正盛，实不可小觑。现今强敌来犯，望众兄弟尽展宏图大略，共谋退敌大计。"柴进道："现今敌强我弱，不可死守硬拼，只宜智取。"众人尽述其言，各献其策。

林冲见公孙胜在旁不言，便问道："道兄有何高见？"公孙胜一捋胡须，道："适才众头领所言不无道理。所谓用兵之道，当知己知彼，方百战不殆。今察来犯之敌，虽兵多势盛，实疲惫之师。先南征方腊，后北讨辽邦，再犯梁山义军。驱兵马如赶牲骡，将士不堪其苦，上下必不用命。再视我梁山义军，虽兵少将寡，然倚山川之险，据地方之利。替天行道，百姓拥戴，乃仁义之师。梁山上下一心，以一当十，舍生忘死，勇者无敌！"众人点头称是。

吴用道："官军从东西南北四面合围梁山，左、中、右三路军马累败于梁山，实不足为虑！可先集优势之兵击溃其一二州，再作相持。左路张叔夜尚会用兵，遣得力之将应对即可，童贯大军为此役之重。"公孙胜又道："蔡攸急功冒进，可诱其孤军深入，伺机聚歼之，后逐次抗击，分层抵耗童贯大军，并于沿途游击，扰其粮草、辎重，使其不得相济，再以梁山水军之长，地利之优，于水泊中决战胜敌。"众头领齐声称是。

吴用待众头领走后，与林冲道："前番陆谦被擒，诓得其家小在梁山，今高俅已被毒死，其家小也应放回，梁山不能食言。"林冲道："就由军师定吧，只是便宜了那厮！”吴用又道：“今官军大兵压境，梁山也应有万全之策，若战局失利，该有个退路。前番郑善堂从东海郡回，道有外邦商船进出贸易，闻得海中琉球地域甚广物产富饶，倒是安邦定国所在。可令人往东海郡杨勇处密造大船数艘，多聘向导船夫义勇之士，详探琉球藩邦，只言出海交易贩货，以应不测之变，方可有备无患。”林冲未语，径出聚义厅。

吴用正独自于聚义厅中，心中惆怅感慨，忽有小校来报，道是行者武松已回到水泊，引来饮马川、蒙山等人马，于泊子对岸候着。吴用闻报欣喜。唤人去报知林冲，众头领皆下关相迎。

前回述武松受命去蒙山、饮马川，便一路晓行夜宿，过了毛阳镇来到蒙山地界。武松早于乡间打探明了山贼出没之处，径往深山里去。这数百里巍峨群山没有尽头，正是：披云雾夜宿荒丘，戴晓月朝登险道。

这日晌午，又行过数里山径野坡，到一处山岭险峻，两厢石壁嵯峨，山路蜿蜒要道间，前方一片绿林中，一阵紧锣密鼓响，闪出一帮强人来。正是：青山影里滚来一伙没头鬼，绿树林中撞出几行凶神煞。那伙绿林强人是人人凶狠，个个儿狰狞。武松却心中窃喜。正是：踏破铁鞋无觅处，得来全不费功夫。

那四五十个喽啰各执刀棒斧叉，中间簇拥着一个山大王。武松抬眼细瞧，见那山大王年纪不大，二十上下，胯下一匹枣红马，身穿一袭绛红袍，手执一把明晃晃朴刀。他拦住武松去路，大喝道：“呔！行人听着，此路是我开，此山是我管，要打此路过，留下买路财！”武松哈哈大笑，道：“俺是你家祖宗，还不下马来迎？”山大王闻言，大怒道：“何方狂徒，这般不识趣，小爷今日便送你上西天去！”说罢，翻身下马，挺朴刀紧步向前，来取武松性命。武松迅即抽出戒刀，与山大王战在一起，众喽啰在后助阵吆喝。二人于山道中斗了十几个回合，那山大王取胜心切，使一招力劈华山，武松用劲一格，两般兵器相交，朴刀磕在雪花镔铁戒刀上，只听“砰”一声响，那断了的半截朴刀飞出数丈外。武松退后一步道：“小山贼，你这朴刀不得用，去换把好使的兵刃来，爷在此等着你！”那山大王见遇着硬茬儿，手中朴刀断了不能再战，闻武松这般言语，便道：“休要走了！咱去换把好刀来，再与你大战三百回合。”说罢，扔了手中半条朴刀，回身上马，一声呼哨，领着众喽啰没入林中。

蒙山中原有座军寨，唤作老鹰寨，扼守泗水、平邑往新泰、沂水必经要道，多年前不知缘何废弃了，如今却被这伙强人占着。这山寨中啸聚着一千多喽啰，有三个头领，大头领唤作“犯天命”，二头领唤作“上刀山”，三头领唤作“下火海”。刚才与武松交手的正是这三头领下火海。

下火海急急跑回寨中，见了大哥、二哥便将与来人交手磕断了朴刀前后述说一遍。大头领犯天命闻听大怒，吩咐二头领上刀山守寨，自己提起盘龙棍，点了三百喽啰兵，与三头领下火海奔出寨子，杀气腾腾地来到林子外。武松等得久了，于道旁石头上盘坐，闻一阵锣响，来了几百强人，也不理会，依旧闭目养神。那下火海指着道旁盘坐的武松，道：“大哥，那个坐着的撮鸟，便是来寻事的。”犯天命拍马向前，厉声道：“哪里来的鸟人，敢犯我老鹰寨，真是太岁头上动土，活得不耐烦了！”武松睁眼斜瞅，见又是一个小魔王，胯下一匹雪花白马，身披银色斗篷，手中一条黄灿灿盘龙棍。武松瞧着有些眼熟，便道：“大爷是来你家做客的，赶紧备下八抬大轿抬了去，好酒好肉伺候，大爷有天大的好事相送！”下火海闻言，火冒三丈，举刀向前欲与武松再战，犯天命听武松这般言语，觉声音有些耳熟，忙横棍拦住下火海，再定睛细瞧，“哎呦”一声，忙扔了盘龙棍，翻身下马，“扑通”一声，跪倒在武松跟前，口中道：“武二哥，想不到是您大驾光临！”武松一愣，问道：“这如何说起？”那犯天命道：“俺是阳谷县那个小郓哥！”正所谓：交情浑似股肱，义气如同骨血。

当初，武松于景阳冈打死猛虎，做了阳谷县都头，去东京公差。西门庆勾搭上潘金莲毒杀武大郎，武松东京回差，由何九叔、郓哥做见证，去告禀县衙，无奈官吏受了西门庆贿赂，知县以物事不全不准所告，武松愤而杀了潘金莲、西门庆。幸有东平府尹陈文昭平生正直，禀性贤明，怜惜武松是仗义的烈汉，把招稿卷宗改得轻了，断了个脊杖四十，刺配孟州。武松行前让武大上邻变卖了家私什物，所得银两给了郓哥，郓哥将银两交与老爹，于紫石街开了爿杂货果品铺。生意倒是兴隆，可是好景不长，西门家找人来寻仇了。

原来西门庆大娘子李瓶儿给西门庆生了个儿子，唤作西门官哥，早些时候送去东京国子监挂读，闻知父亲西门庆被杀，家中巨变，辍学回到阳谷县。西门官哥虽然年少，但也戾气横生。打听得知是何九叔、郓哥做了对头见证，便找到西门庆生前磕头兄弟应伯爵、谢希大，要其向何九叔、郓哥寻晦气。这应伯爵、谢希大其实都是些帮闲抹嘴、不守本分之人。有钱花时，捧场做伴，插科打诨，一旦有难，便作鸟兽散了。当时，武松上狮子楼找西门庆寻仇，西门庆正与这帮狗党吃花酒，应伯爵、谢希大闻声溜之。武松杀西门庆后，李瓶儿曾去见应伯爵，要其去官府撺掇，断武松死罪。这应伯爵开口要一万两白银，又见其风韵犹在，趁机猥亵李瓶儿，气得李瓶儿差点儿寻死。今西门官哥执意寻仇，李瓶儿也拗不过，给应伯爵、谢希大二人送去二百两银子，答应事成之后，再给八百两。应伯爵、谢希大本是县中混混儿，收了西门家银子，便找来些痞子去寻二人。那何九叔已告老还清河县去了，便来到紫石街，将郓哥家店铺砸得稀烂，又把郓哥老爹打得半死，没几日便伤重不治。郓哥孤身逃出阳谷县，幸遇江湖艺人收留，学了一身武艺，后遇上上刀山高峰和下火海李平，哥仨在老鹰寨聚众，做这劫富济贫的买卖。

当时，武松听到那山大王言："俺是阳谷县那个小郓哥！"心中一惊，起身细瞧，这眼前跪着的确是当年阳谷县中卖鸭梨的郓哥，这小郓哥如今却是一条绿林好汉！武松做梦也不曾想到，真是又惊又喜，赶紧上前扶起郓哥。旁边三大王李平闻大哥称呼此人为武二哥，就是平日里大哥口中常提起的打虎英雄武松，忙下马来拜见武松。郓哥见到武松激动不已，忙命喽啰去备大轿，将武松抬上老鹰寨，定让武松坐了首座。郓哥将二头领高峰、三头领李平一一介绍了，又将自己从武松被发配孟州后在阳谷县的遭遇细述了一遍。武松听后，甚是感慨，道："真难为老弟了，这一切皆是因俺而起，实在对不住你老爹！"郓哥道："武二哥，您也别太在意，一切皆有定数。"

众人说着话，不多时小喽啰已备好了酒宴，武松也不客气坐了上座。二头领高峰、三头领李平平日里常听郓哥说起武松的英名，心中万分敬仰。酒过三巡，菜过五味。郓哥问道："武二哥，俺曾打听得知梁山好汉招安后，南征方腊，您受伤后在六和寺修行，今日缘何行到这蒙山来？"武松遂将方腊旧部来六和寺寻仇，朝廷奸佞迫害梁山义士，众好汉被逼再反，官军征剿梁山军，自己奉令前来联络各山好汉之事，细述了一遍。郓哥闻听后道："怪不得这几日有探子来报，淮阳军正纠集兵马，似有大的动静。适才伏路喽啰还以为您是官军奸细，便着三弟前去捉拿，却连做梦都不曾想得到是您武二哥！"武松接着问道："那老弟作何打算？"郓哥道："城门失火，殃及池鱼，官军兴师动众前去征剿梁山，沂州、密州兵马走蒙山必犯老鹰寨，老鹰寨兵少将寡势难相抗，不如跟着武二哥去投梁山，杀上龙亭，做一番轰轰烈烈大事，也不枉此生！"二头领高峰、三头领李平也拍手称好。郓哥又道："那饮马川的好汉孙良、陪尾山的周冉、云会山的朱胜与俺都有些交情，这二山一川也去说服了，都投梁山去。"武松听了甚是高兴。当日，众人都喝得尽兴。

次日，郓哥与武松先去二山一川，让高峰、李平收拾寨中物件，随后去二山一川会齐。那二山一川孙良、周冉、朱胜听郓哥说去投梁山，也都乐意。没几日，三山一川共有五千多兵马聚齐后，浩浩荡荡往梁山来，一路上所过县乡秋毫无犯。

第二十五回

竹口镇重创官军
青龙镇生擒盖达

这三山一川人马上了梁山，山寨当日大宴。宴间武松将如何与郓哥在阳谷县中相识，又因自己杀了西门庆累及郓哥老爹被西门家打死，郓哥上老鹰寨落草等事，细述与众头领。吴用闻听后，叫过戴宗，附耳吩咐了一番，戴宗当夜即下山去。

次日晌午时分，吴用让人唤武松、郓哥去聚义厅中，原来这阳谷县已被梁山兵马所占。戴宗奉军师令，施展神行之法，赶到阳谷县，揪出西门官哥、应伯爵、谢希大，不由分说，砍去人头带上山寨。郓哥见了仇家人头，心中怨气顿消。

再说林冲依吴用、公孙胜众头领所定之计策，命黄信为左路军统领，杨林、姚忠平为副统领，朱武为军师，镇守齐州、长清、章丘长白、邹平等地；李应为右路军统领，洪光、雷震为副统领，镇守巨野、任城等地；郑善堂为中路军统领，华兴、金通为副统领，镇守中都、兖州、泗水等地；令朱仝、顾大嫂、武松、郓哥、高峰、李平、蔡庆、杜兴、乐和、萧让于平阴、东河、阳谷、寿张、范县、濮州守备；江南五侠与孙良、周冉、朱胜各领一千精兵分作两路游击，袭扰官军粮草、辎重；林冲、公孙胜、花荣、李逵、燕青、阮小七、柴进、戴宗、凌振、宋清、张安等众头领镇守山寨策应各路；晁云龙、晁云飞、洪霞等人守护聚义庄。众头领带所部兵马依计而行。吴用又密遣李俊去海州打造海船……

此时，已是秋去冬来，朔风凛冽。俗话说：兵马未动，粮草先行。童贯奉令剿寇，急令沿途州郡、县乡速筹粮草、冬衣等军需，押运至朝城囤积，做大军之需。这日，童贯大军刚入邢州，便得急报：朝城受袭，所囤积粮草军需尽数焚毁。童贯大发雷霆之怒，命大名府再筹，令大军暂于邢州修整。江南五侠与孙良、周冉、朱胜率部奇袭朝城，焚毁官军所屯粮草军需，又化整为零，设伏于山间要道，专袭官军辎重。大名府只得派重兵护送押运，疲于奔命，待朝城粮草冬衣等齐备，又过一月余，童贯再令大军向梁山进发。

蔡攸命盖达为先锋率一万官兵抢占黄河渡口，待大军到时再行进击。

这日晌午，盖达率军至朝城，朝城官军早已奉命于黄河沿岸收拢舟船，以备大军渡河。盖达见对岸并无动静，便令大军渡河，抢占对岸渡口。舟船刚行至河道中央，忽然对岸沙丘中突起伏兵无数，箭弩雨点般射下，官军猝不及防，中箭无数。有滚落黄河的转眼即没，官兵急以盾牌护身，盖达令军士拼死划桨拢上岸去，发一声喊，冲上滩头，只见数十个大坑，却不见一个梁山贼兵踪影，气得盖达咬牙切齿。盖达察看所留足印痕迹，断定贼兵已逃往竹口镇方向，遂留下一千官军把守渡口，率部向竹口镇追击。官军追出约二里地，见两边山势巍峨，中间一山道直达冈上，一队人马正往山冈上奔跑，其后尘土飞扬，盖达大喜，即令马军紧追。官兵立功心切，催马往山冈疾驰，眼看就到冈顶，突闻一阵口哨，从山冈上滚下无数木排来，几十骑官兵正催马往上冲，突有木排飞滚而下，无处躲闪，连人带马被砸成肉酱，惨死于山冈之下。盖达在冈下见了大怒，便令步军以盾牌护身，紧靠山道两边往山冈上去，待步军小心翼翼上了山冈，却见冈上并无一人。盖达望远处眺望，遥见一队人马往镇子奔去，怒道：“梁山贼人，两番施诈，今日定要生擒活捉，碎尸万段，方解心头之恨！”欲挥大军追杀，副将马胜云急忙拦住，道：“将军不可！梁山吴用、公孙胜诡计多端。今日两番得手，未败却退，为诱敌之计，不可不防！”盖达正怒气填胸，哪里听得进去？即道：“这小小竹口镇藏不下多少贼兵，眼睁睁瞧贼兵逃入镇中，叫我如何咽下这口恶气？况首战失利，于大军不利，亦恐为他人耻笑！”马胜云急道：“将军若定要去追，就让末将代劳，将军守住这关口，若有不测也可接应。”盖达听了，即分兵三千与马胜云，马胜云拍马舞刀挥军冲向竹口镇。

这竹口镇没有城墙，南北两面皆是山丘，镇子沿山而建，街坊外宽内窄，形似竹筒，故名竹口镇。马胜云率三千兵马突入镇内，却见镇内空无一人。正疑惑间，突见前面十几辆战车滚滚而来，前面骑兵见状，惊叫不好，急欲后退，却被后面步军挡住，哪里还退得？突见战车中射出无数飞弩，官兵一片惊叫之声，纷纷中矢落马，又被战车中伸出的长矛利刃捅死。马胜云急忙传令让后队变前队，向镇口突围。官兵正往前冲，突然镇口也驰出十几辆战车来，后面又有大批敌兵紧随，官兵拼死突围，却无济于事。战车两厢冲杀，官兵惨叫之声似鬼哭狼嚎，足有半个时辰，哀号之

声渐息。竹口镇中尸横市井，血满沟渠，断肢残臂堆满一条街，好生生一个马胜云也横死竹口镇内。

马胜云领兵冲入镇内多时没见动静，盖达不知境况如何，又遣一千官军前去接应。官军一入镇内，见如此惨状，惊恐万分，又突见战车冲来，不知何物，还未明白，前面官兵早已血肉横飞，后面官兵见战车厉害，只恨爹娘少生一条腿，没命似的逃出镇子奔向山冈。盖达得此噩讯，不觉惊出了一身冷汗，心忖：幸有马胜云替死，不然自己已命丧竹口镇，此梁山贼人确实不好惹。遂下令退往渡口，盖达率败军急急退回渡口，却被眼前惨象惊呆，只见渡口滩头横七竖八尽是官军尸首，断臂、残肢、头颅，黄河半边血红，一千多官军竟无一活口，渡口中已无一条船影。

盖达未见梁山强人一个，已损兵过半，又气又惊，愣了半晌，才回过神来。忙叫兵士扎下营寨，晚上点起篝火，严防贼兵来袭，只待大军明日到来。

原来吴用设计令杜兴率五百兵士沿渡口挖下深坑，让兵士于坑中设伏，待官军半渡时，突起急射后奔上乌龙冈，官军若追上山冈便将备好的木排滚下，急入竹口镇内，再待官兵追入镇中，便以惊雷车前后合击。又令武松与郓哥、高峰与李平各领一千军马，离渡口上、下游各二里地设伏，待官军去追杜兴，便夹击渡口官军，杀得官军一个不剩，又将渡船劫走，待盖达到时，早已不见一个梁山兵士踪影。

次日，蔡攸率大军赶到，命军士就近砍倒林木，做成木筏陆续渡过黄河。闻先锋盖达兵败，大怒，欲斩了盖达，幸有副将罗军求情，令其戴罪立功。

蔡攸留三千步军守渡口，由副将杨虎领一万五千军马去袭阳谷，自己亲率大军往竹口镇杀来，待到镇口便命军士向前小心搜索，镇子里尽是官军尸首，其惨状不忍直视，又不见一个贼人踪影。蔡攸令人就地掩埋官兵尸体，当晚于竹口镇驻扎。

次日破晓，便有探子来报，前面约五十里地，有座关隘，唤作子路埽，有梁山贼兵把守。蔡攸即令盖达领所部五千兵马前去夺关，自己亲率大军押后。盖达领命后即率军急行。时至晌午，盖达望见前方不远便是子路埽关隘，那关隘果然险要，左右城垛与山峰相连。左群山连绵，山势险峻，极难攀登，右山势稍为平缓。盖达心想，若直攻隘口，则三面受敌，定然吃亏。若先攻取右山，便可居高临下，破关更易，便下令步军去抢山头，自己率骑兵列队候于关下。

吴用令蔡庆镇守子路埽关隘，授计蔡庆，若官军正面袭关，便以二山加一关，三面伏击；若被官军先夺取了右山，则关隘弃而不守。蔡庆得令后令军士多置备滚木、礌石于右山斜坡要道。蔡庆见官兵朝右山蜂拥而上，即令兵士将滚木、礌石打下，官兵死伤无数，败下山来。盖达见状大怒，再令军士强攻，经几番争夺，终于夺取右山。蔡庆见右山被占，即令兵士弃关撤往范县。

盖达率军夺取关隘，天色已晚，怕有伏兵，也不去追。次日，又收复了安定镇。蔡攸见官军连续收复竹口镇、子路埽关、安定镇，大喜，下令犒赏三军，向朝廷报捷。

蔡攸亲率大军向范县进发。有探子来报：梁山强人在范县布下一阵，名曰青龙阵。蔡攸闻言，不屑一顾，笑道："梁山贼人净干些偷鸡摸狗之事，今大军压境，贼人黔驴技穷，故弄玄虚而已。"令大军直进。

月前，吴用便与公孙胜商定退敌之策，于范县、寿张各设一阵，名曰青龙、白虎。青龙阵由军师吴用亲临，白虎阵由入云龙公孙胜坐镇。二阵军士日夜操练娴熟。青龙阵按九宫八卦三十六天门阵法排列，白虎阵按阴阳乾坤大法布阵。

蔡攸率军径达青龙阵前，见阵中间阵门洞开，正中一面黄色大旗飘扬，上书"青龙阵"。一副楹联黑底白字，分外醒目，左联：天堂有路你不走；右联：地狱无门自来投；横批：有来无回。四周木栅围住，拦马桩密密麻麻，雾气笼罩，不见阵内境况。蔡攸疑惑不解，正欲遣人入阵探个究竟，忽闻一声炮响，阵中冲出一队人马。正是小李广花荣持一杆银枪飞骑在前，后随八百儿郎——五百刀斧手一字排开，三百弓箭手殿后。花荣一骑出阵，用枪一指蔡攸，大声道："童贯老贼，祸国殃民！竟与金人私立辱国之约，反纳岁币一百四十万两白银，辱没列祖列宗。尔等鸟人不待在东京，却跑来此处纳命，省却大爷一番脚程。"蔡攸受了花荣一顿奚落，被气得脸色铁青，眉毛倒竖，大声道："哪位将军去拿了这贼配军？"话音刚落，就见军中驰出一员大将，正是盖达帐下副将张闯，手持狼牙棒飞骑冲到阵前。花荣见来将威猛也不搭话举枪便刺，张闯见敌将拈手抬枪，即见无数枪点不离面门、咽喉、心胸刺来，知是厉害角色，不敢怠慢，急舞狼牙棒封住上身，左挂右劈。二人战了二十几个回合，花荣突往面门使个急三枪，张闯忙提狼牙棒格挡，花荣又突将枪尖一沉往张闯腹中一伸，张闯大惊，忙夹马立身，同时以狼牙棒下压，花荣见状手中用劲往上疾挑，大喝一声，"起！"只见张闯手中狼牙棒飞向半空，花荣又急收枪横把一击，正击中张闯右腮，张闯疼得"呀"的一声，翻身落马，梁山兵士一拥而上擒住张闯。

花荣见擒住张闯忙鸣金收兵，往青龙阵内退去。盖达见状大急，飞马紧追冲入阵中，欲救张闯，其部下将士见先锋追入青龙阵中，也一窝蜂似的涌入阵内。盖达拍马紧追不舍，官兵紧随其后，左转右拐，一股雾气飘来，已不见敌兵踪影。盖达心中一惊，暗叫："不好！"只怪刚才心急，冒冒失失进了青龙阵，却不见贼兵所在。众官兵挤在一起，分不清东西南北。突闻前方马蹄声"嘚嘚"，待声音近时才瞧个分明，却是铁甲连环马，一排排齐刷刷压过来。此铁甲连环马，战马周身铁甲裹覆只露马眼，刀剑不伤，十骑成排。盖达知是中计，急令将士往回冲杀，官兵转身往回飞奔，突见前面驶出无数战车，远则箭弩飞射，近则长矛利钩，官兵碰着死，挨着亡。众官兵见前有铁甲连环马，后有夺命战车，前后都是死路即往两厢奔逃，却不知吴用早已令人在两侧挖出几十丈宽深坑，埋上竹签，灌上烂泥，覆以细土青草，人马掉进陷坑便亡。前面铁甲连环马齐头并进，后边惊雷战车所向披靡，左右两厢绝地陷坑。真是上天无路，入地无门。盖达身中数刀被擒，所属五千兵马，死伤无数，余者弃械投降。

蔡攸见盖达率军冲入青龙阵中，初时杀声震天，待了良久杀声渐息，却不见一个官兵出阵，心中忐忑不安，忙令部将罗军领三千军马入阵接应，又待许久，只剩得三五个官兵浑身是血逃出阵来，报知蔡攸：阵内官军已全军覆没。蔡攸大惊失色，急令官军后退十里地扎下营寨，以待童贯大军到来。

再说童贯亲率大军屯于邢州，因各州县所筹粮草、冬需物资累为梁山游击军袭扰，粮草军需不济，大军迟缓难行，今见战事告急，童贯督令大军赶到朝城。此时，黄河已然断流，便令大军涉过黄河。

蔡攸见到童贯，便将兵败范县详情禀明，乞求责罚。童贯闻禀，便道："胜败乃兵家常事。梁山贼人自宋江啸聚，便有强悍奸诈之风，将军不必太过自责。本帅见地理战况，此范县不取也罢，先取寿张、郓城，便可对梁山成夹击之势。"命蔡攸率本部兵马全力攻取寿张，自己率大军直扑郓城。

吴用获悉童贯舍范县直取郓城，即留青龙疑阵于范县，秘遣兵马驰援郓城，自己回到梁山寨。

第二十六回

梁山军激战京东路
鬼脸儿城破遭生擒

且说这铁叫子乐和，茅州人氏，说唱乐品、枪棒刀剑皆精，原在登州城内做牢子，为救解珍、解宝二兄弟随姐夫孙立诈取祝家庄上了梁山。今奉令镇守阳谷县，见阳谷城城矮墙窄，城墙多处坍塌，便命军士日夜垒整加固，又多备箭弩强矢、滚木礌石，每日操练兵马，整军备战。

那鬼脸儿杜兴依计于黄河渡口伏击官军后退至乌龙冈，再诱敌入竹口镇，重创官军前锋。又连夜派人将擒住的盖达、张闯押往梁山寨，自己率军去援阳谷城。

杨虎率军来攻阳谷县，城中乐和、杜兴坚守不出，官军连攻十余日不克。这日，杨虎见路边有数堆草垛，心生一计，命军士连夜各编草包数个盛满泥土。次日，天未放亮，即下令攻城，攻城军士各负土包冲至城脚下，扔了土包，来而复往。战至午时，已叠成土坡，高与城齐，官军顺坡而上，攻入阳谷城。乐和见城破不守，率军突出东门急往范县去。那杜兴折了马腿被官军捉了去。

再说蔡攸奉童贯将令，领本部兵马进到寿张县，见城外已布下大阵，一条五丈宽深沟围绕大阵，沟外有拦马桩，沟内有木栅护栏，沟中密布竹签。阵中间立有牌门，一座吊桥直通牌门，牌门正中一块横匾黑底白字，上书“白虎阵”。阵中寒雾弥漫，幡幔忽隐忽现，似有雷鸣虎啸之声，使人不寒而栗。蔡攸不敢贸然破阵，离阵三里扎下大营。

次日，蔡攸令副将罗军挑选精兵三千，去试探白虎阵，嘱其缓进慢行，遇袭急退。罗军领命将官军分成三队过吊桥入牌门，阵内阴云四合，雾气漫天，隐约有旗幡闪现。官军后队紧跟前队，小心翼翼摸索行进。忽有一股紫雾飘来，奇香无比，众军士正疑惑之际，又有一股黄雾吹来，随黄雾飘至前队军士纷纷倒地不起，罗军见势不妙，急令后队退军。又闻虎啸声起，一股黑雾腾起，突然蹦出数十只吊睛白额猛虎，张开血盆大口扑向官军，众军士大惊失色，慌乱四窜，罗军坐骑大惊，一阵狂奔闯出阵来。罗军清点人马，前队已折损过半。

蔡攸闻报急鸣金收兵，召众将商议道："白虎阵可谓神秘诡异，主阵者入云龙公孙胜为无终山道士，颇有道法。凡夫俗子贸然闯阵枉送性命。"副将罗军献计道："前番征辽，有一降将，唤作郭药师，据闻道法高深，精通阴阳玄黄之术，皇上赐封为护国法师。可禀明童帅，速告皇上遣郭药师前来破阵。"蔡攸闻言，甚喜，即修书一封差人连夜送童贯。

且说左路军统领张叔夜率五万兵马，从高唐州进禹城，在齐州北门五里外扎下营寨，又分兵一万袭取龙山关隘、章丘。姚忠平见章丘被占，自知长白山银矿不保，便将银矿炸塌，连夜撤往长山。

张叔夜深知齐州城兵精粮足，城高墙厚，易守难攻，遂令军士于城下日夜辱骂挑战，诱敌出城决战。黄信任凭官军百般挑衅辱骂，令部下坚守不出。张叔夜见黄信不出，心生一计。令士卒每日继续于城下辱骂，由副将桂秀中分兵一万奔袭长清城。长清守军不备，当日失陷。桂秀中立功心切，次日，又去袭平阴城，却于半道受伏，官兵折损无数，桂秀中也身中数箭而亡，余众逃回长清。黄信闻知桂秀中身亡，长清城无守将，便与神机军师朱武商定：令平阴守军以倾城之兵出至长清，由杨林领兵五千趁夜密出齐州南门，会合平阴之军袭取长清。长清城官军群龙无首，杨林不费周折即日收复长清。张叔夜得知长清城被杨林夺回，料定杨林必率军回齐州，于半道设伏。杨林不料官兵有伏，义军猝不及防，死伤无数，杨林奋力冲杀，正危难之际，幸有朱武派兵接应突出重围，已是折损了许多兄弟。

齐州城两军攻防对峙暂且不表。再述中路军统领栾廷玉受命后，即凑齐四州三万兵马直奔潍州。登云山孙立获知栾廷玉领兵离了登州，便遣军士扮作客商、柴夫混入登州城，里应外合夺了登州，杀了知州蔡辉，掠了库廪钱粮，又一鼓作气袭取黄县、牟平、文登诸城。孙立竖起替天行道大旗，四方好汉纷纷来投，兵马达三万余众，自己亲率义军进逼莱阳城。

栾廷玉闻报孙立已占了登州诸城，梁山军正围攻莱阳城，大叫不妙。原来莱阳都统为童贯亲侄，名唤童保定，乃庸碌之辈，无甚本事。童贯让其放官至莱阳，欲待日后寻个名头再加官晋爵，若此番莱阳城破，童保定有失，童贯决不会轻易饶过，必追责于己。栾廷玉想到此，遂令副将祝永清率一万兵马入潍州，自己亲率二万兵马连夜急奔莱阳解围。

那右路军统领梁正英奉命征剿梁山，自己亲率淮阳军及徐州、宿州、亳州三万兵马直扑单州，又令陈州、颍州兵马攻打济阴定陶，以作牵制。

扑天雕李应获知梁正英领兵来犯，便派重兵于栖霞山关口阻滞官军，又遣雷震领精壮军士三千，前去大泽湖一带袭扰官军粮道、辎重，伺机威慑各州县。

雷震领命后，于大泽湖丰县、沛县一带累次袭扰押运粮草、辎重的官军。又忽至徐州城下，日间化成数股小队潜伏于山林，晚间又聚在一起大作夺城之势，数日不歇。徐州守军见城外火把无数，不知梁山军人马底细，自身又兵力空虚不敢出城交战，甚是惶恐，急派军士向梁正英求援。

官军折损了千余兵马，方攻取栖霞山关口，梁正英站在栖霞山上望翠亭中，远眺近在咫尺的单州城，心中自喜。今栖霞山被占，单州城没了屏障拱卫，只需挥军直驱便唾手可得。梁正英想到祖上霸业，自家身世……一时心潮起伏。只是大军阻于栖霞山下，耽搁了不少时日，空耗粮草，现只待粮草解到，便挥军直取单州、金乡、鱼台……

梁正英正急盼粮草到来，却获悉粮草被劫，心中十分懊恼。正欲下令再去解粮，又闻梁山军攻打徐州，正是急火攻心。若徐州失守，后援被绝，不战自败。急令副将马光俊分兵一万去救，嘱其务必清除贼寇，以断大军后忧。

又说童贯率大军直扑郓城，见郓城弹丸小城，便令大军于郓城西、南、北三面离城五里外扎下营寨。参赞王彦俊问道："元帅为何独留东门不围？"童贯笑道："东门离水泊不足三里地，若在东门扎营，宜受梁山水军偷袭，这梁山军水军不可小觑，前番吃过大亏。况石碣村已有梁山军筑垒驻守，甚费周折。再者，兵法有云：置之死地而后生，若我大军四面围城，守城贼人必定背水一战，与我拼个鱼死网破。不如留个生门，先夺郓城，后灭梁山。"参赞王彦俊连声称赞，又道："郓城城池虽小，但城外遍布陷坑，前番杨督军征剿时吃过大亏。明日应先填平陷坑，再破郓城。"童贯闻言道："王参赞所言极是。"

次日，天刚放亮，郓城西门外，战鼓擂起，童贯令一万军马分两千盾牌长矛兵在前，三千刀斧弓箭手在后，五千步军肩负泥包随后，密密麻麻往西城门齐排推进。童贯亲自督阵，眼见盾牌兵已至陷坑边，忽见城楼上火光齐闪，数尊轰天大炮朝官军齐轰，官军阵中爆炸声不断，血肉横飞，一时间烈焰熊熊，黑烟滚滚。

原来朱仝依吴用之计早已在护城河外挖了数丈宽大陷坑。前番杨戬领兵吃过苦头，料定官兵必来填坑，遂于坑外埋了焦炭、松油、火药、硫黄，又密调数尊轰天炮，待官军列队逼近一齐轰击。瞬间，炸成火海一片，官兵被炸得手断脚飞，在烈焰中颠扑翻滚，有烧成黑炭的，其状惨不忍睹。有逃出火坑的，也是焦头烂额一身炭黑。童贯眼见一万大军，仅剩一两千伤兵，余众灰飞烟灭，急忙鸣金收军。

当晚，童贯召众将在中军帐议事，童贯道："今日中敌奸计，未料贼人配置大炮又预埋火药，使我大军损兵折将，罪在本帅，今晚召集诸将，商议破敌良策。"参赞王彦俊沉思良久，道："贼人城下挖有陷坑，城上配置轰天炮，我军难近城墙，唯有以牙还牙，以炮对炮。"童贯听了，道："我军征辽时几尊大炮笨重不堪，又因路途遥远置于边关。"王彦俊又道："据末将所知，大名府有几尊大炮威力甚猛，可令其运来。"童贯眼睛一亮，道："何不早说！今天寒地冻，援军未至，大军远师劳顿，且暂缓攻城。"次日，童贯即修加急文书送去大名府，责令大名府重兵护卫，速运大炮来郓城，又令大军按兵不动严加防守，以备敌军偷营。

当日半夜，天降鹅毛大雪，连降三日，参赞王彦俊来到童贯帐中，见童贯在炭火前取暖，便道："元帅大喜。"童贯忙问："何喜？"王彦俊道："今日一早，末将遣人密探水泊，见水泊已冰冻，冰面之上兵马如履平地，可舍郓城而直取梁山。"童贯便随王彦俊去水泊察看，果然见水泊冰封。童贯随手抱块大石扔于冰上，冰面纹丝不裂，坚如磐石。童贯大喜，道："真乃天助我也！"遂留两万军马于营中，以防备郓城强人。自己亲率五万大军于三更出营，去袭梁山寨，兵马行至水泊边，便令兵士靴上系缚草绳，马蹄绑裹麻布，急往梁山行进。

大军于夜色中匆匆而行，梁山已隐约可见。忽然，行在最前的兵士"扑通、扑通……"掉入冰窟中，官军一片惊叫喧哗。童贯上前细瞧，见离梁山尚有一里地，水面已不见冰封，无数碎冰浮在水泊之中，掉下去的兵士扑腾了一会儿便被冻僵。童贯暗叫不好。突闻炮声连响，金沙滩上亮起无数火把，水泊中有无数小船急驶而来。童贯大吃一惊，原来贼人早有防备，急令退兵，将后队改为前队，狼狈逃回大营。

原来军师吴用见天降大雪，担心水泊冰冻官军来袭，便令军士将离梁山一里内冰面不分昼夜敲砸成碎冰。

第二十七回

马颊河炸毁轰天炮
王彦俊献上囚笼计

这日，林冲与吴用等头领在聚义厅议事，有探子来报：童贯差人往大名府，令大名府派重兵押送轰天炮来攻郓城。林冲闻报，与众头领道："早闻大名府藏有几尊轰天炮，威力无比。若童贯大军得此轰天炮，郓城恐将不守。"凌振闻言，道："说来惭愧，大名府这几尊轰天炮，也是咱铸造的！"吴用道："怪不得这几日官军无甚动静，原来童贯那厮另有所图。林教头莫急，大名府离郓城路途遥远，轰天炮笨重难运，可于途中设伏，毁了它。"吴用即叫来戴宗，道："今有大名府押运数尊轰天炮来攻郓城，烦兄弟速去走一遭，令江南五侠与孙良、周冉、朱胜合兵一处，务必于半道寻机劫杀。"燕青在旁道："当年小乙曾常随主人去河北南乐、朝城贩货，这一带山川地理、风土人情较熟。从大名府来，必过马颊河飞沙渡，可于此处设伏。小乙愿去赶这趟差使。"吴用大喜，道："有燕青前往，大功必成。"遂嘱燕青如此这般行事。

当日，戴宗与燕青一同下山，作起神行之法，去寻江南五侠等人。

前述铁金刚章雄、千佛手卢刚、青锋侠东方明、鸳鸯花方青、铁头侠周飞与孙良、周冉、朱胜奉令为游击统领，众头领领兵渡过黄河进入河北路。江南五侠于龙冈、巨鹿、鸡泽、洺州、肥乡、平恩间并沿漳河游击官军。孙良、周冉、朱胜于馆陶、元城、南乐、朝城、聊城并沿马颊河袭扰官军粮草、辎重，使官军粮草军需不济，迟滞官军后援。

一路上戴宗细察孙良、周冉、朱胜所留暗记，与燕青寻至南乐、朝城间，于马家庄上找到孙良、周冉、朱胜人马，遂留下燕青。自己又急急往北去，寻到江南五侠，将军师密令告知五侠。

铁金刚章雄得令后，仅留青锋侠东方明夫妇及一百军士于平恩郊外作游击，自己与卢刚、周飞带其余人马急往马颊河飞沙渡，去与孙良、周

冉、朱胜、燕青会合。

再说大名府梁中书收童贯加急文书，即令兵马都监大刀闻达连夜赶制运炮车，点一千禁军押运。为掩人耳目，于半夜出城，又令沿途州县一路接应，兵马昼行夜宿。

这日黄昏，闻达押着轰天炮到达马颊河飞沙渡，河对岸不到二十里地便是南乐城。闻达见马颊河近岸河水已结了一层薄冰，对岸渡口有几只渡船泊着，这厢渡口并无一条渡船，忙遣军士沿岸寻船。

正在此时，却见对岸渡口来了一队官军，约莫二三十人，挥旗往这边招呼，不知何时冒出几只渡船，往这边撑过来。闻达既喜又疑，忙令手下官军护住大炮。那渡船未及拢岸，船首立着的一人高喊："哪位是大名府的兵马都监——大刀闻达将军？"闻达忙道："本将便是。"又闻来人道："小的姓燕，奉南乐县县令吩咐，来接应将军进城。"闻达闻听是南乐县官军前来接应，又见只有二三十人，就是贼兵也不足为虑，忙道："诸位辛苦。"即令军士上船过河去。闻达心忖：先渡一批军士察看对岸情形，再运炮过河。

没一袋烟工夫，约有三百禁军渡过了马颊河。副将王忠见前面不远有一处小树林，疑心有强人埋伏，便令手下三五个军士做哨探前去察看。那哨探刚进林子，林子中就不时有惊鸟飞出。带头的哨探道："弟兄们，无须再往前探。若林子里有人，这鸟儿早就飞走了。"说罢，便急回复命。王忠见并无伏兵，遂向对岸挥旗示意。闻达观对岸太平无事，又见天色将黑，便令军士铺上木板运炮上船，三条渡船各载一尊。渡船撑到对岸，官兵齐力吆喝着将炮推拉上岸。正喘气歇息，忽闻那不远处树林中一阵铜锣声响，蹿出一队人马，杀将过来，官军大惊！这时，原先来接应的南乐县官军也各自抽出刀剑砍杀起来。

原来这帮人是燕青、孙良、周冉、朱胜等梁山好汉假扮的，树林中早已埋伏了梁山的人马。章雄依计令军士捉了些小鸟，待官军探子进入树林，便放鸟儿飞起。此雕虫小技却骗过官军哨探，以为林中并无伏兵。

刚才渡船装了轰天炮，载不下战马，闻达没过河来。闻达在对岸瞧着，眼见过河的几百官军被上千强人围攻，真是叫苦不迭。不待一盏茶工夫，官军被斩杀殆尽。燕青将火药塞入轰天炮中，点燃了引火索，只闻三声巨响，三尊轰天炮被炸得粉碎。闻达胯下坐骑闻声惊厥，竟将闻达掀落马下。众强人在对岸嘲笑一番，扬长而去。闻达又气又恼，半晌才缓过神来。心道："今番完了！当年梁山强人为救卢俊义打破大名府，只保得梁中书拼死杀出大名府，家中妻小皆被诛杀，本想自尽了结，却被梁中书劝住，后又得梁中书力保，未被究责，仍为兵马都监。今在马颊河又中了贼人奸计，失了轰天炮，实无颜面再回大名府！”遂仰天长叹一声，对部下将士道：“今番失了轰天炮，依律当重罚。尔等径回大名府复命，将一切责任推于本将。言吾不听众言，刚愎自用，致中敌奸计。道吾愧见梁大人！”言罢，禁不住泪流满面，抛了手中大刀，脱卸了盔甲，独自放马西去……后在白马寺出家为僧。

当日，燕青辞了江南五侠，孙良、周冉、朱胜众人，赶回梁山复命。

这日，林冲与吴用正商量着如何去搭救杜兴，有军士来报：童贯遣使欲以被俘杜兴来换盖达、张闯二将。林冲闻言，喜道：“真是日不说人，夜不说鬼，提起杜兴，就有人来说杜兴。”吴用道：“换将使得，但二将换一将，显得有亏，须另奉粮米一千石方可。”林冲笑道：“还是军师算计得很。”便告知来使。童贯无奈，只得另备粮米一千石，以杜兴调换盖达、张闯二将。

童贯换回盖达、张闯二将，只待大名府炮到，再攻郓城。这日，童贯正在帐中歇息，突有探子来报：大名府三尊大炮运至南乐城马颊河，被梁山强人劫杀，大炮被毁，闻达弃官远遁。童贯心中一急，差点儿晕死过去。

今岁天相异常，正值隆冬时节，前几日还是天寒地冻，这几日却成春日暖阳，冰雪已经消融。童贯连日夜不成寐，茶饭不香，瞧着这八百里水泊，周边船只早被梁山贼人收了去，战船一时赶造不及，梁山寨又每夜派出游击军袭扰官军营寨。童贯明知此为贼人疲军之计，可一时也无良策应对，心中着实着急。

这日，童贯召众将于中军帐中议事。参赞王彦俊道：“末将有一计可破梁山贼寇。”童贯闻听，急道：“是何良计？快快道来！”王彦俊道：“此计名曰囚笼计。撤郓城南北围城之军，独封西门，令杨虎留两千人马守阳谷，率所部一万人马赶赴梁山水泊。调用民夫十万，沿水泊挖出深沟，每三千步筑一座高垒，每垒屯三十名弓箭手，垒间筑起木桩竹排，以堵贼人偷越。高垒后按‘品’字形设一座大营两座小营，每相隔五里地设一座大营，作为犄角接应。将梁山水泊连郓城、巨野团团围住。再东、西、南、北各备五千骑兵，一旦贼人上岸偷袭，便可马上策应围歼。杨虎率一万兵马于郓城外扎营，蔡攸率五千兵马于巨野外扎营，大人可亲率三万精锐屯于水泊北首，待战船造就伺机攻取梁山寨。”

童贯闻听王彦俊详述囚笼计后，便道：“参赞所定计策虽好，但水泊方圆八百里，恐我兵力不济，反被强人所破。”王彦俊笑道：“这个无妨，末将已有良策应对，可令水泊四周每乡各筹民团一千，自备粮米，以补兵力不足。筑垒挖沟尚需时日，届时各路援军纷至，故不足为虑。若水泊被围上半载，贼人进出不得，粮草不济，将不战自败！”众将齐声大赞妙计。

军师吴用获知童贯定下囚笼计，并征十万民夫，挖深沟兴土木，欲围梁山泊，便与林冲等诸头领商议。吴用道：“童贯以囚笼之策围困梁山，梁山看似危急，实则官军危矣。”林冲问道：“此话怎讲？”吴用一捋胡须，道：“童贯所率十万精锐，久历沙场，若兵聚一处，其锋必锐，倒是劲旅。今童贯欲围八百里水泊，每处屯兵不过五百，看似大蟒连环相扣，实乃脆弱易折，其余乡团，更是乌合之众，不堪一击。”当日，吴用与众头领定下破敌大计，名曰斩蟒计。众头领依计而行，分头准备。

吴用担心聚义庄虽隐秘，仍恐为官军侦知，便留几名庄客守护，宋清等眷属连夜撤往梁山寨。

第二十八回

吴用巧设斩蟒计
众将力破囚笼阵

童贯定下囚笼计，征十万民夫沿八百里水泊挖沟筑垒。此间，虽有梁山军小股袭扰，童贯遣军严加护卫日夜赶工，终于工毕。童贯令大军进垒驻防，又应诺水泊周边各乡，免赋税三年，调各乡民团协守，将梁山泊围得水泄不通，风雨不透。

三月初一，林冲与吴用召花荣、武松、柴进、戴宗、李逵、燕青、凌振、阮小七、童威、童猛、蔡庆、杜兴、郓哥、高峰、李平等众头领集聚义厅中聚齐。林冲道："官军将水泊围住，施囚笼之计。今召众头领商议破敌之策，望诸位各献神策，以解梁山之危难。"吴用摊开山川地图，环视众头领道："纵观全局，左路黄信与张叔夜于齐州城攻防征战历时数月，未决胜负；中路郑善堂弃潍州，退守青州；孙立弃莱阳，失文登、牟平，退守登州、黄县；右路李应已失济阴、定陶、成武，官军对单州成合击之势。岁前，入云龙公孙胜于寿张城外所设青龙阵已为郭药师所破，其与萧让、张安已退守寿张城内。童贯又定下囚笼计，以官军挟民团将梁山泊围住，梁山已处紧要关头。"李逵听了，大声道："什么鸟人，管他娘的狗屁囚龙计、囚虎计，明日爷爷便去劈了鸟笼！"吴用喝道："黑牛休要胡言，到时自会用得着你。"吴用又道，"此番我梁山须倾全力一击，方可化解危局。童贯所设囚笼阵，貌似大蟒盘根，步步为营，深沟高垒，节节相扣，实乃犯了兵家大忌：敌无所不备，则无所不寡；所备者多，则所战者少。我专而敌分，胜可为也！我已拟了个计策，名曰斩蟒计。童贯亲率二万精锐屯水泊北大营，虎视梁山寨，此为蟒首。杨虎一万军马窥视郓城，当为蟒腰。巨野恰似蟒尾。此役应压住蟒首，踩住蟒尾，先斩其腰，使其首尾不顾，再击其首，囚笼阵法自然破解。"众头领齐声称是。

林冲接着道："此役就由军师号令！"吴用也不推辞，对众头领道：

"决战之日定于十五日后。"遂令戴宗昼夜兼程传江南五侠及孙良、周冉、朱胜各部务于十五日子时，会合于郓城西郊，见敌营火起杀入，又将计策告知众头领。

吴用以声东击西之法，自三月九日始，每夜令蔡庆、杜兴、阮小七、童威、童猛、郓哥、高峰、李平轮番去袭扰童贯北大营，直至三月十五日。

当夜，却是星月无光，阴云笼罩。梁山寨众将士酒足饭饱，凌振率兵士驾十几条快船，每船设一尊大炮，上覆水草芦苇，趁夜色悄然驶向郓城外石碣村北港汊。各舟依次排开阵势，将大炮对准临近石碣村的两座营垒。其后，李逵、蔡庆各领五百刀斧手驾数十飞舟紧随。

子时时分，凌振一声令下，十几尊轰天炮一齐轰响，水泊边上两座大垒瞬时轰塌，高垒中兵士尚在梦乡便被炸飞。

第一拨李逵、蔡庆闻炮响急令军士驾飞舟抢上岸去，将云梯搭在深沟上铺上木板，李逵抢先冲到营栅前，抡起两柄板斧，左右开弓，三五下砍断木桩，众军士奋力推倒竹排木栅，杀入营垒，四处放火。营垒内乡团兵丁被炮声惊醒，已魂飞魄散，见梁山军破垒杀入，火光冲天，不知有多少梁山兵马，不敢抵抗，四散奔逃。李逵、蔡庆领兵沿水泊一路向北追杀。

第二拨由武松、郓哥、高峰、李平领两千人马驾大船至石碣村北港汊上岸，沿李逵、蔡庆所破营栅涌入营垒，直往杨虎北大营杀去。

第三拨由燕青、晁云龙领兵也随即杀入。第四拨杜兴。第五拨关冲。先后杀向杨虎北大营。

郓城守将朱仝依军师吴用之计，由顾大嫂守城，自己于入夜后亲率五千军士出南门，绕至杨虎大军南营外，设伏至子时，闻轰天炮响，见北大营火起，遂挥军杀进杨虎南营。

再说杨虎受童贯将令，于郓城西门外按五行阵法扎下营寨。杨虎令手下四员大将——毕卫、商正、秦秉直、史法明各领一千五百人马于东、西、南、北四门扎营，自己亲率大军居中扎下大营。

当夜，北营史法明正酣睡间，突被炮声惊醒，急穿衣披甲提枪出帐，见石碣村北港营寨火光冲天，杀声震耳，心知不妙，急急召集兵马。早有亲兵牵过战马，史法明提枪上马，欲挥军往前冲杀，前面已是人喧马嘶，一标人马杀奔而来。正是行者武松、郓哥、高峰、李平带领的梁山第二拨人马杀到。两厢兵马，将对将、兵对兵，杀在一起。梁山军个个儿如狼似虎，恨不得一口吞了官军。这官军也不弱，个个儿久历沙场能征惯战，甚是神勇。武松与史法明斗在一起，这武松有千钧神力，刀法精熟。那史法明也是十分骁勇，拼死相搏。郓哥、高峰、李平与官军混战，各显神威。

双方正酣战之际，又见无数火把转眼即至，又有一队梁山军马奋勇杀入。正是浪子燕青、晁云龙率第三拨人马杀入敌营。这史法明与武松相斗，使出浑身解数，已觉不支，却又有生力军杀到，哪里敢敌？虚晃一枪，吆喝一声，勒转马头往营中败退。武松、燕青等众好汉见官军败退，急挥军随后掩杀，四处放起火来。营帐、马厩、草垛烧得彻天通红。

正当武松、燕青等挥军杀得兴起，前面涌出一簇人马，火光中瞧见一面“杨”字大旗。原来是杨虎闻报，也不待人马全齐，急催马挥刀赶来救援。

前队梁山军士见有援敌到来，奋勇向前冲杀，却被杨虎挥刀砍翻三五个。武松见状，大喝一声：“闪开！俺武松来也！”跃身扑到杨虎马前，腾起身子凌空挥刀朝杨虎面门劈下，杨虎见来将凶猛，急举刀相抵，顿觉手臂一振，虎口发麻，大刀差点儿脱手，心中吃惊不小，忙挥刀护住身子，不敢大意。这二人一个马上，一个马下，奋力相斗……

这时，史法明见杨虎领军来援，也催马来战，燕青见状，急舞刀敌住史法明，两厢人马混战厮杀。双方混战间，杨虎中军人马也陆续赶到，梁山军渐感不支。正当武松、燕青等边战边退，第四拨杜兴、第五拨关冲挥军杀入，梁山军士见援军到来，人人振作，个个奋勇，两军相持厮杀，杀声震天。双方正杀得难解难分，官军阵后忽现无数火把，传来震耳杀声，官军后队顿时阵脚大乱。

原来是美髯公朱仝领五千军马从南营突入，南大营敌将秦秉直仓促应战，斗了不到十个回合，被朱仝斩于马下，朱仝发起神威一路杀进中军，得知杨虎已率军赶往北大营，正欲挥军往北，却遇上东门守将毕卫。此毕卫系杨虎表亲，从小练得些枪棒，跟随杨虎从军。

当晚，毕卫喝些酒正于营帐中酣睡，忽闻石碣村北港炮响不断，又遥见北营火光冲天，知是梁山军来袭。心忖：若郓城朱仝来袭东营，自己不是朱仝对手，东营定然不守，恐枉送了性命，不如借援北营之名，先去中军拖个时辰，再转北营，弄不好捡个军功。主意打定，便吩咐军士全营戒备，自己仅带三百军士往中军而来。

毕卫遥见大队人马火把无数，以为是杨虎大军遂拍马向前。待近了却皆是梁山军马，吓得魂不附体，转身欲跑，早被梁山军团团围住，刀斧手、弓箭手里外三层，只待一声令下，顷刻命消。只听朱仝大喝道：“尔等官军已成瓮中之鳖，缴械投降，饶尔不死！不然，命丧当场！”众军士面面相觑，见突围无望，纷纷放下刀枪器械，跪地求饶。毕卫见状，将长枪一扔，滚下马来，梁山众军士上前缚个结实。朱仝命军士将毕卫等三百官军拴在一起押往郓城。

朱仝率军杀奔北大营，正遇上梁山军与官军杀得天昏地暗，难分难解，急挥军从官军阵后杀将进来。官军阵脚大乱，史法明心中一慌，手中枪稍慢，被燕青削去右脚，又被乱军长矛捅下马来。杨虎见大将史法明阵亡，又见梁山军前后夹击，官军阵形已乱，遂下令往西营败走。

再述神行太保戴宗奉军师吴用将令，昼夜兼程渡过黄河入河北路，刚进朝城地界便寻着孙良等人所留暗记，未出两日会着孙良等人。戴宗传军师令毕，便片刻不停往南乐去寻江南五侠。

孙良、周冉、朱胜三头领自受命沿马颊河于朝城、南乐线游击已历数月，下梁山时所率一千人马，已折损过半。今见军情紧急连夜启程，于三月十四日夜赶至郓城西郊杨虎西营外，伏于山冈树林中。

孙良派人四下探寻江南五侠，却不见踪影。当夜子时，孙良等人闻炮声不绝，又见北营火起，遂率部众突入杨虎西营，四处放起火来，守卫西营大将商正半夜惊醒，知是梁山军偷营，来不及披挂，束条腰带，提了大斧奔出营帐，飞身上马，正撞上孙良、周冉、朱胜，便战在一起。那商正力大斧沉，十分骁勇，以一敌三，毫无惧色。双方战了多时，不分胜负，突有大批官兵如潮水般涌来。正是杨虎领败军走西营往北去。孙良等人兵少，抵敌不住，往后败退。正危急关头，杜兴、关冲领兵马杀到。杨虎不敢恋战，令商正断后，往北退却。乱军中又见武松、郓哥、高峰、李平、燕青、晁云龙、朱仝领梁山军随后掩杀过来。

孙良、周冉、朱胜依计与杜兴、关冲会合，领所部兵马扫荡残敌，又遇着李逵、蔡庆正杀得兴起，三路兵马合在一处，沿水泊一路追杀，烧尽寨栅，捣毁营垒。各乡民团闻风而逃。

第二十九回

杨虎命丧三十里埠
童贯败走乌松林冈

当日黄昏，杨虎率败军退至三十里埠，清点人马，不到两千。官军激战半夜，又被梁山军一路紧追，又饥又饿疲惫不堪。众军士见旁有一条清溪，倒身便饮。饮罢，便卸盔解甲瘫坐地上。杨虎见了，急道："商正将军断后撑不了多久，追兵即刻便至，此地不可久留！"话音刚落，只闻号角齐鸣，芦苇蒿草中涌出无数梁山军，铺天盖地杀将来。

这支伏兵却是公孙胜与张安所率的寿张城梁山军马。前回说蔡攸率军攻打寿张城，为白虎阵所阻。副将罗军献计去请辽国降将郭药师。那郭药师精通阴阳玄黄之术，被道君帝封为护国法师。郭药师用五雷天罡正法破了白虎阵。公孙胜与张安退守寿张城内，官军一时不能破城，于城外西北角依山扎营。三月十五日夜，公孙胜依计留萧让守城，自己与张安率三千兵马悄悄出寿张城东门，行至三十里埠设伏。次日黄昏，果见官军败退至此。公孙胜大喜，手中松文古定剑一挥，三千伏兵一涌而出。梁山军以逸待劳，恰似虎狼扑入羊群，杨虎率残兵拼死抵挡，官军虽久历战阵，终因人困马乏，兵少将寡，冲杀不出，往后退却。杨虎见阵后尘土扬起，大批梁山追兵已然杀到，大呼："不好！"此乃朱仝、武松、燕青等率劲骑追来，先斩了大将商正，紧追到此，见杨虎为梁山公孙胜截住厮杀，遂从阵后杀入。不消片刻，这群残兵便被斩杀殆尽。

杨虎敌不住梁山众将围攻，遮挡不及被晁云龙一枪刺中肩头，撞下马来，张安赶上一刀削了脑袋。公孙胜见过朱仝等头领，辞别了众人，依计与张安领本部兵马急往乌松冈去。朱仝率军一路追杀到此，将士们饿乏至极，便命大军埋锅造饭，稍作休整后再向童贯北大营进发。

当晚，凌振、李逵、蔡庆、杜兴、关冲、孙良、周冉、朱胜等头领领得胜之军回寨复命，山寨上灯火通明，大摆庆功筵席。

次日拂晓，吴用又令凌振炮轰童贯北大营。梁山军分三路突上岸去，林冲亲率梁山军一万精锐从前营杀入，李逵、蔡庆，杜兴、关冲各领三千兵马分左右掩杀，孙良、周冉、朱胜各部为后队，花荣、阮小七、童威、童猛领水军为后援，接应各部。霎时，官军营中火光冲天，杀声震耳，各乡民团早已四散奔逃。

再说童贯北大营连日受袭，官军上下不敢松懈，整日是人不卸甲，马不离鞍。这日，童贯挨至三更时分，仍不见梁山军动静，觉困乏难耐，正欲去睡个囫囵觉，忽有哨探急匆匆来报：梁山军突破杨虎军营，杨虎率败军往北大营而来。童贯大惊！急派营中大将梁武领五千兵马前去接应。梁武领兵马刚走不到一个时辰，又惊闻梁山军分三路前来突营。童贯急忙纠集营中兵马御敌。

不待官军兵马聚齐，梁山大队人马已杀入营中。官军从梦中惊醒，仓促应战。林冲一马当先踏入敌营，一杆花枪前后飞舞，左有李逵、蔡庆逢人便砍，右有杜兴、关冲遇人就杀。梁山军马如入无人之境，直杀到中军，正遇着童贯驱军马来战，两军厮杀在一起。喊杀之声震天动地。

天渐放亮，林冲瞅官军阵中高竖着一面绣金帅旗，一个斗大的“童”字，甚是耀眼！旁有一人，胯下枣红马，银盔银甲，手持一柄春秋大刀，这分明是童贯老贼！俗话说“擒贼先擒王，射人先射马”，想到这里，挺枪撇开众敌，勒马引缰直奔童贯。

童贯识得林冲，见林冲飞驰过来，心中惊慌，大叫：“快把林冲拦下！”偏将卫鞅闻童贯呼喊，急拍马舞刀向前拦住林冲，二人刀枪并举战在一起，战了十几个回合，卫鞅渐感不支，被一枪刺中右腚跌落马下，军士见了急急抢回。林冲拍马直取童贯，童贯帐前将校王彦俊、上官正方急驱马向前与林冲缠斗在一起。

童贯所领禁军人马虽不足三万，但均是南征方腊、北平辽邦的骁勇之士，历大小战阵无数，可谓兵精将勇。双方相持搏杀战况异常惨烈，官军后营人马陆续加入战阵，梁山军阵脚扰动，渐露败退之象。正危难之际，官军后队西北阵脚大乱，有大队人马杀入战阵。此正是朱仝、武松、燕青等领人马从西营杀入。

林冲所率梁山军与童贯禁军正杀得难解难分，突见官军阵中骚动，知有大队援军从阵后杀入，便抖擞精神，奋力向前冲杀。官军前后受敌，将士各自为战。上官正方抵住林冲死战，王彦俊护住童贯拼死往外冲杀。童贯心中嘀咕：此番命休矣！正当此时，忽见梁武率一支劲旅杀入。此梁武曾随童贯南征北战，勇武过人。只闻梁武高呼道：“大人休要惊慌，末将来矣！”童贯精神为之一振，率军杀透重围，往西北去。

原来梁武奉童贯之令去援杨虎，大军行至半道闻杨虎全军覆没，大惊。料梁山军会北上袭营，遂领兵马伏于半道中，待梁山军马过去，便从后偷袭。待了半日，果见梁山大队军马到来，那正是朱仝、武松、燕青所领军马。梁武大喜，令军士待梁山兵马过后，便尾随而去。不料其后又有梁山军马赶到，却是郓哥、高峰、李平、晁云龙后队兵马到来，将梁武所率五千官军裹在中间。正是：螳螂捕蝉，黄雀在后。梁武见情势不妙，率部众拼死突出，护着童贯败逃而去。

官军败退至寿张东郊铁打铺，童贯见追兵已远，遂收拢败军，清点人马，尚有二万余众。童贯令军士摊开地图，见左为寿张、右为郓州，东北方为东阿，均为梁山军所占，前去便是乌松冈。想那郭药师部破了公孙胜所设白虎阵后，于寿张城西北角依山冈扎营，离此不远。恐大军撤离后，其部亦为梁山军所灭。想到这里，忙派出快马，令郭药师率部速来乌松冈会合，一同退往阳谷景德，再作计议。

童贯于铁打铺暂作休整，又令大军沿济水往北急走。走了半日，眼前是一片开阔地，前去约二里地，一座山冈高耸，想必是那乌松冈，冈左是一片茂密的乌松林，冈右是泱泱济水。此时，官军已是风声鹤唳、草木皆兵。童贯思忖：若梁山贼人于这乌松林中设一支伏军，将山冈堵住，加之后面追兵，我军插翅难飞！想到这里，心中顿觉惊怕，汗毛直竖，遂令部将王彦俊率前队速去抢占山冈，大军随后前行。

王彦俊率官军正往冈上去，突闻冈上三声炮响，竖起无数旌旗。官军惊恐万分，那乌松林中又杀出大队梁山军马来。

原来公孙胜与吴用早已定下连环计，公孙胜与张安出寿张城，于三十里埠伏击杨虎败军，又赶至乌松冈堵截童贯兵马。此时，公孙胜占了山冈，挡住官军去路，张安领兵马从乌松林中杀出。

这时，童贯见后面尘土扬起几丈高，料是梁山军追兵杀到，已无路可退，遂下令官军拼死往山冈上冲杀。正当危急关头，童贯见冈上大乱，现出一面“郭”字大旗。

原来郭药师得童贯撤军之令后，想这乌松冈乃大军退往阳谷必经之地，便带两千精兵先行，绕至乌松冈后，正遇见梁山军与官军激战，遂从冈后突上乌松冈来。

梁山军不料山冈后会有敌军来袭，被杀个措手不及，公孙胜兵少不敌官军，官军乘机掩杀上去，梁山军马退入乌松林中。童贯令郭药师领本部兵马踞守乌松冈，自己引大军往北败退。

梁山军经连日苦战大获全胜。是夜，梁山寨沿金沙滩至山寨各关松明火把点得彻亮。吴用、柴进、宋清等头领候在金沙滩迎接各路头领上山。此役得粮草、马匹、刀枪无数，又擒获官军将校、兵士数千，各头领无一折损。

正当各路梁山军激战之际，花荣夫人洪霞产下一对龙凤双胎。花荣欣喜万分，众头领纷纷前来道贺，梁山大捷又添新丁，真是喜上加喜。林冲下令犒赏三军将士，大宴三日。

蔡攸闻杨虎所部全军败亡，北大营童贯大军败走阳谷，郭药师也率部撤离寿张，大惊！急下令连夜拔营，趁夜色悄离巨野退往定陶。沿水泊边岸驻垒官军、乡团闻风而走。梁山军将官军所挖沟坎填平，所扎木栅、营垒悉数拆除、焚毁。梁山寨人心向往，众望所归，各路英雄、壮士纷纷来投。

这日晨，吴用来寻林冲，吴用道："此番梁山大捷，声威大震，各路好汉来投，声势日壮。只是岁前失了长白银矿，梁山开销甚巨，军士饷银日紧，长此必生怨言。"林冲闻言，即道："我早欲遣人去收复长白，只嫌童贯所围未解，今军师所议，如同我所虑，那就由军师尽早安排人马，去收复长白，以解梁山缺饷之忧。"吴用又道："前番为灭杨虎军，差戴宗去传江南五侠，至今未有消息，不知生何变故，拟再派些人手前去探寻。"林冲道："军师安排甚妥，这些日子我也在寻思此事。"二人议定。吴用唤来花荣，令其率精骑五千，即日出界首会合姚忠平部，袭章丘夺长白……

第三十回

金兀术密潜中土
郭药师赠书通金

再说宋与金国结盟攻辽，宋军主力轻敌冒进，于幽州城外被耶律胥庆击溃，败退至安次城，辽军三面围城，宋军危急。童贯无奈，只得向金国求救。金兵过古北口，袭取了燕云诸州，童贯依二国盟约，向金讨要燕云诸州。

金国狼主完颜阿骨打正与其弟完颜无乞买、侄子粘罕、军师哈迷蚩及宗干、宗望、宗辅、宗弼几个儿子及族长勃堇等人议事，闻宋军来讨要燕云诸州，便问众人道："诸将众人对此事有何见地？"长子完颜宗干急道："宋军无能被辽军击败，赖我大金勇士出手相救，击溃了辽军，解了宋军危难，今宋不思图报，反来索取燕云诸州，焉有此理？"粘罕附和道："吾大金牺牲了无数勇士，方攻取了燕云之地，岂能拱手送人？"几个族长勃堇也纷纷表示反对将燕云诸州交还于宋廷！

这时，宗弼起身道："儿臣略有所思，望父皇、叔伯、兄长、诸勃堇头领莫要见笑！"这宗弼乃完颜阿骨打四子，又名完颜兀术，宋人称其为金兀术。金兀术虽然年少，但勇武过人，且足智多谋，后多次领兵南下。

完颜阿骨打见是四子宗弼，便道："为父倒想听听你的见解。"金兀术接口道："此燕云诸州，地肥物茂，乃宋人良牧之地、鱼米之乡。踞燕云倚燕山而卫中原，燕云之地非取不可！非但要取燕云，还要开疆拓土，取宋之四百军州，方立大金万世基业！"众人听了连声称是。

金兀术停顿了一下，又道："汉人有一言，叫作欲速则不达。宋金结盟，辽邦新败。辽主天祚帝遁往乌古敌烈部，辽帅耶律大石率军西去，辽军实力尚存。若此时宋金交恶，大金主力陷于宋境，辽兵回师向东，吾大金岂不是腹背受敌，情势危矣？故而儿臣以为需忍一时之痛，方存万世之荣。如今当将燕云之地纳还宋廷，待平定残辽，再取燕云图中原不迟！"

完颜无乞买闻金兀术一番大论，言之凿凿，也频频点头称赞不已，随即道："今观宋军与辽相争，虽号称禁军百万，实不堪一击，待日后图之不难！"

哈迷蚩眨巴了下小眼睛，细声道："禀狼主，去岁与四太子去中土走了一遭，概览河东、河北、河南、江南等处山川地理。那宋帝沉湎于道学，重用文臣。朝中大臣与地方贪官沆瀣一气，侵吞国库，霸占良田，鱼肉百姓，横征暴敛，搞得民怨神怒，民众造反，此起彼伏。今闻宋江余部又啸聚梁山泊，占了半个山东；江南方腊余部摩尼教众集于湖南洞庭，不久必将举事。若能合纵连横，联络义军里应外合，狼主统兵南下之时，必将事半功倍，水到渠成！"完颜阿骨打听了拍手称好。

完颜阿骨打即定下大策，遣人回复宋廷，讹了岁币一百四十万两白银，将燕云诸州扫荡一空交还宋廷。童贯率征辽大军还朝，行至半道奉旨去剿梁山军。完颜阿骨打见灭辽之后势必与大宋争夺天下，遂命金兀术、哈迷蚩带金银宝贝入中原，细察山川地势，兵防要塞，刺探军情，联络中原义军，收买大宋朝臣将校，以备后用。

金兀术与哈迷蚩、铜先文郎又挑选了四位武士，一行七人择日起程，入雁门关至风陵渡转东去，沿黄河而行入东京汴梁。

次日一早，密会大学士张邦昌、兵部杨戬，各奉送黄金百两及若干珍稀珠宝。当晚入夜，又去拜会郭药师。郭乃辽之降将，自幼学道，颇通法术。大宋道君皇帝痴迷道术，平日不理朝政，郭药师俨然成了皇上身边红人，随意出入皇宫。道君皇帝封其为护国法师。后于靖康二年，降金后领金兵攻陷东京，掳走徽（道君帝）、钦二帝及宗室朝臣，北宋亡。此为后话，暂且不表。

金兀术一行寻到郭药师府宅，呈上名帖。郭药师见帖，暗自思忖：前番宋军攻辽，幸亏看风使舵，得以保全富贵，不然，早已兵败身亡。如今金邦四太子登门拜访，应是喜事一桩。俗话说：多个朋友多条路。一旦有变也可进退自如，况宋金结盟，虽属私会也不应算私通敌邦。想到此，郭药师紧步到门口，将金兀术一行人迎进厅堂，分宾主坐定，郭药师吩咐看茶毕，起身作揖道："久仰四太子大名，今日得见四太子，果然是年少英雄，器宇不凡，郭某三生有幸！"金兀术忙起身道："承蒙法师夸奖。"侧身介绍道，"此二位，一位是军师哈迷蚩，一位是大金国勇士铜先文郎！门外四位是在下随从。"郭药师忙道："久仰！幸会！"宾主客套寒暄一番，金兀术击掌两下，即有两位侍从捧一只锦绣木箱迈入厅堂，金兀术随即打开箱子，顿时屋内金光四射，满堂锃亮。金兀术笑道："今冒昧登门，略带薄礼，特奉黄金百两及夜明珠一颗、琥珀如意一件以示敬意，望法师莫嫌粗俗。”金兀术见郭药师笑逐颜开，又道，“此夜明珠为长白山千年巨蟒得天地灵气，随日月时辰行于蟒身，以数位壮士性命，方才博得，乃稀世珍物，置于屋中，无须烛火，便满堂彻明。”郭药师惊得眸子放光，嘴巴大开，愣神半晌道：“如此厚礼，承受不起！”金兀术笑道：“大金国处龙脉灵秀之地，多的是奇珍异宝，在下久闻法师大名，亦知法师深得宋帝宠信，仰慕已久，今番入京更欲结交能人异士。况钱财乃身外之物，法师不必太在意！”郭药师大喜，忙吩咐下人准备酒宴，金兀术等人也不推辞，众人推杯换盏。哈迷蚩眯起一双小眼，道：“久闻法师深明易术精要，敢问大金与大宋国运如何？”郭药师已有三分酒意，一捋山羊胡须道：“两国运势如同晨暮，金，如旭日初升，蒸蒸日上；宋，残更暮日，夕阳西下。”哈迷蚩又问道：“敢问法师，既明晨暮之理，缘何身处暮日之地？”郭药师苦笑道：“说来惭愧，辽主未听吾言，致两面遇敌，国破之时，暂作权宜之计，以度劫难。”金兀术道：“法师乃世外高人，常言道：良禽择木而栖，吾皇求贤若渴，何不助大金成就王霸伟业，也好光宗耀祖，名垂青史！”郭药师急道：“本道早有此意，苦于无人引见，今日得见四太子，已属大幸。只是日前朝中得童贯急文，欲令本道克日去破梁山公孙胜所设白虎阵，走不脱。”哈迷蚩闻言，道：“法师既有意投大金，今留于宋国也无妨，不差些许时日。”

郭药师酒兴正浓，又道：“成就霸业，既候天时地利，又备文韬武略，方能成事！本道在辽为将时，关注天下之事已久。春秋之时，卫国朝歌，生一神人，名王诩，字玄微子，得华元真人仙传，修于云梦山鬼谷洞，又名鬼谷先生。道成后通天彻地，纵横兵学韬略，后世无人能及，著书立说，留有鬼谷神篇十四篇。其弟子有纵横家苏秦、张仪，兵家孙膑、庞涓，皆是旷世奇才，于乱世纷争中护国定邦，尽显经天纬地之能。弟子苏秦游说赵国赵肃侯，提出合纵抗秦，佩六国相印，使秦十五年不敢出函谷关。张仪以捭阖之术助秦惠文王连横六国远交近伐，奠定强秦，终统六国。弟子孙膑助齐以围魏救赵之术获桂陵、马陵之战大捷，创兵法之奇，著有兵法三十篇。唐时将其位列六十四名将供奉于武成王庙内，本朝道君帝追尊为武清伯……”郭药师一口气说了许多，呷了一口酒，又道，“本道为辽将时历尽艰辛，牺牲几十条性命，获鬼谷神书中揣、摩、权三卷，日琢夜磨终不得其详解，今遇四太子贵人，特将三卷神书奉送四太子，以报知遇之恩！”

金兀术虽生在蛮夷，整日马背上过活，但从小喜好中华史学典故，对鬼谷先生及其弟子神奇故事早有耳闻，今听了郭药师前面一番详言，心中更觉敬佩，又闻其有鬼谷神篇三卷，且要奉送，顿觉眼前一亮，大声道："君子不可夺人之爱，如此神书，无价之宝，怎可受纳？"

哈迷蚩知晓鬼谷神篇乃旷世奇书，千载难得一见，恐郭药师酒醒反悔，急道："四太子不可推辞，今法师真心相送，执意难拗，其心可鉴，四太子尽可受之，日后争雄四方，逐鹿天下，必有大用。"郭药师也不待哈迷蚩说完，入厢房转动机关进密室。

不一会儿，捧出个紫檀木箱。郭药师小心打开木箱，见黄油布包裹着宝贝，掀开层层油布，三卷紫竹简用金丝缠缚。

金兀术心急，伸手欲去解竹简上金丝，郭药师忙抬手按住金兀术手，道："四太子莫要心急，这上古神书平常时日是无字天书，须待日清月圆之夜，且要沐浴更衣、焚香祈祷后才能见得。平常时日不可轻启！"金兀术闻言，赶紧缩回手，道："原来如此神奇，若非法师提醒，晚辈险些亵渎了神书，造孽不浅。"金兀术大喜，让手下收过。四人重新入座，唤人再行置酒，适才哈迷蚩滴酒不沾，此刻斟满酒，起身道："在下替四太子谢过法师，特满敬法师一杯。"言罢，一仰脖子，咕咚喝尽，又道，"适才，闻法师之言，鬼谷神书有十四篇，今法师相赠三篇，余十一篇可知下落？"郭药师捋了捋山羊须，眯了眯小眼睛，道："本道已多方打探获悉，大名府尹梁中书留有祖传鬼谷神篇若干。这大宋朝原本是后周天下，周世宗柴荣英年早逝，太祖赵匡胤乘机兵变，黄袍加身代周称帝，因周世宗在位时英武神勇，深受将士拥戴，为笼络人心，不敢加害后周皇亲，柴氏宗亲迁往房陵，赐'丹书铁券'世代不得加刑。大名府梁世杰乃梁王柴宗训之嫡玄孙，太师蔡京女婿，曾任中书侍郎，人称梁中书，蔡京通辽事败，因有'丹书铁券'加之上下疏通未被追究。梁中书密遵祖训未忘复周之念，暗中结党，笼络江湖人士，与梁山柴进系堂亲，杨志、索超入伙梁山前均系其门人。道君帝沉迷道学，不理朝政，未测其异。辽主早闻其详，遣人与其订有密约，只惜辽主兵败，皆成南柯梦矣！"金兀术闻言，大喜，便道："不知朝中何人与梁近乎？"郭药师道："兵部尚书杨戬与梁私交甚密。"金兀术大笑道："不瞒法师，今我等已拜会过兵部尚书，明日即劳其修书一封，以作引荐。"金兀术等人饮酒密谈，一夜未眠，天亮方散。

金人在京又去拜会了太傅梁师成、少宰王黼、磐固侯朱勔等人。

第三十一回

金兀术结义求神书
梁世杰藏书为复国

且说金兀术一行七骑离了开封，径往河北大名府来。一路上昼行夜宿，与人无争。这日黄昏时分，赶至大名城寻了个干净客栈投宿歇息。次早，金兀术向店家打探清楚了梁中书府邸路径，与哈迷蚩、铜先文郎三人直往梁中书府。

三人转过三街六市来到东门梁府，已是辰末。金兀术瞧这梁府气派非凡，果然不是寻常黎民百姓家。只见：金钉朱户，一对青狮踞守；碧瓦雕檐，一排御柳倒垂；红泥围墙，翠霭楼台亭阁。若非天上神仙户，定是人间富豪家。

铜先文郎上前叩动朱门上铜环。不一会儿，府门半开，有个门童探出身来问话，金兀术赶紧递上名帖，说明来意，道是金国四太子完颜兀术登门拜访，烦请通报你家主人。说罢，摸出些许碎银往门童手中塞，那门童是个乖巧人，坚持不受。金兀术也只好作罢。那门童道了句："客人在外稍候，待小人去禀过梁大人，就来回复。"说罢，轻掩了府门，紧步快跑去禀告梁中书。

梁中书正与天王李成、教师爷郭鸣在府中议事。原来大名府有二员猛将，一位是大刀闻达，另一位是天王李成。二人均有万夫不当之勇，大刀闻达在城中驻守，天王李成离城二十五里地槐树坡下寨。前些日，大刀闻达奉令押运轰天炮去童贯军营，不料半途中计，轰天炮被毁。大刀闻达觉无颜面再回大名府，只身离去，随行官兵急急赶回大名府报信。梁中书闻报，想起当年宋江领梁山贼寇打破大名城，自己险些送命，幸有闻达、李成二将拼死护卫杀出重围。今梁山贼寇死灰复燃，居然劫了大刀闻达重兵押运的轰天炮，其势不可小觑。遂急调李成来大名府中镇守。那李成得令后，与副将交代了军务，急赶至大名府中，三人正在商议城防杂务，这门童匆匆跑来，说是金邦四太子完颜兀术登门拜访。李成刚到大名府，军中事务繁多，平生又不喜交结，见有访客到来，便起身先行告辞去军营了。

梁中书闻报，心中纳闷：虽说宋金交好，但金邦四太子缘何无故来访？便令门童速去迎客人入正厅相待。金兀术一行见过梁中书，各自客套一番，分宾主坐定。金兀术随即从怀中取出杨戬举荐书递于梁中书。

金兀术抬眼打量梁中书，只见梁中书两鬓花白，年逾花甲却面色红润，仍显精神。旁立一侍者，约五十有余，步履稳健，两眼炯炯，看似管家。梁中书看罢杨戬荐书，其大意是金邦四太子完颜兀术游历中原至大名府，请梁中书好生相待，便道："辽邦未灭，四太子入中原至大名，所为何事？"金兀术抱拳作揖，答道："宋金结盟，大败辽兵，中京、上京已为大金所取，辽邦狼主亡命乌古敌烈部，扫清残余指日可待。在下久闻中原山川秀美，现两国交好，故有愿游历中土山川。今入大名宝地，见店铺林立，街市繁华，秩序井然，百姓安居乐业，皆大人治理之功！又闻大人祖上乃后周皇族，甚是敬仰，特来拜谒！"金兀术言罢，即献上长白山的千年人参和稀世珍宝数件作拜见之礼。梁中书万般无缺，只恨人生短暂，见千年人参正好延年益寿，心中大悦，忙叫人收过，吩咐厨房准备筵席。哈迷蚩眯起小眼睛，道："观大人海量洪福，膝下有几位公子？"梁中书闻言，答道："老夫膝下二子，长子梁正英，今为征剿梁山右路军统领。次子梁正明尚未出仕，随老夫身旁，今日一早便出东郊围猎去了。"梁中书言毕，便叫家人去寻梁正明回府见客，梁中书心中虽存疑云，这金兀术一行来府究竟何为，但也不便直问，仅道些女真风情和征辽战事。

时近中午，厨房已备好酒宴，梁中书吩咐将酒宴设在后花园来凤阁中，众人移步到来凤阁，正待入席，园中快步走来一人，到近处朗声道："何处来客？有甚要紧，风催火似的把我叫回？"金兀术抬眼瞧去，见来人约七尺身躯，身穿锦袍，皂色冠帽，细眉兔眼，油头粉面，鬓插一枝黄花。梁中书大声呵道："休要胡言！快来见过金国四太子。"梁正明闻言，心中一惊，自觉失言，忙道："惭愧！刚才失言冒犯，望见谅！"金兀术忙拱手，答道："公子性情中人，心直口快，一切无妨！"众人分宾主依次入座。梁正明道："今日围猎手气不错，射了一只香獐几只野兔，已拿去厨房，正好招待贵客。"金兀术笑道："梁公子豪爽之人，此番入中原走得匆忙，只带了根鹿茸，此鹿茸为鹿王之物，下料泡酒，饮之精神倍增，不惧风寒，又可多生子嗣。"言罢，由铜先文郎从箱中取出，梁正明叫家丁收过，满心欢喜。众人一番客套，酒过三巡，哈迷蚩道："在下借几分酒气，斗胆说几句，言过之处，望大人莫怪。"梁中书忙道："但说无妨。”哈迷蚩呷了口酒，道：“天下，能者居之，赵家天下本从大人祖上攫取，如今道君帝不理朝政，谄臣把持朝纲，地方贪官横行，盗贼四起，民不聊生。观大人数十载治理大名，井序有然，百姓拥戴，足见仁爱之德，缘何不思天下，而久居庸人之下？”梁中书闻言一惊，刚呷了口酒，心中一急，呛进气道，大咳不止，缓了良久，道：“贵军师不可妄言，幸无外人，若传将出去，有灭门之祸。”哈迷蚩忙道：“在下酒多胡言，望大人见谅！”梁中书心中忐忑，未知对方来意，便道：“老夫年事已高，不胜酒力，怕酒多失礼，先行告辞歇息，待明日再聚矣，今由正明相陪，望诸位见谅。”言罢，由郭鸣相扶去了。

梁正明见老父走远，急切问道：“刚才军师说赵家天下从我祖上攫取，是何典故？”哈迷蚩见问，便道：“公子难道不知？贵祖上乃后周皇帝柴荣，这赵家开国皇帝赵匡胤原是柴荣部下，周世宗柴荣英明神武，事必躬亲，深受百姓拥戴，可惜积劳成疾，英年早逝。赵匡胤乘后周梁王柴宗训年幼，发动陈桥兵变夺取皇位，改国号宋。贵祖上改姓为梁，梁大人未将家世告知公子，恐是怕公子一时激愤，惹出祸端，也是不得已。”梁正明闻言，惊道：“原来有这等秘密！可惜宋人只知有赵家，而不知有柴家，真是可恨！”哈迷蚩见梁正明被说得心动，接着道：“在下看公子气宇轩昂，瑞龙之相，定有一番作为！”梁正明闻言，胸中热血奔涌，便大声道：“今日得遇太子贵人，身世谜团疑云顿消，他日若能遂得凌云志，定当犬马相报！”金兀术闻言，即道：“公子言重，今日遇公子也是有缘，公子若存复国大志，在下当倾全力相助！”哈迷蚩见状，道：“依在下看，梁公子与我家太子有缘，且门庭相当，不如结为异姓兄弟，共谋一番大业，岂不是千古佳话？”二人闻言，同声称赞。梁正明遂叫家丁备下香烛歃血结义……

众人重新入席，梁正明道：“兄虽获悉身世，然复国谈何容易？”金兀术道：“兄长莫要急躁，复国之路任重而道远，需从长计议。弟前些日在东京汴梁时，闻周世宗在世时有上古神书鬼谷神篇若干。当年周世宗亲自领兵，战无不胜，攻无不克，正欲收复幽州之际，却染病亡故。此神书现今传承于梁大人，若兄能将此神书交与弟，凭神书所载兵法精要，加之大金勇士铁骑，纵横天下，易如反掌。届时，大金往北收乌古敌烈部，往西克西夏、回鹘，直达花剌子模，往东复高丽达东瀛，与后周沿长城为界，共分天下！”梁正明闻言，顿觉热血澎湃，道：“老父书房与寝房相连处有个地道暗房，内布机关，外有郭鸣等武师日夜把守，从不让我等进入，外人更是不得靠近。若是有家传神书也必藏于此处。”哈迷蚩道：“公子若真心将神书相赠，终会有办法。容明日与梁大人面谈后，再作计议。”当夜，几人慢饮长谈，直到起更散去。

再说梁中书于宴间闻金兀术提及后周之事，为防有诈，遂以酒力不胜先行告退，连夜飞鸽传书至东京杨戬究其真假。

次日，金兀术与军师哈迷蚩二人如约到梁中书府上，客厅上梁中书与郭鸣、金兀术与哈迷蚩四人落座，梁中书道：“昨日未曾介绍，这郭教师乃山东螳螂门掌门，已在府中十数载，可谓忠义之士，太子不必介意，可尽情畅谈。”金兀术忙抱拳行礼。梁中书道：“昨日四太子提及祖上先人，江山基业，老夫怎敢忘祖？请四太子移步书房。”言罢，梁中书起身，众人相随出客厅过庭院，走廊桥入书房，玄关挂着一幅大义千秋关公神像，梁中书上前卷起画轴，又露出一幅画像。众人细瞧，只见一人立马横刀，金盔金甲，后随千军万马，似有踏平万里山川、气吞河山之势。梁中书心中感慨，道：“此乃先祖后周皇帝周世宗柴荣像。上祖梁王柴宗训为房州府所害，赵匡胤假意追封恭王，实为安抚后周文武众臣，上祖母为避祸端将吾族系宗亲改姓为梁。”众人嗟叹不已，又回客厅坐下，梁中书又道：“观大宋运势确呈败亡之象，与西夏、辽邦连年征战，胜多败少却仍出岁银，此妥靖之策，丧国威，耗国力，失民心。今道君帝沉于道学不理朝政，朝中谄臣弄权，良士受压，豪强私掠田地，百姓不堪重赋，盗贼纷起，此皆败亡之象。吾虽年事已高，焉敢忘祖训！”金兀术闻言，道：“梁大人历数宋之败象，立有复国之志，甚为敬佩！大人举事之日，大金愿出兵相助，共伐无道！”梁中书忙起身欲跪拜相谢，被兀术扶住，道，“大人金身贵重，不可行此大礼！此番前来贵府，欲求一物。”金兀术即将东京遇郭药师，郭药师深明大义将其所藏三卷鬼谷神书相赠，又获悉梁家藏鬼谷神书，便来相求，一一述明。

梁中书闻言，心中已明白十分，此金人来府，其所图乃吾家传神书，此书乃复国之宝，岂可随意与人？况金人如豺狼虎豹，一旦兵进中原，岂肯将江山拱手相让？哈迷蚩见梁中书沉思不语，便问道：“梁大人意下如何？”梁中书见问便道：“祖上确留鬼谷神篇二卷，老夫年少时曾有翻阅，但因其文理深奥莫测，难悟其意，闲置于书房许久，须费些时日寻觅。”金兀术闻言，道：“那就烦大人费心。”众人又东聊西扯一会儿，金兀术与哈迷蚩告辞。回到客栈，哈迷蚩道：“梁世杰老奸巨猾，此神书是其祖上传承之宝，置于书房中，需几日寻觅？分明是推托之辞，其必不肯将书赠予太子，看来应于梁正明处下些功夫，令其寻机至密室查找。”金兀术闻言，即道：“如此甚好，且叫梁正明下些功夫寻书，我等暂且住几日。”兀术等人打定主意，暂住于大名客栈中。

第三十二回

大名府杨觉卧底
青锋侠智取神书

上回说金兀术为获鬼谷神书至大名府拜谒梁中书，又与梁正明结义，一切情形皆为梁山细作察知。真是：要使人不知，除非己莫为。

又说五年前，江南五侠之首铁金刚章雄为追杀一名采花大盗，至江南道祁门祁山脚下，借宿于一猎户人家数日。那猎户家中仅有父子二人，父亲唤作杨心，四十余岁，为人憨厚纯朴，少年唤作杨觉，那年才十岁出头，生得机警伶俐。一日杨心上祁山打猎，却被野猪拱伤不治，世间只留下杨觉一人。章雄见其无亲朋投靠，便收作义子带在身边，平日授些武艺。此杨觉有一特异之处，因其从小随父狩猎，常伏于山冈丛林间，天长日久，无意中竟练得顺风耳，于百丈外能细察飞禽虫兽之语。

江南五侠投奔梁山后得军师令，与孙良、周冉、朱胜于河北路分头进行游击，以阻滞官军进剿。章雄观大名城为河北至山东要冲之地，遂遣精干小头目数人打扮成货郎、风水先生混入大名城刺探军情，又令杨觉潜入大名府中当差，因其勤快聪慧，讨得梁中书欢心，做了个心腹家丁。那金兀术见到的门童便是杨觉。杨觉见金邦四太子至大名府拜访格外留心，闻其已得鬼谷神书三篇，今至大名欲向梁中书求其祖传之书，觉事关重大便告知城中梁山细作给江南五侠传信。

前文说吴用获悉童贯欲从大名府调运轰天炮，便令江南五侠领游击军与孙良等兄弟于马颊河截击。铁金刚得令后，见军情紧急，仅留青锋侠东方明与鸳鸯花方青及一百军士于平恩外郊，自己率众急往马颊河不表……

这日，东方明夫妇及属下军士于平恩城十里外太平冈娘娘庙中落脚歇息。忽收到卧大名府细作来报：金邦四太子金兀术入中原得鬼谷神书若干篇，又至大名府搜寻神书，今入住大名西市四方客栈中。东方明将密书递与夫人方青道："今有细作来报，金邦四太子为寻鬼谷神书至大名。吾幼

时便闻鬼谷神篇乃天下奇书，得一篇便能安邦定国，若获全卷神书，则江山一统，唾手可得。若金邦得此天书必起兵锋，中原江山岂不拱手外夷？若梁山得此天书，战山东，夺东京，征蛮夷，乾坤可定，大业即成。我等号称江南五侠，自投梁山未立寸功，若能夺得神书，必是大功一件，替江南五侠争光，为百姓造福。”

方青闻言，道：“夫君所言极是！但大名府高手甚多，护卫甚严，恐难下手，金兀术那厮也非等闲之辈，黄山光明顶上已见其露过手段。最好待老大回来再做定夺。”东方明忙道：“大哥他们才走几日，若等回转，此金兀术早已得手远遁，此事不得半日拖延！夫人尽可放心，为夫会相机而行。”方青沉吟半晌，道：“夫君若定要涉险，为妻定当相随，也好有个照应。”东方明拗不过方青，于次晨挑选了几位精干军士——王彪、王明、李虎、陈龙、马正超、黄刚、文义七人——都乔装一番，打扮成客商，选了几匹快马赶往大名去。

腊月初一，东方明一行人于晌午时分赶至大名，那对仙鹤也随即到了，问了路人寻到西市四方客栈。只见十字街口，两串灯笼高挂，走得近了，瞧一副对联写得醒目分明，左联“喜迎天下客”，右联“笑纳四方财”。

店家遥见一队客商，忙堆笑脸迎入客栈，店小二早就牵过马到后院照料。东方明要了三间上房，与金人隔着天井，正好暗中监视。又于客栈前后细察一番，瞧时辰尚早，便与夫人往梁府探察，顺道闲逛，果见大名街市繁华，花街柳巷，秦楼楚馆，店铺林立，行人如织。正是：千门万户朱翠交辉，三市六街人头攒动。

二人往北转过几条街，便到梁府南门。只见豪门朱户，凤阁金玉。门前一对石狮双目圆睁，旁有一排杨柳倒垂，十几丈外一株偌大香樟，树枝直伸入院墙内。二人于梁府四周巷陌转了圈，又径往梁府南门，给家丁塞些碎银，报称是杨觉远亲叔父来探，烦其引领。家丁见来人出手大方阔绰，便引入梁府唤出杨觉，杨觉见是东方大侠夫妇，立即会意，道：“叔父怎会到此来探小侄？”方青道：“你叔欲去恩州做些买卖，知侄在梁府当差，路过大名顺来探视，特捎些土货。”家丁见是叔侄相会唠嗑，不便待在旁边借辞离去。杨觉即带东方明夫妇于府中走了一遭，梁府户大院深。东方明将府中楼台、亭阁、假山、池塘方位路径熟记于心，观府内亲兵、卫士众多，不便多言，塞一纸片儿嘱杨觉依计行事，便返回客栈。

入夜三更已过，天和气朗，明月高悬。东方明见金兀术房间虽已熄灯多时，细细听来仍不时有言谈之声。东方明与方青着一身夜行衣，施展轻身功夫，飞身上了屋脊，蛇游猫行，轻揭片瓦，窥视房中一切，只见金人房中窗户洞开，月光斜射入屋，隐见有二人伏于案桌，桌上摊着一卷竹简，皎月照射竹简，一行行隶书金光闪烁。

东方明注目细察，正是金邦完颜兀术与哈迷蚩正凝神夜读。只闻金兀术念道："人之情，出言则欲听，举事则欲成。是故智者不用其所短而用愚人之所长；不用其所拙而用愚人之所工；言其有利者，从其所长也；言其所害者，避其所短也……"金兀术停顿了会儿，望着哈迷蚩正是说："此番精辟之言，真是精妙绝伦。真所谓善用人者应取人之长补己之短，即扬长避短也！"哈迷蚩低声附和道："真不愧是神书！知人善用乃君王、将帅必具之能。且看下言：介虫之捍也，必以坚厚；螫虫之动也，必以毒螫……此言正是说：甲虫必用坚壳防卫，而毒虫必以螫子攻击。昆虫鸟兽尚且能以己之长，抑敌之短，不知我辈几人能感悟真言？"金兀术又停顿一会儿，道："今观宋人少良驹铁骑，以城郭为重，分兵驻守，故宋军虽众未能形成合力。若战，无须与其逐城相争，只需突破燕幽之地，便可直取东京，扬大金之所长，大业必成！"东方明正用心细听，闻金兀术之言，心中一惊，无意间运劲，脚下瓦片"咔嗒"一声。金兀术忙抬头细察，哈迷蚩即问："何事？"金兀术小声道："好似屋顶有人。"东方明见金兀术警觉，恐为其所察，忙学几声猫叫，挥手与方青倒挂金钟翻落，闪进客房。良久，觉房外无甚动静，才卸去夜行装。

东方明与夫人方青低声道："鬼谷神书果是在金人手上，此金兀术狼子野心，今日不慎险被察觉。"方青轻声道："待再晚些时，用迷香做了。"东方明道："不可，那厮睡北厢房，且窗户洞开，恐迷香不能奏效，明日再图之。"言罢，二人歇息不提。

次日，东方明一行人等用过早饭。方青开言道："闻鬼谷神书，唯借月光方显字迹，昨夜辗转反侧，沉思一宿，察金人三更后唤小二送夜点，今晚若有明月，金人必定夜读，今有一计，定能得手。"言罢，即与东方明耳语一番。

入夜后，大名城又是风清月明，东方明唤过店小二，道："今晚给我备些夜点。"小二忙应声道："客官尽管吩咐，不知哪个更点相送？"东方明道："住里厢客人吃夜点时，顺道相送便是。"言罢，掏出些碎银，道："些许碎银给小二做个小资，夜点费记房账上便可。"店小二喜笑颜开，一口应允。东方明见时辰尚早，取出一本《黄帝内经》慢慢细阅，方青自顾自绣着牡丹团花，夫妻二人各自悠闲。

三更刚过，小二便提着灯笼，拎着食盒上楼，敲开房门，道："客官，夜点来了。”说罢，打开食盒，喷香酒菜刚出锅热气直冒。小二端上酒菜，欲转身出门去给金人送夜点，东方明伸手搭住小二肩膀，道：“烦小二哥，先去给我提壶烫锅水，暖了脚后再吃，这夜点且放此处吧。”小二收了好处，忙应声道：“客官稍候片刻，小的这就给客官去取了来。”小二转身出门跑下楼去。

方青见小二走下楼梯，取出早已备好的蒙汗药，打开盒盖，匀于酒菜之中。顷刻，小二取来了烫锅水，拎上食盒送往金人房间去……

约莫过了半个时辰，东方明与方青已用好夜点，二人换上夜行衣装，轻展燕身，伏于金人房外细听多时，闻无甚动静，又飞身上屋，揭了瓦片细瞧，见桌上摊着一卷神书，金兀术伏在那卷书上，边上酒菜未尽，哈迷蚩却仰面朝天躺于地上，动弹不得。东方明露个金钟倒挂，方青施个杨柳轻垂，先后从开着的窗户中进了客房，一阵翻箱倒柜，又搜出二卷竹简，打开细瞧正是鬼谷神篇。二人喜出望外，连桌上那卷也一并包了，东方明催促方青急走。那鸳鸯花方青从背后抽出利刃，一刀朝金兀术喉咙刺去，东方明见状，急扯住手肘，低声道：“那厮也是条好汉，休要伤了他性命！”二人回到客房中，东方明揣摩着金人一时半会儿不能醒来，待到天亮，结了房账，一行人等出大名城扬长而去。

第三十三回

土地庙里藏神书
大名府中扮家童

话说东方明与方青盗取金人鬼谷神书，一大早从大名西门出城，一行人快马飞驰急急而行，一路上行人稀少。约莫行了二十里地，有个岔道，往左去是平恩，朝右走是馆陶，岔道中间有座山冈，冈上有座土地庙。来时走得匆忙未入庙内。东方明思忖：此去平恩有两日路程。金人发觉鬼谷神书被盗，必然快马追来；况大名府中尚有两卷神书，不如一并取来。心中主意打定，便招呼众人下马，上这山冈，入那庙中去。那庙门虚掩着，东方明推门入内，只见院中尽长蒿草，庙墙都生碧藓。那庙内尘垢堆砌，蛛网罗织，土地爷怀中鸟雀营巢。屋上残瓦断片中斜射进几缕晨光……这土地庙看来年久失修，已久断香客。东方明嗟嘘不已，叹世道沦落，贪官横行。黎民百姓食不果腹，朝不保夕！难怪庙宇破败，土地爷也无人来供奉。心中起了个念：有朝一日安定下来，定当重整神庙，再塑金身！

方青不明白东方明缘何上这土地庙来，便道："金人失了宝贝，必报官府前来缉拿，夫君缘何在此土地庙中耽搁时辰？"东方明笑了笑，答道："夫人有所不知，大名府有的是宝马良驹，此去平恩有两日路程，必被做公的赶上，不如将宝物藏于此处。再者，梁中书府上尚有两卷神书，不可落在金人手上，干脆一不做二不休，一并去取了来！"说罢，让方青解了装着三卷神书的包袱。撸起衣袖坐胯沉腚，双手揽住土地爷泥塑神身，一运劲将一座土地神身抱离龛座，那龛座中间有空格，正好用来盛放神书。方青将那包袱置于龛座中，东方明放下土地爷神身，掸了掸衣上尘土，朝方青道："夫人，你与三位弟兄留此处暗中看护，我即去大名府，伺机得了梁中书家的那两卷神书，再与夫人会合一并回梁山！"方青闻言，急道："相公不可独身犯险，若决意为之，为妻定然同往！"东方明道："今日与来时不同，此番已得金人三卷神书，功成一半。金人必心有不甘，定会着人暗察明夺，夫人在此守护也是责任不轻！我再入大名城见机行事，若事成更佳，不成也会知难而退，夫人放心！”方青不放心东方明前去，但也无奈，便道：“夫君定然要去，当随机应变，万事不可强求。”东方明说服夫人后，带上王彪、王明、李虎、陈龙四位兄弟快骑驰往大名城。

那空中双鹤甚有灵性，见东方明一行离了此地远去，一声长鸣也随之而去……

且说金兀术、哈迷蚩被蒙汗药麻翻。铜先文郎与几位武士睡在隔壁房中，见已近午时四太子房中还未见响动，平时四太子无论睡多晚，也起早晨练，风雨无阻雷打不变，觉得有异，便去敲门，却未见丝毫动静。

铜先文郎急叫来店家，打开了房门进内一瞧，大吃一惊！只见兀术四太子趴在台桌上，军师躺在地上如同死人一般。众人忙七手八脚将哈迷蚩抬上床，铜先文郎急上步给兀术四太子推摇掐搓，忙乎半晌总算弄醒。金兀术觉头昏脑涨，靠了椅子缓了缓气，定了定神，睁开半只眼睛往桌上一瞧，咋的？那桌上的鬼谷神书不见了踪影，心中一惊，大叫一声：“不好！”跳将起来，吓得众人一跳。金兀术忙拨开众人，打开箱柜，另两卷神书也已不翼而飞。金兀术气得面如土色，大呼：“气杀我也！”此时，哈迷蚩也已缓过神来，金兀术见哈迷蚩醒来，迈步至床前道：“军师，咱昨晚着了贼人的道，三卷神书被贼人窃走了。”哈迷蚩有气无力地答道：“昨晚应是夜宵中被下了药，可唤小二过来问明。”金兀术这才回过神来，道：“应是吃了小二送的夜食，才着的道！”店家忙去唤小二来。

那小二已闻知送的夜宵麻翻了客人，哆嗦着上楼，一五一十将给对过的客人送夜宵，中间又让提烫锅水，一早结账退房，前后经过细述了一遍。哈迷蚩闻言，道：“定是这伙贼人所为，得手后出城远遁，此刻已走了半日行程，应有五十里之遥。”金兀术捶胸顿足，大骂不止。哈迷蚩停顿了会儿，又道：“白日里见一对夫妻，看似商贾打扮，甚是眼熟，想是在哪见过，只是想不起来。今事已至此，四太子可令铜先文郎将军领几个弟兄速出城追查，你我待会儿去梁府，让梁府多派些人手协助察访，或许尚有希望。另可再催促梁正明尽早下手，或能得到梁府祖传神书。正所谓：塞翁失马，焉知非福？”金兀术闻言，心中稍宽，便道：“就依军师所言。”

金兀术与哈迷蚩径直来到梁府，见到梁正明，至厅堂坐定。梁正明见二人面色凝重，唉声叹气，便道：“四太子今日到府看似有心事，究竟为何事烦心？”金兀术见问便道：“不瞒公子，昨晚鬼谷神书三卷悉被贼人偷去！”遂将昨晚失窃之事说了一遍。梁正明闻言，吃惊不小。金兀术又道：“今日来府之意，要让公子派些人手四处探查。再者，公子何时可寻获贵府神书？安邦定国之宏图大业岂能等得太久！”梁正明闻言，忙道：“太子少安毋躁，兄弟这就派家将去四下打探。”言罢，即唤来几个亲信家将，做一番吩咐，各家将领命而去。

梁正明停顿了会儿，抬头望金兀术，问道：“兄弟有一事不明，四太子自郭药师处得了宝书已有些时日，想必书中内容已了然于胸，大可不必沮丧懊恼。”金兀术哭笑不得，道：“兄弟有所不知，那天书不知是何神物所书，平日里字迹全无，唯有月圆之夜才能显现，遇上阴雨没了明月，又不能阅览，唯这几晚明月高悬有幸得见，可惜上古文字，哲深理邃，研读了半夜，才阅了一段。正当兴致浓时，却遭了贼人黑手！”金兀术说到这里，长叹一声，道，“真乃天不助我大金矣！”

梁正明闻金兀术一番言语，心中思索，此书既然如此神奇，莫非真乃天书，再配以金邦虎狼之师，助我大周复国未尝不可！想到这里，心头一热。抬眼望金兀术道：“前些日，老父受了风寒，加之年老体弱，自太子来那日卧床至今，日渐式微。昨请人占了卦，道是过不了腊月。老父一旦逝去，兄长远在济阴征剿梁山军，府中之事由我一人做主。届时，翻箱倒柜掘地三尺，定能找到神书奉与太子。复大周，图大业，指日可待！”

梁正明话音刚落，厅堂外传来几声干咳，众人循声瞧去，见梁中书由家童杨觉搀扶，拄着拐杖已在厅堂外。金兀术见梁中书到来，忙起身相迎，梁中书入堂坐下，众人又重新落座。梁中书呷了口茶，瞧着梁正明慢声道：“有贵宾到，也不吱一声，我老不死自个儿来了！”梁正明刚才背地里对老父出言不逊，闻梁中书此言，不由得两颊泛红很不自在。金兀术忙起身拱手道：“小辈失礼，未去拜谒大人，方才听公子道大人身体欠安，应是小恙无妨吧？”梁中书答道：“死不了，阎王还不要我！”金兀术又将昨晚失书之事重述一遍，然后道：“我等出门人，人生地不熟，故来恳请贵府派些人手帮忙打探查寻。”

梁中书闻金兀术说三卷神书被盗，有些半信半疑，莫非以此做个说辞，来梁府图祖上所传之书？脸上掠过一丝冷笑，道：“太子是梁府贵客，如今又在大名府辖内失了宝物，本府理当鼎力缉查！”言罢，即要梁正明速遣人查办。梁正明忙道：“儿已着人追查。”梁中书闻言，道：“如此便好。”又对金兀术道：“老朽前几日已着人在书房细寻个遍，唯不见那几卷遗书。”金兀术闻言不语，心道：“老狐狸耍滑头！休要打诨语！”梁中书翻眼瞧了瞧金兀术，心道：“这厮肯定不信，老夫怎肯将祖传宝物无端交与外夷！”梁中书又干咳几声，道，“太子晚上就在梁府用餐，让正明多陪几杯，老朽风寒未愈先行告退。”言罢，便起身由杨觉扶着回房歇息。

金兀术见梁中书走远，对梁正明道：“梁大人这身子骨还很硬朗，与公子所言可有莫大落差。我等到中土已有些时日，狼主已遣人送函，催促我等早回金国铲除辽邦余孽，不可在此耽搁太久！”

哈迷蚩在旁一直未语，这时，搭话道：“听梁公子言，书房内有密室，那贵祖上所传宝书应多半是在此密室中。”

梁正明闻言，道：“我儿时调皮得很，跟着祖父入过密室，隐约记得入室机关，只是老父命人看管得紧，未有机会入内。”哈迷蚩接着道：“此事宜早不宜迟，迟恐生变，何不今晚即入密室探寻一番？若寻不着就此作罢！吾倒有一计，可保事成！”说罢，与梁正明、金兀术凑在一起耳语一番，二人大喜。

梁正明甚是开心，忙吩咐厨子准备晚间酒菜，只待入夜后便依计行事。

再说东方明，于当日晌午再入大名城，寻了个离大名府近的客栈歇脚，遣细作给杨觉送了口信，杨觉得信，正要寻个借口出府去见东方明，却闻梁中书呼唤，便扶梁中书去见了金兀术。不一会儿，梁中书由杨觉扶着出了厅堂，悄声对杨觉道：“金人此来必有所谋，你乖巧点，去厅外悄悄听来，若有图谋，速来禀告！”杨觉闻言，心中暗喜。急提了内气，轻步蹑脚来到厅堂外竖耳细听……恰听得哈迷蚩言“今晚即入密室探寻一番……”

前回述杨觉从小随父狩猎练就顺风耳，百步之外能辨虫兽之声。哈迷蚩等人密谋商议今晚入密室寻书，悉为杨觉获知。杨觉跑去见梁中书，道是金人与公子净是闲聊，未觉有异。寻了个借口出了梁府，拐过几条巷陌绕至东方明落脚的客栈。

杨觉与东方明叔侄相见格外亲热，忙将金人至梁府密谋，今晚欲入密室取书之事详述一遍。东方明闻言，心中惊喜，暗道：真乃天助我也！来得早不如来得巧。

东方明少年时拜龙虎山智善道长为师，深得智善道长喜爱。智善道长出家前，以青锋剑法独步武林，此外尚有一门绝学——易容术，不为人知。智善道长把青锋剑、易容术一股脑儿全授予青锋侠东方明。此时，东方明端详杨觉，那杨觉已长得与自己差不多个头，便心生一计。真是：真真假假，真假难辨！

入夜，明月华灯相互辉映。梁正明与金兀术、哈迷蚩三人把酒闲扯，谈异域风情，说古今中外，东方明扮作杨觉在边上侍奉。哈迷蚩因心中惦记着晚间事不敢多饮，看梁府院中陆续熄灯，便干咳两声，梁正明会意，便对杨觉道："今日厨子多做了菜，偌大个烤全羊也吃不了，去弄几个碗盆，将酒菜分与书房教师爷吃！"

东方明扮作杨觉，容貌足以乱真，梁正明如何分辨？东方明应声跑去厨房，这边哈迷蚩一声冷笑，从怀中掏出一包蒙汗药尽洒于酒菜中拌匀。

教师爷郭鸣平日吃睡皆于书房中，此刻，正于书房中禅坐。闻门外脚步声近，问道："谁？何事？"东方明心中一惊，即答道："小的受公子吩咐，给您送些酒菜。"郭鸣闻是杨觉送酒菜，心中诧异：公子平日从未送酒菜与我，今日缘何这么受待？忙道："门未落闸，进来吧！"东方明闻郭鸣声音低沉浑厚，知是内功深厚。推门见一幅镶骨卞庄刺虎屏风挡住，入内见郭鸣五十开外，眼神犀利闪亮，面色红润发光，东方明放下酒食，道："今日来了北方客人，公子让厨房做了烤全羊，特给您老也备上一份。"说完便告退出来。

郭鸣心中嘀咕，这么晚了送过来，定是客人吃不了这么多才记起俺，不由得生出一股闷气，真想一脚把它踢出去！又坐了会儿，却经不住烤熟羊肉阵阵香味，嘴馋生津。心头一转，这阵子确没有好鱼肉上口，腹胃中有些清淡。遂起身于床下取出一坛鹿茸壮骨酒，启了封口，把酒倒满，撕下一块，大口吃肉，自斟自饮，倒也自在起来……

第三十四回

大名府密室寻宝
东方明黄雀在后

话说东方明出了书房没走多远，又折了回来，伏在书房外，透过窗户缝隙察看屋内动静。瞧着郭鸣吃了一会儿，便趴在桌上不动弹了，想那厮定是着了道了！东方明一阵窃喜，急跑去告知梁正明道："小的已按公子吩咐，将酒菜送到书房，这会儿教师爷还没睡下，让小的回话'多谢公子关照！'便吃了起来。"

梁正明听了此言，暗中窃喜，道："军师实在高明……"哈迷蚩急使了个眼色，干咳几声。梁正明会意，话说了半句，急打住不说。转过头对东方明道："时辰也不早了，这里不用侍候了，你也早点歇着去吧！"东方明闻声便走，转到东院墙根，学了几声夜猫叫。墙外王彪、王明、李虎、陈龙闻声飞身入院，与东方明会合。东方明轻声耳语一番，五位好汉轻身蹑足隐到书房外假山中，静观院中动静……

梁正明与金兀术、哈迷蚩又细嚼慢饮了一会儿，便起身往书房去。梁正明见书房灯亮着，轻推房门却是虚掩的，入内见郭鸣趴在桌上，桌上是刚才送来的烤羊肉，看来没吃几口。梁正明上前推了推郭鸣，没有动弹，又伸手探了下鼻息，觉气若游丝，三人会心一笑。

且说梁正明祖父梁颜昌原是德顺军郡守。梁正明幼时受祖父宠爱，五六岁时曾随祖父进入书房，下到密室中玩耍。模糊中记得先是移开东边书柜，里面是一堵砖墙，墙上镶刻着星星点点，再转动一个机关，就会露出一个地洞……

梁正明与金兀术二人搬开书柜，果见一堵砖墙，上面镶刻着一幅星图。可一时想不起这机关在哪儿，于是东瞧西摸，没了头绪。

哈迷蚩小眸子盯了墙上星图良久，道："此乃七星北斗图，观那斗柄朝北，应是冬至时节所作。这开阳武曲星旁，有一凹穴缺位，本应是大熊辅星。上古传言：辅星传乎开阳。七政星明，其国昌，辅星明，则臣强！”说到这里，停了一下，转过头望着梁正明又道：“贵先祖周世宗病逝后，赵匡胤欺后周无贤臣良将辅佐幼主，于陈桥兵变篡位。你家祖上做此壁画时，故意留下辅星空缺，意在提醒后人，可谓是用心良苦！”

金兀术有所不解，问道：“军师，此辅星缺位与机关密室有何牵扯？”哈迷蚩道：“细观此大熊辅星空穴中凹凸有序，定是开启密室机关所在，只要能找到这大熊星子便可开启密室！”经哈迷蚩这么一说，梁正明似想起来了，拍了一下脑门，道：“军师所言极是，当年祖父确是用刻着小熊模样的玉石按在这墙上空穴中，开启了地洞。”三人便于书房中四下搜寻起来。

哈迷蚩想那熊玉石定藏在近处，便在书柜前后上下翻找。哈迷蚩摸到书柜背面右下角时，觉这处木板松动。低头细瞧，这木板是镶拼成的，又敲了敲，觉声音有异。用劲一按，只闻“咯吱”一声，那块木板翻转过来，露出一个暗格。伸手一拉，原来是一个小抽屉。移出来一瞧，有个红布包裹的小物件。梁正明与金兀术闻声也围拢来。哈迷蚩揭开红布，见是个樟木盒子，急移去盒盖，果见是一颗晶莹光滑的汉白玉。那汉白玉半边刻着一只熊，另一半却是几个小方柱，凹凸不等。三人欣喜若狂。

梁正明接过大熊玉石，忙不迭地往墙上大熊座星位中塞，正好分毫不差地嵌入其中，又试着往右一扭，只闻书房内“咯吱、咯吱”作响，金兀术往响声处瞧，却见靠西墙柜子自行往左移了二尺，地上露出个黑黝黝的洞口，透出阵阵霉味。

梁正明提过挂在墙上的油灯，探头往洞里细瞧，只见一排青砖阶梯徐徐向下，洞深约两丈；两壁石筑砖垒，宽容二人。梁正明在前沿阶而下，金兀术、哈迷蚩二人随后。走下阶梯，往前是一条青石铺就的地道，行了三十来步左拐没几步却是一道铁栅门，里面是一间密室，黑咕隆咚不知深浅。

梁正明还记得按边上石凿的手印可以打开这铁栅门。遂将油灯交与金兀术，自己在石壁上摸索起来。不一会儿，似摸到了那石手印，梁正明用力一按却不见动静，又将右手按于左手背上合力一推，仍是纹丝不动，急得热汗直冒。金兀术见了道：“让我来瞧一瞧。”说罢，举灯细察，确有一个石凿的手掌，略微隆起。金兀术左手举灯，右手运劲一按，掌石被推进去三四寸，这掌石果真是个机关。只闻“咔嗒，咔嗒”声响，似金石撞击之声，那偌大一扇精钢铁门，随之发出“咔咕、咔咕”之声，自行升了起来。

梁正明接过油灯进入密室，将四壁上备着的油灯一一点亮。金兀术瞪大双眼，察看四周。这密室不大，仅三五丈见方，石拱顶梁，四壁石砌，一尊铜鼎香炉，北墙上有一幅人物画，室内别无他物，心中大失所望。

梁正明道："此乃先祖周世宗。"说罢，伏身跪拜，磕了三个响头。金兀术与哈迷蚩也上前作揖鞠躬。三人于墙壁夹缝间，顶上地下反复揣摩细察，却未觉有异。又对雕像壁画仔细察看，左右睨视，也未瞧出端倪。哈迷蚩心中思忖：费了这么多周折却空手而返，实是心有不甘。两只小眼睛四下细瞧，眼光停在炉鼎下石板，自言道："此间密室皆以方石板铺就，唯独鼎下石板为圆石，倒也蹊跷！"

金兀术、梁正明二人听哈迷蚩这么一说，便细看炉鼎底下石板，确与别处不同：圆石板边缘有米粒大小缝隙，比周边石板高出一黄豆。金兀术心头一热，思忖："莫非鼎下便是机关，宝物就藏于此？"运劲拍了下炉鼎，发出"嗡，嗡"浑厚之声。金兀术道："此鼎厚重，应有八九百斤。"说完，蹲身吸气双手握住鼎脚，劲从根发，"嘿"的一声，将这千把斤重鼎提起，往后退了几步轻轻放下。梁正明看得真切，心中发惊，赞叹道："太子少年英雄，真乃神人！"哈迷蚩笑道："四太子乃金国第一勇士，天生神力无人能敌！"

二人正说话间，只见炉鼎下圆石板"咕噜噜"升起变成圆石柱，足有半尺高。原来果真是机关！三人惊喜，忙上前细瞧，见石柱溜圆光滑并无奇特。金兀术上前揽住石柱，使劲往上拔，又前推后摇，再用脚猛踹，那石柱却纹丝不动。

正当无计可施之时，梁正明上前双手按住石柱往左用力旋动，未见动静，又往右用劲旋，石柱果真转动起来，墙上周世宗像也随之往上移动，渐渐露出个空穴，当梁正明将石柱直转到不动时，那空穴足有一尺见方，穴中有一红木箱子，箱底放置了很多木炭。

金兀术小心捧出箱子，见是楠木做成，甚是精美。箱子缝隙用蜡密封，便拔出铜梢，用刀子剔了封蜡，小心打开箱子，见箱内有一黄布包裹，这黄布用桐油浸过，金兀术慢慢掀开层层油布，里面是一个黄皮折子与二卷竹简捆在一起，金兀术忙拿起竹简打开，但见那二卷竹简与郭药师相赠的三卷竹简别无二致，竹简上并无一个字迹。金兀术心中明白：此乃真品。天书只在明月下显现字迹，密室中岂能见其真容？

梁正明拿过黄皮折子，打开一瞧是一本名册。问哈迷蚩道："军师可看出这本名册折子是何意？"哈迷蚩挠了挠头皮，答道："贵祖上将这本折子藏于如此隐秘之所，定是不可告于当今天下，观名册中有几位是后周当年在朝文武。我揣摩着，应是当年忠于后周之文臣武将，若日后举事之时可联络呼应。”梁正明闻言，如获至宝，忙将折子揣于胸襟中。殊不知这名册中之人皆已成故人！

金兀术将竹简仍用黄油布包好交与哈迷蚩，将空木箱依旧置于墙上空穴中，旋动石柱让雕像复位，又举起炉鼎放于原位。

三人迈出密室，梁正明欲放下铁栅门，伸手去摸壁上机关。忽觉一阵头昏，自觉不妙，模糊中见哈迷蚩斜靠着墙慢慢瘫倒下去，金兀术手撑着墙壁也似不支……眼前一黑，翻倒在地……真所谓：螳螂捕蝉，黄雀在后。

原来是东方明与王彪等四位兄弟会合后，隐身于书房外假山中。约过了半盏茶工夫，见梁正明与金人往书房中去，便尾随其后。东方明观那三人入书房中，找到大熊玉石打开地洞入密室去，遂留李虎、陈龙二人在外把风，自己与王彪、王明二位兄弟潜入书房中。那教师爷仍趴在桌上，也不去理会，让王彪、王明守住洞口，自己一人摸入暗道中，窥视密室中梁正明与金人搬动炉鼎搜寻宝物。

过了一会儿，东方明闻听里边三人说话，似已寻到宝物，急从怀中掏出一个精致小荷包，里边是鸡鸣五鼓还魂香和解药，忙将解药含在嘴里，点燃蒙香，蹑手蹑脚退出暗道，回到上面书房中。

不大一会儿，地洞内没了声息，灯光渐暗，东方明估计是三人已着了道了。便招呼王彪、王明二位兄弟抽出短刀进入地洞。东方明三人走到暗道尽头转弯处，见梁正明等三人已经东倒西歪躺在地上，哈迷蚩腋下还夹着个黄布包，东方明用刀挑起，解开包袱，果是两卷竹简。三人大喜！真是苍天不负有心人。

第三十五回

东方明被困密室
梁正明挟作人质

东方明鬼谷神书到手，仍用布包好，见密室门开着，心生好奇，欲探个究竟，将包裹递与王彪，自己迈步进入密室，双脚刚迈进密室，只闻“咣当”一声，铁栅门突然闸下。众人一惊，忙合力去抬，却如生根似的，任凭千斤牛力万般捶打都纹丝不动。

原来这铁栅门是玄铁打造，又设定了机关，这铁门须关合后再打开，方能入内。东方明出于猎奇心，不明就里贸然入内，却触动机关被困密室中。

王明急把李虎、陈龙二兄弟也唤下来，几人肩扛刀撬，东摸西瞧，忙乎了良久，还是动不了这铁门。东方明见事已至此，道：“众位兄弟已经尽力，只怪我一时疏忽，现今在此耽搁已久，怕惊动巡夜家丁，反而连累兄弟们，坏了大事！这样吧，你等挟持梁正明连夜出城与夫人会合，让夫人速禀告大哥再行交换人质，可保我无虞。”众人见事出无奈，也无其他良法，遂扛上梁正明顺原路出梁府到客栈，叫上杨觉带过马匹行李，仍走北门乘值夜官兵不备杀翻几个，打开城门放下吊桥快马离去……

东方明所施的蒙香，唤作鸡鸣五鼓还魂香，只待天亮鸡叫便醒。金兀术这厮正年少气旺，东方刚吐白，鸡叫头遍，便醒了过来。此刻，觉头疼欲裂，喉咙干燥难耐，金兀术心中明白，又着了贼人的道。稍微缓了缓神，从怀中摸出打火石点亮火把。瞧军师哈迷蚩趴于地上，不见了梁正明，忙上前翻过哈迷蚩，掐人中，按印堂，揉神厥，一番折腾弄醒了哈迷蚩。哈迷蚩一醒便在地上四处乱摸，寻那包袱。此时哪里还寻得见？一番心思又枉费！正当金兀术、哈迷蚩捶胸顿足怨天恨地之际，忽闻密室中发出“哈哈”狂笑声，二人吃了一惊，才发觉密室中有一人。

这东方明见王彪、王明、李虎、陈龙扛上梁正明出暗道，过了良久未闻上面响动，猜想众兄弟已出梁府，心中稍宽，便去掉易容皮囊露出本来面目，盘腿禅坐。心中一时不能平静，思绪万千：本已得手，可全身而退，却因一时好奇，触动机关困于密室。想到来时夫人叮嘱，真是悔恨交加，幸有梁正明挟作人质，也算败中取胜之法……思来想去不知不觉睡着，蒙眬中觉密室有光，又闻响动，捂了捂双目，见是金兀术、哈迷蚩已然苏醒，想必是天已五更。见金人在地上四处寻摸，又捶胸顿足，一副狼狈模样，忍不住发笑，笑罢道："尔等金人不必费劲了，那宝物早已生了翅膀远走高飞！"金兀术、哈迷蚩闻听此言，心中又是一惊，我等金人身份，图谋天书之事，此人何以知晓？金兀术忙问道："阁下何方神圣？何以知我等身份，又所为何事？"东方明笑而不答。

哈迷蚩凑上前，瞧着眼熟，可一时想不起在哪见过，便问道："壮士甚是眼熟，似曾见过，应是有缘人。敢问壮士为何困于密室？可曾见过一黄布包袱？梁府梁公子可曾见到？"东方明笑着答道："爷爷看上这风水宝地，欲待上几日，适才那梁公子见宝物飞出去，就追着去了。梁公子走时让捎个话：要梁中书好酒好肉招待于我！不久便会有消息传来。"金兀术道："好汉，休打诳语。若实话相告，便放你出来！"东方明怎会信这金人？任凭二人怎么问，却似钢针也撬不开口！哈迷蚩眼珠子转了转，道："好汉，央你一件事，若有人问起便说没见过我俩，日后定当重谢。"

金兀术明白此等江湖汉子铁石心肠，想到天光放亮，上头还有教师爷，不如三十六计走为上。想到此，也不多磨蹭，便与哈迷蚩摸出暗道。见那教师爷未醒，也不去惊动，出了书房不走正门，竟也越墙而出回到客栈。

晨光射入书房，教师爷郭鸣似从阎王殿转了圈回来，又恍如隔了一世重回人间，模糊中只记得吃了家童杨觉送的酒肉便睡了过去。心想必是这酒肉被下了药，立起身环视书房，见书柜移开有一地洞，心中大惊！昨夜这书房进了贼，若是抹上一刀早去阎王殿报到了。想到这里，额头冒出冷汗。郭鸣瞧地洞黑乎乎，忙点个火把又顺手提一把朴刀，沿石阶入地洞察看。没走几步，见地道狭窄朴刀施展不开，想必是昏了头，便将朴刀扔回书房，发出"咣当"声响。东方明闻声惊醒，见暗道有光，知是有人进来，又盘腿坐起，却见教师爷打着火把往密室里张望，便开口道："教师爷昨夜可曾睡好？"郭鸣正张大眼睛往密室里瞧，突闻有人说话，着实吓了一跳。仔细一瞧，见有人盘坐在密室中，定了定神，问道："你是何人？为何在此？昨晚是不是你在我酒中下的药？"东方明笑着道："也不烦你问，我就爽快地告诉你吧！你家梁公子是梁山寨人，酒中蒙汗药是梁公子下的，昨晚梁公子打开密道，取了宝物已亲自送往水泊梁山，为莫使梁大人担忧，特让本大爷等在此处给梁大人传个话：切不可怠慢了本大爷，要好酒好肉伺候着，梁大人莫要急坏了身子，耐心候着就是了！”郭鸣闻听此人话中有话，又闻梁公子带了啥宝物往梁山去了，心想定是出了事，也不再搭理东方明，匆匆走出地洞去见梁中书。

再说梁中书昨日从厅堂出来，疑心金人有鬼，让家童杨觉去窥探金人与梁正明谈话，尽管杨觉来回话说并无异常，可心中仍忐忑不安，整夜翻来覆去，拂晓时分才睡着。梁中书刚合眼突有守城兵将来报，道是几个强人杀了官兵，骑着快马出城去。梁中书闻报正要叫人去唤教师爷过来议事，见教师爷急匆匆过来，以为教师爷已闻知此事，却闻教师爷说书房进贼，家童杨觉送的酒菜中下了蒙汗药。梁中书闻听，急派人去找杨觉。不多会儿，便来告知，府中不见杨觉！梁中书急得似热锅上蚂蚁团团乱转。郭鸣忽然想起，急道：“那贼言，公子打开密室拿了宝物送往梁山。大名城离梁山快则也需十日路程，且信那贼所言是真，这伙强人出城不久，也走不了多远，应速遣精干兵将抄近路去追。”梁中书急火攻心，乱了方寸。闻郭鸣言，马上唤人去告知李成，让其速派兵将前去追捕。自己由郭鸣搀扶着去书房，进了密室见一汉子盘坐其中，问了半日，那汉子还是只讲同郭鸣讲的那几句话，始终没个头绪。

梁中书观密室中壁画、炉鼎原位未动，量宝物未失，断是贼人诳语，心中稍宽，便不再多问。回到书房，瘫坐在椅子上对郭鸣道：“昨日金兀术、哈迷蚩来府与正明私会，老夫已觉可疑。晚间教师爷被下了药，如今地室中困着一人，也不知是何方神圣，又不见了杨觉与正明，想来此事与金人定有关联，你带些人手去客栈，察看金人动静，先礼后兵，若那金兀术不肯来，定是心中有鬼，可将那厮擒了来。”郭鸣闻言，打起精神应声而去。

再说金兀术、哈迷蚩出了梁府回到客栈，哈迷蚩忽然脑门洞开，道：“今日密室中所见之人，应是当年黄山光明顶上所见江南五侠之一，外号青锋侠，一对仙鹤相随，前日同住一家客栈的便是。”金兀术道：“怪不得前日客栈房顶之上总停着一对白鹤，我那神书定是被青锋侠与同伙所盗，梁府到手天书与梁正明也多半是其同伙掳走，却不知其缘何被困在密室中……”哈迷蚩又道：“天亮后，梁府必定会来问话，我等只推作不知，如今宋金结盟，谅他梁中书也奈何我不得！如今青锋侠被困在梁府密室，其同伙必定来救，取回天书也未可知，我等在大名城再待上几日，静观其变！”

二人整夜未睡，哈迷蚩受不起折腾，说着话便打起呼噜睡去。金兀术见军师睡着，忙给其拉上棉被，自己却无睡意，盘腿运气行起吐纳功夫来……

郭鸣受了梁中书令，忙整束打扮挎上刀枪，几位徒弟赶紧牵过马匹，点齐一队精悍亲兵家将赶往四方客栈。

四方客栈已经做起生意，三角杏黄旗在风中飘扬，郭鸣令兵将将客栈团团围住，道："没有我令，不许一只鸟飞出去！"说完翻身下马。店家看这阵势已慌了心神，忙迎上前来，那掌柜本就有口吃，心中一急更加结巴，道："官人带……带这么多人所……所……所为何事？小的可……可是循……规蹈……蹈……矩，守法良民！"郭鸣伸手按住店家肩膀，板着脸问道："那北边来的客人住的是哪间？"店家忙陪郭鸣进了大门，指了指楼上道："中……中间二间便是。"郭鸣随即松开手，大步流星"噔噔噔"上了二楼，"咚，咚，咚"敲那房门。

金兀术吐纳功夫刚练毕，正欲去用早餐。闻脚步声响，有人敲门，猜是梁府来人了，便问道："是哪位？做甚？"郭鸣见问，答道："俺是梁府门下郭鸣，奉梁大人之命来请四太子去梁府一趟。"金兀术笑着道："梁大人今日是什么兴致，一大早就来请吃酒？"说着打开房门。郭鸣也不进屋，接着道："梁府昨晚出了事，特来请四太子过府相议！"金兀术闻言，道："噢，那就稍候片刻，随你去走一遭。"言罢，推醒哈迷蚩道："梁府来人有事相商，我便去走一遭。"哈迷蚩故作没当一回事，应声又睡，隔壁铜先文郎闻声过来，与金兀术一道随郭鸣来梁府。

梁中书因受风寒卧床已久，前几日刚有起色，今受此惊扰显得精神萎靡。此时，一手托着脑袋斜靠在椅子上，见金兀术与铜先文郎二人来，扬了扬手示意坐下。金兀术也不客套就旁落座，瞟见密室洞口仍开着，再瞧郭鸣站在梁中书旁，看这站桩式倒有些功夫，书房外人影晃动似有戒备，心道："哼！咱可不惧尔等南蛮，若要用强，定把你等先活撕了！"心上这么想着，但脸上仍装得跟平日一样，口中道："奇了！此书房还有个地洞？不知梁大人一大早，有何要事相商？"梁中书斜瞅着金兀术，缓缓道："昨晚你等与犬子饮酒，命家童杨觉给教师爷送去的酒肉，却下了蒙药。现今犬子与杨觉失了影踪下落不明，书房地洞被打开，里面却进了一人。今早特请四太子来，帮老夫理个头绪，给个解释。若有唐突，还请见谅！"金兀术端起茶几上茶杯一仰脖子喝掉，瞪着虎眼提高嗓门，道："哼！奇了哉！昨晚我等只管喝酒吃肉，可没给谁送过什么酒食。大家尽兴喝了几杯，军师不胜酒力，咱与军师早早回了客栈。咱在时可没见公子命杨觉送酒肉给教师爷，定是杨觉那厮混入梁府做奸细，与贼人里应外合犯的事！”梁中书听金兀术之言，觉得也在理。点了点头又道：“昨晚约莫五更过后，一干强人杀了守城官兵从北门骑快马而去，兵士恐天黑受伏，也不敢去追。不知是何处强人？”金兀术闻言道：“我等金国勇士至今都在客栈中不曾离开，必是杨觉做内应，引贼人入府搜寻财物，不小心触动了机关，困住一贼，余下强人掳走公子做人质。梁大人只需耐心等候，过几日，强人必会遣人或送书函来府要人。”

梁中书闻金兀术言词凿凿，说得在理，况金人都在客栈中没离去，心中疑团稍解，送走金兀术，又思忖：那密室中汉子，定是江湖硬汉，纵然施强也没用。遂吩咐厨子以上好酒菜好生伺候，嘱咐郭鸣多调派人手，严加看管，静候消息传来。

第三十六回

哈迷蚩施计马陵道
鸳鸯花投奔魏家堡

上回说东方明和方青夫妇于大名城四方客栈中将金兀术、哈迷蚩二人用蒙香熏倒，盗取了鬼谷神书三卷。一早出城至西郊土地庙中，将神书藏匿于土地神龛座内。东方明又与王彪、王明、李虎、陈龙四位兄弟再入大名城去梁府盗书，留方青与马正超、黄刚、文义三位兄弟在土地庙近旁看守神书。

方青心想：官兵随时会来缉查，我等男女外乡人无缘无故待在这土地庙中必然受疑。看这庙宇破败不堪，不如让几位弟兄整修一番。说是前些年许下的大愿，今日前来还愿修庙，以掩人耳目，且也是义善之举。

原来这马正超是无锡慧山人，以做木工匠为业，曾给当地赖姓富豪家造房盖舍三年。工毕之日，那赖姓富户仗着有财有势，硬说那房舍质劣，拒付工钿。马正超少时也曾习得武艺，一时怒气填胸，杀了那姓赖的，顺带放火烧了赖家大院，逃至太湖被东方明夫妇收留。今马正超闻听整修庙宇，那是轻车熟路顺风行舟之事。

次早，不出方青所料，果有官兵前来盘查，见是修庙还愿者，也就不疑，往别处去了。

时至中午，方青正于庙中歇息，突闻马蹄声由远而近往冈上来，正欲出庙看个究竟，马正超快步进庙来，道："夫人，弟兄们回来了！"方青一阵欢喜，急出庙门相迎，见是王彪、王明、李虎、陈龙和杨觉兄弟，王彪马鞍上还横驮了一人，独不见夫君东方明，方青心中一凉：定是出事了！若是夫君回来，那一对仙鹤早就先到了。

王彪下了马，招呼马正超等兄弟将梁正明扛入庙内。一路上怕梁正明药性过了醒来，又给喂了蒙药。此时，梁正明如死人般任凭摆布。

王彪走到方青面前欲下跪行礼，被方青拦住道："好兄弟使不得，你我是从太湖中闯出来的，情同手足。大伙先入庙内再说。”王彪遂将东方明扮作杨觉，进梁府入密室取宝书，触动机关，受困于密室，又挟梁正明闯出大名城，前后经过细细述明。方青听完心乱如麻，缓了缓神道：“有梁正明在手，谅梁中书不敢对当家的怎样！前些日，大哥遣人来，说是已往濮阳赵庄。此去赵庄有七八日路程，官兵必定沿途缉查，恐有闪失，不如去马陵道魏家堡，那马陵道古战场，离此仅二日路程。那里丘峦河道密布，东往博州，西达相州，南通濮州，北至大名，进退自如。那堡主魏家驹为人仗义，四方好汉很是敬仰。当年魏堡主在江南经商遇奸人算计，落难太湖，当家的对魏堡主有救命之恩。若去魏家堡，那魏堡主定然相助。”众兄弟听完，同声道：“一切听从夫人吩咐。”方青又道：“今春河北东路犯伤寒、天花大疫，日毙无数，不若将梁正明弄成命毙天花模样，我等家属护灵柩回老家安葬，如此可掩人耳目。”众人齐声道是。

方青见众兄弟无有异言，便遣李虎去平恩，统领一百多军士速往马陵道，使陈龙急往濮阳赵庄，告知大哥章雄前来会合，吩咐马正超去采备马车、棺材一干丧葬用品，各人应声而去。

方青女人家心思细密，瞟了一眼躺在地上的梁正明，让王彪给搜了一遍身，从胸襟摸出本折子，翻了几页见是名册，虽不知所以，心想必是要紧物什，嘱王彪收好。又怕梁正明醒来，让王彪将其剥个精光捆个严实，在脸上抹些白粉点几个黑点，待马正超买来寿衣给梁正明套上，一切装扮停当，便往魏家堡去。

再说梁中书那日送走金兀术，在家提心吊胆干等了八九日，未有消息传来，心中甚是烦躁不安。这日，正与郭鸣一道欲用午餐，看门的急匆匆带过来一小童，说是有人给了银子，让其带信给梁老爷。梁中书瞧那小童约莫七八岁。小童见了梁中书忙将手中信函递与梁中书，道：“小的正在玩耍，有一个大汉给了小的几个钱，那大汉说了一定要把这信交您老爷手上！”郭鸣忙问：“那人长啥模样，人在哪儿？”小童道：“那人头戴毡帽，脸上蒙着黑布，个头儿很高大，已经骑马走了！”梁中书明白，江湖中人来去无踪，追也没用，挥了挥手，让下人去拿些糖果把小童打发了。

梁中书急拆开书信，只见几行小楷用笔工整，上书：“梁大人，贵府梁公子安好！三日后，日出三竿时，将府上东方先生平安送至马陵道口，自有人接应。吾等乃化外之人，不喜闲杂人等，不愿妄动干戈。若东方先生有恙，则必殃及梁公子！谅梁大人为官多年，深谙世理，必如所约。特予奉告。吾替天行道者！”

梁中书看罢，将信递与郭鸣，道：“遣人去问那密室中汉子是否复姓东方。那梁山贼人打家劫舍，攻城夺寨自誉为天罡地煞星下凡，替天行道。此信落款为替天行道者，那定是梁山贼人所为。想必是正英受皇命征剿梁山，惹恼了梁山贼人，与我梁府为难。”梁中书老奸巨猾，却隐过梁府密藏鬼谷神书不提。郭鸣为人厚道，也未细想，点头称是，道：“梁山寨不乏能人高手，我等应防贼人有诈。”梁中书点了点头道：“金人四太子孔武有力，哈迷蚩也甚有谋略。那厮与正明也投缘，你去走一遭，请速过府共议……”

再说金兀术与哈迷蚩等了七八日，也是心烦气躁，突闻梁中书有请，二人急到梁府，与梁中书见了也不客套，众人落座，梁中书将小童送信之事细说一遍，又将信笺递与金兀术，金兀术看了，又递与哈迷蚩。哈迷蚩眯着小眼看了几遍，道：“马陵道口，处大名东南，此去百把里地。黄河小吴埽分叉，又于马陵道口再分东、北流入海。此马陵道夹于黄河东流北流间，地势低洼崎岖，芦荡密布。当年孙膑诱庞娟入马陵道，一战雪前耻，而成就其名。今贼人定马陵道必有心计，不得不防！”梁中书闻哈迷蚩言，接着道：“久闻军师足智多谋，今日特请两位高人来，以谋万全之策。若平安接回正明，老夫定当重谢！”金兀术忙道：“梁老爷，正明与我结义兄弟，我定当全力以赴，不必言谢！”哈迷蚩低头沉思了会儿，捋了捋山羊胡须，慢条斯理地说道：“梁山离此地有十几日路程，纵使有诈，其兵将也不众。梁大人可先遣精兵三百于马陵道口设伏。再觅一与东方贼人相貌近似之人以换梁公子。倘若贼人果真使诈，只要东方贼人在手，尚可与之周旋！”梁中书、郭鸣闻言，齐称妙计。梁中书急令李成遣兵将连夜赶往马陵道口……

哈迷蚩那厮果真狡诈。哈迷蚩心忖：倘若以东方贼人换回梁正明，梁山贼人定不肯交还鬼谷神书，若先以假东方换回梁正明，再以真东方来换鬼谷神书，岂不是两全其美！金兀术对哈迷蚩连环之计赞叹不已！

且说方青将梁正明灌了些蒙药汤放入棺材中，众人扮作家属扶灵柩回老家入土安葬，沿途虽有官兵盘查，闻是犯了天花毙命，避之唯恐不及，一路无碍。行了二日，渡过北黄河便到马陵道口，已是黄昏时分，再有一个时辰路程，便到魏家堡。

方青见前面一片枣林，勒住缰绳回头对马正超众兄弟道：“此去魏家堡不远，我等且入林中歇息，待与李虎众兄弟会合后，再去魏家堡。”众人应声将马车赶入林中。

李虎奉方青令急去平恩召集兄弟，为掩人耳目将一百多人分成数拨赶赴马陵道，直到拂晓才会齐林中。

天刚放亮，方青对兄弟们做一番吩咐，小心看住梁正明，自己换了行头梳理整齐，带上马正超、王彪、王明前去魏家堡拜会魏堡主。

方青曾随东方明来过魏家堡做客。马陵道位于黄河东北二河间最窄处，左离北黄河约三十里地，右到东黄河约二十里地，此处地势最高，丘峦起伏，白杨、枣树林绵延数里地，魏家堡隐匿于此丘峦之中。

方青与众兄弟急急赶路，一路骑行过了一片白杨林，见一条清澈小溪绕丘峦蜿蜒由西向东，沿溪而上有青石台阶，约半盏茶工夫，又见一座石拱桥，过了桥转过一片小竹林，便是魏家堡。前面是二座碉楼，分左右而立，周遭是青色的砖墙，有两丈多高。

方青上前叩动门环，碉楼上早有家丁出来问话，方青报上姓名，烦请通报魏堡主。不一会儿，大门打开，出来三人。一中年汉子脸庞黝黑，目光炯炯，身板矮墩结实，身后站着两位后生。方青见那汉子不是别人，正是魏家驹魏堡主，其后是二位公子——魏虎、魏豹兄弟二人。

魏家驹见门外方青众人，未见东方明，脸上掠过一丝诧异之色，忙抱拳相迎，身后两后生赶紧上前牵过众人马匹，魏家驹将众人迎入客堂坐定。

魏家驹笑着道："弟妹何时来了河北？怎不见东方兄弟？"方青长叹一声，叙说起因由：江南五侠于黄山光明顶与一眉道长相峙，替方腊立像，又结识梁山好汉行者武松，后走漏了风声，被朝廷通缉，弃了太湖明月山庄。闻梁山重聚大义，江南五侠投了梁山寨。去年朝廷派大军征剿梁山，得吴用军师令，于河北大名与山东梁山间进行游击。前些日，得大名府密报，道是金邦四太子金兀术等人入中原得了鬼谷神书三卷，又至大名图谋另二卷神书，东方明闻知即入大名窃了那金人鬼谷神书三卷，后再入中书府得了另两卷，却误困于密室中，弟兄们情急之下绑了梁中书之子梁正明作人质。今方青一女流之辈，又身处异乡，势单力薄，知魏堡主义薄云天，故来相投！欲请堡主施以援手。

魏家驹听完，忙起身以掌击胸，朗声道："东方兄弟乃当今真英雄！所做之事皆豪杰所为！早年闻先师言，鬼谷神书若非天机巧合，断不能得。金人虎狼之邦，其心必异。若鬼谷神书落入金人之手，日后必祸及中原，东方兄弟此举大义也！魏家驹佩服之至！今生能结识东方兄弟，乃三生有幸！弟妹既到河北魏家堡，能用得着魏某之处，尽管吩咐！"

方青闻言，激动不已，哽咽着道："若事败恐累及堡主家小。"

魏家驹瞪了瞪双眼，大声道："弟妹，休要将吾当作外人，吾性命还是东方兄弟舍命相救的！大丈夫生于天地间，能为知己者死，死又何足惜！”

方青抱拳道：“大恩不言谢！”便将弟兄们在枣林中候着，已着人去濮阳告知大哥章雄，章雄不日也会领人马往魏家堡来，尽数告知魏家驹。

魏堡主闻知，急令人杀猪宰羊，做些饭菜送至枣林去，当晚设宴款待方青等人。众人只待大哥章雄领人马到来。

再说，章雄设下计策在马颊河伏击官兵毁了大名府运往梁山的轰天炮，又连夜率军往濮阳隐于赵庄伺机再出。

这日晨，章雄起得早走了趟伏虎拳。忽见李虎到来，道是青锋侠为免鬼谷神书落入金人之手误陷大名府，鸳鸯花方青已押梁中书之子往马陵道魏家堡。

章雄闻报，大惊，急召众兄弟商议，章雄道：“我等兄弟自出江湖曾对天盟誓，今生生死之交，荣辱与共。今兄弟有难，理当共赴！况东方兄弟所做之事乃替天行道之大义也，我等应万死不辞！”千佛手卢刚、铁头侠周飞齐声应道：“兄弟有难，理当共赴，一切听大哥吩咐！”

章雄又道：“马颊河一役挫了官军锐气，毁了轰天炮，解了梁山之忧。近期，我等在濮阳也无大作为。二弟、五弟各领三十骑精锐速往魏家堡，我自领大队随后而来。”卢刚、周飞应声而出，点齐人马即刻动身赶赴魏家堡。

第三十七回

黄河滩头添冤魂
马陵道口羞郭鸣

话说章雄在濮阳得知东方明为盗鬼谷神书身陷大名城梁府密室中，急召卢刚、周飞领所部兵马，日夜兼程赶赴魏家堡。

章雄等人到了魏家堡，见过魏家驹、方青众人，问明事由。章雄思索了片刻，道："梁中书那厮老奸巨猾，先前吃过梁山好汉的亏。前些日，又被炸了轰天炮，今又有金人哈迷蚩搅和其中，此番定然使诈！恐其于马陵道中预设伏兵，待吾等前往彼处，便来个一网打尽。"方青闻言，急道："大哥，那可如何是好？"章雄笑了笑，道："弟妹莫急，可以将计就计！吾前些年行走河北时，曾多次过此马陵道，此道东西走向，西道口地狭路窄。道左多水洼、沼泽，不可藏兵；道右是低丘、芦荡，不远便是东黄河，唯此可设伏兵。今岁闰月，天干地燥，芦苇枯草丛生，近日又起西北大风，正利火攻。"众人听了齐声称妙。

章雄见魏家驹眉头紧皱，心中似有疑虑，便问道："魏堡主有何见解？"魏家驹道："章雄兄所定火攻之计虽妙，但尚有欠缺。若芦苇荡火起，官兵势必逃往河滩中，未能尽灭之！"章雄点了点头，道："魏堡主说得在理，依魏堡主所见，可有万全之策？"魏家驹接着道："这黄河入河南后地势趋缓，沿途泥沙沉积。再入河北，于小吴埽分为东、北数支流，马陵道西口正是黄河分岔口。此魏家堡往马陵道西口去，约二里地，有一小湖泊，方圆千亩地。名曰东湖。那东湖有水道与东黄河相连，相距不过百丈。可先于黄河水道边打下木桩，再以竹筏绑于河底木桩中，多挑些精通水性壮汉，待官兵入芦苇荡中，即携强弓弩箭入东湖潜游至黄河水道边竹筏中，只待火发令起，伏于水底竹筏中的壮汉迅以利刃割断系于木桩上的缆绳，只留有一条缆绳，系牢那竹筏，竹筏连人浮起时不会漂走。官兵逃至河滩上不防水底有伏兵，便可杀他个措手不及！"

方青心中尚有顾虑，问道：“魏堡主，这隆冬时节，如何能长时藏于水下？”魏家驹淡淡一笑，道：“弟妹有所不知，咱河北地界，黄河岸边人家，于冬日下水渔猎前，须饮鹿茸血酒数杯，便不惧寒气雪水侵体。只在口中含支掏空的竹管，可于水中嬉戏半日而不寒！”众人听了，齐声称奇。

再说李成得梁中书令，急命部将王韩去军营点了刀斧手、盾牌手、弓箭手各一百，马不停蹄赶到马陵道口，已是黄昏时分。王韩见马陵道狭窄，道右不远是东黄河，中间芦苇杂草丛生，心中暗喜。挥了挥马鞭，道：“此芦苇丛中正好设下伏兵。”副将邓冲忙道：“将军不可，若贼人放起火来，岂不烧成炭灰！”王韩笑道：“贼人放火即可撤到河滩，有何虑哉！况贼人如何料得此处设有伏兵！”邓冲又道：“将军既定奇兵之策，末将不敢多议，但北去十里地便是马陵镇，有屯兵驿站，可去调些兵勇来，以备万全。”王韩狂笑道：“看尔如此胆小怕事，怪不得多年不得提携。我等领精兵而来，对付几个毛贼，已是杀鸡用牛刀！若再去调些乡勇来，岂不遭人笑话，我等颜面何存？尔休要再言！”

邓冲见王韩如此刚愎自用，心中愤愤不满，怎奈官大半级压死人，只得驱使兵士入芦苇荡中伏下……

这边官兵刚进入芦苇荡中，那厢魏家堡即得探子回报。章雄坐镇魏家堡发出号令，魏虎、魏豹兄弟二人于堡中挑选了精通水性壮汉五六十人和马正超、黄刚、文义等人先行，余众兄弟各领所部依计而行……

日落西山，大地暮晖。马陵道上从西口驰来一驾马车，车上杏黄旗被吹得猎猎作响，一个斗大的“酒”字清晰可辨，马车上载个装酒大木桶。

伏路兵士见是运酒马车也不在意，待马车近了，却见木桶侧边出酒的竹管没了木塞，这浓香老白干汩汩沿路洒向道边芦苇中。伏路兵士见了心中好笑：这酒家如此粗心，一路洒去岂不可惜！这辆运酒马车刚过，又有二匹快马打着火把急驰而来，正是王彪、王明。哥俩待驰近了迅即将火把抛向芦苇荡中。此芦苇荡中早已埋下硫黄、炭屑、松油，适才又沿道撒了烈酒，干柴遇烈火顿时火起，转眼间火势沿道连成一线。西风呼呼作响，火借风势，风助火威，瞬间，将数里地芦苇、干枝、枯草，“噼里啪啦”燃成一片火海。

官兵昼夜不停，赶到马陵道，已是人困马乏，进入芦苇荡中倒下便睡。这火势来得实在迅猛，不少官兵在蒙眬中已被烧成火人，分不清南北东西，到处乱窜，黄河古道边一片惊叫哀号之声。

王韩见火势来得迅猛异常，顾不得牵马急声高呼令兵士撤往河滩去。

官兵们哭爹喊娘连滚带爬出了芦苇荡，腿脚慢了些的，早被大火吞噬，葬身火海，烧成炭灰。

王韩惊恐未定，正欲清点人马，突闻南沙滩上，炮仗“砰啪”连响，官兵齐朝南沙滩瞧去，却不防河中突然冒出许多神兵，箭如飞蝗般射来，官兵猝不及防，纷纷中箭。王韩急呼盾牌兵护住，挥残兵沿河滩向北退去。

王韩、邓冲带着残兵一口气狂奔了二里地，见后面并无追兵，不远处已没了大火，正自庆幸。又突闻“砰啪”炮响，随即闪出一标人马拦住去路，领头的正是铁金刚章雄、千佛手卢刚、铁头侠周飞。

王韩见左是火海，右是黄河，前有伏兵，后无退路，大呼：“天亡我也！”邓冲急道：“将军莫慌！人道是两军相逢勇者胜！末将愿随将军拼死一战。”王韩咬了咬牙，手中鬼头刀一挥，高喊：“众儿郎，往前冲杀！”王韩、邓冲驱残兵冲杀过去，两军混战在一起。正当此时，又从官军后队杀来一标人马。

原来马正超、黄刚、文义和魏虎、魏豹等人领水军依计浮出，射杀了不少官兵。官兵沿河道往北败走，马正超等人并未上岸追赶，而是借暮色掩护坐竹筏顺河漂流而下，见官兵被拦，两军杀在一起，迅即挥军上岸，从后杀入官军阵中。官兵远道奔波疲惫不堪，梁山军以逸待劳，前后夹击正如风卷残云，不消一袋烟工夫，王韩、邓冲不敌，皆战死在乱军之中，官兵悉被杀尽。只可惜王韩不听邓冲良言，黄河滩头新添三百冤魂。

次日，午时刚过，郭鸣师徒三人押着假东方明赶到马陵道口，空中数只秃鹰盘旋着，道边还冒着缕缕青烟，放眼望去数里地一片焦黑。郭鸣心头一凉，思忖：伏兵安在？莫不是已遭不测？后头虽有金兀术等人接应，心中仍是忐忑不安。郭鸣正在犯疑，忽见前方有四五骑徐徐而来。待近了，只见中间一骑横驮着一人，左首一女子外披黑斗篷，内穿红袄，甚是显眼。郭鸣勒住缰绳，抱拳施礼道：“诸位可是送书给大名梁府，约在此处换人的好汉？”章雄勒住马，答道：“正是！”方青见来者是大名城来换梁正明的，心中一急，欲往前行，却被章雄伸手拦住，轻声道：“弟妹辨清了是不是三弟，当心有诈！”方青经章雄提醒，方才想起：夫君东方明豢养的一对仙鹤甚有灵性，今日却不曾见那对仙鹤踪影，又细瞧对面马上绑着之人，貌似东方明却又觉不像。

这时，郭鸣大声道：“江湖有言，盗亦有道！今日以旗为号，我将东方先生放了，你等也即将梁公子放回！”章雄大声道：“我梁山兄弟言而有信！就依你所言！”

郭鸣弟子举起一面绿色三角旗挥了挥。章雄一拍马屁股，那马驮着梁正明径直而去，对面一骑载着“东方明”也急奔而来。待近时，方青看得清了，那马上之人断不是东方明！惊呼一声：“那个不是东方明！”

章雄眼见那马驮着梁正明已到郭鸣跟前，闻方青一声惊呼，忙长嘘一声口哨。郭鸣正欲伸手去牵缰绳，那马一声嘶鸣，腾空立起双蹄往前一蹬。郭鸣急闪身躲过，那马双蹄凌空转身落地，驮着梁正明跑了回来。

原来那马是章雄的坐骑，甚有灵性，听到主人哨声，迅即往回奔向章雄。

铁头侠周飞年轻气盛，瞧得分明，那马上驮的确实不是三哥东方明，早已怒火填胸，劈头一棍将假东方明打得脑浆迸裂，一命呜呼！

郭鸣赔了夫人又折兵，眼见假把式被戳穿，那马驮着梁正明又回到了对面。想那王韩所领三百伏兵若此时杀出正是时机，左顾右盼东张西望起来。

章雄仰天大笑，道：“郭教头，尔等顾盼何人？莫不是等他？”说完从马上解下一包袱抛将过去，包袱滚到郭鸣马前，郭鸣用长枪挑开包袱，却见是一颗血淋淋人头，不是别人正是大名府王韩将军。郭鸣心中大惊，看烧得焦黑的黄河滩，又见王韩人头，心中明白：前队官兵已全军覆没，梁山必有大队人马埋伏在此，今日若是动起手来，恐性命不保。郭鸣正不知所措，却见章雄提马上前，开口道：“梁中书老贼言而无信，净干些龌龊之事。早闻郭教头也是名门正派，却落得替官府看家护院的下场，有悖武林正道。如今又施小人之计，实非君子所为，黄河滩头白白多了几百冤魂！今日也不为难你，回去给梁中书捎个话：速将东方先生送上梁山，若再使诈，定然活烹了梁正明！”郭鸣打了个战栗，低声道：“敢问好汉尊姓大名？”章雄笑道：“大丈夫坐不更名，行不改姓！今日告诉你也无妨，你回去也好有个交代。爷爷姓章，名雄。江湖人送外号‘铁金刚’！”

郭鸣心中自觉羞愧，于马上躬身一揖，道：“在下定会把话传到，在此别过。”一提缰绳，马鞭一挥，师徒三人捡得性命往回便奔……

第三十八回

戴宗半道遭暗算
金人上山受怒斥

当晚，魏家驹在堡中大设筵席，众英雄推杯换盏正当尽兴，堡中家丁在魏家驹身边耳语了几句，魏家驹起身离席，不一会儿，扶进一人进来。大家定睛一看，却是神行太保戴宗。

原来吴用为破童贯囚笼计，定下斩蟒计，派戴宗施展神行之术昼夜赶路，于朝阳城郊外寻着孙良、周冉、朱胜，又急急赶往濮阳去找江南五侠。

戴宗依所留记号沿途寻去，正施法连夜疾奔，忽见一黑影闪过，顿觉一阵眩晕，两腿似绑了千斤石柱，迈不开脚步，施不得神行之法。

原来，张叔夜失了齐州败退至高唐州，后又奉童贯将令，整顿败军，率永静军并五州兵马，数次攻打齐州，无奈齐州城高垣宽，又有轰天炮助阵，却屡攻不克。

却说高唐州知府孔文光拗不过夫人催促，去禹城给老丈人祝寿，得知张叔夜在齐州城外扎营，心中惦着张叔夜当年举荐之恩，便顺道来到张叔夜营中探望。孔文光见张叔夜久攻齐州不克，闷闷不乐，便道："学生推荐一人，必可为恩师所用。此人姓尤，名真。师出二仙山华真人，学得都箓大法，兵法谋略、天文地理无不精通，又因心高气傲，蔑视权贵，做了个闲游居士，现暂居于东京开封。"张叔夜闻听孔文光所言，大喜道："营中正少谋略之士，但凡世间高人都心境高远，未必肯到军中效力。"孔文光又道："无妨，早年学生常随先父去二仙山拜谒华真人，那时尤真尚随师学道，与学生颇有交情。前些年，与学生还有书函往来。若恩师真欲招贤纳士，学生可修书一封，再备份厚礼，以示敬贤之心。想那尤真不居山林，落脚京城，应有功名之心，不妨一试。"张叔夜道："知府所言极是，就依此办理。"张叔夜闻孔文光一席话，稍觉宽怀，忙叫人去置办酒食，与孔文光尽兴长谈。

再说徽宗自诩为道君，与九华山玉真道仙、二仙山华真人称作同道仙班。

尤真师从华真人，华真人见其天资聪慧，教其习得都箓大法，但见其凡尘俗缘未断，难成正果，遂举荐其往见道君帝，或能辅佐帝君护国安邦，不枉半世清修，也算一件功德。尤真到了开封帝都，却不谙世理，直言皇帝心念不纯，道修难成正果，惹得龙颜不悦，拂袖而去。众人闻之，唯恐祸及自身，遂落得门庭冷落车马稀，闲居京中。

这日，尤真闲在家中无事，忽收到高唐州知府孔文光来信，信中道：水泊梁山复聚盗众，攻城略地，贼焰尤胜往昔。现征辽大元帅童贯麾下左路军统领张叔夜久攻齐州不克。闻道兄师出名门，怀经天纬地之才，藏济世扶危之能，实旷世奇才。张统领乃抗辽名将，今欲请道兄施萧何、张良之雄略，展孙膑、庞涓之才干，为国效力，为民除害。大丈夫在世理应有一番大作为，当名垂青史，万古流芳，云云。又见一大包金银，一对何首乌乃稀世珍物。

那尤真从小在二仙山勤修苦练修道半世，如今却闲在东京无所事事，心中正烦。看了来信，早耳闻张叔夜为官清正廉明，当即下定决心，去投张叔夜。

次日，尤真便动身前往齐州。行了数日，过了濮阳地界，天色已暗，正欲寻家客栈投宿，眼前忽见一人，风驰般一闪而过。尤真闪过一念，此人一晃过去，绝非等闲之辈！莫非是江湖所传之人——梁山贼寇神行太保戴宗。今日本道去投张统领，正好纳个投名状！然心念又一转，若不是戴宗那厮，岂不是枉害他人性命？且先破了他的法术。遂从怀中掏出一柄小木剑，往空中一指，口中念道："临兵斗法，阵列前行。"然后大喝一声："疾！"戴宗猝不及防，被尤真暗算，破了神行之法。一时还不明白为何失了神功，烧符念咒几次作法，仍不得行。一路上跌跌撞撞寻到濮阳，又转到魏家堡，已大伤元神。

戴宗一跌一跛赶到魏家堡已成病人，见到章雄等人遂将军师吴用之令告之章雄。章雄思忖：今军师之令期限已过，此番在马陵道劫杀官兵，大名府必派重兵追剿，况已让郭鸣传话给梁中书，让其送东方明到梁山寨来换梁正明。此地不宜久留，便留戴宗在魏家堡调养，令各部于次日拂晓前赶赴梁山。

再说郭鸣师徒三人策马往回急奔，生怕强人反悔追来，跑了有二里地，见到金兀术等人。郭鸣将事情经过及梁山强人传话梁府，让梁中书送东方先生到梁山去换梁正明，一一告知。郭鸣然后又道：“今日有负梁老爷所托，心中有愧，已无颜再去大名府，烦四太子转去大名府向梁老爷知会一声。”说完师徒三人竟扬鞭而去。郭鸣受章雄一番奚落，心中羞愧万分，此去便退出江湖，隐身乡里不出。

金兀术一阵嗟嘘，哈迷蚩在旁倒是显得十分开心。金兀术问道：“军师何事高兴？”哈迷蚩道：“观如今有一绝好机缘，后周江山为宋所取，已时隔数代，后周忠臣良将已成过往，那大名府梁家复周大梦断难成真。今梁山军声势日盛，能人贤士颇多，若能与之结交，日后大金挥军南下，可作策应之师。大名府王韩、邓冲阵亡，郭鸣不辞而别，他人闻听去梁山，断无人敢应诺此差！四太子与武松、东方明于黄山时，有一面之缘。如今四太子可借送东方明之名上梁山，讨个顺水人情，弄得好既结交梁山好汉，又讨回神书，真可谓是一举多得。”金兀术闻听哈迷蚩所言，乐得手舞足蹈，连声夸赞哈迷蚩“不愧为大金国军师，赛过当年范蠡、萧何，当今天下无人能及！”金兀术等人主意打定，急忙赶往大名城去。

金兀术与哈迷蚩二人去大名府见到梁中书，将郭鸣所述内容细说一遍，又将郭鸣无颜再回大名，半路辞别之事，告知梁中书。

梁中书怔了半晌，道：“老朽自作聪敏，弄巧成拙矣！如今谁也不敢去梁山，正明呀，老父对不住你！看来只能将密室中梁山大盗，上报朝廷处置了。”金兀术忙道：“不可！若将捉住梁山大盗之事禀明朝廷，朝廷必会下令就地正法。那时，正明也必死无疑！依我之见，梁山虽称盗贼，但以仁信惑众，以忠义自居。此番若果真送人上山，其定会信守承诺，不然恐遭天下人耻笑。”梁中书一阵苦笑道：“马陵道之约，我未守诚信，使诈在前，恐其怀恨在心，况正英正统兵与梁山作对，彼怎不挟持其弟，而会守信放人？”

哈迷蚩在旁道：“梁大人，依我看来，梁山定会将人放回。上回我虽使诈在前，但梁山军未有丝毫损伤，而我官军大队覆没，是梁山得了个大利市！再者，正明与其兄正英不是一母所生，二人从小有隙，虽手足而不睦。梁山多有细作岂会不知？又怎能持其弟而挟其兄？况梁山自诩为好汉，把名声看得比命要紧，若此番不守信义传将出去，江湖中替天行道之名何存？”梁中书听了哈迷蚩这番言语，点了点头，道：“二位所言也确有理，但这遭大名所遣官军悉数被杀，人心惶恐，又有谁肯担这趟差使？”金兀术闻言上前一步，道：“正明与我有结义之情，我愿意去梁山走一遭，定将公子接回大名！”梁中书听金兀术如此一说，心生感激，差点儿下跪，忙道：“若能烦劳太子去梁山最好不过，老夫实是感恩不尽。”梁中书、金兀术、哈迷蚩当即定下送东方明去梁山寨换梁正明。

金兀术当晚便去密室中见了东方明，又一番言语套个近乎，于次日一早，动身赶赴梁山。

章雄等人风餐露宿赶到梁山，林冲忙将众人安顿妥当。当晚，聚义厅中又大宴众雄。章雄将出梁山后，杀官兵、烧粮草、毁大炮，为救东方明赴魏家堡，于马陵道劫杀官军，又掠梁中书之子梁正明上梁山，向林冲、吴用述明，方青随即将五卷鬼谷神书呈上。吴用接过神书如获至宝，忙递与入云龙公孙胜，吩咐好生收藏，待月明之夜一道研读。

众人大碗喝酒，大块吃肉，十分尽兴，直到天色放亮才罢。

过了数日，这日晌午，阮小七飞鸽传书到梁山寨报知：青锋侠东方明与金国四太子完颜兀术、军师哈迷蚩、铜先文郎四人已过石碣村，坐船往梁山寨而来。吴用速传江南五侠和总管宋清前去金沙滩相迎。

五侠相聚，夫妻重逢，分外亲热。宋清将东方明接到厢房安顿歇息。

章雄陪同金兀术等人来到聚义厅中，见林冲、吴用、花荣、武松、柴进、燕青等人早已落座，遂抱拳道：“众位头领，这位便是金邦四太子完颜兀术，此番特地送东方兄弟上山。”金兀术上前一步，右手按胸躬身行礼，道：“诸位头领安好，在下有幸护送东方兄上梁山，能一睹诸位豪杰风采，真是大幸！”吴用忙起身答礼，招呼金兀术等人落座看茶。

吴用瞅金兀术十七八岁年纪，目光炯炯，声音朗朗，气宇轩昂，眉宇间透着一股杀气，心中暗惊金邦竟也有这等少年英雄。

吴用笑着道：“今日四太子亲送东方兄弟上山寨，我等兄弟万分感激！但金辽征战，辽帝虽败退乌古敌烈部，然上京道大部仍处辽邦所统，双方相争仍烈，又闻四太子少年英雄，为金邦第一勇士，缘何滞留中土？”

金兀术正欲答话，哈迷蚩抢着道：“头领有所不知，宋金结盟大败辽军，辽境大部为金所克，辽人大势已去，灭辽只在弹指之间，今四太子奉金主之令，入中土结交四方豪杰，顺道游历中原大好山川，也不枉人生一世。”

吴用又笑道：“据闻四太子不只对中土山川有喜好，对中土鬼谷神书更有痴迷！”

金兀术心中一惊：想不到智多星吴用说话如此犀利，自家心思竟被识破，忙道：“久闻梁山好汉性格直爽，咱就开门见山。今日上梁山，一来是与梁山有缘，当年在光明顶已与打虎英雄武松、江南五侠有过一面之缘。二来本人觅得鬼谷神书三卷，被东方兄弟误拿，今日想顺便讨回！”

吴用把脸一沉，道：“那鬼谷神书是春秋时期王诩所书，其人为中土卫国人，其书所载皆是纵横捭阖之谋略，兵法战阵之要术，乃中华文化之精髓，如今物归原主，岂可再付外邦！”

金兀术闻听吴用所言，心中一急，脸涨得通红正欲再言，哈迷蚩见状，急道：“这个无妨，可日后再议。”哈迷蚩停顿了一下，捋了把山羊胡须，接着道，“观当今宋室江山，皇帝昏庸，奸佞当道，忠臣良将不得其志，上贪下贿，苛捐杂税多如牛毛，民不聊生，真所谓官逼民反。古人云：天下乃天下人之天下，非一人之天下。梁山好汉替天行道，乃顺天而为！然梁山好汉虽勇，但朝廷毕竟地广物丰，其势更盛，久则恐难以为继。若梁山能与大金国结盟，南北相呼，里应外合，则龙虎联手谁人能敌！这宋朝江山指日可取，待那时你我共分宋室江山，岂不快哉！”

林冲闻言，勃然大怒！往桌上猛击一掌，桌上茶盏竟被震落在地。林冲怒道：“尔等休要胡言！我等梁山好汉做事光明磊落。今与朝廷抗争乃汉人族内相争，岂可与外夷合谋串通！况尔等辽、金皆非善辈，我等梁山好汉顶天立地，岂可与虎谋皮！”

武松未等林冲说完也一拍桌子，起身道：“大丈夫生当为人杰，死亦为鬼雄。英雄只求轰轰烈烈，何惧血洒沙场！尔金人若要再言，休怪俺武松不客气！”

铜先文郎闻声立起，吼道：“你等南人莫仗着人多势众，咱可不惧你们！”

哈迷蚩见势不妙，忙道：“众位好汉息怒，刚才失言，多有得罪，我等这就下山去。”言罢，一手拉着金兀术，一手攥着铜先文郎，往外便走。林冲“哼”了一声，道一句：“送客！”金兀术兴冲冲上山来，灰溜溜下山去，心中十分懊恼。

第三十九回

哈迷蚩献计童贯营
梁正英阻绝五丈河

上回说金兀术等人送青锋侠东方明上梁山，欲施合纵连横之计，却惹怒了众好汉，被数落一顿，兴冲冲而来，悻怏怏而返，心中愤愤不平。

留在石碣村上金国四位随从见金兀术、哈迷蚩、铜先文郎三人回来，早牵过马来，金兀术与哈迷蚩道："如今人也未讨回，倒遭人奚落一顿，真是赔了夫人又折兵，如何向梁府交代？"哈迷蚩道："梁府之事不打紧，今番上梁山观察，此等顽劣之徒，性格刚烈，若其坐大，日后必成我大金南下之拦路虎，如今倒有一计，管教梁山贼人灰飞烟灭！"金兀术闻言，惊喜道："军师快快道来！"

哈迷蚩不紧不慢地道："细察梁山水泊地势方位，梁山寨之天然屏障为八百里水泊，若没了水泊之利，则梁山失了屏障无险可守。梁山水泊源系黄河，黄河自河阴汴口开凿运河，通开封、东明，进山东定陶五丈河，再注入梁山泊。若能断了其水脉，便去了其屏障，梁山不攻自破！"

金兀术听了喜笑颜开，道："如此甚好！既去了心腹大患，又出了一口恶气，只是有负梁府所托，未能接回梁正明。"哈迷蚩道："成大事者不拘小节。梁府所托之事为小，灭梁山之事为大。梁山这帮强人既然不能为大金所用，日后必成大金后患。今借宋军之手，灭掉梁山贼人，为借刀杀人之上计。"

金兀术与哈迷蚩半道中定下毒计，便径去阳谷关山童贯大营……

再说入云龙公孙胜前几日有事去范县一趟，金兀术等人刚离山寨不到一个时辰，公孙胜便回到山寨，吴用向其说起金邦四太子完颜兀术送东方明来山寨，欲笼络梁山寨，被逐下山寨之事。

公孙胜一拍桌子道："上回于无终山夜观星象有异，见天狼星突现，今与北方金邦兴起相应。据传完颜兀术虽然年少，但有勇有谋，号称金邦第一勇士。如今辽邦未灭，却到中原行合纵连横之计，金人狼子野心昭然若揭，此番不可放虎归山，以免日后为祸中原！”

吴用闻言，大惊失色。道：“公孙先生言之有理，端的是吴某妇人之仁！”

吴用经公孙胜一说，后悔放了金兀术等人下山，急传令章雄领五百精骑去追杀金兀术。

章雄奉令急调二十几只快船上了石碣村，想金人必去大名府回复，遂挥军急追。

夜色已暮，章雄见前面有一家客栈传出吆喝之声，让周飞入内探察。周飞见是大名府官兵正落脚吃喝歇息，一声哨子长啸，章雄闻声，即领人马挥刀杀入。

原来金兀术于大名城中失了三卷鬼谷神书，这帮官兵奉令缉拿盗贼，一路追查到此。官兵们正吃得津津有味，冷不防杀入一帮强人挥舞刀剑，来不及抵抗都命丧他乡。章雄在死人堆中翻找，却寻不到金兀术、哈迷蚩等人，又在客栈中反复搜查，也不见踪影。那店家、住客也被乱军杀死，没留一个活口，无从查问，只好放了一把大火，怏怏而归。

又说前回童贯率军征讨梁山，定下囚笼计，欲困死梁山军。却未料遭吴用斩蟒计破解，童贯损兵折将，败退至阳谷一带，方收拢败军。这回幸有征辽大功在前，朝廷未深究败军之责，但朝廷也颇有斥责之意：边关少精旅，不足以震慑外邦。大军屯于关内，空耗粮饷，国库日亏，须尽早剿灭盗贼等。童贯心道：若没梁山盗贼举事，本可以征辽功臣，受封晋爵，荣归故里，名垂青史，如今却败给一群梁山盗贼，传将出去恐遭人耻笑。遂整军筹饷准备再战，以雪前耻。

童贯早得细报，道是金人在中原游走。这日，童贯于中军帐中，正与众将议事，闻报金国四太子完颜兀术等人在营外求见，还是大感意外，忙出营将金兀术等人迎入帐中，分宾主坐定。

童贯道：“四太子金贵之身，怎会到此荒野之地？”哈迷蚩不待金兀术开口，便道：“古人云，行万里路胜读十年书。如今宋金结盟，灭辽大业已成。四太子久慕中土山川秀丽，故乘年少兴浓，游历中土。”童贯笑道：“四太子好兴致！但不知为何到此穷乡僻壤、盗匪出没之地？”金兀术答道：“前些日，失了私人物件，被梁山贼人盗走，故去了趟梁山寨，可物件没讨回，却反遭一顿奚落，好生闷气！”童贯道：“这帮强人打着替天行道旗号，却净干些偷鸡摸狗之事，本帅正要率大军去扫荡梁山贼寇！”

哈迷蚩知道童贯新败，一时忍不住干笑了几声，接着道：“梁山匪众皆是凶狠亡命之徒，盗首之中也颇有能征惯战之士。今又占着地势之利，若是强攻硬取，未必是上策！兵法有云：上兵伐谋，其下攻城；又曰：善用兵者，屈人之兵而非战也，拔人之城而非攻也！今番我等至梁山水泊，细观其地理，倒有一计可以破敌！”童贯闻听，大喜道：“怪不得今早左眼皮直跳，原来有贵人到来，相助破敌！军师快快将破敌良计道来听听！”

哈迷蚩捋了一下山羊胡须，道：“梁山强人能屡次抗拒官兵，无非是占着八百里水泊之险，若能去其水泊屏障，则梁山无险可守！”童贯问道：“那如何才能去其屏障？”哈迷蚩奸笑几声，道：“此梁山水泊系黄河在河阴汴口开凿运河，入河南过山东定陶南郊，经五丈河注入梁山泊。现只需在定陶切断水脉，加之今年闰月天旱，梁山水泊必然干涸成沼泽之地。此时，元帅可征各乡民夫运土填泽，多路并举，齐头并进，不日，大军即可长驱梁山寨，不愁梁山不灭。”童贯道：“此计虽好！但梁山军岂会坐以待毙？那定陶弹丸之地如何固守？况于定陶阻绝水脉，一旦天降大雨，则必酿水患。”哈迷蚩笑道：“无妨！此定陶城，南为五丈河，西北傍山，其势巍峨，易守难攻！可先于城东加固城墙，修筑堡垒，此为其一；其二，自定陶另有一条水系，名曰菏水，流入微山。只需深挖拓宽菏水水道，待功毕之时，遣重兵驻守，再阻绝五丈河，引流入菏水至微山。此乃明修栈道，暗度陈仓之计！”童贯闻言，喜笑颜开，心情大好，于军中设宴盛情款待金兀术等人。

次日，童贯修密函一封，差心腹干将送右路军统领梁正英，嘱其依计行事。

光阴似箭，日月如梭，一晃又是立夏。前些日，巨野守将洪光得军师令，命其择机攻取定陶、济阴，打通西进之路。

这日，洪光备了一桌酒宴，召关冲、雷震和新收的好汉李达一道吃酒议事。洪光道：“上回定陶城得而复失，误了出山东夺中原大计。现巨野城兵精粮足，各位头领每日操练有方，士气正旺！前些日军师传令，命我等择机攻取定陶、济阴，以便大军前出宛亭。”雷震闻言，道：“前回有探子报，那定陶城自开春至今一直在加固城池，外贴告示，军民人等只许入不许出，城中所需吃用物什均由官家采办，不知葫芦里卖的什么药。”

众人正说话间，突有探子来报：几日前，定陶官兵已将五丈河断流……

洪光闻报，大惊道：“坏事了，今岁天旱，若这五丈河再断流，梁山泊岂不是要干涸！”雷震怒道：“这帮兔崽子，敢在太岁头上动土，俺们正好去收拾那厮！”李达道：“俺新入伙未立寸功，这回定让俺打个头阵！”

洪光心忖：军师有令，命我择机攻取定陶，如今正是出兵时机。遂于次日下令：由李达领精兵五百昼伏夜行，于五日后拂晓前，到达定陶城东门外潜伏，待天明城门开时突然杀入，由雷震领兵三千，待李达入城城中火起，便掩杀入城，由关冲领兵三千随后接应，自己镇守巨野。各头领得令，分头准备。

洪光思忖此番出兵事关重大，遂修书一封，差人送往梁山寨给军师吴用。

第四十回

吴用急令收兵
苏荣醉酒被缚

转眼到了盛夏时节，吴用觉得心中烦闷，邀来林冲、公孙胜在聚义厅一起吃茶。

吴用道："这几日心中烦躁不安，吃睡不香。前几日，得探子回报，张叔夜又调遣军马兵犯齐州。幸有大将黄信、杨林与之相持，又有神机军师朱武相辅，暂且无忧。然病尉迟孙立不敌栾廷玉，已退守登州孤城。"公孙胜道："去岁举事，朝廷大军忙于征辽，各州郡缺兵少将。梁山义军势如破竹，占山东拒河北，不日将可入主中原。未料辽邦迅即溃散，朝廷大军得胜还朝，却来征剿梁山军。前回童贯大军败回阳谷关山，未被聚歼，其元气未伤，势必反扑。梁山恐有恶战在即！"吴用又道："本预料童贯应在春季再战梁山，可这几月未见响动，似乎有异。"林冲道："那厮上回吃了大亏，损兵折将，定是心惊胆战，不敢造次。反正是兵来将挡，水来土掩，来一双，杀一对。有何惧哉！"

众人正说话间，巨野守将洪光派遣的小校，紧步入聚义厅来，递上一封密函。吴用拆开细瞧，叫一声："不好！"忙将密函递与公孙胜，回头对林冲道："巨野城洪教头来函，道是定陶官军断了五丈河，又加固城池。今洪教头已令李达、雷震、关冲出兵去袭定陶。"

公孙胜道："若五丈河断流，水泊干涸，失了地理之险，势必危及梁山。"

吴用又道："梁正英先疏菏水，再断五丈河，引流入菏水，以通水脉。又修筑城垣，备我夺其城池。彼先后有序，处事有谋。我应戒急勿躁，待彼松懈之时，再伺机图之。战势不过奇正，以正合，以奇胜。此时，洪教头出兵袭城，彼必有备，恐遭不测。况巨野城精锐尽出，城中兵力空虚。若敌乘虚偷袭，巨野危矣！"林冲听了吴用这番言语，急道：

"今军师作何处置？"吴用答道："不慌！巨野至定陶需五日路程，至今兵发不过两日。速令洪教头派快骑昼夜不停，急去追回不迟！"言罢，吴用急修书一封，差人火急送往巨野城。

吴用思来想去，忧巨野城虚，次日一早又令郓哥、高峰、李平带上六辆惊雷战车，领三千精兵驰援巨野。

巨野城洪光收到军师吴用紧急军文，急唤来一位心腹校尉，做一番吩咐，令其快马出城，火速去追关冲等兵马。

此小校名唤苏荣，巨野本乡人氏，平日里做事干练，深得洪教头赏识，常被派作探子，往济阴、定陶探察军情。

苏荣得了军令，即挑了匹骏马飞驰出了巨野城，昼夜不停向前疾赶。次日傍晚，夕阳西下。苏荣见前面是个岔道，直去往定陶，往左通成武，不远有个大风庄，庄口有家酒铺，掌柜却是个女的，颇有几分姿色。这苏荣常在这条道上走，时常在这家酒铺打尖，与那婆娘眉来眼去，已是混得熟了。苏荣心道：这昼夜赶路已是人困马乏，何不从左道走。一来惦着那婆娘风姿，二来打个尖吃碗茶汤，再抄小道往定陶去，也不耽搁时辰。心中主意打定，一提缰绳便转向左边大道而去……

再说这大风庄酒铺女掌柜吴氏，彭城人，祖上做过县尹，家道没落嫁给这邻近大风庄张姓枣贩为妻。前几年夫妻俩开了这家酒铺，两年前丈夫与人相约去应天府做趟买卖，可这一去杳无音信，这家酒铺由吴氏撑着，生意倒也不错。

这日傍晚，吴氏浓妆艳抹一番，身穿一袭淡黄色衫儿，酥胸微露，头上斜插一朵小野黄菊，倚着柜台正等客人来。闻道上马蹄声传来，吴氏出了铺子，见那骑到了近前，吴氏眼睛一亮，心中一乐，嗲声叫道："哎哟！这可不是苏大哥呀，这些日子浪到哪儿去了，怎么不见个人影？"苏荣飞身下马，笑道："你这浑家只认得银子，怎会记得俺这野汉！"说罢，苏荣拴住马放些草料，随吴氏入酒铺坐下，道："浑家，今日俺有急事，不与你打闲语，赶紧弄个大杂烩，吃了便赶路！"吴氏摆动腰肢，努了努嘴道："干啥急嘛，今早奴家偷着收了些黄牛肉，让厨子炖了烂熟，给你弄一大盆再烫壶酒，吃了再走也不迟！"苏荣忙道："那就赶紧上牛肉，这酒也就作罢了！"吴氏娇声道："稍坐毋急，这就上肉。"挪腰转身下去。不一会儿，厨子端上一盆热乎乎的黄牛肉，飘香入鼻。苏荣早已饥肠辘辘，放开肚皮狼吞虎咽起来。吃得正香时，那吴氏手中提一壶酒过来，挨近了坐下，柔声道："你这野汉子吃得这么急，是不是赶去寻相好？俺这女儿红是老舅家拿来，舍不得与客人吃，今日您苏大哥来了，非得吃上一碗。否则，不许出这铺子！”说着，起身筛上两碗酒，顺手抢过桌上包袱夹在腿间。苏荣不好意思伸手去拿，心中暗自叫苦。吴氏笑道：“好男不跟女斗，你可不许欺侮俺小女子。”苏荣心急，知道包袱里是要紧军文，也不好明说，只是道：“使不得，使不得，莫要胡闹，赶紧将包袱还与俺！”吴氏见苏荣一副着急模样，更加开心，笑道：“俺偏不给你！要喝了这碗酒，便放你走！”苏荣嗅到这女儿红阵阵飘香，沁人肺腑，又拗不过吴氏。心忖：就喝了这一碗，也不打紧。便笑道：“你这浑家真会做生意，俺就依你一回，喝了这碗酒，便结账赶路！”说完端起酒碗，一仰脖子“咕噜咕噜”一口气喝下肚去。

吴氏见状，忙起身道：“慢着，慢着，还没跟奴家碰个碗呢，独个儿喝了不算！”不待吴氏说完，苏荣已是碗底朝天一口气喝完。吴氏一扭屁股坐下，娇声道：“不算，不算，这么久没见面，这喝酒也该碰个碗，真是不在理！”说着，又提起壶给倒了大半碗。苏荣赶紧道：“使不得，使不得！”吴氏将那包袱放于桌上，挨近身子道：“你要想再喝也没了，就这半碗。你这负心汉，上回不打个招呼就走了。这回你总该陪上一碗，又不会吃了你。”苏荣一碗热酒下肚，觉得这酒香醇纯正，身子热乎起来，经不住吴氏卖弄风骚，心头一热，脖子一仰又倒进肚里。道一声：“好酒！”怀中摸出一锭银子放桌上，道，“不用找了，留着下回喝，走了！”

吴氏接过银子满心欢喜，将包袱递与苏荣，道：“当真有急事，奴家也不强留你。”苏荣接过包袱，身子晃了一下，忙用手撑住桌子，吴氏急上前扶住苏荣，道：“你这般着急赶路还行不？”

这苏荣奉令昼夜赶路已是累了，刚才这陈酿女儿红劲道十足，又喝得急了，此时已是酒劲上来，口中喃喃而言：“不碍事，不碍事。”眼睛却是睁不开，“咣”的一声瘫坐下去，趴在桌上动弹不得。不一会儿，就鼾声如雷，睡过去了。

吴氏见苏荣不胜酒力，当场醉倒，心有歉意。忙唤来厨子，二人连拖带扛，弄去内间厢房让苏荣歇息。

正当此时，酒铺进来一人，穿一身黑衫裤，身高不过六尺，长得獐头鼠目，尖嘴猴腮。此人唤作懒虫阎阿五，家住大风庄。此懒虫阎阿五原本生于殷实之家，家中排行第五，只因少年丧父，娘又弄了个男人，阎阿五落得没人管教，稍大了，便混迹于市井赌坊，养成游手好闲，泼皮一个。

这日，阎阿五踩了狗屎运，手气挺旺，赚了几贯铜钱，想着到酒铺来撮一顿，再把以前赊账给结了。

阎阿五腿还未迈进酒铺，便大呼小叫起来："老板娘，本大爷来了！"喊了几声，没人搭理，进门也没瞅见有人。此时正逢吴氏与厨子将苏荣扛去内间。阎阿五眼珠贼尖，见酒铺中空无一人，却有一个包袱置于酒桌上，便径直过来伸手将包袱打开，瞅里面包着几件衣衫，抖出一把短刃、一封书信。

阎阿五少时念过几年私塾，识得几个字。见信封用蜡封住，心想这定不是寻常平信，便忍不住将信拆开来瞧，顿时大吃一惊。

只见信中书道："关冲、雷震、李达诸将，军师急令，官军先修城垣，再断五丈河，定有预谋，若贸然去夺定陶，恐有不测，应速回军。故本将特令苏荣传令，各部人马火速撤回巨野，不得有误！"

懒虫阎阿五识得少年英雄飞虎雷震，当年在巨野城中因欺侮一对卖唱父女，正巧遇着那雷震，被其打得半死，一口恶气没出处，后来得知那飞虎雷震投了梁山。

阎阿五瞧着信，正想得入神。吴氏从里间出来，瞧是懒虫阎阿五打开了桌上包袱，瞧着信发呆，便尖叫起来："哎哟！你这死鬼，这是客人包袱，怎可乱翻？"阎阿五闻吴氏发话，回过神来，便一拍桌子，道："这回大发了！"吴氏冷笑道："你这懒虫，莫不是白日做梦，想疯了吧，俺这儿还有几笔赊账没付呢！"阎阿五瞪了吴氏一眼，道："你这婆娘过来，这包袱是谁的？这封信分明是梁山贼人的紧急军文！"吴氏闻言，吓得半死，哆嗦着道："这包袱是一位姓苏的客官的，刚才喝醉了酒，似死人般沉，俺与厨子好不容易弄到里间放下。"阎阿五用手一指，问道："那人还在里间？"吴氏点了点头。阎阿五压低声音，道："老天送元宝，活该俺发财！"吴氏闻言，急催问阎阿五是怎么回事。

阎阿五道："如今梁山军占着巨野城，官兵占着定陶城，这信中说，定陶城官兵断了五丈河，巨野梁山军去攻打定陶又怕中了计，巨野梁山军头领洪光派这姓苏的去送信，让梁山军火速撤回。"吴氏道："怪不得他不肯喝酒，说有急事要赶路。"阎阿五又道："这信中所提梁山贼人雷震俺认识，今日把那姓苏的贼人绑了拿去送官。"吴氏闻言，急道："不可！进店便是客。再者，那梁山军可不是好惹的，要是知道了，俺小命可不保！"阎阿五一瞪鼠眼，厉声道："你这婆娘畏惧梁山贼人，可不怕官家？今日这信落在俺手上已是把柄，俺去告官，怕是你这婆娘落个私通梁山的罪名，处个满门抄斩！"吴氏一听，吓个魂飞魄散，怔了半晌，道："那你道如何处置？"

阎阿五龇着牙，道："早有官家贴出告示，捉住梁山贼人一名赏银百两，今日又获紧急军文，想必定有重赏！这样吧，你我趁这贼人酒醉未醒，赶紧捆个严实，再去告知庄上里正，挑几个壮丁押送，一道送去告官，事成之后分你些赏银。”吴氏一听有花银可得，乐得眉开眼笑，急去寻了条麻绳，将苏荣捆个结实……

第四十一回

李达命丧定陶城
雷震激战白虎坡

这李达原本是金乡读书人，从小喜习武艺，后屡试不第，家道中落，于镇上打铁铺上谋生。一日与人抱打不平，伤人性命，逃至巨野，入伙梁山军，做事有勇有谋，深得洪光赏识，升做头领。

再说李达奉了洪光将令，随即提了条生铁棍，点齐五百精兵，趁夜出城。一路上昼伏夜行，于五日后半夜，赶至定陶城外，拣一处丘峦密林中伏下。李达命副将常生领七八精干军士扮作进城走亲戚的、做买卖的，一早去城门外候着。

过了卯时，天已大亮。城中放下吊桥，城门开了，出来五六个兵丁大呼小叫吆喝着……常生等人随众向前，待近身了，个个儿抽出利刃，一阵猛砍狂戳，未等这些兵丁回过神来，已被结果性命。李达见常生得手，手中铁棍往空中一举，大喝道：“兄弟们，杀！”一马当先，飞驰向前。五百精兵紧随其后，冲入城去。

李达领军马冲入城中，却无兵将阻挡。李达见里面空旷无人，周遭又筑有城墙，其内是一座瓮城。心中大惊！

这城中守将是新任广济军都统符京，原是雁门关守将。张安归降梁山后，符京得右路军统领梁正英举荐，调任为广济军都统。符京到任后，即在定陶城中又筑了座瓮城。

李达未知详情，闯入瓮城中，顿觉不妙，正欲退兵，只听三声惊天炮响，周遭城墙上现出无数官军，瓮城敌楼上树起一面“符”字大旗，李达大呼道：“众兄弟，快快退出城去！”众军士转身往城门口奔去，只闻得“当”的一声巨响，那城门上放下一座千斤石闸，梁山军不得而出。

守在城门外的常生，闻城中三声炮响，又见落下千斤石闸无法打开，觉入城的梁山军定是凶多吉少，即令众人割断了吊桥绳索，领众人撒腿就跑，去给后队梁山军送信，可还没跑多远，城楼下上乱箭纷纷射下，皆被射倒在地。

飞虎雷震率后队距定陶城不远，得报李达率军杀入城内，也急驱军马往定陶城奔而来。大军风驰电掣般到了定陶城外，见城门洞开着，那城头上已换成了梁山军“李”字大旗。雷震心喜，欲挥大军抢过吊桥去，却瞥眼见城门外吊桥旁有数人中箭倒在地上，中间一人身中数箭，欲挣扎着起来，似在朝自己伸手示意，雷震心中诧异，忙令三军止步不前。早有几位军士上前扶起那伤者。那人不是别人，正是副将常生。雷震见常生口中鲜血直涌，已是活不了，只闻常生断断续续道：“雷将军，城中——有——伏——兵……”

雷震闻听常生这话，大吃一惊！急问道：“那李将军如何？”二人正说话间，城楼上箭如雨点般射来，雷震急挥刀拨开乱箭，几名盾牌手赶紧上前护住雷震。正当此时，城中冲出大队官兵，往前掩杀过来，领头的正是广济军都统符京。

此时李达及其麾下五百梁山军士悉被射杀于定陶瓮城中。符京于城楼上见雷震未中诱敌之计，遂挥军杀将出来。

雷震见官军杀出城来，飞身上马，举刀高呼道：“弟兄们莫要惊慌！传我将令：后队变前队，交替掩杀，依序而退！”幸亏梁山军平日操练有度，此刻临阵不惧，遇变不惊，且战且退。雷震抖擞精神，亲自断后，连斩几员敌将。正是：刀起处血光片片，手落时人头滚滚。

前回广济军由张安统领攻打郓城，几乎全军覆没。现今多半是新招兵士，没见过大阵仗。见梁山军异常凶猛，大都临阵怯战，不敢拼死效命。

飞虎将雷震抵住符京杀在一起，二人刀来枪往战了十几个回合，不分胜负。雷震瞧个空，使了个回马刀，在符京马腿上砍了一刀，那马儿疼得一阵乱蹶，符京跌落马下，胸口又被那马蹄子跺上两脚，胸肋断了几根。雷震正欲挥刀上前结果这厮性命，这厮却被几个亲兵抢回阵内。雷震乘势挥军掩杀回去，广济军损了主将抵敌不住，争着抢过吊桥，自相践踏死伤无数，败回定陶城内。

梁山军杀退定陶城广济军官兵，雷震急令军马往后撤退，自己押在阵后。副将高宏将后队变前队，一口气奔走了约五里地，前面已到白虎坡。这白虎坡两边是丘峦山冈，中间夹着小道。据传先前曾有白虎出没，故取名为白虎坡。

高宏正欲纵马上坡，忽闻几声炮仗响起，两边山冈中树起无数旌旗，从土坡上涌出一标人马，一杆“赵”字大旗猎猎作响。高宏勒马定睛一瞧，为首的正是广济军副都统赵禹。这赵禹面庞黝黑，天生一股蛮力，使一柄狼牙棒，高喊道："梁山贼人哪里走！大爷在此等候多时了，赶紧投降留你个全尸！不然碎尸万段！"

高宏闻声，气得虎眉倒竖，目眦欲裂，大呼道："众儿郎随本将杀上坡去。"发一声喊，高宏一马当先，梁山军蜂拥而上，坡上滚石箭弩如雨点般打下来，梁山军人马损失惨重。高宏肩上中了一箭，战马也被射倒。高宏是条烈汉，咬牙拔出利箭，肩膀上血流如注，自己扯了条布缠裹了，脱去上衣光着膀子，又几次冲上坡去，无奈官兵居高临下，占着地利优势，皆被击退。

雷震闻报官军占了白虎坡，退路被阻，赶紧纵马到坡前。见两边山冈中间夹一小道，乃大军必经之地，便对高宏道："此隘口要地，官军平日都未设关隘，所备资械必定不多，我等只需轮番佯攻，待其滚石箭矢耗尽，再一鼓作气拿下！"

雷震让高宏在旁歇息，由盾牌手在前护住，弓箭手随后，轮番往上佯攻冲杀。赵禹见梁山军一拨冲上被打退，另一拨又冲上坡来，如此反复，恰似潮涌潮退无休无止，突然回过神来，此分明是车轮战术，待我箭矢耗尽再来夺关，不由得勃然大怒！见梁山军又欲退下坡去，便舞动狼牙棒，拍马追下坡来，"噼里啪啦"，挨着伤、碰着亡，士卒喽啰哪里抵挡得住，被打倒一大片。

雷震见状，急纵马上前抵住厮杀，一个是棒沉力猛，另一个是刀快手狠。二人在斜坡上杀得难解难分，双方兵士也不敢放箭，怕误伤了自家主将，兀自观得入神，全然忘了双方对战。正在酣战之时，坡上杀声四起，官兵大乱！

原来是关冲领军前来接应，见白虎坡上梁山军与官军交战正激，遂挥军从坡后杀上坡来。

赵禹与雷震酣战正激，突闻山冈上杀声震天，知道坏事，无心恋战，遂虚晃一棒，勒转马头急往山冈奔去。雷震瞅山冈上旌旗乱舞喊杀震天，赵禹勒转马往冈上窜去，料是后援关冲大军杀到，便大吼一声，紧追赵禹杀上山冈。

梁山军前后夹击，官军抵挡不住，白虎坡上几座山冈皆被梁山军攻占。官军慌不择路四散逃窜，赵禹见官军溃散已不听号令，忙弃了马一头钻进山间野道，也逃命去了。

梁山两队人马在白虎坡会合，也不去追赶官兵。雷震将定陶城官军事先有备，前队李达人马已中计被害之事，细述与关冲。二人恐追兵赶来，由关冲为前队，雷震为后队，急奔巨野而去。

关冲领军马正急急而行，忽有一队乡勇押着一辆囚车迎面而来。待到近时，那领头的乡勇瞧清了不是官军，而是梁山兵马，惊呼一声，众乡勇似惊弓之鸟，往林中乱窜，大道上只留一辆囚车。关冲拍马上前，瞧囚车中关着一人，正是巨野城中派作探马的苏荣。

关冲举刀一挥，将囚车劈为两半，兵士上前扶出苏荣。关冲道："兄弟为何弄得这般狼狈？"苏荣一脸羞愧之色，道："说来惭愧！"即将军师吴用料定陶城官兵有诈，让洪头领下令火速撤兵，自己受洪头领之令，前去给诸将传令，却因途中贪杯被捉之事说了一遍。

关冲闻言，怒道："兄弟好生糊涂！俗话说救兵如救火，你这一耽搁，却害了众家兄弟性命！那前队李达与五百儿郎都已命丧定陶城中。"

苏荣闻言，怔了半晌，突然转身上步，抽出兵士腰刀，往脖子上一抹，鲜血四溅。那关冲要去夺刀已是不及，这好端端一条汉子伸了几腿，便没了气息。众人扼腕叹息，关冲让手下兵士在路边刨了个坑，草草掩埋之，又急往巨野城退去。

第四十二回

梁正英攻打巨野城
独角兽大破惊雷车

上回说洪光收到军师吴用密函，急派苏荣去传令收兵。次日晌午，郓哥、高峰、李平三将携惊雷战车，领三千兵马来援巨野城。郓哥将军师吴用所授破敌之计，细述与洪光。

洪光心想：军师担忧官军乘虚来袭巨野，那军师号称智多星，料事如神，断无妄言！急唤手下部将尹尚、范保于城楼上多备守城用的滚木礌石、灰瓶熟油、箭矢强弩，令士卒严加戒备日夜巡查，又派出多路哨马前去查探。

炎夏之日，洪光连夜布置城中防务，一夜未睡，正想去打个盹儿，忽有哨马匆匆来报：右路军统领梁正英亲率大军来犯巨野，前锋由刘盛领兵，占了山口重镇，今已过了南庄，离巨野城不足十里之地。

洪光闻报官军来袭，心中佩服军师料事如神，马上派快骑走旱路去梁山给吴用送信。自己提了条花枪，与郓哥、高峰、李平等众将直奔南门城楼。

这巨野城北倚梁山水泊而筑，城高墙厚，护城河有数丈之宽，易守难攻。洪光与众将道："军师早已定下破敌良计，待官军到时，先以惊雷战车出击，挫其前锋，再依城守战，耗其锐气，待关冲、雷震回师，堵其退路，梁山寨再出精旅左右夹击，吾等倾城而出，与其决战。"言罢，即令尹尚、范保各领所部镇守东、西二门，自己亲守南门，郓哥、高峰、李平三将领本部兵马，只待敌军到来，即出城与战。

且说右路军统领梁正英自接到童贯密令后，便调广济军都统符京去镇守定陶城。符京到了定陶后，随即征召四乡八方民夫，修城垣、建瓮城、疏菏水，练兵筹饷，待诸事妥后，即引流入菏水，断了五丈河。符京料那梁山军必会派兵来夺定陶城，以解梁山水泊断流之危。便于定陶城设下诱敌之计，又令副都统赵禹去占了白虎坡，断梁山败军退路，以便一网打尽。梁正英见符京用兵有度，处事有方，不愧是久历沙场老将！心中大加赞赏。让其镇守定陶城，十分放心，遂亲率大军来袭巨野城。

再说巨野城守将洪光获报敌军来犯，令各部严阵以待，自己亲临南门城楼上。不消一袋烟工夫，只见远处扬起漫天飞沙，遮天蔽日，官军蜂拥而至。敌军阵中高竖着一杆“刘”字大旗，特别耀眼。洪光心想，必是那刘盛前锋到了。

此刘盛原是单州守将，使一支凤翅镋，有些真本事。上回失了单州，因是童贯远亲未被深究，梁正英将其留在身边。这回刘盛讨了先锋，正欲建个功名，一雪前耻。

刘盛见城门外吊桥已经拉起，城楼上旌旗无数，梁山守军早有防备，遂令大军离护城河一箭之地摆开阵势，自己跃马上前，高喊道：“梁山贼人听着，本将奉梁大将军之令，率五万大军来取巨野。若识相的，赶紧打开城池投降！本将保你不死。若打破城池，玉石俱焚，罪及九族！”

洪光见刘盛长着一双牛眼，面色如枣，膀阔腰圆，约莫三十年纪，手提凤翅镋，在阵前叫骂，气焰十分嚣张，大喝道：“败将刘盛休要猖狂！你家梁统领亲弟梁正明在此，速去传话给梁正英，让其速速退兵。不然，这就削了梁正明这厮狗头！”说罢，就让兵士将梁正明推上城楼。

原来，吴用早就有心计。当初金兀术送东方明上梁山来，就没打算让其换回梁正明。今巨野城一役，料那梁正英性情刚直，估摸着不会念其弟性命而误军国大事，但若其不亲临城下，或可暂作缓兵之用。于是，吴用让郓哥、高峰、李平三将领兵来援巨野时，还捎带上了梁正明。

那刘盛闻听梁正英之弟在城头上，吃了一惊。抬头瞧这城楼上，确有一蓬头垢面之人被押着。刘盛没见过梁正明，也不知真假。心中嘀咕：倒是听梁大人说起有个弟弟在大名府中，如今又怎会落在梁山贼寇手中？万一那个梁正明是真的，一旦将贼人逼急了，害了梁大人亲弟性命，那梁大人定会怪罪，岂不是误了俺的前程？想到这里，刘盛朝城楼上大声喝道：“城中守将听着，你我征战不伤及无辜性命，耳闻梁山自夸替天行道，行侠仗义，如今绑人家属作为要挟，不是好汉所为！传出去岂不让江湖中人笑话？如果真有本事，就把人给放了！放下吊桥出城来，你我拼个死活！”

洪光任凭刘盛阵前如何叫骂，也不搭理，坚闭城门不出。刘盛叫骂多时，见城楼上无人搭话也不见城中有人出战，又不敢贸然攻城，怕果真伤了梁正明性命。下令退兵五里外，扎下营寨，以待梁正英大军到来。

次早，梁正英率大军赶到，将巨野城三面围住。刘盛慌忙来见梁正英，梁正英没等刘盛开口，便质问刘盛为何按兵不动。刘盛忙将梁山军持梁正明为质，挟以退兵之事，告诉梁正英。

梁正英叹了口气，道：“前几月老父来信，已获悉家弟被贼人掳上梁山寨。想不到被劫持到巨野城，欲挟之使我罢兵，今奉令讨贼，岂能念亲徇私！”

刘盛道：“梁大人对朝廷赤胆忠心，真乃大宋栋梁，末将实是敬佩！”

梁正英又道：“盗贼不除，家国不宁。我劳师远来，应趁敌援未至，速战速决！不可以妇人之仁，而延误军机！”说罢，梁正英又拨五千兵马给刘盛，下令从南门攻城。刘盛得令转身欲出中军帐，又回头问道：“今日是三门同时攻打否？”

梁正英脸上掠过一丝冷笑，道：“否矣！东、西二门围而佯动，以牵制守军，使敌不知我所攻，而不敢分兵去救南门。”

刘盛道：“大人足智多谋，末将实是佩服，今日定当拿下巨野城，以报大人知遇之恩。”说罢，转身出了中军帐，点齐军马，亲率大军，杀向南门。

刘盛率军正要攻城，突闻城楼上炮响三声，郓哥、高峰、李平三将率梁山军冲杀出来。梁山军以战车开道，向官军阵中杀来。

刘盛早听说梁山军有一种战车，叫作“惊雷车”，临阵冲锋甚是厉害，今日见了已是胆寒。只见这惊雷战车，远以劲弩连射，近则利钩长矛，在官军阵中横冲直撞，官军抵挡不住，死伤惨重。

梁正英在阵后观战，见梁山军战车厉害，官军阵形大乱，不能与之相抗。急令鸣金收军，大军后撤十里地外，才安下营寨。

官军初战失利，梁正英甚是苦闷。当晚，独个儿于营中伏案苦思。忽见空中呈现五彩祥云，正看得眼花缭乱之际，云中突现一金甲天神，直降落在营中。梁正英诚惶诚恐，赶忙上前倒身便拜。只闻得那天神道：“吾乃汝祖上世宗，现为四门值日神将。今恰过此处，观汝为城中战车所败，特予汝独角神器，与彼相抵。但此战尚不能为胜，应早日退兵为善。切记！切记！”梁正英心中诧异，正欲答话，忽一阵浓雾弥漫，那天神早已不见。梁正英心中一惊，醒了，原来是个梦。但见案桌上，却留有一张黄纸，细瞧纸上绘有一幅画：一辆两轮神奇车，横竖着一巨木，足有二丈余长，可击敌车之前甲；间有坚板，宽有丈余，可御敌之刀剑；坚板后巨木中塞入木柄，兵士可执之向前。

此独角神车正可克敌之惊雷战车。梁正英大喜！细想那梦中所见天神，道是祖上世宗，必是祖上生前积德，已封为天门神将，今日特来指引。心中感慨万千。梁正英连夜令人依样赶制这独角神器。

双方休战两日。又一日大早，刘盛领军又去搦战。郓哥、高峰、李平三将依旧引惊雷战车杀出，却不料官军阵中隐着独角神器。这独角神器与惊雷战车相抵，战车悉数被毁。官军大队乘机掩杀过来，梁山军兵寡不敌，退回城内，刘盛下令攻城。

洪光亲临城楼，见官军攻城，远则以强弓劲弩连射，近则以滚木、礌石乱砸，再用滚烫热油、粪汁浇泼，顿时惨叫哀号之声不绝于耳。

梁正英见刘盛久攻不下，命人将营中置备的三架轒辒推至护城河边。

据传这轒辒最早成于东周墨家，专为攻城之用。那轒辒比城头还高，官军登上这轒辒居高临下往城楼上射箭，城头上梁山守军纷纷中箭，伤亡惨重，情势相当危急。

洪光见状，忙令人去城内将早已备置的几筐“霹雳火雷”取来。此“霹雳火雷”由整张羊皮缝制而成，里面注满松香麻油，拴有一条长绳。军士将油捻儿点燃了，甩了甩便抛向那轒辒。这轒辒用木头做成，遇火便着，瞬间燃成三座火台，官军来不及下来，已被烧成火人，惨不忍睹。

双方激战了一日，死伤无数。梁正英见官军攻打了一日，已是疲惫不堪，便引兵退去，准备明日再战。

入夜后，梁正英正琢磨着明日攻城之策，忽有探马来报：城东南山口镇被梁山军攻占，另有郓城梁山军走旱路来援。梁正英闻报大惊！山口镇被占，大军后援被绝。若巨野城久攻不克，则大军粮草难以为继。急唤众将来中军帐中商议。此际，又有飞鸽传书到来，道是梁山军正攻打成武。

原来关冲、雷震领兵过了白虎坡，急往巨野城来，途中收到军师急函，令其部兵马速去攻占山口镇，以断敌后援。又令扑天雕李应引单州、金乡兵马去攻打成武。一来断敌退路，二来进逼定陶、济阴，攻其所必救。

梁正英获报心急如焚，若成武被占，则定陶、济阴危矣！今巨野城一时难克，山口镇被占，后援难继。想起梦中祖上所言，尽早退兵为善，遂于当晚下令，由刘盛断后，大军连夜拔寨，沿五丈河退去。

第四十三回

尤道长布阵围齐州
郭药师施计占寿张

且说林冲获报梁正英退兵，一颗悬着的心总算放下。但闻李达及所部五百将士命丧定陶城，雷震部将高宏箭伤发作殁亡，巨野城守将范保及军士伤亡三千余人，不禁黯然神伤！吩咐铁扇子宋清录造阵亡将士名册，依令抚恤其家中老小。

过了几日，神机军师朱武飞鸽传书，送来紧急军文：左路军统领张叔夜率大军围齐州、打章丘，中有妖道尤真于齐州城外布下阵法，梁山军不得出城驰援章丘。镇三山黄信只得高挂免战牌，守城不出……

林冲忙召来吴用、公孙胜、柴进、武松等人商议军情。林冲将信递与吴用。吴用看罢，道："神机军师朱武道法谋略高深，行事谨慎小心，尚不敌尤真，此人必定法术高强，不可小觑。"吴用停顿了会儿，又道，"官兵围齐州打章丘，意在长白银矿，章丘失，长白不保，则我梁山断饷矣！"言罢，又将信递与公孙胜，问道，"公孙先生有何破敌良策？"

公孙胜看完朱武来信，苦笑着道："那尤真二仙山学道，拜师华真人，此华真人与吾恩师师出同门，说来与吾师以师兄弟相称。尤真从华真人处学得奇门遁甲之都箓大法，自然比朱武道高一尺。"

吴用闻言，忙起身道："此役事关重大，若齐州有失，则占山东逐中原，北拒西进之大计毁矣！今唯有公孙先生亲自出马，方能解此危局！"

公孙胜忙答道："观朱武来信所言，贫道揣度尤真所设之阵，应是天、地、人、鬼四阵。若要破此阵法，贫道得先去趟蓟州无终山，向恩师借得法器方能成事！"

林冲道："这救兵如救火，还望先生即刻动身。"

公孙胜当即收拾行装，众人送至金沙滩。这天旱不雨加之五丈河断流，渡船离滩头颇远，公孙胜只得脱了靴袜卷起裤管，蹚过半里地烂泥滩才上到船上，与众人遥相挥别。

且说张叔夜为破齐州煞费苦心，经高唐州知府孔文光力荐，下重金从东京汴梁邀来尤真道长。那尤真到了张叔夜营中，第二日察看了齐州城四门风水地理，没几日便于东、南、西、北布下四座大阵。名曰：天相、地绝、人诛、鬼煞。

这日，镇三山黄信正与神机军师朱武议事，忽有东门守将胡风来报：今日一早登城，城外不见了往日景象，似是天上一般仙境……

黄信、朱武忙随胡风来到东门城墙上，只见：护城河外浓雾缭绕，祥云旖旎，云雾中有七彩霓虹。又隐约可闻箫笛笙簧吹奏之声，忽见一白眉长须者，似太白金星，驾鹤于云霄间；随之又有一群衣着绚丽女子，簇拥着一驾鸾车，挥舞长袖，翩翩起舞；忽而又见一天将胯下白马，足有几十丈高，领着一队金甲武士飞驰而过……

黄信见状，心中大惊，众将士面面相觑。朱武见此情景，对黄信道："此乃仙道之人施的移星大法，所呈景象皆虚幻。"言罢，定了定心神，启法眼望去，只见祥云之中隐藏着一股煞气。朱武对黄信道："这几日，暂且不要出城交战，静观其变，以不变应万变。"朱武话音刚落，又先后有南门、西门、北门守将各派人急急来报，道是有紧急军情。黄信、朱武闻报，匆匆赶去，到各门察看究竟。

南门外，浓雾中或现山川五岳，或大漠流沙，或惊涛骇浪，或断崖峡谷，或飞流瀑布……种种异象，令人惊骇不已。

西门外，又是一番惨烈景象，所现皆是前朝大军厮杀场景，旌旗蔽日，金鼓争鸣，刀戟相举，战马嘶叫，呐喊厮杀之声，此起彼伏。千军万马直杀得天昏地暗，星月无光。

北门外，所见却是阴曹地府之所，这十八层地狱阴森恐怖至极，各种鬼怪魑魅魍魉，受诸般刑罚，刀砍、斧剁、腰斩、车裂、挖心、剖腹、油煎、烹煮……哀号惨叫之声不绝于耳。直看得心惊胆战，真让人魂飞魄散。

黄信、朱武看罢四门，不识是何阵法。黄信只得传令各门紧闭不出，严加巡防，以备敌人袭城。

没几日，黄信又收到姚忠平飞鸽传书：官军集重兵攻打章丘，虽有长白寨花荣领兵助守，恐敌众我寡，难以久守，望齐州速派援兵相救……

黄信与朱武几经商议，此番定须请公孙先生来，方能破得妖阵。朱武当日即修书一封，飞鸽传书于梁山寨。

次日一早，入云龙公孙胜为破尤真在齐州所设的天、地、人、鬼四阵离开梁山，往蓟州无终山。当日，吴用又收到扑天雕李应传来紧急军文：梁正英趁其攻打成武之机，袭取了金乡，其已回兵防守单州……吴用即招来林冲等头领商议对策。

吴用道："金乡失，单州三面受敌，恐也不保。若单州再失，则梁正英无后顾之忧，可倾力攻打巨野。失了巨野城，则西进中原，无根基之地。"

众人正在聚义厅中，商议如何收复金乡，那张安跌跌撞撞地进来，大叫："众头领大事不好了，寿张城失陷了！"

前面说公孙胜与张安率军马出寿张城，于三十里埠、乌松冈二次伏击官军后，退回寿张城中。没过几日，吴用遣人来邀公孙胜至梁山寨议事，城中只留萧让与张安领军镇守。

吴用闻寿张城失陷，顿觉天昏地暗，两眼金星直冒，差点儿晕倒。林冲道："莫要惊慌！慢慢道来。"张安即将如何城破述说一遍。

原来剿寇兵马大元帅童贯得金邦军师哈迷蚩献计，令右路军统领梁正英在定陶城断了五丈河，绝水泊之源，密筑瓮城，诱梁山军前去攻城，又让梁正英引兵攻巨野，迫使梁山军分兵去救；又令左路军统领张叔夜布阵齐州，打章丘夺长白，断梁山银饷……令郭药师率军取寿张、攻郓城，自己率大军压后。

郭药师得令后，于月前便令精干兵士，或扮作客商小贩，或扮作卖艺游僧等，三五成群混入寿张城中，城中守将萧让和张安竟丝毫未觉。郭药师闻右路军梁正英攻打巨野城正急，见时机已到，即从阳谷起兵马三万，昼伏夜行潜至寿张城外。当晚，官军里应外合，从西门杀入城内。城中守将仓促应战，萧让与张安苦战半夜，见大势已去，只得率部奋力突出重围。天亮后，萧让收拢残兵败将，清点兵马不足两千，让张安赶往梁山报信，自己率残兵退往东平。

郭药师轻取寿张城后，便挥军直逼郓城。郓城守将美髯公朱仝和母大虫顾大嫂以轰天炮痛击官军，又出惊雷战车杀伤大批敌军。郭药师见梁山军轰天炮、战车厉害，便令大军离郓城五里地扎下营寨。

林冲、吴用闻报军情，召众头领商议后，令武松为主将，率郓哥、高峰、李平领兵马一万为前锋，去夺寿张城，令张安领兵三千作为后队。又传令中路军华兴、金通从中都发兵五千，与东平城萧让会合后，助攻寿张城。

令章雄、卢刚、东方明、方青、周飞江南五侠领兵一万五千人，趁夜色从水泊西砾滩上岸，当夜奔袭郓城外敌营，双方混战半夜，互有损伤。次早，距官军大营十里地外，倚水泊扎下大营，与郓城成掎角之势。待梁山军夺取寿张城，断了其后援，再合力击之。

郭药师白日里攻城不克，半夜里又遭梁山军偷营，双方激战半夜互有损伤。次早，郭药师召集部将商议后，下令兵士沿寨外开挖壕沟，垒起土墙，以备梁山军再来偷营。又密令挖掘通向郓城地道，传令各营坚守不出，只待童贯大军到来再战。

且说华兴、金通得军师之令后，点齐五千兵马，出中都晓行夜宿，急急往东平与萧让会合后，又赶往寿张城去。

这东平与寿张有两日路程，半道中间有一条济水连着水泊。大军行至济水太平渡时，已是傍晚。这太平渡，有三十几丈宽，与水泊相通，往东流入渤海，今岁天旱水浅。

华兴道："这太平渡无一条船只，大军连走几日，已是疲惫。今日时辰不早，不如沿济水安营，派哨马前去探明情况，明日一早再行过河。"

金通道："老弟所言差矣！俗话说，兵贵神速。怎可让一条小河，挡住我大军去路？看这济水久旱未雨，深不过膝，蹚过水连夜赶去，明早便可到寿张。"

萧让闻言，道："金兄所言甚是，武松兄弟从梁山发兵，想必此时已在寿张城外激战。俗话说，救兵如救火！我等不可在此耽搁。"

华兴闻二位头领如斯说，也不多言。金通即下令大军渡过济水。

前述郭药师前锋袭取寿张城，料东平、中都梁山军必来夺城，便于十日前，将船只都拖上西岸去，又在太平渡上游二里地外，用麻袋堆起水坝，此时已是蓄得水满。

金通率前队梁山兵马正蹚水过河，快到对岸之际，忽然众人惊叫起来。华兴与萧让抬眼望去，只见上游水"哗啦啦"汹涌而下，众军士见状大惊，赶忙手脚并用，拼命往对岸去。正此之际，又闻一声炮响，如晴天炸雷，对岸忽冒出无数官兵来，河中梁山军不知所措，岸上官兵箭如雨点般往河中射来，梁山军纷纷中箭，倒在水中。此时济水已没过胸口，转眼间，金通与部下两千余军士被滔滔济水淹没，随浊波而去，声息全无。

这边梁山将士看得真切，却没法援手，眼睁睁瞧着众兄弟瞬间被济水冲走，不禁潸然泪下。

华兴正寻思觅船渡河，欲与官兵厮杀，为众兄弟报仇雪恨，忽闻对岸鼓角齐鸣，只见官兵推出无数小船、木筏开始渡河。

萧让见状，忙对华兴道："看来官军已有防备，今日折损了许多弟兄，伤了锐气，老弟速领军撤往东平。"言罢，萧让率五百弓箭手断后。华兴领军急往东平奔去……

第四十四回

武松激战寿张城
吴用夜读鬼谷书

上回说寿张城被郭药师率军袭取，郭药师乘胜去攻郓城，将寿张城交后队盖达把守。这盖达上次为先锋，征战梁山损兵折将，大败而回，这回领五千兵马驻守寿张城。

武松奉军师吴用之令，与郓哥、高峰、李平三将领一万兵马，前去攻打寿张城，盖达派副将张闯出城迎战。

张闯前回随盖达征剿梁山受伤被俘，后与梁山俘将杜兴交换，捡回一条性命。这回心中憋了一口恶气，定要报仇雪耻。

二将见面也不搭话，张闯挥动狼牙棒一招泰山压顶快如闪电，直奔高峰面门，高峰不及闪躲，忙举刀相迎，直震得虎口开裂，双臂发麻，二人刀来棒往，战了十几个回合。李平见敌将力大棒沉，高峰稍逊一筹，急挺枪上前，大喊道："哥哥且回，让小弟会他一会！"高峰闻声，虚晃一刀，勒马回阵。李平抵住张闯，又战了二十几个回合，正杀得难分难解，郓哥又拍马上阵接住厮杀，张闯汗流浃背，渐感不支。

盖达在城头上看得真切，见梁山军以车轮战术轮番上阵，怕张闯吃亏，忙鸣金收兵。

武松趁势下令攻城，双方攻守激战半日，不分胜负。武松见天色已晚，军士长途奔袭已是疲惫不堪，遂下令收兵，离寿张城五里，倚鲁运河扎下营寨。只待华兴、金通、萧让兵马到时，再行攻城。

第三日，天刚入夜，武松正在中军帐中与郓哥、高峰、李平商议军情，只闻营寨外传来呐喊厮杀之声，武松等人忙奔出帐外，已有小校急急来报：官兵大队人马从西、北、南三面攻入营寨，正向中军大营杀来……

原来，蔡攸领三万兵马围住范县，铁叫子乐和与鬼脸儿杜兴二将镇守范县，见官军围城便驱铁甲连环马出城迎战，却被蔡攸的拐子枪队所破，三千铁甲军丧失殆尽。当夜范县被官军攻破，乐和、杜兴二将率军突出重围，只剩得几百残兵，投郓城去。次早，蔡攸便率大军往寿张城而来。

再说官军三面攻入大营，来势凶猛，情况甚是危急，武松急令全营各队往中军寨聚集。倚运河围成扇形阵势，由盾牌手在外，依次是长枪手、刀斧手奋力抗击。蔡攸挥军三面围攻，一时不能得手。

这鲁运河因天旱不雨，河水深不过膝，武松见官兵势猛，先令郓哥率弓箭手后撤，蹚过鲁运河，抢占东岸高地，再令李平率梁山军后队退到东岸，自己与高峰断后，率军且战且退。

蔡攸见梁山军往后退却，便纵马向前。二军鏖战正激，武松于乱军中，瞥见蔡攸在阵前现身，心头一热，血往上冲，双脚用劲，蹿起丈高，挥戒刀凌空朝蔡攸面门劈下。蔡攸正往前凑，未料武松跃出阵前，戒刀凌空劈来，眼前一道寒光，急甩头躲闪，一条肩膀却活生生被砍落，疼得蔡攸大叫一声，翻滚落马。武松飞步上前，正要结果其性命，几个亲兵手快，急抢过蔡攸。

武松发起神威，戒刀左右狂挥，官兵血肉横飞，高峰借机率军往前拼杀。官兵见主将受伤一时大乱，纷纷往后败退。

武松见官军被杀退，也不穷追，下令大军后撤，急速蹚过运河，清点人马，却少了高峰。此时，天色已暮，对岸闪动无数火把，官兵大队又追至河边。不一会儿，官军开始蹚水过河，刚行到河中间，这边梁山军箭弩齐发，官军猝不及防纷纷中箭，被射杀大半，余众扔了火把，逃回西岸。

梁山军马于运河东岸待到半夜，仍不见高峰归来。武松估计高峰兄弟是凶多吉少！若于此处耽搁至天亮，恐与大军不利，遂与郓哥、李平商议后，决定将大军连夜撤往东平去。欲与萧让、华兴、金通兵马会合后，再起兵来夺寿张城。

大军走了半夜，前哨探马来报，却是东平城已被官军攻破，金通头领济水战死，萧让与华兴率军突出东平城，已退往中都。武松闻报大惊，急命哨马传令大军转往梁山，让阮小七、童威、童猛率水军前来接应。

话说武松砍断蔡攸一条臂膀，杀退官军下令撤军，那高峰冲入敌阵，却未获知撤退之令，正往前冲杀，却遇张闯率寿张城兵马杀到，将高峰及部众一百余人团团包围。

原来盖达闻蔡攸率大军赶到，正攻打梁山军营寨，即命张闯率三千兵马出城，从西北角攻入梁山军营中。这张闯见围住高峰等人，大喊道："梁山贼人！尔等已身陷重围，今日插翅难飞，赶紧弃械投降，免你一死。如若不然，定当碎尸万段！"高峰闻言，大怒道："放尔狗屁！梁山好汉绝无投降二字！”言罢，挥刀直取张闯。

前番郓哥、高峰、李平三将以车轮战术与张闯战个平手，今番高峰力战多时，已是人困马乏，精疲力竭。高峰拼尽全力，战了十几个回合，渐感不支。张闯越战越勇，一招秋风扫落叶过后，紧接着又一招力劈华山，狼牙棒劈头砸下，高峰力乏，不敢硬挡，急闪身躲过，却勒马不及，坐下马头被一棒打得稀烂。高峰滚落在地，几位梁山军士飞步上前护住，却被张闯挥棒打翻。高峰率剩余军士奋力拼杀左冲右突，终不得突围。眼瞧身边只剩得五六个受伤军士，官兵重重围困，突围无望，用力将长刀往地上一插，仰天长笑。笑罢，对军士们大声道：“来生我们再做兄弟！再杀贪官！”说完，这上刀山高峰拔出短剑，自刎而亡。

再说今年河北、山东大旱，又逢蝗灾，田地荒芜，庄稼绝收。梁山粮草即将告罄。前些日，江南五侠奉令去解郓城之围，武松去攻寿张。大队人马刚走，吴用又派出几支人马下山去征粮，已过多日未有收获。吴用连日心情烦躁。

这日，又是月中十五，吴用一早下山察看水泊旱情。自入春后久旱未雨，加之断流，水泊干涸，四周泥滩被晒得龟裂，偌大一个水泊，只剩几潭死水。见此情景，吴用忧心如焚。回到山寨又与林冲等头领商议了半日，未有良策。

吴用忙碌一天用过晚饭，抬头见窗外皓月当空，繁星点点，难得一个众星捧月好日子，吴用心中窃喜。公孙胜下山时要走了《捭阖》《反应》二卷神书，尚留《揣》《摩》《权》三卷。这鬼谷神书唯在月圆之夜皎月之下才得现显，今晚难得明月高悬，正可一观天书。

吴用让手下亲兵去请林冲来，自己沐浴更衣，焚上一段沉香木。少顷，林冲到来，二人心怀虔诚，小心打开这《揣》篇。

只见竹简上端刻工整的隶书，经皓月一照闪着金光。吴用轻声念道：“古之善用天下者，必量天下之权，而揣诸侯之情。量权不审，不知强弱轻重之称；揣情不审，不知隐匿变化之动静……”林冲一脸茫然，问道：“此为何意？”吴用道：“且看后言。”吴用又念道：“何谓量权？曰：度于大小，谋于众寡；称货财有无之数，料人民多少，饶乏，有余不足几何？辨地形之险易，孰利孰害？谋虑孰长孰短？……百姓之心，孰安孰危？反侧孰辨？能知此者，是谓量权。”念到这里，林冲拍桌称奇，道：“量权即为度量权衡之意，两国交兵，应从天时、地利、人和去做度量权衡比较，既知己又知彼，方能百战不殆，真是天下奇书！”

吴用叹了口气，道：“然也！如今梁山军与朝廷相争，已失了天时、地利。前岁举事之时，正值朝廷征辽，各州郡缺兵少将，梁山义军攻城陷地，势如破竹，半个山东已是义军天下。去岁辽都为金攻陷，辽帝远遁，辽境平定，大军还朝，已是敌强我弱。加之五丈河断流，天旱未雨，水泊干竭，梁山已失去天堑屏障，时局于我不利！”

林冲道：“虽然不得天时，不占地利，但朝廷腐败，贪官横行，官家横征暴敛，民不聊生，官逼民反。我梁山替天行道，民心所向，只要兄弟同心，拼死相搏，扭转乾坤，也未可知！”

吴用道：“林教头所言正合吾意！现今宋军郭药师部兵犯郓城，只待武松夺回寿张城，断了其后援，便倾梁山之力灭了郭药师部，再兵发定陶，疏通五丈河，还流水泊，便可转化危机。”林冲闻言，道：“军师尽得揣摩之术，此乃梁山之大幸！”

二人夜读神书，正读得兴浓，忽有哨马急报：东平失陷，金通战死，萧让、华兴败退中都，寿张城外武松兵败，退往梁山……

吴用闻报，血往上冲，顿觉眼前一黑，跌倒在地。

第四十五回

智多星定计战官军
郭药师先发取郓城

上回说吴用闻报，血往上冲，晕倒在地。幸有林冲在旁，赶紧掐人中，按印堂，揉胸捶背，吴用才缓过神来。林冲又让人去请神医安道全来，安道全问明缘由，给吴用把切了脉，道是急火上攻，一时血瘀气塞所致，并无大碍，临走给配了服药方。

傍晚时分，又有哨探来报：大队官军援兵，自寿张城往郓城来，今离郓城不到百里之地。

当夜，林冲、吴用召众头领至聚义厅中商议。吴用将武松攻寿张城失利，东平城失陷，金通战死，官兵大队援军往郓城来，说与众头领知悉，又问众头领有何破敌良策。

众头领听完，一时沉默不语。李逵左右瞅了瞅，见众人不语，大声嚷道："古人有话：兵来将挡，水来土掩。管他什么鸟人，让俺尽管去杀个痛快！"吴用瞪了他一眼。柴进低头沉思片刻，抬起头道："郭药师部屯兵郓城外，又得强援，郓城告急！如今解郓城之危，乃当务之急！"燕青接着道："今岁天旱，偌大一个水泊，已成沼泽之地，失了天堑地利，不能固守拒敌，应集梁山精锐，决而胜之。使敌不敢觊觎我梁山，再无妄动犯境之念！"宋清也发话道："山东去岁蝗灾，今岁干旱。前些日，差几路人马下山征粮，却未有大的斩获，现有粮草尚可支撑三月。"

吴用闻听众头领所言，咳了几声，道："童贯此番发兵来犯，左路张叔夜以妖阵围齐州，又攻章丘、长白，意欲断我银饷。数日前，入云龙公孙胜已动身往彼处，想必能化解此危。右路梁正英兵犯巨野，败退归途中，却袭取了金乡，扑天雕李应已派重兵扼守栖霞关，此栖霞关不失，单州无虞。梁山西、北二面，已失了范县、寿张、东平，适才获报武松攻打寿张城失利，大队官军援兵，正往郓城而来，若郓城再失，则梁山三面受敌，恐将危矣！”

吴用说到此处，停了会儿，呷了口茶，又道：“敌众我寡，敌分兵进击，我若与之分兵相争，则我寡敌众，势将不敌，宜被各个击破。故毋与敌于次地相争，应集龚县、瑕县、邹县、任城之兵马，踞守中都，以拱卫梁山之东。聚我梁山精锐之师，决战于郓城，力争歼敌大部！”林冲闻言，拍桌赞同，众头领也齐声称是。

吴用当下取出令箭，令轰天雷凌振领兵三百，连夜将轰天炮三十尊运往郓城。于后日拂晓，炮轰郭药师大营。传令郓城守将朱仝于后日拂晓炮轰过后，以倾城之兵，出北门攻击官军南营。传令江南五侠于后日拂晓，闻炮声率军从东面攻入敌营。传令巨野城关冲、雷震领兵五千，于后日拂晓赶至郓城，从西面杀入敌营。又令黑旋风李逵领精兵两千，于后日拂晓前，从礼乐滩上岸，进袭来援之敌，令浪子燕青领精兵两千，于后日拂晓前，从沙平滩上岸，进袭来援之敌。令小旋风柴进领精兵两千，于后日拂晓前，从下沙滩上岸，进袭来援之敌。

这张安已回到山寨，吴用又令张安领所部兵马，也于后日拂晓前，从石碣村上岸，闻炮声响攻敌北营。

由活阎罗阮小七与童威、童猛兄弟领水军接应各部，其余各部头领镇守山寨！

吴用号令刚下，林冲急道：“不妥！此役事关梁山存亡，俺林冲理当冲锋陷阵！”吴用笑道：“镇守梁山事体重大，非大当家的坐镇不可。”林冲忙道：“军师一番心意，林冲心领了，此番事关重大，俺岂能安心居于寨中，明日武松兵马便回山寨，镇守山寨之事，尽可交付武松！”吴用拗不过林冲，便道：“那便由林教头领精骑五千以作后援。”

吴用话音刚落，聚义厅中一小将高声道：“各位头领叔伯，小侄不能于寨中闲着，这回也要出寨杀敌，为梁山建功立业！”吴用见是小将晁云龙，板下脸道：“小后生莫要插嘴，战场上厮杀是大人之事，等你再长几岁，自然有你的份！”云龙闻言，心中一急，脸颊通红，正欲答话，林冲朝云龙挥了挥手，道：“莫急！”又对吴用道：“军师听俺言：云龙这几年功夫已有火候，眼下正是少年英雄时，让他在沙场中多磨炼也是好事！”吴用闻林冲如此说，也不好再回绝，便道：“那就跟随林教头身边多历练，沙场征战，刀剑无情，一切不可恣意妄为。”云龙听了，满心欢喜，连声应诺。智多星吴用传下军令，已是三更。

这水泊已成沼泽之地，滩涂泥泞，不便大军进出。前几日，吴用下山察看，见乡民踏着自做的滑板，于沼泽地中捉那鳅鳝，其行如飞，便参照

这滑板，画了图稿。取名“龙鳅”。当即传来宋福，交代明日依图赶工，多造龙鳅，以供大军进出水泊之用。

次日，武松回到山寨向林冲、吴用请败军之罪，吴用道：“兄弟何罪之有？兄弟领军远征，敌数倍于己，兄弟尚能于危难之时，伤敌主将蔡攸，全军而退，非但无罪，反而有功。若论有罪，也是吴用料敌不周，调度失策之罪。”武松又道：“适才上山时，闻明日于郓城外与敌决战，这番定让武松出战，以功补过！”林冲忙道：“兄弟连日征战劳累，应将息几日。况镇守山寨重任，交由兄弟担当，其责不轻！”武松急道：“哎——，虽说这几日奔波，有些疲乏，但只需让俺吃上一顿酒肉，再睡个囫囵觉，就不碍事了，明日定杀他个片甲不留！”吴用夸道：“兄弟铁骨铮铮，真乃当世英雄！”

当晚，梁山大摆筵席，一为武松等人接风，二为明日决战。众好汉对酒当歌，尽抒英雄情怀。真道是：今日有酒今日醉，休管明日生与死。

再说范县为敌攻破，乐和、杜兴率军突出重围，杜兴上回阳谷城破被俘，后与敌将张闯交换，觉得有辱梁山好汉英名。今日见只剩得几百残兵，心中一阵难过，觉有愧于梁山，欲拔剑自刎，幸乐和手快死命抱住，众人苦苦相劝，言道：留得青山在，不怕没柴烧；好汉报仇十年不晚。好劝歹说才作罢，乐和与杜兴带领弟兄们几经辗转，这日也到了郓城，却见官军在郓城西北角扎下营寨，便绕至南门入了郓城。

乐和、杜兴二人见过朱仝、顾大嫂、凌振几位头领，将范县失守经过，述说了一遍，朱仝等人好言相劝，安慰一番，朱仝又道：“明日拂晓，俺奉军师令，率大军出城与敌决战，二位兄弟正好相助顾大嫂把守城池！”乐和、杜兴即道：“悉听大哥吩咐！”

再说郭药师率大军抵郓城后，果见梁山军惊雷战车、轰天炮厉害，便退至城外西北角，扎下营寨，垒好土墙。令士卒开挖通向郓城壕沟，梁山军屡派惊雷战车出城交战，都倾覆于壕沟中，官军却于壕中进退往来自如，轰天炮杀伤力大减。郭药师又密令士卒昼夜赶挖地道。

这日，吴用定下决战郓城之计，郭药师也正将地道挖至郓城北门下，并于地道中堆上火药。城中梁山军丝毫未觉。

当晚，朱仝、顾大嫂命人杀牛宰羊大摆筵席，宴请各部校尉军佐，犒劳众军士。众好汉大碗喝酒，大口吃肉，谈笑风生，早将明日生死置之度外。

众人正吃得开心，忽从北门传来一声惊天巨响，如天崩地裂一般，竟将桌上碗盏震起寸高，众人耳朵震得嗡嗡作响。

原来官军哨探已侦知梁山军马异动，郭药师即下令对郓城发起攻击。真是：先下手为强，后下手遭殃。

朱仝等人赶紧出府门察看，只见北城门外腾起一炷黑烟，裹挟着火焰足有几十丈高。凌振见状，急得直跺脚，惊呼道："坏事了，定是北门被炸塌了！"朱仝见状，大呼道："兄弟们抄家伙！随本将去北门！"手下亲兵早就牵过战马，递上大刀，朱仝上马横刀，与众头领直奔北门去。

又说郓城外官军用过晚饭，郭药师下令引燃埋在城下火药。随着一声轰天巨响，城门坍塌，城墙被炸开几十丈宽缺口，城头上梁山守军被炸得血肉横飞，连同昨夜凌振刚运到的轰天炮也被炸飞，靠近城门的梁山守军死的死、伤的伤。官兵早已趁夜色，潜伏于沟壕中，见城墙炸塌，纷纷跃出壕沟，从炸坍的城墙缺口处蜂拥而入。城内梁山守军被震得犯蒙，突见烟尘中大批官兵从城墙缺口突入，守军仓促应战，抵敌不住，死伤惨重。

朱仝见城墙炸塌，急与顾大嫂、乐和、杜兴、凌振及亲兵卫队百余校尉抄近路飞驰北门。奔出没多久，便遇上大队官兵，双方混战一处。朱仝一马当先，手中春秋大刀左砍右劈，无奈巷道狭窄，不得尽展神威，官兵似潮水般涌来，越战越多，母大虫顾大嫂一对泼疯刀舞得风雨不透，抵住右边官兵，铁叫子乐和、鬼脸儿杜兴挡住左边官兵。两厢人马混战多时，朱仝见巷道太窄，手中大刀施展不开，久战相持，恐将不利，便传令且战且退，欲退至巷口，转大道再往北门。后队刚退至巷口，却见大批官兵蜂拥而至不得复出，只得沿小巷往南门退却。

待朱仝等兵马退至南门，却见官兵前锋正与南门守军厮杀，朱仝飞马上前，抡开手中大刀，一阵狂砍猛劈，官兵碰着伤、挨着亡，官军前锋兵马不多，见梁山军勇猛，往后败退而去。

朱仝忙收拢溃败人马，加之南门守军，亦有三四千兵马，正欲往北门杀去，却有败退下来军士报知东、西二门也为敌所占，官兵大队正往南门杀来，朱仝见郓城已失，败局已定，便率军出南门，急奔合蔡寨而去。

第四十六回

郓城外章雄战官军
水亭子吴用话成败

上回说官军攻占郓城，朱仝率军奔出南门，撤往合蔡寨。郭药师下令穷追，梁山军奋力抵抗，且战且退。正当危急关头，突有援军杀到。正是巨野城关冲、雷震奉军师之令，领五千军马连夜赶去郓城会战，兵马走到半途，恰遇上朱仝等所率梁山军与官兵厮杀正激，遂挥军杀入。官军不料梁山有援军杀到，被杀得人仰马翻，四处逃窜。朱仝见追兵被杀散，也不穷追，与关冲、雷震两拨兵马合在一处，退往合蔡寨去。

再说江南五侠奉令于郓城外，依水泊扎下营寨，与官军对垒。这日晚，章雄正与众兄弟在帐中议事，忽闻郓城北门传来一声巨响，章雄等人忙出帐察看，遥见郓城北门火焰突起，映红了半边夜空。章雄顿觉不妙，大呼道："定是官军打破了郓城！"急传令千佛手卢刚、铁头侠周飞领精兵五千，先行奔赴郓城，自己与东方明、方青夫妇点齐一万兵马随后赶去。

章雄率军赶到北门外，只见城门被炸塌十几丈宽，城头上已换成"郭"字大旗。卢刚、周飞五千人马已杀入城中，只闻城中杀声震天。章雄也欲挥军冲入城去，突见西北方尘土飞扬。定睛细瞧，却是官军大队杀来。章雄大惊，急唤号兵入城去，传令卢刚、周飞火速从城中退兵，又令梁山军列阵相迎。真是：狭路相逢勇者胜！

须臾，官军前锋杀到，二军杀在一起。这批官军正是蔡攸部下张闯军马，从寿张城赶来郓城。

前回说寿张城外，蔡攸被武松砍去一条胳膊，武松率军撤回梁山。蔡攸被手下军士救回，营中军医给上了金创药止住血。蔡攸失了胳膊，又气又恨，一心要报此仇。于次日清早，授张闯为前锋，率五千兵马先赶赴郓城，自己不顾伤痛也随后率军向郓城进发。

张闯率军赶到郓城时，正遇上郭药师炸塌北门，攻入城中，章雄领兵去救。两军相遇即在城外厮杀混战在一起。一时之间，兵对兵，将对将，刀剑斧钺相交，嘶叫喊杀之声，响彻夜空。直杀得地动山摇，星月无光。

且说这卢刚、周飞率五千军马从北门杀入城去，直杀到南门，闻知朱仝军马已退出郓城往南去，官军出城去追，也冲出南门紧随而去。

再说章雄、东方明、方青率所部梁山兵马与张闯前锋混战之时，官军后队陆续赶到，梁山军与之奋力拼杀。这时，城中官军已剿清残余守军，也出城来夹击梁山军。章雄见敌众我寡，情势危急，遂令人连发火焰信号，让水军前来接应，全军拼死突往水泊……

梁山寨中各路军马只待拂晓出击，不料官军先行发作攻占郓城，章雄率孤军拼死苦战，终不能挽回败局。

此役梁山军马折损大半。吴用心中万分懊恼！自古用兵，兵贵神速，滞则不胜。如今让敌军占得先机，失了众多兄弟。连日来，茶饭不思，闭门不出。

这日一早，林冲叫人熬了些小米粥，又来探视吴用，林冲做一番劝慰走后，吴用喝下这碗粥，觉这几夜未睡好有些困乏，又上床歇息。刚上床一会儿，忽见窗外电闪雷鸣，狂风大作，天空中乌云笼罩，如同黑夜。顷刻间，大雨如注，倾盆而下。吴用欣喜，此番可解水泊干涸之危，周边旱情可除。吴用正凝神注视，突见水泊中浊浪翻滚，蹿起两条黑色巨蟒，眼如铜铃般闪着绿光，其状多变，又似那蛟龙，腾跃于半空中。吴用大骇！正惊疑间，那两条巨蟒望见吴用窥视，忽张开血盆大口，朝吴用猛扑过来，吓得吴用大叫一声。这一惊叫，却把自己惊醒，原来是做了个噩梦。吴用惊出一身冷汗，回想梦中情景，恐有不祥，正欲去南山找林冲，突有山下探马来报：童贯征数万民夫，日夜赶工，于水泊东边东平荡和西面下沙滩，挖运土石填泽筑路，径直通往梁山。

林冲正于南山寨中操练兵士，见吴用匆匆而来，知道有事，吩咐晁云龙继续操练，与吴用二人走到寨后水亭子中，林冲心中不胜感慨，道："当年正是于此亭中，手刃了王伦，推托塔天王晁盖坐了梁山头把交椅，聚义士，杀贪官，劫富济贫。本想做出一番惊天地、泣鬼神之伟业，却未想招了安。如今历经坎坷，从头再来，不惧风高浪急，不以成败论英豪！替天行道，心中坦荡荡！"

吴用仰起头，笑道："何尝不是！适才教头走后，打了个盹，梦见天降大雨，水泊中蹿出两条巨蟒，直扑吴用而来，梦中惊醒，就闻报童贯征民夫于东、西二面填土筑路，径朝梁山而来。如此，不出三月，梁山不守！”

林冲淡淡一笑，道：“军师不必介意梦中情景，事在人为，天道助正。不瞒军师，前些日，已获悉童贯攻占东阿、平阴后，调十万大军直逼梁山，征民夫填泽铺路，以便进军梁山。去岁山东蝗灾，今岁又逢干旱，十里八乡农户粮食歉收，闻官家征役，有钱有粮，便蚁附蜂拥而至。这几日见军师寝食不安，精神萎靡，几番想告知此军情，怕伤了军师心神，故隐忍不说。今已差几拨人马下山，去袭扰之！昨日又获报花荣、姚忠平失了章丘、长白，退至泰山界首一带。”

吴用闻言，苦笑道：“时至今日，罪在吴用。梁山重举义旗之时，朝廷大军在辽东征战，梁山军分兵各处争城夺地，未倾全力出东明，逐鹿中原。岁前，虽败了童贯兵马，却未一鼓作气，乘胜兴师，错失良机！今官兵卷土重来，梁山兵马分兵东、南各处，易被各个击破，如此梁山岌岌可危！”

林冲道：“军师不要太过自责，情势变迁，世人难料。当务之急是定个良策，以解梁山之危。”

吴用道：“两军相争无外乎天时、地利、人和之数。宋金结盟，平了辽东，金占关内幽州不返，意在中原。金人灭辽在即，之后，必定挥师南下。届时，朝廷自顾不暇，梁山即可取渔翁之利。再者，天有不测风云，此天旱不雨，能持续多久？若天真要亡我梁山，你我又有何足惜！故依我之计：相持待变，乱中取胜！”林冲闻言，点了点头道：“军师审时度势，定能力挽狂澜。”吴用接着道：“水泊成了沼泽，巨野已是鸡肋，守之无益。今应调巨野等处兵马，力保中都，与梁山进退呼应。”林冲连声赞同。吴用当即唤过手下，去巨野城传令，调关冲、雷震领所部兵马赶赴中都，只留洪光镇守巨野。

林冲、吴用二人正在水亭子中议事，忽见一人风驰电掣般到了亭前。二人定睛一瞧，不是别人，正是神行太保戴宗。

前回说戴宗半道中被尤真施法算计，元气大伤。留在魏家堡疗养了数月，得以恢复元神，便施展神行之术赶回梁山。林冲、吴用见戴宗到来，大喜。吴用将戴宗走后所发生战事，概要向戴宗叙述一遍，然后又道：“既然戴宗兄弟元气已然恢复，那就烦劳兄弟明日去泰山界首走一遭，传花荣速回中都。”戴宗应声下去歇息。次日一早，便去泰山寻花荣。

吴用见戴宗走远，又道：“上月混江龙李俊让人捎来口信：李俊化名李杰，自称海外客商，以商贾往来琉球，于海州府东海，打造了十几艘大船。海州知府杨勇系青面兽杨志胞弟，杨勇虽知李杰实乃李俊，然因与梁山有交情，一切皆当作不知。琉球番王见李俊从大宋中土而来，长得气宇轩昂，一表人才，又出手阔绰。不似琉球土著，塌鼻凹眼，又黑又矮，招李俊做了驸马，李俊深得番王信任。不久便回梁山复命。”林冲道：“依军师算计，可要出走海外？”吴用苦笑了一下，答道：“不尽然，凡举大事者，必先虑其败。历来起兵造反，都是成王败寇。若举事不成，众兄弟亦有一条归路。”林冲闻言，浓眉紧皱，问道：“每艘海船可载具多少兵士？”吴用答道：“应可容纳三五百人。”林冲一时不语。吴用道：“若战事果真不利，可先载梁山妻小出走，或为梁山留点血脉火种。”

林冲闻言，面容惨淡，对吴用道：“俺林冲哪里也不会去，生当为梁山汉，死也做梁山鬼！”

吴用一时语塞，过了会儿道：“如今事不至此，一切还未有定数，只是先做个万全之虑罢了。”林冲又道：“此事于众人面前说不得，怕寒了众兄弟的心。”吴用接着道：“谋事在人，成事在天。你我自当竭力而为，不以成败论英雄！”林冲点头称是。

二人正说着，又来了一人，却是小旋风柴进。柴进匆匆而来，见林冲、吴用在水亭中，便笑道：“今日二位哥哥这么有兴致，闲坐水亭中？刚才去寨后走动，闻二位哥哥坐水亭中，便过来了。”吴用答道：“我与林教头谈些杂务，没甚大事。”柴进道：“有一事早就想说，不知二位哥哥能否给小弟讨个人情？”林冲道：“你我之间还客套做甚？但说无妨。”柴进道：“寨中关押的梁正明与我沾着远亲，从祖上后周世宗柴荣算来，是同宗同根。”吴用忙挥手将柴进话语打断，道：“哎！兄弟不要说了，这件事也确实忘了，那梁正明现又被押回梁山寨。这厮押着还多耗粮食！再说咱梁山也确曾对不住梁家，不劫生辰纲，也不会生出诸多事端来！”说到这里三人会心大笑。三人又闲扯了一会儿，吴用让柴进去放了梁正明。

第四十七回

吴用出檄文告示三军
张安献计谋坑害义军

上回说吴用与林冲在南山水亭中定下持之相抗，待之以变之策。

次日，吴用又拟定檄文，告示三军：

去岁敌犯境梁山，我梁山全体将士英勇神武，以一当十，前赴后继，奋勇杀敌。敌溃不成军，狼狈鼠窜，龟缩良久，不敢妄动。今敌再犯梁山，并趁天旱水泊枯竭之际，强征民夫，填泽筑路。意欲合围绞杀梁山。然我梁山将士上下同心，众志成城，山寨固若金汤。若敌贸然犯境，必使其有来无回！

为使三军将士奋勇杀敌，建功树业，特立下奖惩赏罚之律令：

不论将士人等，凡斩杀敌兵士一名，赏银十两。斩杀或俘获敌尉佐一名，赏银五十两。斩杀或俘获敌将校一名，赏银五百两。斩杀或俘获敌主将者，赏银千两。因战致残、殁者，由梁山供养、抚恤家小至终。

有献计谋策，足以退敌取胜者，赏金百两、银千两，并得以升迁重用！

若临阵退缩不前，违令擅处，致战败者，斩！

今特以明示，依律而行。

没过几日，张安来找吴用。张安道："末将看了军师告示，自个儿寻思着：自入伙梁山未立寸功，又得各位头领厚待，深感愧疚。这几日，思来想去，想到一计，不知是否稳妥，今日也不怕军师笑话，前来禀告。"

吴用闻张安前来献计，大喜，道："这几日，吴某正苦思破敌良策，不得安眠。张将军有好计策，快快道来，不要客套。"

张安便道："童贯于各乡县广征民夫，为筑路劳役，我梁山何不趁机密遣几千精干将士扮作乡民，混入劳役民夫中，再里应外合，伺机偷袭，敌猝不及防，必然大败！"吴用闻言，连称"妙计！"张安又接着道：

“待动手之时，令将士们以臂缠黄丝带为记，以免误伤。”

吴用听完张安破敌之计，欣喜万分，道：“张将军献此妙计，已是立了头功，待破敌之日，必以告示所述，论功行赏！”

张安笑道：“末将献此计策，并非为图奖赏，实为梁山替天行道之宏图大业着想！”吴用听了，赞道：“张将军文武兼备，胸怀远大，实乃梁山之幸。”

二人又闲谈一会儿，张安向吴用告辞，吴用送出张安，也随即去寻林冲商议。

吴用见到林冲，二人又到南山水亭中，吴用将张安献计之事叙说一遍。林冲眉头紧皱，沉思不语。

吴用问道：“教头以为如何？”林冲缓缓答道：“此计风险极大，有一环出个纰漏，则满盘皆输。此张安乃广济军降将，不似我等兄弟，已共历患难，同处生死久矣！今梁山势危，难保其无二心。”

吴用笑道：“这个无妨，其妻小尽在山寨之中，岂敢胡为？如今也是兵行险着，别无良法。明日吴某下山，去乡里走一遭，看情形而定吧。”

林冲见吴用如此说，心中稍慰，便道：“如此也罢，那军师明日下山，多带几个弟兄，以备不测。”

吴用摇了摇头，道：“不可，官兵耳目众多，人多反而显眼。”

二人就这桩事也算议定。正在这时，戴宗又至水亭中，向吴用、林冲禀报：奉令于泰山界首见到花荣、姚忠平二位头领，以神行之术将花荣带至中都城。吴用问了些中都城守备情况，吩咐戴宗下去歇息。

次日，天未亮。吴用带上郓哥、李平二人，从东平荡上岸，直奔范庄去。途中，吴用对郓哥、李平道：“吴某先前做教书先生时在范庄待过，曾教过庄主的公子。这庄主姓范名亮，为人厚道，人称范大善人。你二人就说是我亲戚，从龚县张庄和李庄来的，这二年粮食歉收，庄稼人吃不上饭，今闻官家在此地征徭役，欲借贵庄之名讨个生活。”二人听了，笑道：“外甥见过舅舅。”

三人一路上说笑着，不知不觉到了范庄见到范亮。范亮见是教书先生吴用，吃惊不小。忙支开庄丁，迎入客堂落座。

范亮开口道：“先生好大胆！传闻先生上梁山做了军师，今怎会到敝庄来？”

吴用笑道：“传言不虚，吴某确曾上过梁山，但皇恩浩荡，多年前招了安，已归顺了朝廷。如今好似闲云野鹤，四方游走。近来，闻匪众借梁山好汉之名，啸聚水泊为盗，抗拒官兵，实败坏梁山忠义之名。此盗非彼

盗矣！”言罢，众人大笑。

范亮道：“老夫也正纳闷此事。梁山不是在前几年招了安，怎么又出了大盗，今官家征人征粮，又要去剿梁山。经先生这么一说，方才明白过来，原来如此。”

吴用又道：“范庄主刚才说到官家征人征地，吴某也正为此事而来。这二位是我外甥，家住龚县张、李二庄。去年蝗灾，今年旱灾，又逢官家逼粮，可把庄稼人害惨了！闻这边官家征人，有粮吃还给工钱，就让吴某来说个情，要您范大善人行个大善！”

范亮见吴用说明来意，满脸堆笑道：“老夫也正为此事犯愁。虽说此番征役，官家出粮出钱，可庄上农户闻是去水泊铺路通往梁山，都传言梁山大盗凶得很，杀人不眨眼，连官家都怕，农户乡丁多不敢应征。若是人头数不够，可要被官家罚粮。今先生为此事来，老夫也乐得做个顺水人情，何乐而不为！”

吴用见范亮这么爽快应允，便让郓哥拿出一包纹银放桌上。吴用笑道：“这点薄银是两个外甥孝敬您老的。这张、李二庄有两三千汉子，都想往这边来，您老可要多费心了。”

范亮斜眼瞟这包纹银，估摸着足有四五十两，乐得合不拢嘴，忙道：“此事好说，隔壁王庄、陈庄也愁人头不够，老夫这就修书两封，让两位外甥自个去走一趟，应无大碍。”言罢，即取过笔墨，修书给王、陈二庄庄主。

吴用与郓哥、李平三人揣上范亮书信，也不在范庄耽搁，径往王、陈二庄而去……

吴用等回到山寨后，郓哥、李平二人忙着挑选精干军士扮作农户下山，去应征徭役。

吴用又与林冲商议后，定下声东击西之计：令各头领率所部人马，轮番去西路下沙滩驱赶民夫，袭扰护路官兵，却暂弃东路于不顾。意使敌误判梁山军欲占郓城，夺定陶，复通五丈河，前出东明，诱使敌固守郓城，而不敢分兵来战，再突然回师，决战东路之敌。

山下探马隔三岔五来报：西路因受袭扰，迟滞缓慢。东路却已铺得半程……离梁山二十里地……离梁山十里地……离梁山五里地……已快达梁山……

吴用犹如吃了秤砣铁了心，并不慌张。这日一早，又有探马急报；东路再有三五日可筑到梁山脚下。吴用闻报，遂传众头领于聚义厅议事。

林冲见众头领到齐，便道：“今有哨子来报，官军已快将路铺到梁山。俗话说：养兵千日，用兵一朝。今次决战关乎梁山生死存亡，决定梁山前途命运。众兄弟唯有殊死拼杀，才能力挽狂澜！”众人齐声应道：“我等悉听林教头吩咐，愿赴汤蹈火，生死与共！”林冲起身道：“此番事体重大，梁山上下须将士一心，协力抗敌，一切按军师号令行事，违令者严惩不贷。”吴用神情肃然，起身道：“此役将集山寨、中都、巨野等处兵马，计七万余众，与童贯大军决战于水泊之东，灭童贯大部兵马于东平、中都之域，顺势占东平、寿张，再回师向西，去夺郓城，除去梁山东、西两翼之患。然后挥师定陶、济阴，出东明逐鹿中原。如今，河北、山东连年灾荒，民不聊生。官家横征暴敛，皇帝昏庸无道，谄媚之徒把持朝纲，忠臣良将不得伸张。今又连年征战，国库空虚，内忧外患，国将不国！”吴用说到这里，停顿了一下，环视众人，又接着道：“我梁山义军替天行道，民心所向。义军所过之处，各州乡百姓必揭竿响应。他赵家窃柴家天下做得皇帝，我家梁山就坐不得天下吗？大丈夫立于天地间，当有一番大作为。生当为人杰，死亦作鬼雄！”

众头领闻言，群情激昂。武松大声道：“大丈夫生当无畏，死亦无惧！”李逵也高声道：“打到东京卞梁，砍了皇帝老儿，俺家林冲哥哥做太上皇，俺做混世魔王，让俺也快活几年！”吴用一瞪眼，呵斥道：“呆子休要胡言！”众人哄堂大笑。

众头领纷纷请命，欲下山去打头阵，吴用挥手让众人归座，取过令箭传下号令：密令郓哥、李平于三日后拂晓，闻山寨中头关炮响，率扮作民夫的梁山兄弟突然发难，杀向护路官兵。张安率五千兵马，顺敌所筑之路由郓哥、李平接应杀上岸去，与中都梁山军会合后杀往东平。李逵、燕青领两千兵马坐龙鳅，于敌所筑之路左侧，潜行至东平荡掩杀上岸，扫清岸上之敌，待后队杀到，一并往前冲杀，与中都杀来之梁山兵马会合后，杀往东平。章雄并东方夫妇领兵三千作第二拨；孙良、周冉、朱胜领兵三千作第三拨；令武松、蔡庆领兵两千作第四拨。又飞鸽传书，令合蔡寨朱仝、顾大嫂、乐和、杜兴并卢刚、周飞与巨野城关冲、雷震会合，计二万兵马，由朱仝为统领，于三日后拂晓前，赶至中都城。城中郑善堂、华兴、萧让见朱仝兵马到时，便鸣炮出城，一并杀向官军。由林冲亲率五千精兵，接应各路兵马。令柴进、戴宗、阮小七、童威、童猛、宋清、晁云龙、晁云飞等余众头领镇守山寨……

再说童贯为便于进军剿灭梁山义军，利用天旱水涸，征民夫于东、西各修一路直逼梁山。郓哥、李平奉吴用军师令，领两千精干兵士，扮作民夫下山，应征筑路。郓哥眼看再有几日，这路就要筑到梁山脚下，急差人报知梁山吴用。

次日一早，天未亮，一兵差跑来工棚外，叫唤郓哥。郓哥昨夜未曾睡好，想：弟兄三人随武松投梁山，出生入死，寿张城外济水河一役，少了上刀山高峰，至今生死不明，心中一阵难过。这两月来，弟兄们吃了不少苦，眼见路已筑到山寨边，想必大战在即，一时心潮澎湃，思绪万千，一晚上翻来覆去，加之天热蚊叮，刚合眼睡去，却被兵差唤醒。

郓哥压着一股无名火，道："爷爷刚睡下，一大早大呼小叫，操你姥个球！"那兵差在棚外道："大哥，小的当差也没法。这路快完工了，督军爷着小的来，叫各庄去结工钱，督军爷要赶着往上头报账，也好让各庄乡亲拿钱走人！"

郓哥闻是去结工钱，揉了揉眼，道："别嚷了！爷这就去。"说罢，起身随小兵去督军营中。

这护路督军唤作童钱生，乃童贯外戚，见筑路差使有油水可图，便讨了这份美差。

郓哥随兵差走了半里地，到督军营帐外，兵差往帐中大声道："张庄张工头到了。"只听帐内应声道："让他进来吧。"兵差朝郓哥道："张工头请吧，督军在里头。"郓哥迈步跨入帐中，顿觉一脚踏空，跌落陷坑中，郓哥暗叫不好，正欲使劲纵身上跃，四周伸出十来把挠钩钩住，抛出绳索捆个结实，推到童钱生面前。童钱生一阵怪笑后，开口道："梁山贼寇，胆子倒是不小，敢来搅这趟浑水，本大爷早就洞察一切。"说罢，挥手让兵丁将郓哥押往后营大牢。郓哥心中犯蒙：怎的露馅？到了后营牢中更是一惊，见下火海李平早被关押牢中。

原来，童贯早就获报，知悉梁山军扮作民夫应征筑路，童贯将计就计，只待路成便一网打尽，童贯眼见路已修到梁山脚下，又获悉梁山将发兵来战，觉时机成熟，便下令童钱生先下手为强，诱捕郓哥、李平，又下令搜捕梁山军，凡搜出有黄丝带者，皆遭拘捕。若有反抗者，皆被当场格杀。

第四十八回

梁山军喋血东大道
毕生剑布阵东平荡

上回说吴用下令于三日后，与官军决战。诸头领领命后，各自去备战。

二日过后入夜，张安点齐五千兵马，人马饱食。三更刚过，便悄然下山，全军伏于金沙滩边。

夜色中，张安隐约见远处有一条大道，如巨蟒般横卧于水泊之中，望天上启明星渐亮，东方泛白。忽闻山寨上头关炮响三声，张安挥军跃上大道向前奔走，急走了五里地，仍不见郓哥、李平领梁山军来接应，也未见官兵踪影。

前锋鲁桓，心中犯疑。忽见前面路断，大道已被断开，短路那头已垒成几丈高土堡垒，土堡垒三面挖有数丈宽沟，不知深浅。

鲁桓吃惊不小，正欲令兵士前去探察，只见对面土堡中突现出无数官兵。刹那间，箭如飞蝗般射来，前队军士躲避不及，纷纷中箭。鲁桓急令盾牌兵护住，大军急向后撤。张安闻讯上前，对鲁桓道："弟兄们莫乱了阵脚！俺率一队人马，坐龙鳅绕至断路那边，从后夹击，你再率军向前攻击。"张安说罢，领一队人马下了大道……

再说童贯得线报后，令童钱生诱捕郓哥、李平，搜捕扮作民夫的梁山军。俗话说：人无头不走，鸟无头不飞。这两千梁山军义士，没了头领指挥，乱了方寸，皆遭毒手……

童钱生又连夜赶工，断开所筑之路，于断头处垒成土包，土包三面挖成沟渠，以阻梁山军，又于对面被断之路中，沿路埋下火药。童钱生于土包之后见梁山军一路向前，到了断路尽头，急令军士乱箭齐放，梁山军受阻后撤，又见一队人马下了大道。童钱生脸上露出一丝狞笑，取过火把点燃火捻儿……

又说章雄与东方夫妇奉令做第二拨接应兵马，待张安领军下山，上了官兵所筑大道，也随即率三千精兵下山至金沙滩。

章雄遥见梁山义军如巨蟒长蛇般于大道上急行，忽又迟滞不前。正疑惑间，突闻远处大道上传来雷鸣般“轰隆隆”阵阵巨响，随之，焰火由远至近。瞬间，大道上浓烟弥漫，宛似火龙横卧于水泊沼泽地中。章雄见了此景，心中明白：大事不好！急得直跺脚，对东方夫妇道：“此乃火药炸了，前队兄弟着了官兵道了，咱赶紧上前救人。”说罢，挥大军急上大道飞奔向前。

章雄率军沿大道往前急赶，迎面遇上一队梁山军互相搀扶着往回走。一个个的灰头土脸，满身血污。一小头目见了章雄，哽咽着哭诉道：“官兵在大道上埋了火药，兄弟们都被炸飞了！”章雄见此惨状，强忍悲伤道：“一定为兄弟们报仇！”急令人扶伤者往山寨去，大军急行向前。只见沿道梁山义军死伤者无数，横七竖八地躺着，惨叫之声此起彼伏，断肢残臂沿道皆是，犹如人间地狱。

方青见此惨状，心中悲戚不忍直视。章雄下令赶紧救人，将尚有一丝气息的，都抢回梁山去。正当此时，忽有人惊呼：官兵杀过来了！章雄闻官兵杀来，心中满腔怒火正无处发泄，急提起九环斩马刀，怒吼道：“弟兄们随我来，杀！”东方明紧随其后，梁山军异常勇猛，向前奋勇杀敌。

再说黑旋风李逵和浪子燕青奉令领三千人马于半夜里下山，滑着龙鳅于东平荡摸上岸去，东平荡上未见一个官兵人影。燕青暗自庆幸，正欲挥军往中都城去。忽然，芦苇荡中，山丘之后，冒出无数官兵，朝梁山军冲杀过来。燕青瞧官军从三面围过来，足有万把人马，心中暗叫“不好，中埋伏了”！欲招呼李逵后撤，却见李逵虎目圆睁，口中大骂不止，挥动着双斧向前冲杀过去，梁山军如潮水般随之向前。燕青见已拦不住李逵，心中暗自叫苦。又生怕李逵吃亏，也只得紧随其后，向前飞奔。顷刻间，两军杀在一起。水泊东平荡上杀声震天，双方将对将、兵对兵，混战厮杀。黑旋风李逵似发疯般当先杀入敌阵，双斧左右抡开，前后上下翻滚，似入无人之境。官兵碰着死、挨着亡。燕青一把斩马刀指东打西，上下翻飞，舞得风雨不透，护住李逵身后。正所谓：打仗亲兄弟，上阵父子兵。

这路官军乃顺安军兵马，曾随童贯征辽，久历沙场。主将毕生剑颇有将才，此番率一万精兵受令于梁山水泊东平荡设伏。

毕生剑瞧梁山军拼死相搏，官军人数虽众，却也不占上风，忙传令变换阵法。众兵将闻金鼓之声，见令旗变化，依平日之操练，由三面合围之阵势，急转成南斗、北斗二阵。盾牌手、长枪手、刀斧手、弓箭手层层叠叠，不断变换阵列，将梁山军截成二部，围在阵中。官兵依令旗随梁山军前后左右变化而动。

这南斗、北斗之阵法，系鬼谷先生依奇门遁甲所创，按四季星移斗转之理演化而成。

浪子燕青从小跟随玉麒麟卢俊义习练各家武艺，深得其武学真传，而卢俊义乃铁臂膀金刀周侗之大弟子，多年领兵与辽征战屡立奇功，辽人闻风丧胆。所谓名师出高徒，加之燕青天资聪明又勤学苦练，武艺已是练得炉火纯青。燕青曾听得卢俊义讲解过兵韬阵法，可一时之间，识不得此阵。

燕青见敌阵大变，梁山军马被截成两半，各自为战，情势危急。大呼道："铁牛！风紧扯呼！"

李逵正杀得兴起，哪里听得进去！手中板斧狂挥，口中嚷道："操你八辈祖宗！晃来晃去，晃你姥姥个球！"边骂边挥动板斧向前砍杀。官兵待其向前，便往后退；待其向左，随其左去；待其向右，随其而右。李逵有劲使不上，火冒三丈，七窍生烟，手中板斧空中乱舞。

官军依令旗而动，梁山军往东便向东，梁山军向西便转往西，盾牌手、长枪手、刀斧手、弓箭手训练有素，不时变换队列，互相掩护，交替出击。可谓是刀枪如林，箭矢如雨。梁山兵马伤亡惨重。

燕青、李逵被裹在北斗阵中苦战，南斗阵中被围梁山军却无主将，群龙无首，情势更危。

燕青率军左冲右突，苦战良久，不得出。心中思忖：今日命丧东平荡，也可谓死得轰轰烈烈！又一转念，一对儿女尚幼……心中一阵苦楚。正分神间，冷不防当胸刺来一枪，燕青一惊，身子急往后倒，一招铁板桥功夫化解，一个鲤鱼打挺起身间，仰见官军阵中一杆"令"字大旗高悬，心中"咯噔"一下。俗话说：鸟无头不飞，军无令不行。这千军万马何以进退如一？必以令旗为号！想到这儿，心头一热，取弓箭，仆步斜身，弓拉满月，来个后羿射日。"嗖！"的一声，不偏不倚正中旗绳，这令旗"哗啦啦"落下。燕青瞅令旗射落，急拽住李逵，大声道："快随我来，往回冲杀！"李逵只得随燕青一起往南斗阵冲杀过去。官军没令旗发号施令，一时不知所措。燕青、李逵趁机率军冲破北斗阵，与南斗阵中兄弟们会合一处，往水泊岸边猛杀过去。

毕生剑见令旗被射落，官兵乱了阵脚，急令人换上令旗。此时，梁山军马已退至东平荡水泊边。毕生剑又挥军围住梁山军厮杀。正危难之际，忽见官兵大乱。燕青抬头见一杆"武"字大旗甚是醒目，心中一喜：救兵到了！这路梁山救兵领头的正是行者武松与一枝花蔡庆。

吴用得章雄急报：官军挖断大道，又于大道中埋了火药，炸了梁山军，便命孙良、周冉、朱胜也率军去救，又急命武松、蔡庆坐龙鳅去东平荡救应燕青、李逵。武松与蔡庆领兵刚上东平荡，就见前队梁山兵马被官兵围住，双方厮杀正激。此时，官军已苦战许久，人马已乏，未料梁山救兵如狼似虎自阵后杀入，里外冲击，官兵哪里抵挡得住，纷纷避退。

毕生剑见梁山生力军杀到，一时取胜无望，遂鸣金收兵，离东平荡十里地外扎下营寨。

燕青、李逵与武松、蔡庆兵马会合，于东平荡上收拢伤兵回山寨去。

再说郓城城破后，朱仝兵退合蔡寨后休整兵马，以图收复郓城。这日，接到军师吴用军令不敢怠慢，留顾大嫂、凌振守寨，与乐和、杜兴并卢刚、周飞点齐兵马至巨野城外，与关冲、雷震部会合，率军急往中都去，不料在蜀山隘口遭官军伏击，几经血战突出重围却失了三成兵马又误了时辰。待赶到中都城时，却见中都城被官军团团围住，虽经几番冲杀未能解围。朱仝察南门外八里埠地势较险，可谓易守难攻，便扎下营寨，与城中梁山军作掎角之势，又连夜将此处军情送往梁山。

且说吴用于山寨头关送各路兵马陆续下山，觉胜券在握踌躇满志，便拉了柴进至水亭中，唤人泡了壶上好龙井，二人坐等山下捷报。吴用道："童贯万万想不到，为攻梁山所筑之路成了梁山军出兵之路！"柴进闻言，有所不解。吴用笑道："早先闻官军征民夫筑路，便与林教头商议，遣郓哥、李平领两千精兵下山扮作民夫混入其中，今日里应外合，定杀他个措手不及！"柴进拍手道："军师真是未雨绸缪，世间高人！"

二人闲聊不到一个时辰，山下章雄送来急报：前队于东大道被官军埋设的火药所炸，死伤大半……燕青、李逵所率军马于东平荡中伏……吴用闻报，大惊，急遣孙良、周冉、朱胜去东大道救伤兵，又命武松、蔡庆去东平荡救援。吴用、柴进二人还未坐定，又闻急报：郓城蔡攸率三万大军来攻梁山，林冲率军正于金沙滩上与之大战。

第四十九回

豹子头力战金沙滩
入云龙回归无终山

上回说吴用与柴进在水亭中闻官军来攻山寨，大惊，急与柴进到头关敌楼上，见戴宗、晁云龙、阮小七、童威、童猛等人俱在。众人已获知敌军来袭，都赶至头关来，见吴用到来，纷纷请求出战。

吴用急令戴宗施神行之术前去传令各路兵马回山寨，又命阮小七、童威、童猛、晁云龙各领一队人马下山去金沙滩接应林冲。

吴用见戴宗、阮小七、晁云龙等人奉令下山，心中稍宽，心想：此番征战谋划良久，可谓心思缜密，计划周全，却招招被制，处处受陷，分明是出了纰漏！想到这里，心中打了个寒战。

柴进见吴用呆坐发愣，道："军师所思何事？"吴用正凝神思虑，经柴进一问，如梦初醒，忽一拍脑门，道："坏了，坏事了！"柴进问道："何事坏了？"吴用正要答话，只见看守后寨小兵匆匆跑来，在吴用身边耳语几句，气得吴用捶胸顿足，差点儿晕了过去。

原来是张安家小趁山寨应敌忙乱守卫松懈之际，已偷下山去。

且说去岁督军杨戬率大军征剿梁山兵败郓城，广济军安抚使张安断后被俘，为保性命降了梁山。吴用忙遣人将张安家小接上梁山。张安心想：这梁山将我的家小接上山寨，明里为免受官家祸害，实是做了人质。自己即使诈降也成真降了，只能死心塌地做个梁山大盗。可近来朝廷调大军来剿梁山，山东道又遇天灾歉收，山寨粮草短缺，水泊干涸失了天险，官军又征夫筑路，梁山人心惶恐。张安思虑：待官军东、西二路修成之日，便是梁山覆亡之时，那时全家老小难逃灭门之劫。张安思来想去，整日愁容满面。

张安老婆邵氏见张安满腹心事，吃睡不香，便问其缘故。张安便将心思细说与邵氏。这邵氏本是富贵人家小姐，嫁了广济军安抚使，本来就图个富贵享乐，却被挟上梁山，离了富贵之乡，繁华之地，这粗菜淡饭，清闲生

活，心中早有怨言。

邵氏听完，低声道："良禽择木而栖，当初降梁山，也是不得已而为之。今梁山山穷水尽，不日将亡。大丈夫应当机立断，当变则变！"张安闻言道："夫人所言甚是，只是如今已成梁山大盗，官家岂能容我？真是上天无路，入地无门。不知何处可以安身立命。"邵氏皱了一下眉头，低头沉思一会儿，道："白日里见寨中贴出檄文告示，重赏退敌献计者，倒不如来个将计就计，向官家纳个投名状。不但可洗脱降贼之罪，反可建功立业！"张安大喜，急道："夫人高见，快快道来。"邵氏低声道："当心隔墙有耳。"遂在张安耳边低声细语，如此这般这般……定下连环毒计。真所谓：天下最毒妇人心。

这日，童贯正在军中与众将商议军情，有小校进帐来报："营外有人求见，说是有紧急军情，要面见大人。"童贯心中纳闷，忙道："传他进帐。"不一会儿，进来一人，五短身材布衣打扮，却十分机灵精神。这来人正是张安心腹家将，唤作胡安。张安被俘时也一同降了梁山，此番奉张安密令偷下山来，给童贯送信。

童贯问道："你是何人？有何紧要事，快快说来。"胡安左右相顾，道："小的确有紧急军情，来向大人禀告，只是人多不便说话。"童贯心中烦躁，看了看左右众将，挥手让众将退下，仅留下几个卫士。胡安脱下鞋子，从鞋中取出密信递上。

童贯看罢密信，大喜。叫人取来一锭银子打赏胡安，让其传话给张安：只要真心反正，既往不咎，若剿贼有功，必论功行赏，加官晋爵，封妻荫子，光宗耀祖。胡安满心欢喜，当日潜回梁山。

童贯待胡安走后，急传参赞王彦俊进帐，二人商议半日，定下剿贼大计。

再说蔡攸得童贯将令，伺机进剿梁山，可水泊为沼泽之地。兵家谓之圮地，沮泽之形不能行军。蔡攸正为此犯愁。

这日，有细作侦知梁山军以"龙鳅"为渡具。沼泽之中，湿地滑行，水地漂流，来去自如。蔡攸即出重金由商贾向梁山小卒私下购得龙鳅一具。蔡攸如获至宝，密招工匠赶制龙鳅三万具。这日，童贯令下，命蔡攸趁梁山大军去攻东路，山寨空虚，领三万大军来袭山寨。

话说林冲待各路军马陆续开拔，便依计点齐五千精兵，下到金沙滩驻扎，以作后援接应。这时，正逢蔡攸率大军来袭。一时之间，金沙滩上金鼓号角齐鸣，旌旗遮天蔽日。两军刀枪剑棍、斧钺钩锏相交，杀声震耳欲聋。

官军来势凶猛，前赴后继，欲一鼓作气攻下梁山。梁山军倚山而战，以一当十，拼死相抵，双方兵将混战厮杀。蔡攸见林冲骁勇，令众将轮番上阵，与林冲厮杀。林冲一条银枪似蛟龙翻腾，上下翻飞，看得蔡攸眼花缭乱。

蔡攸副将张奎战了十几回合力怯，稍一迟疑，被林冲一枪戳穿胸脯。偏将李洞之一不留神又被洞穿脑门，当场呜呼。林冲连挑官军数员大将，蔡攸见状心惊，令众将一拥而上，围住林冲缠斗。林冲抖擞精神，毫无惧色，使出林家枪法与敌大战。

两军正杀得天昏地暗、山谷震荡、川溪倒流之际，关上冲下一标人马，领头正是小将晁云龙。只见晁云龙手中一杆长枪左挑右刺，似龙飞虬舞，旋即冲到阵前挒翻几员敌将，官军大骇，纷纷避让。这时，又有一标人马冲下山来，为首的却是活阎罗阮小七和童威、童猛兄弟，官军阵脚又一阵骚动。正当此时，官军后翼大乱。章雄、东方夫妇和孙良、周冉、朱胜奉令回兵，从侧后杀入官军阵中。不待一会儿，又有武松、蔡庆、燕青、李逵领人马杀到。

蔡攸见梁山各路援军陆续到来，进不能取，战不能胜，大军阵脚已乱，久战恐败，遂鸣金收兵，幸有“龙鳅”为具，火速撤回郓城。

林冲见官军败退也不去追，急令人救治伤兵。命章雄、东方明夫妇与孙良、周冉、朱胜分兵驻守金沙滩。余众头领率各部回山寨。

吴用见此役折了许多兵士，心中着实难过，所幸诸头领无损，心中稍慰。当晚，召诸头领于聚义厅议事。吴用道：“此番各路兵马进军受阻，官兵又乘虚来袭，梁山折损了许多兵士，皆因张安通敌，泄露军情所致。吴某当初未听林教头所言，今日痛心疾首，悔之晚矣！”

林冲闻言，道：“军师不要太过自责，奸贼小人确实难防。此番出兵也非全败，梁山军未伤元气，只要谋划得当，与敌再决雌雄，鹿死谁手，尚未可知！”

吴用又道：“如今东大道路已筑成，官军可长驱直入，蔡攸军马已有龙鳅为具，来去自如，水泊天险不再。不日，官军必重兵来犯，不知诸位有何退敌良计？”众人议论纷纷。

正当此时，有军士急入聚义厅中，道是：“东方明从所俘官兵口中获知，郓哥、李平尚关押在督军童钱生营中。”武松闻言，忙起身，道：“诸位在此慢议，俺武松即去救人！”吴用急道：“武松兄弟莫急！”武松大声道：“如何不急？当初郓哥、高峰、李平三兄弟随武松投了梁山，出生入死。寿张城外失了高峰，如今郓哥、李平身陷敌营，随时有性命之忧，俺武松岂可坐视不理！”吴用道：“吴某并非要阻兄弟去救人，只是担忧兄弟大战一日，身体疲乏！”武松道：“俗话说：救兵如救火。官兵白日一战，晚上必定松懈，俺正好趁夜色偷入敌营救人。”吴用又道：“武松兄弟若今晚一定要去，便让燕青随行，再让东方明挑五百精兵接应，方可万全。”

燕青闻言，忙起身道：“如此甚好，小乙也正有此意。”

吴用又叮嘱一番，二人即刻动身下山。众人又议了会儿，也无甚结果。

再说，入云龙公孙胜为破尤真所设天、地、人、鬼阵法，解齐州之围，赶去蓟州无终山取法器。原来这法器便是无终山镇山之宝——千年古钟。相传这古钟乃当年开山立观之时，以天外玄铁用七七四十九天铸成，一年之中只在二十四节之日，击九九八十一下，方圆十里之内，传扬洪荒之声，妖孽鬼怪闻声无处可遁，即时现形，化作一摊脓血。

公孙胜风餐露宿赶到无终山，拔步进观，早有童子在门口相迎。那童子道：“师父早知师兄今日到来，特令弟子在此相候。”公孙胜脸露惊讶之声，问道：“师父何处清修？”童子答道：“师父仍在观鹤轩中禅修。”公孙胜随童子到观鹤轩，见真人依然是鹤发童颜。公孙胜叩拜过后，欲开口告知来由，真人一挥拂尘道：“一清不必细说，今日来了不必再去。”公孙胜心中一急，正要答话，真人道：“不必多言，此去齐州已无济于事，且随为师来。”

公孙胜随真人移步，转过屏风，见一朱红拱门，匾书“明道敬德”四个大字。推门入内，只见四壁青色，拱梁圆顶，中置一青铜香炉，内焚紫檀香木，满屋沁香。真人念念有词，忽一挥拂尘，壁上银光四射，顿现一幅太极阴阳图。旋即化成两仪、四象、八卦。又一挥手中拂尘，现出河图、洛书，与八卦图重重叠叠不断演绎变幻，忽见顶上金光万道，目不能视。少顷，公孙胜抬头细瞧，只见浩瀚宇宙，星象万千。

公孙胜自幼随真人学道，却从未步入观鹤轩内室之中，今日所见心中诧异万分。正当公孙胜凝神注视苍穹之际，真人开口道：“环寰世界，天道轮回！先祖师所作《推背图》二十一象解谶：空厥宫中，雪深三尺；吁嗟元首，南辕北辙。妖氛未靖不康宁，北扫烽烟望帝京；异姓立朝终国位，卜世三六又南行。一清所见正是此景象！当朝道君帝本乃紫微星君转世下凡，今天象有异，荧星惑主。不久，天狼星犯界，紫微星式微。然天罡地煞众星无主，远徙东南。”公孙胜忙道：“恩师可有回天之术，以扶天道正义。”真人淡然一笑，答道：“有心相扶，回天乏术。若逆天而为，非但于事无补，或将玉石俱焚，功德尽毁。一切自有定数，不可强求。道家应顺势而为，自然而然！”

公孙胜闻言，恍如隔世醒来，痴笑不已，刹那间，须发皆白，俨然成一太白老叟。自此公孙胜留在无终山上修行，不理尘间凡事。

第五十回

夜闯敌营救郓哥
官军兵围梁山寨

话说武松执意与燕青连夜下山，去救郓哥、李平。行到金沙滩，燕青道：“大哥，这黑夜里你我于敌营中路径不熟，何不押上那俘获的小兵，叫其带路？”武松闻言，忙道：“如此甚好，省得瞎摸乱闯。”二人主意已定，即到东方明营中找来那被俘小兵。燕青道：“你这厮要想活命就带路去童钱生营中找我兄弟，不然就‘咔嚓’一刀，结果尔的狗命！”那小兵慌忙道：“大爷，小的愿意带路。小的当兵是因缴不上粮，才被拉来，小的家中还有老小要俺供养。”说罢，哭泣起来。燕青道：“生死道路由你选，若今晚成事了，便放你走！”那小兵忙伏地磕头，连声诺诺。

二人押上那小兵，坐上龙鳅悄然出发。这时，天上突然电闪雷鸣，下起瓢泼大雨。

自去年入秋至今，已是秋冬时节，却滴雨未下，这水泊早已成了沼泽之地。武松道：“这夜里突降雷雨，官兵必然松懈不备，真乃天助我也。”心中暗喜。

上回说童钱生修筑通往梁山东大道，每隔一里地设一营寨，用以屯兵护路。平日夜里设有暗哨、巡哨。今夜突降大雨，加之白天与梁山军大战一场，兵士疲乏不堪，放哨的都躲进营帐内避雨歇息。

说来也是郓哥、李平命不该绝，这童钱生本想今晚便将郓哥、李平等人解去童贯大营，却因白日里张安率军来投，童钱生与张安皆是河南开封人氏，童贯六十大寿那年，于童贯家中拜寿时相识。今日山东地界老乡相遇又臭味相投，一顿酒肉一直吃到半夜，童钱生还不肯罢手，没得空闲去理会人犯。

武松、燕青押着小兵，三人趁大雨黑天摸进敌营。那小兵也是乖巧之人，三人轻车熟路就到了关押郓哥、李平的营帐外，帐内灯火通亮，声音嘈杂。燕青执刀轻轻挑起帐帘，往里细瞧，只见七八个兵丁围在一起吆喝着赌钱，里厢两个木囚笼各关押一人，笼中之人蓬头垢面，也看不清面容。

正当燕青往帐内张望之际，内中一兵丁输得多了，想着借小解顺顺手气，起身伸个懒腰，却抬眼瞅见帐外有人执刀挑着帐帘往里窥视，那兵丁“哇”的一声惊叫，引众兵丁转头都瞧帐外，燕青手中早扣着三把柳叶飞刀，一挥手，三道寒光闪过，三个兵丁应声而倒。武松一个箭步飞身入内，手起刀落，一刀一个。转眼间，七八个兵丁已命归地府去了。燕青从兵丁身上翻出钥匙，打开囚笼链锁。郓哥跳将出来，见地上一兵丁还在动弹，操起一柄单刀，往兵丁身上猛戳几刀。骂道：“奶奶的，敢羞辱老子，呸！”又唾了一口。武松一把拉住，低声道：“赶紧扯呼！”几人闪身出帐。

此时，雷雨已停。郓哥忽停步不前，拉住武松，低声道：“大哥且慢，童钱生这厮营帐就设在前头，一并去做了那贼，方解心头之恨。”武松闻听此言，忙道：“如此甚好！一不做二不休，干脆做了他！”

众人于夜色中，一窜、二行、三拐、四弯，便瞧见童钱生营帐，见里面灯火通明，帐外几个哨兵来回走动。燕青伸手从夜行囊中拈出几把柳叶飞刀，躬身猫行，待近了，“嗖嗖”几把飞刀出手，哨兵未明白咋回事，喉咙上已射入飞刀，结果了卿卿小命。

那童钱生本是游手好闲之人，仗着与童贯沾着远亲，想到军中混个出息。此番见筑路有油水可捞，便要了这个东路督军美差。这军中讨生活实是乏味，今日见张安老乡熟人来投，白日里又打了胜仗，盘算着赏银不小，心中一阵高兴，便唤人寻来两名歌妓，饮酒助兴。张安也想巴结这位贵人，让邵氏先去歇息。此时已近三更，二人酒兴尚浓，桌上酒壶早空，童钱生见帐外雨停，大呼道：“来、来人，再、再、再去弄两壶酒来。”话音刚落，忽从帐外蹿进几条大汉，手执明亮钢刀，扑面砍来。

童钱生没甚本事，平日里只是仗着权势，于市井中欺男霸女，可没遇到过硬茬儿，吓得七魂六魄去了三魂三魄。一声惊叫，一头钻进桌底。

张安背对着帐门，两手正搂着俩歌妓细腰，闻童钱生惊叫，酒惊得半醒，觉脑后刀风呼至，不及回头急双手运劲，将二女子往后抛去，使个丢卒保车之术，借劲顺势倒地向前一滚。可怜二女子顿被武松劈成两半，成了枉死之鬼。张安倒地一滚，酒劲发作，急欲撑地起身，却天旋地转站立不稳，又一个踉跄。郓哥飞身上前，一刀贯穿胸脯。真是：举头三尺有神明，害人终归害自己。

李平从桌底一把拽住童钱生头发，揪出童钱生。童钱生可没见过这阵仗，吓得浑身发抖，两腿一软，“扑通”跪倒在地，连声道：“大爷饶命，好汉饶命，小的这边有钱引票，只求好汉饶命。”说着，伸手去怀中掏钱引票。武松冷笑一声，道：“狗官，饶尔不得！”说罢，手中钢刀一挥，寒光闪过尸首分离，无头肥硕之躯，喷出一股血，如木桩般轰然倒地。所谓：功名利禄转眼过，荣华富贵即成空。

郓哥随手割了张安人头系于腰间。燕青顺手从童钱生怀中掏出一沓钱引票，足有几千两银子。众人出了营帐，正摸黑往回赶，忽一道闪电将黑夜照亮。一队巡夜官兵正巡到此处，瞧见武松等人，随即一阵哨子响起，高呼：“有贼偷营！”营中官兵从梦中惊醒，明火执械，出帐高喊捉贼。武松等人见被人发觉，便奋力往回冲杀。

此时，东方明奉令领五百精兵潜伏于营外道边。闻敌营中杀声响起，知是武松等人行踪已露，便令伏兵突起杀向敌营，官兵猝不及防，被杀得四散逃窜。东方明接应武松等人回到山寨，已是天明。这领路小兵也是三十六计走为上计，早已趁乱开溜。

吴用一早得知武松、燕青救回郓哥、李平，还砍了张安、童钱生人头，一颗悬着的心才放下。当晚摆上几桌酒宴，一来替郓哥、李平压惊，二来为除掉张安、童钱生庆祝。吴用当众按昔日檄文告示所列，赏银二千两。武松、燕青坚辞不受，让与郓哥、李平。众人当夜喝得大醉。

又过了几日，这日，天未放亮，吴用还在梦乡中，突闻山下传来隆隆炮响。吴用急起身跑到山寨头关，见林冲等人已聚在一起。林冲见吴用到来，便道：“山下来报，官兵又大队来袭，炮轰金沙滩。”吴用急道：“这金沙滩无有屏障，守而不固，久之必危！”林冲忙道：“军师言之有理。”遂传令章雄等人将兵马撤上山寨。

且说前回郭药师见蔡攸进犯梁山损兵折将退回郓城，遂向蔡攸献计道：“这梁山虽失水泊之险阻，但梁山山势险峻，且山贼经营多年，深沟高垒雄关难攻。若强攻硬取，定是伤亡无数。将军何不捎上城中盗贼弃留的轰天大炮，来个炮轰梁山寨，岂不省事！”蔡攸闻计大喜，命人寻来乡间能工巧匠，依龙鳅之样打造十几具可载大炮之大龙鳅，择日又来犯梁山。

章雄等人奉令从金沙滩撤兵上了山寨，急送伤者去后寨请安道全医治。

蔡攸见梁山军败退，急下令攻寨。吴用瞧官兵紧随梁山军掩杀上来，命轰天炮齐发，梁山军凭高据险占尽地利。官军几番拼死上攻，皆被轰天炮、滚木、礌石、箭弩打回，损伤惨重，败回金沙滩。

当日，蔡攸见急切攻不下梁山，又观梁山地势，后山悬崖陡壁，无法上下攀登。遂于金沙滩上用龙鳅渡具、围栅筑垒扎营，以东、西、北三面围住梁山。双方又几日炮战对轰，各有伤亡。

吴用见官兵围山，寨中粮草不济，自思：久则不攻自败，宜速战速决。便与林冲等人商议后，定下破釜沉舟、背水一战之计。传令：中都城郑善堂、花荣、萧让、华兴三日后与城外朱仝、乐和、杜兴、关冲、雷震、卢刚、周飞各部梁山军里应外合全力击溃官军后，往东平荡进军。

由山寨各头领率各部兵马轮番下山出战，使敌疲于应对。待中都梁山军传来捷报，便倾山寨之兵马，下山击溃蔡攸兵马，再兵发东平荡，与中都梁山军东西对进，两军会合后，与敌决战。

次日，天刚放亮，吴用先令梁山军一阵炮轰，过后众头领率部以车轮战术轮番下到金沙滩冲击敌营。混战一日，双方各有伤亡。刚入夜，吴用觉得甚是疲惫，匆匆喝些细粥，正欲上床歇息，门外亲兵急急敲门，送上一封中都城传来的密函。

原来是神机军师朱武来函，吴用心中纳闷：这朱武如何到了中都城？只见函中道：敌兵围齐州数月，未见公孙胜到来。一日大早，与黄信巡城至西门，忽闻炸雷巨响，西门城楼数处为敌炸塌，官兵蜂拥而入，将士们拼死相抵，杨林身中数箭仍拼死冲杀。战至晌午，官兵已占西、北、南三门，吾与黄信护杨林突出东门，仅有几百骑相随。官军日夜穷追，至泰山界黄信与杨林伤者百余，为勿累众人，隐入泰山去投姚忠平。吾等几经周折方至中都城……

吴用看罢朱武密函，大惊。急到林冲处将朱武信函递与林冲，林冲聚神瞧着信函，忽大叫一声“罢了！”“哇”地喷出一口鲜血，溅了吴用一身。吴用大惊失色，忙扶住林冲，慌道：“教头莫急！身体要紧。”急呼人去唤安道全。安道全白日里医治伤者，忙乎了一天，已经入睡。闻林冲吐血，急起身背起药箱赶来，把脉望闻后，道：“不碍事，林教头是连日劳心，费力过度，肝火虚旺，又急火攻心所至，须静心调养数日。”说罢，从药箱中掏出一粒药丸，让林冲服下，又开出一方药剂。吴用吩咐亲兵按方抓药煎服，众人忙乎半夜，才各自去睡。吴用翻来覆去睡不着，心想：尤真以天相、地绝、人诛、鬼煞四阵困住齐州，朱武等人何以杀出重围？朱武到了中都城，那左路军张叔夜岂不是也快到梁山了？又想到大战在即，林冲却吐血……

第五十一回

林冲归位风雪天
吴用冰封梁山寨

上回说林冲阅朱武信函，道是齐州失陷，急火攻心口吐鲜血。神医安道全赶到，让林冲吞下一粒丹丸，又开了一方药剂煎服，歇息一夜，并无大碍。

次日晨，林冲觉身体清爽多了，便早早来到头关，下令炮轰山下敌营。

这轰天炮生铁铸成，数炮过后炮身便滚烫，需待其冷了再发。这几日战事吃紧，轰天雷凌振又不在山寨，林冲也不去理会则个，便令人往炮身浇水再发。殊不知连日炮战，以水骤降之，铁炮已然开裂变形。

突然，一门轰天炮炸膛爆开，在旁炮手兵士顿被炸得血肉横飞。这一炸可真要命了！一旁置放的弹丸四散飞射开来又连珠般爆炸，一颗弹丸滚落到关楼下堆放的几筐弹丸边“轰”一声炸响，接着“轰隆隆”几声巨响，尘烟腾空升起，关楼顿时坍塌数丈。

山下蔡攸闻山寨上“隆隆”巨响，又见关楼坍塌露数丈缺口，大喜。传令大军向山上急攻。

此时，武松、燕青、李逵、章雄等各部人马正集于头关内，欲待炮轰过后下山出战，忽见关楼坍塌，官军攻上关来，众头领即率各部人马迎战来敌。激战多时，梁山军击退官兵，又急用泥石瓦砾木枝将关楼缺口填堵上。众人扒开乱石杂碎救出林冲，只见林冲满脸污血，不省人事。燕青急奔后山去寻安道全。

神医安道全一早正在后山习练五禽操。闻林冲被炸伤急急赶来，待安道全赶到，众人已将林冲抬到房中擦洗干净身上污血。安道全见林冲双眼紧闭，脸色铁青，气若游丝，急解开林冲衣襟，打开箱囊取出数枚细长银针，朝印堂、人中、百会、命门、膻中、关元各穴插一针，又抹了些药膏在手上，于脐中气海缓缓而推，只见林冲脸上逐渐泛红，有了吐纳之气。安道全又朝林冲天顶插了一针，不一会儿，林冲睁眼醒了过来，见众人围在身边开口欲言，却大咳不止，呕出几口血痰。安道全忙道：“林教头莫要说话，切莫费力耗神，务须清心静养。”燕青在旁劝慰道：“官兵已被击退，山寨无忧，头领尽可安心养伤。”安道全把脉过后开了剂药方，交燕青按方抓药。

此时，吴用、柴进、戴宗等人也闻讯赶来，瞧林冲伤得不轻，吴用拉过安道全，道：“林教头伤势如何，是否有性命之忧？”安道全叹了口气，道：“五脏六腑悉被震伤，今已通了任督经脉，服了续命丹丸，可撑两三日。军师，莫要太过悲伤，一切皆有命数，大事应及早料理！”吴用听罢，泪往上涌又强忍住。少顷，又与林冲宽慰几句，与众头领上关楼察看炸塌缺口，吩咐兵士再行填土夯实，以防官兵再袭。

又过二日，临近中午，吴用心中正惦记中都城战况如何，恰此时，亲兵送来朱仝飞鸽传书。信中道：奉令于昨日入夜后，遣关冲、雷震二将率精兵先伏于敌东营外，于子时突起攻营，敌被杀个措手不及，又杀至敌南营，花荣领兵出城合击，战至天亮敌四散溃败，焚毁敌东、南二营。晨，又转至北大营，与童贯大军激战。城中萧让、华兴率部驾数十乘战车助阵，童贯军马阵脚大乱之际，突有左路军张叔夜率大军自齐州赶到中都，双方激战至中午时分，梁山军马疲惫，寡不敌众，渐落下风，大军退至中都城西南汶山之角扎下营寨，与敌相峙。今大军未依令进至东平荡，有违军令。朱仝深感愧疚，诚惶诚恐……

吴用看罢朱仝来信，心乱如麻，差人找来柴进。二人正在议事，忽进来一人，吴用定睛一瞧，一拍桌子站起，大声道：“可想煞哥哥了！”来人正是混江龙李俊。

三人寒暄过后，李俊道：“当初奉军师令拜会了海州郡守杨勇，前后打造了十余艘海船。历东瀛九州、琉球八重山、澎湖琉球、先岛麻逸等诸番邦，海外异邦风光旖旎，别有一番景致。那琉球番王见俺中土人士，风流倜傥，又有功夫，招赘为婿。今于各处设下几座栈铺，经营奇珍异货、南北干品，赚了几箱金银，已带到聚义庄中。”柴进闻言，笑道：“好个李俊！原来做了人家驸马，难怪乐不思蜀，真不愧是混江龙！”吴用也连声夸赞李俊精明能干。吴用忽一转念，问道：“今官军围住梁山，兄弟如何上得山寨？”李俊哈哈大笑，道：“昨日观官军东、西、北三面扎有营盘，独留南面。这后山乍看是陡峭绝壁没有路径，然有一洞从后山腰直通山底。往日洞中淹水常人不得而知，当年俺曾与浪里白条张顺兄弟入洞潜水而出。此洞虽曲折蜿蜒阴暗潮湿，但长满青藤蔓条。今水枯洞干尚可容几人攀爬进出。昨晚便趁夜色坐龙鳅绕至后山，入洞而至。”

三人正说话间，一小兵跑得气喘吁吁，径闯进门来，见了吴用等人，大呼道：“军师爷，大事不好了！”吴用把脸一沉，呵斥道：“大呼小叫，一点没规矩！何事惊慌？”吴用定睛细瞧原来是林冲手下亲兵，忙道：“天塌不下来，慢慢道来。”那亲兵缓了口气，哭丧着脸，哽咽道：“天塌了，大头领去了。”

吴用闻听此言，脑袋“嗡”的一声，两眼直冒金星，差点儿晕过去，李俊赶紧将吴用扶住坐下。吴用稍歇一会儿，缓了缓神，对那亲兵道：“大头领何时走的？”那亲兵道：“中午时分，小的进去送饭，已见大头领跌落床下，地上一摊污血，身子冰冷，早没了气息。小的惊慌，一路跑来禀告军师爷。”吴用点了点头，对那亲兵道：“此消息不可泄露，你先回去，将大头领擦洗干净抬上床，同往常一样，一日三餐，伺候不误。不得走漏半点风声！”那亲兵连声诺诺，飞也似的跑回去。

吴用回头对李俊道：“前日一早，轰天炮炸膛，引发弹丸炸坍关楼，林教头炸伤被埋，无奈伤势太重，神医安道全也回天乏术，给了续命丹撑到今日。”说罢，泪湿眼眶。李俊长叹一口气，道：“天不助我梁山，也无奈何！”柴进道：“林教头一身正气英雄盖世，一世英名千古流芳，也不枉此生！”柴进又道：“眼下军师对梁山前途作何打算？”吴用叹了口气，道：“吴某已思虑良久，征辽大军回朝，水泊断流干涸，已失天时地利。如今公孙胜一去不复返，杳无音信，林教头横遭不测，各路军马失城陷地，山寨被围，粮草不济，不能久战相持。所谓：小敌之坚为大敌之擒也！”吴用停顿了一下，又道：“如今唯有弃守梁山，另寻天地，方是大道。”柴进点头称是。吴用问李俊道：“今海船皆在何处？”李俊答道：“海州东海有几艘，余皆往来海外中。”吴用又问道：“若将船汇集东海需多少时日？”李俊答道：“快则半月，慢则月余。”吴用略有所思，点了点头，便让柴进去召众头领到聚义厅议事。

柴进抬脚出门，见天空阴沉，北风凌厉，山上飘起雪片儿。柴进心道：早上还万里晴空，咋就下起大雪？那豹子头林冲当年雪夜上梁山，于旱地忽律朱贵店中，因感怀，乘一时酒兴，曾写下一首诗：仗义是林冲，为人最朴忠。江湖驰誉望，京国显英雄。身世悲浮梗，功名类转蓬。他年若得志，威镇泰山东。此真是豹子头林冲一生写照。今日归仙也是大雪送行，这一生可真与大雪有缘！心中不免一番感慨嗟吁。

林冲离世，吴用秘不发丧，怕乱了军心。众头领于聚义厅商议半日，决定从后山撤离梁山。因郓哥、李平、孙良、周冉、朱胜当年在沂蒙落草颇有根基，由郓哥、李平、孙良、周冉、朱胜率原班人马，带上几百号伤者兵士，于当晚先行下山，密至聚义庄再辗转往沂蒙。晁云龙、晁云飞兄妹，吴用夫人花妹子，花荣二位夫人及宋清、宋福等梁山老弱妻小，由混江龙李俊护送往海州东海坐船出海去琉球。浪子燕青因与泰山东狱宫无尘道长有缘，欲将一双儿女托其传授武艺，当晚燕青也向吴用辞别，临走时欲去探视林冲被吴用拦下。吴用拉过燕青在一旁，耳语一番，燕青潸然泪下，携妻儿往泰山去。众兄弟含泪依依惜别。

燕青辞别众人下了梁山，行到泰山东狱宫将儿女托付无尘道长，便与李师师到徂徕山上，与黄信、杨林、姚忠平梁山余部会合。

当晚，吴用见天降大雪，天寒地冻，滴水成冰，心生一计。传令众兵士连夜取水，浇泼于关楼墙壁上。一晚上下来，寨中二池蓄水提个精光，整座关楼被寒冰包裹，银光闪亮。次日，蔡攸如常朝寨中发炮，那弹丸打在冰墙上即被弹飞，关楼毫发无损。蔡攸又传令攻打山寨，云梯架上去便一滑溜滑倒了，蔡攸一时无计可施，心中惊叹梁山真有能人，可惜不能为朝廷所用。

第五十二回

金蝉脱壳取郓城
关门打狗灭追兵

上回说童贯率数万大军围困中都城数月，突遭梁山军里外夹击，正要溃败之际，幸有左路军张叔夜率大军赶到压住阵脚，挽回败局。梁山军马撤回中都、汶山。

童贯清点兵马，损失惨重。中都城外西、南二营，系被焚毁。遂令大军于中都城西北，倚凤鸣山扎下营盘，连营数里，以扼中都城与水泊梁山之咽喉，东堵中都、西逼水泊，意图分割围歼，待大军休整后，再行进剿。令毕生剑在东平荡，沿水泊严加防范，以防备梁山兵马偷下山来，与中都梁山军会合。

过了数日，童贯闻报蔡攸久攻梁山不下，大怒。便令郓城守将郭药师率部增援蔡攸，克日攻下梁山。

郭药师得令后，不敢怠慢，即日点齐一万兵马扑向梁山。

这日晌午，吴用察看库房回来，心中正在发愁，山寨粮草不够两日。突有哨子来报：山下新到援敌一万，领头的是郓城守将郭药师。吴用忙问："可瞧清了，那领兵敌将，可真是郭药师？"哨子急回报："千真万确！小的前些日子曾潜入郓城，见到过郭药师。"吴用闻报，不忧反喜，心中暗道：真是天赐良机。急招来众头领商议，定下金蝉脱壳之计：全军于入夜时分，下到金沙滩，冲杀一阵，不论胜败，迅即退回山寨，从后山下山往郓城……

当初梁山军攻占郓城时，曾暗中挖了条地道直通城外。吴用令阮小七、童威、童猛挑选精兵五十名，从后山下山，于入夜后潜入郓城，待到半夜子时，打开城门，在城中放起火来。

众人走后，吴用叫住柴进道："到时候了，你我该把林教头后事办了。"柴进道："依军师之意思，仍是不让众人知晓？"吴用点了点头，道："如今弃守梁山，若被官军知晓，必被辱尸，恐毁了林教头一世英名。"柴进道："何不火化了，待有了落脚之地，再行下葬不迟。"吴用苦笑着叹了一口气，道："唉！林教头曾言：生当做梁山汉，死亦为梁山鬼，决不离开梁山！"柴进闻言，两眼湿润，黯然神伤，过了会儿，道："既如此，也只能随其愿！当年在梁山中，林教头与卢俊义、鲁智深、武松、燕青同门情深，今在世只剩武松、燕青二人，现武松尚在山寨，得让武松兄弟见上一面！"吴用点点头道："吴某也正有此意。"二人议定，便着人去叫来武松。

当日，三人在林冲厢房后院，堆了些干柴，含泪将林冲烧化了，匆匆掩埋在水亭子边。当晚，又是一场大雪，将新土厚厚覆盖。

当夜梁山大队兵马从后山洞中偷下山去，径往郓城去。此时，郓城守军不足两千。梁山军于天亮前赶到郓城，里应外合没费多大周折，迅即攻占郓城。

吴用又拟好两封密信叫来戴宗，令其速往中都，将一封密函交与郑善堂、朱仝。信函上书：梁山大军已撤离山寨，今已袭取郓城，山寨大军即将开赴苍山、沂水一带，令其率兵马半月内撤至苍山、沂水，与山寨兵马会合。再赶至登州，将另一封信函交与孙立，令其觅些大船出海径往琉球，顺捎上李俊所留海图一张交与孙立。

梁山军袭取郓城，打开粮仓银库，以作大军资需。将部分粮米赈济城中百姓。次日一早，吴用令人打开四门不闭，大军出西门，行至五里铺，急转向南，往合蔡寨去。

且说郭药师受令率援军刚到金沙滩，被梁山兵马一阵冲杀，损失不小。次日，蔡攸不知梁山军已撤离，不敢贸然攻山，又是炮轰半日，方下令攻山。一时之间，金鼓齐鸣，众官兵发一声呐喊，涌上山去，架起云梯，爬上关楼，冲进山寨，却不见梁山军马踪影，已是人去寨空。

蔡攸心中甚是诧异，令人四处搜寻。过了多时，有哨探回报：于后山头发现一山洞，直通山下水泊。蔡攸、郭药师急急赶到后山，只见洞口几棵树上，还拴着几条组绳，直缒洞底，原来梁山军已从后山洞中缒下远遁，气得蔡攸直跺脚。

郭药师眼见梁山军从官军合围中溜走，忽一拍脑门，大叫不好！蔡攸惊问："何事不好？"郭药师忙道："昨日末将率军刚到金沙滩时，亲见贼人冲下山来，贼势凶猛，官兵伤亡无数。一夜之间，忽地不见，绝非去做散伙流寇！末将揣度其去向，北面寿张、东平皆在我手，东有童元帅大军阻挡，唯有往西南图郓城！现大军留在梁山，郓城兵少将寡，吴用那厮号称智多星，足智多谋，必乘虚而攻之。如今郓城危矣！”蔡攸闻言，吃惊不小。忙道：“郭将军言之有理！”当即下令留下一部兵马，将关楼、营寨皆尽捣毁焚烧，大军即刻启程，连夜赶赴郓城。

郭药师领军先行。一夜急行赶到郓城北门，天未大亮，却见城门洞开，城楼上不见一个守军士卒。郭药师急令大军止步，心中疑惑：此乃贼人诡计？人人皆知诸葛孔明之空城计，实城中无兵。今贼人重使空城之计，看来无兵，实有兵也，以诱我进城，而击杀之。此雕虫小技，岂能瞒过咱！想到这里，哈哈大笑。下令大军不得进城，将郓城团团围住，只待蔡攸大军到来。

再说蔡攸领军赶到郓城，见郭药师围而不攻，责问何故。郭药师答道：“末将心中疑虑：梁山吴用诡计多端，恐其摆下空城之反计，怕进城中伏，故围而不攻，只待大将军到来，再做定夺！”蔡攸冷笑几声，道：“郭将军多虑了！如今梁山贼寇已失立锥之地，如同流寇。今闻大军到来，不敢螳臂当车，早就闻风而逃！若疑其有诈，不妨以小股兵马入城察看，便可知晓，何以坐等，而错失时机，致贼远遁？”

郭药师闻言，见蔡攸面带怒色，欲言又止。

蔡攸言毕，便令偏将徐良领一队兵马冲入城中。不多一会儿，徐良从城中转出，飞驰至蔡攸跟前，回报道：城中无一兵一卒，梁山军马掠得城中钱粮，已于卯时出西门而去。

郭药师见蔡攸现愠怒之色，不待蔡攸发话，便上前道：“末将这就领军去追。”急挥本部兵马往西追去。

郭药师率军追出三十里地，仍不见梁山军踪影，心急如焚。令大军原地歇息，派出哨马，四处打探。

约莫过了一个时辰，有哨马回报：有从南边赶路过来的，见到有大队兵马，往合蔡寨去。郭药师闻报，思忖：又是贼人吴用那厮使的诈，欲往南而先向西，以误我追兵。心中断定必是梁山兵马，随即令大军即刻转道，奔赴合蔡寨。

郭药师有一部将，名唤花不名，契丹人，当年随郭药师一同降宋，今见主将一早遭蔡攸训斥，心中愤愤不平。这番自告奋勇，点精骑两千作为前锋，快马加鞭急驰往合蔡寨去。

花不名一路急赶，于半夜三更时分，赶到合蔡寨。花不名提马上前察看，见寨门敞开，寨内黑乎乎的，一片寂静。花不名哈哈大笑，道：“梁山贼人已弃寨而逃。”参将瓦哈台急道：“将军，小心贼人有诈！”花不名高声道：“这小小寨子能使几个诈，咱契丹勇士勇者无畏！莫要让人家再看咱笑话，咱可丢不起这个脸！”说罢，手中狼牙棒朝空中一挥，下令全军冲杀进寨。

且说吴用领军走了一日，赶到合蔡寨。顾大嫂、凌振将大军迎进寨子，命人备下茶水热饭。众人用过饭，吴用召集众头领商议军情。吴用道：“合蔡寨非久留之地。蔡攸、郭药师占郓城后，即会朝合蔡寨来，快则今晚迟则明日便到，与梁正英部，成南、北合击之势。目下我若惧敌不战，游而不击，则失我斗志，长敌气势，必致溃败。观当下情形，危而有机！官军新占梁山又取郓城，必恃其得势，而成骄纵之兵。兵法有云：无恃其不来，恃吾有以待也；无恃其不攻，恃吾有所不可攻也。今于合蔡一战，先灭敌一部，削其锐气，使敌不敢小觑我梁山军，而不致穷追。再回兵与梁正英周旋，方为上策！”众头领齐声赞同。

吴用见众人异口同声，并无异议，便定下瓮中捉鳖、关门打狗之计。

话说花不名见寨门敞开，寨内黑森森的无人把守，手中挥舞狼牙棒，领兵冲进寨内。花不名借着火把，朝寨内四周细瞧，见寨中空无一人，仰天大笑。高呼道：“梁山败寇，快快出来受死！爷爷花不名到此！”骂声未落，忽然一声惊天炮响，震耳欲聋。随即，寨楼周遭亮起无数火把。花不名大惊！脑袋“嗡”的一声，心中顿觉不妙，大呼：“中埋伏了！”急命后队往后退出寨去，却见寨门早已关闭，四周寨楼垛口站满兵士张弓搭箭，射出无数利箭，官兵纷纷中箭倒地。花不名见寨门紧闭，箭如飞蝗射来，心一横，勒转马头，手中狼牙棒朝空中一举，高呼：“杀——”拍马向前直冲去，花不名提马没跑几步，突然马蹄踏空，跌落陷阱中。

原来吴用已令兵士于寨内四周挖了数丈宽的深沟，底下插满削尖的木桩、竹签，上面铺上席子、蒿草再覆以细土，夜幕之下，更难以察觉。

花不名一马当先，冲杀向前，不料连人带马跌进沟内，当即被木桩、竹签穿了个透，一命呜呼。参将瓦哈台见花不刺跌落陷阱中，正要命人去救，自己却也身中数箭，一命归西。

不消半个时辰，这两千官兵皆被杀绝。此役梁山军无损一兵一卒，士气大振。吴用见官兵后援未到，即令全军弃了合蔡寨，急往巨野城而去。

第五十三回

洪教头大捷山口镇
梁山军被阻独山冈

上回说吴用设下关门打狗之计，于合蔡寨全歼郭药师前锋花不名部两千人马，又急撤往巨野城。巨野城守将洪光得报，早就在城门口相迎，恭候大军进城。

洪光闻合蔡寨大捷，忙宰牛杀羊犒劳三军，将士们酒足饭饱后正要歇息，却有哨马来报，道是右路军梁正英命赵禹为前锋，领三千兵马去占山口镇。梁正英自己亲率大军往巨野城来，今离巨野不到五十里地。吴用闻报，大惊，急召众头领来商讨军情。

不一会儿，众头领到齐。吴用将哨马探得军情说了一遍。洪光闻言，道："俗话说：兵来将挡，水来土掩。今梁山军士气正旺，官军远道而来，乃疲惫之师，应予迎头痛击！"李逵笑道："俺也是这样想的，杀他娘个痛快，再夺回梁山寨！"吴用朝李逵瞪了一眼，见众人你一言我一语，各有见解，便挥了挥手，道："目前军情紧急，诸位且听吴用道来。今梁正英兵分两路，一路取山口镇，一路奔巨野城。此山口镇虽小，但为中都与巨野之咽喉要地。若山口有失，则中都与巨野不能相顾。此番梁正英出兵，意在先占山口扼要地，与郭药师部合击巨野，再与童贯大军呼应，围歼中都梁山军。故若死守巨野，正中梁正英分割围歼之计。现郭药师由西而来，梁正英由南而上，巨野城岌岌可危！"

众人正说话间，天空中乌云翻滚，黑云压城，几道闪电过后，下起瓢泼大雨。

吴用见状，哈哈大笑。道："此乃天助我也！今天降大雨，官军大队必迟滞缓行。按奇正之变，我应疾动。善出奇者，无穷如天地，不竭如江河。今应速弃巨野奔山口击敌前锋，再往蒙山沂水，乃上策！"吴用言罢，众头领啧啧称是。

吴用当即令洪光为先锋，领精兵三千，武松、李逵、柴进、阮小七、童威、童猛、凌振、顾大嫂等头领为中路，章雄、东方明夫妇断后，大军冒雨出巨野，急奔山口镇而去。

山口镇北临水泊，东倚山麓，一条水河横过镇南口，镇子离巨野城有半日路程。

镇上守将陈子义乃新入伙头领，为沛县人氏，祖上弃农经商，家底还算殷实，至父辈货财被劫家道中落。陈子义幼时饱读诗书曾屡试科举，因没送礼不得及第，愤而弃文从武，杀了县史投巨野城梁山军。上回朱仝奉令调走山口镇大部人马，往中都会战。今山口镇守兵仅有五六百人。

陈子义闻官军来袭，急派人往巨野送信求援，又令兵士多置滚木飞石、灰瓶箭弩，准备与敌决一死战。

再说梁正英手下部将赵禹奉令往山口镇来，眼看快要到时，下起瓢泼大雨，手下军士欲寻地方躲雨，赵禹大吼道："兵贵神速，大军继续向前！"赵禹一心要报白马坡之仇，催促大军冒雨前行。

这两年山东久旱少雨地干物燥，山上草木大都枯死。今日突降暴雨，山中泥石随洪流聚成一股汹涛冲泻而下。

赵禹率前队三百精骑刚过水河小桥，只闻得水河上游传来隆隆巨响，如有千万兵马奔腾而出。赵禹正惊疑惶恐之际，忽一眼瞥见水河上泥石洪涛滚滚而来，心中暗自庆幸并非梁山军伏兵！正当此际，小桥"嘎吱"一声，桥身被泥石洪涛拦腰冲断，十几名正在过桥的兵士被洪流冲走，瞬间淹没于泥流之中，大队兵马未及过桥，被阻于水河南岸。

陈子义于寨楼上看得真切，小桥为洪涛冲垮，官军大队被阻绝，仅有几百骑过得水河。陈子义心中大喜，真乃天赐良机！遂令箭弩一阵齐射，赵禹肩头中了一箭，手下三百精骑被射倒大半。陈子义下令打开寨门，手中舞动双剑一马当先，身后五百义军紧随冲杀向前。

一时之间，水河边上喊杀声、雨声、涛声交织在一起。一盏茶工夫，杀声渐息，只剩雨声依旧，洪涛咆哮。赵禹瞧身边只剩几十残兵被逼到水河边上，已无斗志，数百梁山军士已杀红了眼，步步紧逼。赵禹从小会水，便纵身一跃跳入水河中，却忘了自己穿着厚重盔甲，当即随泥涛黄流翻滚而下，不一会儿，不见了踪影。

赵禹生性暴戾，酷待部下兵士，副将阎伍未随赵禹一道过河。阎伍平日里已受够了赵禹窝囊气，眼见小桥被冲垮，赵禹所率几百骑被梁山军围攻，心中暗自窃喜！巴不得赵禹命绝。就让大队官军隔岸观火，目睹对岸官军被梁山军杀尽，赵禹投水失踪，未放一箭一矢。阎伍心中盘算，待雨停水过后袭取寨子，即可报升正将一职，遂令大军在水河边山坡上安营扎寨。

洪光领前锋三千精兵，冒着滂沱大雨，马不停蹄一路急行，不到半日，赶到山口镇镇南关口，遥见一队兵马在河边坡地上正安营扎寨。洪光心想，此兵马必是前来攻打山口镇官军，遂下令全军掩杀过去。

阎伍正督令官军扎营安寨，不料梁山援军杀到，阎伍不待亲兵牵马过来，拈条钢刀匆匆上前应战，忽脚下一滑，跌个踉跄嘴啃泥。洪光瞅准了拍马赶上，一枪刺个透心凉。官兵没了主将，群龙无主。没战多时，四散溃逃，作鸟兽散了。

陈子义见洪教头亲率援军到来杀散官兵，忙令人搬来木料、绳索等一干物品，不到一个时辰，一座木桥搭好。洪光见大雨不停，即让大军进镇，烤火造饭，歇息休整。

那梁正英率大军遇上大雨，行军艰难。待赶到巨野城时，已是一座空城。梁正英派出哨马四处打探，又见大雨不停，即令大军当夜在城中驻扎，以待明日与郭药师、蔡攸部会合，探明梁山军去向后，再行追击。

再说尤真道长助张叔夜破了齐州城，眼见双方血战，生灵涂炭，自感造孽太深，必折阳寿，遂向张叔夜请辞。张叔夜千般挽留，无奈尤真去意已决，不好强留，便向尤真请教讨贼方略。尤真笑道："梁山水泊脉象已绝，将军必功成名就。然梁山众将乃星宿下界，不日星移东南，未可尽灭也！"张叔夜又向尤真讨问自己前程如何。尤真道："大宋国难将至，将军深明大义，须忍一时之屈辱，报得一生之国恩，当名垂青史！"

张叔夜闻言大惊，不解其中之意，也不敢多问，便令人多备些金帛与尤真匆忙别过，自己率大军向中都城进发。

日后，金人大军南侵，潞安州、两狼关失守。张叔夜镇守河间府，兵少将寡，自思不敌，为免城中百姓惨遭金人荼毒，背负卖国之名，诈降金人，后反戈一击断了金人粮草绝其后援，致金人不敢深入中原腹地，匆忙北撤。此乃后话，不加细述。

又说上回梁山兵马突袭中都城外官军，正当官军阵脚大乱之际，张叔夜率军赶到，梁山兵马退回中都城内和汶山凭险据守。此役官兵损失不小，童贯下令大军休整后再战。

没过几日，童贯得报：梁山兵马弃山寨袭郓城往巨野。又报：梁正英占巨野。再报：梁山兵马撤离中都、汶山往南而遁。

童贯闻报，大喜。忙向朝廷奏捷，称：官军经浴血奋战收复齐州、中都、巨野等处州县，荡平梁山寨。梁山贼寇溃不成军，已成败寇流窜，大军正奋力追剿余贼，不日将班师回朝。

又传令：张叔夜、蔡攸率各部兵马分两路追剿，由张叔夜率所部自中都出巘阳山，往瑕县、邹县、滕县；由蔡攸率所部自巨野至嘉祥，沿桓沟、清河往南。命梁正英率所部急赶至沛县、微山、利国监阻截，自己亲率大军押后……

再说吴用令洪光领三千精兵赶往山口镇，自己率大军出巨野城随后而行，至半途获报山口镇大捷。吴用即传令洪光、陈子义为先锋沿桓沟南下，至微山转往苍山、沂水。这时，神行太保戴宗回来复命，道是已将信函送至中都城郑善堂、汶山朱仝和登州城孙立。吴用忽想起一事，一拍脑门与戴宗道："差点儿误了一件大事，烦兄弟再去走一遭栖霞山。传令扑天雕李应率部至海州东海与大军会合。"吴用言罢，即修书一封让戴宗赶往栖霞山。

时节已是隆冬，大雨稍停又飘起雪花，寒风凛冽刺骨。吴用催促大军于风雪中日夜兼程。这日，大军抢过南阳湖，到了鲁桥地界，已是黄昏。吴用见将士们疲惫不堪，下令原地安营歇息，军中多有兵士咳嗽发烧。吴用见状，急请来神医安道全，安道全忙给军士问诊号脉，与吴用道："将士们连日冒雨雪而行，为寒湿所侵，加之体累困乏，弱者风寒病发。"说罢，开了一剂药方。吴用接过一看，乃姜皮、防风、紫苏梗、葱白、黄糖煎汤服用，皆是常见药料。吴用急令人速按方抓药，人均一碗药汤下肚，休息了半日。见众人精神渐好，料追兵不久将至，遂令大军启程，急往微山去。

梁山军自出巨野连日于雨雪中昼赶夜行。这日，又是雨雪天，大军绕过独山湖，到了滕县地界。有前锋哨马来报：前有一条滽水横过，大军受阻。

这条滽水源发蒙山，自东往西倒流，汇入南清河，这几日滽水暴涨。吴用赶紧拍马向前，见那滽水水势湍急有数十丈宽，周边又觅不得渡船，便令大军往上流去，待寻个舟桥渡口处过河。

大军正行进间，不远处便是独山冈，突然冈上传出三声炮响，一标人马冲下冈来，分列几排拦住大军去路。

梁山军这一路赶来穿镇过县，那乡间县府知道梁山好汉不好惹，便闭门关寨，权当不知，不敢得罪。今日里却蹦出一帮不要命的强出头。洪光勃然大怒，手提花枪拍马向前，厉声呵斥道："何方狂徒敢拦梁山大军去路？快快闪开！免得伤了卿卿性命！"

那班人马也仅五六百人，领头的是一条大汉，约三十出头，长得浓眉大眼、虎背熊腰，坐下一骑枣红马，手中拎着一把镏金大斧。那大汉提马上前，一指后面“杨”字大旗，大声道：“大爷坐不改姓，行不更名。姓杨，名腾蛟。人家怕你梁山，是人家没本事，今日来到此地，没十万两银子留下，休想过去！”

此杨腾蛟祖居兰陵，自幼随其父伯习武，少时其父将其送至曾头市，拜当时教师爷史文恭为师习练多年，深得其真传，后因误伤人命，漂泊在外多年。前年至滕县，得县太爷赏识，在县衙做了个都头。今闻梁山人马过境，便急急召集县差捕快乡勇，仗着有些手段，一心要为其师史文恭报仇。真是初生牛犊不怕虎！

洪光不知其来由，只道其是一条不识好歹之莽汉，正欲上前取其性命，在旁陈子义提马上前，道：“杀鸡焉用宰牛刀，洪教头且歇着，让小弟取了其狗命！”

二人也不多言，拍马战在一起。一个挥舞双剑，忽左忽右，忽上忽下，似银蛇狂舞，令人眼花缭乱。一个抡开大斧，忽前忽后，忽东忽西，似凶神下界，令人心惊胆寒。

二人在雨中战了多时，洪光瞧那杨腾蛟越战越勇，怕子义吃亏，大喊一声：“子义退下！”陈子义正觉久战不胜，心中生怒，闻声便勒马退回阵中。洪光拍马挺枪与杨腾蛟杀在一起。

吴用闻前队被人拦阻，与武松、李逵等头领驱马上前，正遇洪光与杨腾蛟大战，见二人又战了几十回合，不分上下，怕在此耽搁太久，便对在旁武松道：“武松兄弟你去助阵洪教头！”武松应声而出，如猛虎扑食一般，与洪光上下夹击。那杨腾蛟已是怯战，见梁山大军蜂拥而至，心知不敌，便虚晃一斧，勒转马头奔上冈去，朝谷中败退。

吴用正欲下令追杀，突有哨马来报：敌数千精骑杀到，后队章雄、东方明夫妇正与敌接战。吴用接报，命大军往上流急奔。大军没走二里地，又有哨马来报：下游漷水溃堤，大军刚过之处已成沼泽，后队兵马与追兵，皆陷于泽国中。吴用获报大惊，急命阮小七、童威、童猛领水军兄弟前往救援，大军继续前行。又走了二三里地，前面探马来报：不远处是独山，有一木桥，名曰独山桥，可过大军。吴用获报大喜，真是天无绝人之路，传令大军急行。

大军过了独山桥，便是微山地界。沿途有三五成群逃难之人，吴用一打听才知，这些日子雨雪不断，五丈河被阻，济河暴涨，涌入菏水、清河、漷水，菏水、清河、漷水皆已溃决。这微山本就地势低洼，现洪水泛滥已成了泽国水乡。

吴用传令大军原地歇息，派人守住独山桥，以待阮小七、童威、童猛、章雄、东方明夫妇后队兵马到来。

第五十四回

梁山军转战沂蒙往东海
张叔夜密遣二子去海州

上回说梁山大军过了独山桥于滕水边歇息。大军待了半日，阮小七、童威、童猛前来复命：后队章雄与东方明夫妇所率义军，与官兵正激战之时，这洪水汹涌而至，义军躲避不及，皆被冲走。几位头领幸有一身好水性，游得一处高地，正四下搜寻义军，不忍撤离。章雄头领让传话，让军师领大军先走，其稍后便会赶来。

吴用长叹一声，道："这些义士追随江南五侠多年，一起出生入死，情同手足。其情可悯！"

这时，有哨马急报：蔡攸追兵已绕至独山，离独山桥不到五里地。吴用闻报，急令人毁了木桥，大军急速前行。走了没多远，前方微山界内，又发现大队官军，疑是梁正英部。正当此时，清河、滕水溃坝决堤，洪涛朝微山汹涌而来，微山迅即成了一片泽国。吴用见状，令大军避开洪水，绕过微山往犊山急奔而去。

原来梁正英奉童贯之令，率大军日夜急行，于昨夜赶至微山一带伏下重兵。今日眼看梁山军将进入官军设伏之地，不料洪水突发，二军为洪水所阻，梁正英与梁山军隔水相望，见梁山军转眼间远遁而去，气得暴跳如雷。真是天公不作美，人算不如天算。

吴用率军急行三日，摆脱官军追击，刚进入犊山口，前面已有郓哥派人前来接应，大军暂到艾山落脚。此后，又于沂蒙崇山峻岭中与官军周旋月余，进入苍山一带。这时，神行太保戴宗也回到军中。

这日一早，吴用见军中粮草不多，便派出人马四处筹集粮草。不多时，山谷中转来一支人马，乍看有几百号人，前面引路的却是刚出去筹粮的小校。吴用定睛细瞧，见前头几骑正是日思夜盼的神机军师朱武、小李广花荣、铁叫子乐和、鬼脸儿杜兴、一枝花蔡庆、圣手书生萧让和小将关冲、雷震等人。吴用、柴进、武松、凌振等众人赶紧迎上去，将朱武、花荣等人接入营内，顾大嫂马上吩咐军士烧水煮粥招呼弟兄们。

吴用把花荣叫进帐内，花荣心有千言却不知从何谈起。吴用拉住花荣的手，道："兄弟莫急，慢慢道来。"

花荣眼睛一红，道："小弟失了长白银矿有负梁山。当时官军重兵围攻长白，苦战两月不见援军，终因寡不敌众，未能保住长白。突围时带得几万两银锭出来，留在泰山界首，由姚忠平头领掌管。"吴用忙安慰道："兄弟何罪之有？重围之下尚能抢出如此多银子，已是大功一件。"

吴用停了会儿，又道："今日怎不见其他兄弟到来，有何变故？"

花荣闻言，眼泪直涌，泣不成声。吴用从怀中掏出绢帕，花荣接过，擦了擦泪，道："当日得军师令后，大军当夜便走，出中都、汶山时尚有两万多弟兄。由关冲、雷震领前队，俺与朱武、乐和、杜兴、萧让、蔡庆为中军，由朱仝、郑善堂、华兴三位头领断后。大军快到雎阳关时，追兵赶到，与之大战一日，方击退追兵。又经瑕县、仙源、泗水一路激战，到了毛阳关，血战十余日，才夺了此关。义军死伤过半，朱仝、郑善堂等头领也生死未卜。俺与朱武、乐和、杜兴、萧让、蔡庆、关冲、雷震等兄弟又一路转战，弟兄们死的死，散的散，到此地就只剩这点弟兄了。"花荣说罢，又止不住抽泣起来。吴用忙替花荣擦干泪，拍着花荣肩膀，道："大丈夫有泪不轻弹，这个血海深仇，有朝一日一定得报！"

过了会儿，花荣问道："今大军离了梁山，俺家妻小何在？"吴用答道："这个吴用已早做安排，两月前，你家妻小与云龙、云飞、宋清、宋福等一干老小，由混江龙李俊照应，出东海往琉球去了。"花荣问道："哪个琉球？如今俺们也出海去？军师给朱仝、郑善堂几位头领的信函中，说的是到沂蒙会合，可没提出东海去琉球！若是几位头领到了此处，可不知俺们去处！"

吴用点了点头，缓缓道："历来造反都是成王败寇。今梁山天时不济，地利不占，落了个下风，做哥哥的总得给弟兄们觅个去处。当时给二位头领信中，不提真实去处，是怕走漏风声，误了大事。若真到了此地，便有郓哥、李平、孙良、周冉、朱胜几位头领接应，自然会转告大军去向。"

花荣听了心生敬佩，道："军师为梁山费尽心思，呕心沥血，花荣实是佩服。"花荣突又问道："军中为何不见林教头？"吴用见花荣问起林冲，也不相瞒，将实情一一相告。

花荣眼睛又一湿，强止住泪水，道："林教头一生浩然正气，实乃俺辈楷模。”

二人正说着，武松端来一碗热粥，让花荣喝着，三人又说了会儿别后之事。

之后，义军于苍山又休整了二三日。这日晌午，有几路探马先后来报：苍山左右山谷中，均发现官军大队兵马。吴用迅即召集朱武、柴进、花荣、武松等头领来商议军情。众人当即议定：义军随即往东海去。朱武、洪光、陈子义为前锋，吴用、花荣、柴进、李逵、乐和、萧让、蔡庆、凌振、阮小七、童威、童猛、顾大嫂、安道全为中军，武松、杜兴、关冲、雷震断后，郓哥、李平、孙良、周冉、朱胜留沂蒙、艾山一带与官军周旋。

吴用又叫过戴宗，写了一封信函，用蜡封好，又取了些金子打成一包交给戴宗，吩咐道：“此番事体重大，你急去东海一趟，寻海州知府杨勇，将信和金子亲手交与杨知府，他见了自然明白。”戴宗也不细问，接过包袱即刻动身，施展神行之术往东海去。

郓哥、李平送武松一程，挥泪别过，也率部下兄弟转往艾山去。

又说早前二郎神杨勇于嘉祥县客栈与吴用、李逵、花荣偶遇，大家痛饮一场。次日，便带着奶妈和儿子杨再兴离了客栈，赶往海州赴任。杨勇生性耿直，为官清正，做事兢兢业业。上任不到半年，就把海州城里外上下治理得井然有序，百姓安居乐业。

再说海州城内板桥镇上，有一财主，姓牛名涛，人称牛百万。牛百万先前经营海货，仗着有些拳脚功夫，强买强卖巧取豪夺发了家。去岁，在镇子里又开了家赌坊，生意倒是热络红火，只是常有一干衙役和地痞无事找事，揩油敲竹杠，甚是闹心。

那牛百万生有一双儿女，儿子唤作牛金生，三十有几，整日游手好闲，不务正业。女儿唤作牛冬儿，二十有八，有几分姿色，却生性刁蛮，相了几户人家，是高不就低不配，至今未嫁。这日一早，牛百万去茶馆喝茶，有人说起这海州城新任知府兼都统杨勇乃金刀杨令公之后，中年丧偶还未续弦。真是说者无心，闻者有意。那牛百万回到家中，左思右想，家中刁蛮女儿眼看三十，无人敢娶。俗话说：黄花菜都凉了。何不将女儿嫁与杨知府，一则女儿一生可衣食无忧，二则自己也有个靠山，店铺生意上，谁不给面子就收拾谁，以后板桥地头上，也可风光一番。牛百万想着自己将要变成知府丈人，一夜辗转无眠。一早便寻到当地号称“百灵鸟”的王婆子，去说这门亲事。那王婆子巧舌如簧，还真把这桩亲事给说成了。

牛冬儿嫁给杨勇成了知府夫人，原本以为吃香的喝辣的，银子可以大把花，进出八抬大轿，威风八面，可事与愿违。那杨勇为官清正，刚正不阿，两袖清风，没半点油水，早晚只知练功，不晓得谈风论月。牛冬儿本非为情所嫁，如今无利可图，心生怨恨。恰此时，海州城兵马副都统缪平子常来杨府走动，此缪平子也非善良之辈，见牛冬儿颇有姿色，时常眉来眼去。所谓苍蝇不叮无缝的蛋，不久二人便勾搭成奸。杨勇性格耿直，却未察觉。

这日，戴宗来到杨府，见过杨勇说明来意，随手递上吴用密信和包袱。杨勇拆开密信，看罢大惊，问道："如今梁山失守，那郑提辖可好？义军几时可到海州？"戴宗答道："此番离中都城时押后阵的正是郑提辖等头领，大军昼行夜宿，大概需半月方到此地。"

杨勇来回踱了几步，又道："梁山与杨家颇有渊源。今义军到海州来，出海去寻个好归宿，杨某理当竭尽所能，为义军图个便利。届时，杨某会打发海巡船出巡去，以作回避。但此番事大，弄不好身家性命不保，务须叮嘱军师谨慎行事，不要露了义军行踪！"

戴宗连连应诺。二人长话短说，戴宗辞别杨勇，转身去了趟苏马湾，寻到混江龙李俊的结义兄弟赤须龙费保、卷毛虎倪云、太湖蛟卜青、瘦脸熊狄成。原来李俊走时已交代四人备妥海船接应大军。戴宗与四人相见后随即赶回复命。

又说牛金生昨晚赌钱手气又不顺，借了高利贷，约了第二日还钱，便来找牛冬儿，那牛冬儿还在赖床，被其兄唤起。牛金生带着哭腔，将赌钱借了高利贷，被人相逼说了一遍，牛冬儿推托道："你家妹看似知府夫人，其实也没钱。哥，你还是去向老爹讨些。"牛金生哭诉道："爹面前万不敢提，上回已是万般保证，绝不再赌，才好歹求得一些。今日再去，非但要不到分文，定还招骂！这回是哥最后一次求妹，若没钱还债，定被人打折了腿！"牛冬儿实在拗不过牛金生死磨烂缠，便硬着头皮去找杨勇。

杨勇一早吃了些生蚝，刚送走戴宗忽觉肚子生疼，未及将包袱藏好，急奔去茅房。杨勇前脚刚走，牛金生牛冬儿兄妹后脚便到。兄妹二人来到客厅，见杨勇不在，桌上放着一个包袱，甚是显眼。牛金生一眼瞥见包裹上有一封拆开的信，即顺手拿来取出便看，牛冬儿也不懂妇道规矩，伸手一掂包袱，觉分量挺沉。随即打开包袱，又见里面一黄布小包裹，牛冬儿也不细想又解开那黄布，只见金光闪耀，原来是一包金锭，足有三百两。牛冬儿见了大包金子，不由得"哎哟"一声。此时，牛金生看罢书信，也

“哎哟”一声。牛金生拉住牛冬儿手，显出一脸惊恐之色，道：“你家老公私通梁山，此信为梁山吴用所书，信中提到梁山军将来海州。”牛金生吸了口气，又道：“若是被人告发，会株连九族，满门抄斩。”牛冬儿听牛金生这么一说，吓得发抖，哆嗦着道：“哥，那可如何是好？”牛金生眼珠上下一翻，道：“哥倒有一计，那就是反戈一击，咱先把杨勇告发了，非但无罪，且是大功一件，官家定有重赏！”牛冬儿听了，心中也是一亮，思忖道：若将杨勇这厮扳倒，咱相好的副都统定可取而代之，省得守着这般木头人，岂不是两全！牛冬儿想到这里，心中不忧反喜，道：“一切由哥做主。”牛金生眼珠骨碌一转，道：“海州是杨勇地盘，弄不好反被其害了，咱听道上人说，左路军大都统张叔夜在沂水剿寇，离此不远，咱就去他处告发。”兄妹二人计谋议定，怕被杨勇察觉，只取了几锭金子，仍旧将包袱包好，溜出客房。牛金生怀揣吴用密信，寻匹快马飞驰而去。

却说张叔夜此时屯兵沂州，正四处张贴告示，重赏告发梁山匪寇行踪者云云。牛金生一路急奔，没费周折径到张叔夜营中。张叔夜闻有人来密告梁山匪情，忙传入帐中，问明事由，看过密信，深信不疑。即对牛金生道：“你先回海州，不得惊动杨勇，若所言属实，待剿匪功成，再行重赏！”叫人取来五十两银子，先行打赏牛金生。

那张叔夜早年为甘肃兰州录事参军，因平羌有功，曾升任海州知府，对海州地理，风土人情，了如指掌。牛金生一走，张叔夜即命人唤两个儿子来叙话，张叔夜儿子可谓品貌非凡，英雄出众。长子名唤张立，身长一丈，方面大耳；次子名唤张用，也是身长一丈，漆黑面庞，这兄弟俩各使一条混铁棍，足有五十来斤。后金人南下，张叔夜诈降，兄弟俩误以为真，闯出河间府，到岳飞帐下效力，这里暂不表述。

张立、张用兄弟俩应召来到中军帐，张叔夜便将有人密告梁山匪众将潜行至海州，出海外遁之事说了。二人齐声道：“孩儿悉听爹使唤调度。”张叔夜又道：“为父将调大军追剿匪寇，并于往海州之各要道设关拦截，但梁山匪寇非比寻常盗贼，其中不乏能人异士，其行踪飘忽，恐又走脱。故命你兄弟俩领精骑两千，轻装急行赶往海州。”张立忙道：“此牛金生赶到此地亦费了几日，估那梁山军已有数日行程，恐将追之不及。”张叔夜闻言，摇了摇头笑道：“非也，那梁山贼人不敢走直道，怕露了行踪，定是昼伏夜行，想那吴用必定差戴宗送的信，此戴宗人称神行太保，夜行八百，日行千里，只一日便到海州。如此算来，也只过了三四日。你兄弟俩轻装急行，或可赶在贼人前头。”兄弟俩点头称是。

张叔夜又将二兄弟唤到跟前，面授机宜，让兄弟俩如此这般便可。

第五十五回

杨再兴怒杀狗男女
梁山军血战旗台山

上回说牛金生偷看了吴用给杨勇的密函，赶往沂州向张叔夜告发。杨勇从茅厕回到客厅，不见包袱上书信，于屋里角落寻了个遍也不见，又打开包袱，见是金灿灿黄金，心中怪自己太粗心，当时也未细问包袱中是啥，若知道是金子断不敢收。杨勇找不到信函，心中一阵不安，可又转念一想：若有外人来，断不会留下金子不取，独拿走书信，定是被戴宗收回。想到这里，心中稍安。

又说那牛金生得了赏银，心中满是欢喜，一路上吃喝嫖赌走走停停回到海州。牛金生做贼心虚，不敢走杨府大门，溜到后院翻墙入内，见到牛冬儿，将遇到张大都统，得了赏银等等一一相告。牛冬儿听了，心头一阵喜，一阵惊，一夜未曾入睡。

次日一早，杨勇刚出门，牛冬儿便差人叫来副都统缪平子。缪平子到杨府见了牛冬儿，闻杨勇不在，拦腰抱住牛冬儿，急着要行苟且之事。牛冬儿一把推开缪平子，嗲声嗲气，道："看你猴急的，今日叫你来，是有天大好事相告。"缪平子嬉皮笑脸，道："有何好事，小妞儿也学人家卖乖巧。"牛冬儿一脸正经，道："今儿个可不开玩笑，若大事成了，可要记得奴家好处！"缪平子见牛冬儿不似说着玩，便道："且听你说来。"牛冬儿望了望门外，小声道："那杨勇私通梁山大盗，有一个叫吴用的人，写了一封信给杨勇，还给了一大包金子。"缪平子听了，吃了一惊，道："杨勇私通梁山？"牛冬儿吓了一跳，赶紧捂住缪平子嘴巴，小声道："轻声点，你可不要命了，若被旁人听到，传到杨勇处，还不被他生吞了？！"牛冬儿又四处张望了一下，道："信中提到梁山军要来海州，那日便叫我哥将信送去沂州张叔夜大都统处，昨日我哥已得了赏银转回海州。"缪平子闻言，忽一拍脑门，道："对了，那杨勇亲哥杨志当年便是梁山大盗。”牛冬儿又捏了把缪平子脸颊，压低声道：“轻声点，小心外面有人摘了你脑袋！到时候扳倒杨勇，你便可升任正都统，那时可别忘了咱的功劳！”一对狗男女东窗下说得开心，又动手脱衣解带，行起巫山云雨。

二人正颠倒鸳鸯，突然一把冷森森钢刀，搠穿缪平子背脊，直插入牛冬儿酥胸。二人未明白咋回事，已成了一对风流鬼，赤条条地去阴曹地府报到了。

原来牛冬儿与缪平子的奸情，早被杨再兴察觉。今早杨再兴练功回来，路过后院厢房，闻里面有动静起了疑心，便贴耳细听，隐约听得那缪平子道：“杨勇私通梁山……杨志当年便是梁山大盗……”又过了一会儿，二人干起男女勾当。杨再兴英雄年少，压不住心中怒火，便手攥钢刀拨开房门，蹑手蹑脚到了床边，只见那对男女不知死活，正淫得欢。真是：怒从心头起，恶向胆边生。杨再兴猛地用劲将钢刀从缪平子背脊生生插入，只一刀便了结一对狗男女。正是：万事劝人休作恶，举头三尺有神明。

杨再兴一时怒起，一刀搠了缪平子、牛冬儿，看着二人蹬了几腿命绝当场。杨再兴毕竟年少，心中发慌，一时不知所措，于房中呆愣了一会儿，想着自己犯下人命，闯下大祸，得去找爹来，便掩了房门，出去寻找杨勇。

再说杨勇自戴宗走后，每日右眼皮直跳，心中忐忑不安。这日，杨勇掐指算来，梁山军快到海州，便一早去海湾令官船出去巡海。杨再兴去府衙、小校场没寻着杨勇，又回到府中，直到日落才见杨勇回来。杨再兴忙将自己杀了缪平子、牛冬儿，事情前后说了一遍。杨勇闻言，大惊失色，急到厢房，见一对男女赤身裸体，一把钢刀直生生插着。杨勇叹了一声道：“杨家合该有事，事已至此，这官不做也罢！如今只有远走高飞。那洞庭湖蛇盘山寨主杨枭是爹结义兄弟，其生有五子，大公子杨幺也是英雄少年，与你好相处！爹修书一封，你且去投靠杨伯。爹将这边事料理后，也来洞庭会合。”杨勇当即叫来奶妈吩咐一番，又带上郑提辖托养的一双儿女，寻了驾马车，当夜便送出海州城。

再说梁山义军出苍山过沂水，忽走忽停，忽东忽西，忽战忽歇，官军一路上围追堵截，未能剿灭梁山军。

这夜丑时，梁山军前锋到了海州城外旗台山。这旗台山就在海边，与之隔海相望的，便是连岛苏马湾。费保、倪云、卜青、狄成四条好汉按李俊吩咐，召集原班在太湖上讨生活的兄弟，筹了三十几只海船，于苏马湾相候。

洪光命大军在旗台山边歇息，自己领十几个军士到海边察看，观夜幕之中有一条长堤筑到海中，长堤中泊着几只小舢板，岸上蓬蒿茅草齐人高，随风似波涛麦浪起伏摇摆。洪光心中起疑，此乱草丛中或有伏兵。便命军士射了数十箭，却不见动静，方才放心，即令人朝夜空发了三色焰火信号。

费保见岸上焰火信号起，知道是梁山军到了。便命海船朝旗台山驶来，约过了半个时辰，第一拨十来只海船，眼看靠上长堤。突然间，一阵鼓声响起，乱草之中亮起无数火把。

原来张立、张用兄弟俩依张叔夜之计，张用领五百弓箭手，多备箭矢火弩，在岸边蓬草之中设伏，张立领一千五百精兵，在旗台山中设伏，待海船靠近后，张用所率五百弓箭手火矢齐发，各船中火矢无数，船工正待靠泊系缆不及防备，被射倒一批，火借风势迅即燃成一片。卜青、狄成见已无法救灭，只得弃船跃入海中游上岸来。朱武、陈子义见前有伏兵，海船烧起大火，忙挥义军向前掩杀过去。两厢兵马杀在一起。张立见状，也率伏兵从旗台山上冲下，与梁山军混战厮杀。一时间，刀剑相交，杀声震耳。战了多时，从旗台山麓转出大队兵马。原来是梁山大军到来，冲在前头是小李广花荣、小旋风柴进，之后是黑旋风李逵、一枝花蔡庆、童威、童猛兄弟……

张立、张用见梁山大队军马赶到，来势凶猛不能获胜，即鸣金引兵马往后退去。吴用也不下令去追，命洪光再放焰火，让费保放船来接。

再说费保见第一拨海船被烧毁，一时无措，便令余下海船抛锚待命。此刻，又见信号起，费保知道梁山军已杀退官兵，即让倪云挥动号旗，命余下二十几只海船，齐往岸边驶来。卜青、狄成等人早已候在长堤上，见海船靠拢，马上接过船缆系好。吴用见每只海船只够载二百来人，而此刻岸上义军有一万余众，吴用即让朱武、凌振、乐和、顾大嫂、安道全先领军中老、弱和带伤的弟兄上船，待载到对面连岛，再来复载余下义军兄弟。费保等人刚将船驶离长堤，旗台山边又涌出无数官兵，朝梁山军杀奔而来。

原来是张立、张用兄弟俩见梁山军势大，即引兵退去。走了不到十里地，遇官军大批追兵到来，便又引兵复来。

吴用见前是大批官军汹涌而来，后是汪洋大海。费保等人驾船刚走，需一个时辰往来。心一横，所谓置之死地而后生，从腰间解下两条铜链子，大呼道："众弟兄，今日再无退路，唯有拼死一战！杀一个够本，斩一双赚够！”花荣、李逵、蔡庆等众头领也齐声高呼：“拼了！”一时之间，呐喊之声震耳欲聋。

义军已是无路可退，一起奋力冲向敌阵。官军也是仗着势众，如虎狼般急奔向前。瞬间，两军搅在一起混战厮杀，旗台山又是金鼓相交，杀声震天响起。

张立、张用两条铁棍上下翻飞，左右横扫，似翻江倒海，越战越勇。这边吴用、花荣、柴进、李逵、陈子义、洪光、蔡庆、萧让、阮小七、童威、童猛等人各展平生本事，奋力拼杀。黑旋风李逵边骂边将手中板斧抡开，左砍右劈杀得起劲，如砍瓜切菜一般。花荣、柴进两支银枪左刺右挑，护住吴用。那吴用今日也是拼了老命，甩开铜链子一甩一个，所幸平日也没荒废功夫。两厢军马直杀得天昏地暗，日月无光。

那边张叔夜率中军也赶到旗台山边，观双方交战良久。见梁山军中替天行道大旗前，两员战将左右护住中间一个使铜链的中年汉子，想那厮必是贼首吴用，遂取过一副硬弓，搭箭在手，弓拉满弦，“嗖”的一声，一箭射出。这边吴用正将铜链使得起劲，不备冷箭射来，正中面颊。疼得吴用“哎哟”一声，抛了铜链，跌倒在地。花荣、柴进见了大惊，急舞枪护住。吴用身后军士眼快，急上前抢了吴用，背回阵内。

这时，官军又有蔡攸、郭药师领兵马杀到。梁山军寡不敌众，伤亡惨重，渐感不支。正当这时，旗台山山右，忽冲出一队军马，杀入官军阵中。花荣抬眼望去，不是别人，正是扑天雕李应、鬼脸儿杜兴和小将关冲领一支生力军，杀入阵中。

原来梁山军出苍山时，吴用令武松、杜兴、关冲、雷震领三千义军断后，临到海州城时只剩得一千余。此际，官军梁正英、蔡攸、郭药师、张叔夜各部皆已追至海州。武松、杜兴、关冲、雷震率梁山残部沿班庄、团林、石桥、柘汪节节抵御，战至虎山只剩百十个伤兵。

此刻，武松已杀得浑身是血，虎山树密林深，沟壑不平，又是夜深不知路径，一人跌跌撞撞，径自闯到虎山北崖。一阵凉风吹来，忽觉得神倦，夜光下见崖边有一石床，便盘坐而息。殊不知，这一路杀来不得歇息，已是精尽力竭，竟气绝而终。可惜英雄一世却魂断虎山崖，有诗为叹：生平负侠气，排难不留名；生死鸿毛轻，打虎英雄汉。

再说杜兴、关冲、雷震三位头领刚退至虎山即被官军冲散，三人各自为战。

那雷震恰遇着杨腾蛟。杨腾蛟一心要为其师父史文恭报仇，投到梁正英麾下，一路追杀至海州。当下二人也不搭话战在一起。雷震从苍山战到海州，一路上马不停蹄，已是人困马乏。二人刀斧并举，战了二十几个回合，雷震胯下白马四蹄打战，不听使唤。杨腾蛟忽一招力劈华山，雷震举刀便架，杨腾蛟力大斧沉，那白马四蹄发软，倒退几步竟载着雷震连人带马滚下山去……

那关冲绕过虎山天已放亮，却遇着梁正英部兵马，关冲挥舞大刀左冲右突不得而出，只见官军越战越多层层合围。关冲心道："今番可要命丧海州，只叹云飞母子落得孤儿寡母……"心中不免一阵酸楚。关冲这一分神，差点儿挨了一枪，忙重抖精神，举刀奋战。正当此时，官军阵后大乱，一队人马杀进阵内。关冲抬眼一望，却是杜兴与栖霞关守将李应合在一处，领兵马杀到虎山。众人奋力杀散官兵，一道径往旗台山奔来。梁正英不知梁山兵马来了多少，不敢追得太紧，恐被裹挟其中。

又说李应、杜兴、关冲领军马杀进阵中，李应见梁山兵马已折损大半，敌军数倍于己，忙招呼花荣、柴进让梁山军退入长堤，令盾牌手组成盾墙，守住长堤口。两军遂于堤口攻防拼杀，官军一时不得攻入长堤。

柴进见梁山军守住长堤口，官军一时奈何不得，拉了花荣跑来察看吴用伤情。此时，吴用箭已拔出，人已清醒，面颊所裹白布一片殷红。吴用见是柴进到来，忙问战况如何。柴进答道："李应、杜兴、关冲也已到来，众人已守住堤口。"吴用点了点头。柴进又道："军师伤势如何？"吴用似苦笑了一下，缓缓道："大限将至。"又让柴进解了自己身上包袱，让柴进系好，缓缓道，"包袱中有一张海图不要弄掉，可依图往琉球去。另有两卷鬼谷神书可交与朱武。"说罢，连咳几下，咳出一大块血来，柴进忙安慰道："军师莫要多说，养伤要紧。待到了苏马湾，让安道全出个方子，不碍大事。"二人正说话间，突有军士大声道："柴头领您看，有几条海船朝这边驶来。"柴进抬头一瞧，正有七八条海船，往长堤驶来。待几条船近了，花荣见船首站着一人，再定睛细瞧，不是别人，正是二郎神杨勇。

又说那杨勇见杨再兴杀了牛冬儿和缪平子，连夜将孩子送出海州城，回府左思右想，干脆一不做二不休，定要帮梁山兄弟一把。便到官库中提了三千两官银，又带上吴用送的金子，去沭河港湾买了八条海船，又重金聘了船工。今日闻旗台山战事正激，便驱船赶来。

花荣见是杨勇驾船到来，甚是惊喜。急传令梁山弟兄边战边撤，自己与柴进护吴用也上了船。各船满载梁山将士急急驶离长堤。花荣却瞧那长堤上还有阮小七、童威、童猛及一班水军兄弟尚与官军苦战。眼见长堤上官军越来越多，那班梁山水军且战且退，一直退到长堤尽头，又纷纷跃

入海中。花荣这才松了口气。这时，费保等人已驾船驶来，将阮小七等人一一救起。

各船先后到了连岛苏马湾。柴进见吴用已没了知觉，忙叫人找来安道全，安道全赶到，也已回天无术。吴用失血过多，早已断了气。梁山军上下悲恸不已。朱武在苏马湾东岗寻了块地，将吴用与另三十五位因伤不治而亡的梁山义士合葬一墓。后人称之为三十六义士冢。

朱武清点兵马仅存五千余人，又少了正将武松、洪光、雷震，众人无不伤悲。朱武担心官军随时渡海过来，义军便于当日傍晚，自苏马湾出海，往东南驶去。正是：顿开金绳腾虎豹，扯断玉锁走蛟龙。

第五十六回

出东海再遇官军
游梅岭巧逢佳人

前回说官军占据金沙滩梁山告危，吴用先让混江龙李俊率晁云龙、晁云飞兄妹、吴用夫人、花荣二位夫人、宋清、宋福等一班梁山老少家眷几十人，从后山溜下，出了梁山泊，于天亮前到了聚义庄。众人用过早膳，身上藏了兵器，扮成避难百姓，李俊又捎上先前带来的几箱金银，让众人分成数拨出行。绕过中都兵争之地，沿汶水往东，走了几日后，才置了车马。一路还算顺利，到了海州城。

这边早有费保等人备船相候。李俊遂将梁山军不日将来海州，往琉球之事相告，吩咐费保等兄弟备妥海船物料，以接应梁山军马，又抽闲去拜会了杨勇，才起程出海。

海上行船可不比陆上。这班老少可都没出过海，众人一开始还兴奋异常，可没过一会儿，这浪推浪涌，一颠一簸，就受不了。先是女眷们趴在船上呕吐起来，接着又是老少爷们儿，李俊是倒茶递水忙着伺候。船没行半日，众人都已躺下歇息，动弹不得。李俊见众人晕船厉害，只得让船沿岸而行以避风浪。

船借着北风，行了四五日，过了黄水洋，刚到海门洋面，却迎面遇上一艘艨艟巡海大舟。那高耸的船首蒙着黄铜皮，阳光下金光闪闪，桅杆上高挑着杏黄大旗，斗大的“稽查”二字，十分显眼。左右船舷各架两门虎头炮，甚是吓人。

李俊见那大舟上挥动号旗，忙嘱咐众人不要妄动，让船工降下大帆，靠上官船系牢船缆。官船上过来三个当差的，一个领头的，带着官腔道：“你等听着，咱是浙东路海巡司。今日例行巡查，你等速将船舱、房门打开，如有贩卖私盐、夹带禁物赶紧交出，若隐瞒不报，一经查实，船只充公，人众坐牢！”晁云龙虎眼圆睁，暗中攥住利刃。李俊使了个眼色，堆起笑脸道："公差大哥，我等是守法良民，不敢藏私。这里有海州府发的行船文牒。"说罢，递上文牒让公差查验，又让宋福取来二十两银子，笑着道："公差大哥辛苦了！这里有二十两纹银相送，让几位买杯水酒吃。"边说边塞银子。那领头公差接过银子，掂了掂，笑得一排黄牙外露，道："算你识相。"把手一招，与另二位公差翻过船帮，哼着小调，解了船缆。晁云龙见那船离去，气得"呸"的一声，骂道："狗杂碎，真想剁了喂鱼去！"李俊笑道："如今这世道是见怪不怪，往后侄儿可要多学着点。"

船又往东南行了几日。这日傍晚，李俊凝望那海天，残阳映水，粼光波动，那一簇簇紫绛色的云团，或龙凤飞禽之状，或虎狼狮豹之形，各现奇丽，变幻莫测。李俊掐指一算，皱起眉头。在旁晁云龙见了觉得好笑，道："李叔，你见那海天美境，是不是算计着七仙女、八仙妹何时会下凡来？"李俊回头见晁云龙、晁云飞兄妹在甲板上，忙答道："你们兄妹头遭出海，有所不知。当地渔家有谚语：二月初六、初八有亨暴，今日是二月初三，顶上虽是阳光绚丽，但观西边黑起，必有暴期将至，看那绛云之下，有黑云生起，本月初六、初八必定暴至！"晁云飞女孩子家，心生好奇，追问道："李叔，何为暴期？"李俊笑道："暴期是海上刮大风暴的日期。"晁云龙听李俊如此说，便问道："照此说，再过三五天有大风暴。"李俊应道："确是如此！"晁云龙显得十分焦急，问道："那可如何是好？"李俊道："算来到琉球尚需七八日行程，恐风头上赶不及。不如先去昌国，俺们在那儿开了爿鱼庄，已有伙计在打点，顺道可去梅岭胜地游玩二日，其上有宝陀观音，可祈求观音菩萨保佑。"

这海上行舟数日，已是乏味得很，晁云龙、晁云飞、洪霞等众人听到马上可以靠岸游玩，甚是高兴。

这时，宋清也来到甲板上，咳了几声，道："适才听到李头领说有风暴将至？"李俊嗯了一声，道："再三五天会打起暴来，船先到昌国避个风头。"宋清连声诺诺，道："这行舟之事咱也不懂，一切悉听李头领调度。"当下李俊就定下暂不去琉球，转舵往梅岭驶去。

次日一早，船过莲花洋靠梅湾。李俊带了些干粮，偕众人上了岸，一行二三十人，只留几名船工照看海船。见那梅岭山势雄伟，树茂林密，青山奇秀，层层叠翠。沿石砌台阶而上，奇峰异石，巨樟古柏，千韵百味；古洞潮音、二龟听法、磐陀石、达摩峰，奇观异景，目不暇接。过白桦山到千步金沙，观那海潮金沙，沙色如金，赤足漫步，不濡不陷，浪推浪涌，倏然万变。众人见此奇观景致，身心荡然，早将世间恩怨情仇抛到九霄云外。

又过了潮音洞至宝陀观音寺。晁云飞天性好奇，拉着李俊的手，问道："宝陀观音有何来历？"李俊笑道："梅岭乃观音菩萨道场。相传唐咸通年间，东瀛僧慧锷请得五台山观音像一尊回国，舟行至莲花洋面遇上大风不得行，待风静出海莲花洋上却生出铁莲花，又不得行。慧锷以为菩萨不肯去东瀛，遂留像于潮音洞侧张氏宅中，后称'不肯去观音'。本朝神宗帝诏改为'宝陀观音寺'。观音菩萨有求必应。若人有难，只需念救苦救难大慈大悲观世音菩萨，即刻逢凶化吉，遇难成祥！"众人说笑着便到了宝陀观音寺。

那晁云龙毕竟年少，童心未泯，听李俊说得如此神奇，便一时兴奋使起调皮性儿，见那寺前门槛不顺脚迈入，却脚尖发力纵身跃起，扭身旋转跃进寺去。恰落地之时，正有人迈步出寺，那晁云龙双脚离地，已收不住身子，不偏不倚撞上那人，将那人斜挎肩上的香袋撞落在地。晁云龙顿觉理亏冒失，赶紧弯腰去捡。那人冷不防被撞落香袋儿，也随即俯身去拾，只听"咚"的一声，两颗脑袋撞在一起，晁云龙急往后仰身，那被撞之人却是一妙龄少女。那女子看来十七八岁，长得好标致：脸如莲萼，唇似樱桃。两道蛾眉似弯月，一双明眸露秋波。纤腰袅娜，绿罗裙掩映金莲；素体馨香，翠衣袂笼裹玉身。

晁云龙直愣愣怔在那儿，挪不开脚步。那女子被人撞落香袋碰了额头，正要嗔怒，抬头见是一位仪表堂堂英俊后生，二人四目相视，似电光相交，忽觉耳根一点热，红彻整个脸庞，成了一片桃花面颊，哪里还有半点儿怒气？

晁云飞在后见云龙尴尬样子，赶紧上步拍了一下晁云龙后背脊，向那穿绿裙姑娘唱了个喏，道："俺哥鲁莽，小妹给姑娘赔个不是，乞望姑娘恕谅！"说罢，又行了个万福，俯身拾起香袋儿，掸了一掸，道，"好精致的香袋儿。"边说边递与那姑娘。这时，晁云龙觉得不好意思，行了个礼，轻声道："小生失礼，乞望见谅。"正说着，那女子身后转出二人，一个白发老者，却面色红润，精神健朗，看似那女子长辈。另一个十五六岁青衣布衫，好似那女子使女伴当。那老者忙道："些许小事，无碍！"二女子挽着胳膊迈出寺门，那绿裙女子还转过头来睃云龙，又差点儿绊了一跤，幸好二人相挽着，不知那青衣女子说了什么，二人"扑哧哧"笑得高兴，老者跟在后面，不时地摇头。

李俊见三人转往别处去，总觉得那老者好生面熟，似在哪儿见过，却一时想不起来。

李俊又带着众人四处游历，至申牌时分，观那天象，西方黑云生起，明日必定起暴，便定下即刻往昌国富都去。李俊与众人回到梅湾，升起船帆，欲解缆起航，忽听得岸上有人喊道："船家稍候！"李俊抬眼望去，却是宝陀观音寺中碰到的那老少三人。那老者边挥手边快步来到近前，道："船家，你这船可是欲往对面富都去吗？"李俊答道："正是。"老者笑道："那太好了，今日贪玩误了时辰，错过船期，明日要起风了，三五日不会有渡船，能否行个方便？捎带我们老少三个，船钿照付与你。"李俊笑道："哎，上船吧！与人方便，与己方便，咱在宝陀观音寺已见过了，也是注定有缘，哪会要你分文船钱！"老者忙双手合十，躬身行了个礼，念道："菩萨保佑，得遇好人。"说罢，招呼二女子紧步快行。晁云龙忙搭好跳板，让三人上船来。那绿裙女子见了云龙抿嘴一笑，脸上又泛起一阵红晕。却说那老少三人是何来历？老者，姓方，名庆，今岁刚过六十甲子，乃当年南国大王方腊家总管；那穿绿裙的女子，姓方，名静儿，今岁十七，乃方腊三弟方貌之女；那穿青衣的女子，乃方庆之幼女，唤作方秀萍，年方十五。

当年宋军打破杭州城，方腊派人多方打探，才得知大公子方天定战死，方八妹乘混乱之际，率一干亲兵部将坐运粮船出钱江，至昌国沈家湾不远山岙中隐居，为掩人耳目，众人皆改成方腊夫人之蒲姓，外人称之为蒲家湾。后官军又攻取清溪，方腊领败军退守老巢帮源洞，虽犹作困兽之斗，但觉大势已去。遂密唤管家方庆领方家儿女子孙一行十余人，从后山秘径出走，几经转辗，也寻至昌国富都乡蒲家湾落脚。

昨日，方庆经不住两个小女子纠缠，带至梅岭游玩，巧与李俊一干人等相遇。李俊瞧那老者眼熟，原来混江龙李俊当年为破清溪，奉宋江军令，领水军粮船诈降方腊，与方庆于清溪会过面。至今已时隔数年，那方庆历经如此磨难挫折已老眼昏花白了头。今李俊又是一副南洋商贾打扮，方庆怎会想到今日于梅岭得遇仇人，又同船渡去富都！真是岁月蹉跎，时世作弄人！有道是：有缘千里来相会，无缘对面不相识。

第五十七回

避风暴暂居富都
猎香獐再遇红颜

这富都离梅湾不远，举目可眺。船从梅湾驶往富都，约莫一个时辰便到。初春时节，海上西风凛冽，侵彻入骨，众人皆挤在舱室中。梁山老小众人因有外人在，都很少言语。方静儿不时地睃两眼晁云龙，二人眉来眼去，甚有情缘。李俊早就看出端倪，心道：郎才女貌，甚是匹配，若促成这段姻缘，也是一桩美事。想到这里，欲向老者开口搭讪，讨问乡贯。可又一转念：如今咱是梁山流寇，为朝廷追缉，正要漂泊海外。若与寻常百姓家谈婚论嫁，岂不是害了人家！便打消了此念，闭口不言。

船渐驶入富都港湾。李俊对宋清道："富都湾三面环山抱海，中间有水域千亩。后靠大平山冈，左边是青龙山，右边是白虎山，此二山似虎踞龙盘守护港湾，湾前山石横峙如巨蟒盘卧，恰似一堵屏障，挡阻烈风。闽浙舟船遇大风，皆到港湾避风，故渔市兴旺。湾内有三五百户人家，多为沈姓，故又名沈家湾。"

船入港湾已近酉牌时分，湾内泊着千百艘闽浙渔舟，皆是进港避风。只见船桅林立，密密麻麻，灯火耀眼。正是：左青龙，右白虎，旗桅千千对；前梅岭，后佛渡，波涛万万顷。

此前，李俊奉军师吴用密令，寻迹海外，至富都设了个渔庄，以作策应联络之所。

李俊让船工就近埠头泊了船，放下舢板小舟，先送方家老少三人上岸去。晁云龙与方静儿四目相对，依依惜别，众人依次渡上岸去。

李俊开的渔庄，唤作大丰渔庄。那镶着黄条艳红的望子旆幡，随风招展，甚为醒目。离渔庄不远，便有一酒家客栈，唤作望海阁酒楼。店家姓沈，见有客进店，忙过来招呼。李俊唱了个喏，道："咱是朝山进香之客。晚间才到富都，不知店家有多少客铺空闲？"那店家赶紧上前，道：

"尚有上房二三十间，不知贵客要多少间上房？"李俊笑道："那就赶紧收拾一下，咱全要了。晚间走得急，还没打尖，尽快置三桌酒宴，好酒好菜尽管上，银子一并还发与你！"那店家久未遇上大帮阔绰客人，听了满心欢喜，忙吩咐小二摆上酒果肴馔，杀羊宰鹅，煮饭设宴。

众人坐定，大块吃肉嚼鱼，大口喝酒饮汤，谈风论月，只绝口不提梁山之事。宴间，店家满脸堆笑上来，让小二端上三碟烤肉，道："借贵客之光，今早亲家猎得香獐一只，送来本店，正好煮透，恰遇众贵客到店，甚是有缘，特赠上獐肉一碟，供诸位品赏。"李俊忙起身答谢，道："早有耳闻，此物乃昌国特有。却一直无缘饱口福，今日能尝上此美食也算有福，多谢！多谢！"说罢，夹上一块入嘴。晁云龙听罢，也伸箸夹一块，嚼得津津有味，欲再去夹时，却盘中已空。众人直吃到半夜，才散席歇息。

次日，晁云龙早起，觉身轻气旺，行了趟拳脚，使了遍刀枪。那店家早已备下早点热饮，宋福昨晚贪吃了些，一早肚急，也起得早了。二人用过早食，店小二泡上一壶白茶，二人闲来无事，在店里喝茶。晁云龙心中惦着昨晚那香獐肉滋味，便道："小二哥，昨晚你家店主道那香獐为昌国特有，不知哪里可以寻到？"小二忙答道："此地四周山上皆有，只听那送獐的说，那毛竹山上特多！"晁云龙闻言顿喜，追问道："彼毛竹山离此有多远路程？"小二用手指北道："此去过两个山冈便是。客人若真有兴致去打獐，须告诉你，咱听打獐的猎户说起，那香獐前爪短，后腿长，从下往上蹬得贼快。须从山上往下赶，若射上一箭便栽跟头滚下来。"晁云龙闻言，顿时来了兴致，与宋福道："俺们在此地也无正事，不如去猎獐，顺带沿路赏个景致。"宋福听了，也眉开眼笑，拍手道："正合吾意！"

二人主意打定，便去寻李俊央其应允，可李俊一早出了门，此时不知去了何处。二人便敲开宋清房门，说了出去游玩，午饭外面食了。二人各挎一口腰刀、一张弓、一壶箭，手中拈条哨棒，带些碎银、糕点，拴了包裹，往山冈僻静处去。

话说晁云龙、宋福二人大步流星往山林中去。约走了二三里地，到了大平山冈下，正要往山上去，见有一老农扛着一把锄头，哼着小调，从山间小径中下来。晁云龙唱了个喏，行个礼道："烦问老伯，那毛竹山怎的个行程？"老农上下瞧了瞧，道："翻过此大平山，直往北去，再过两个山冈便是。"晁云龙又满脸堆笑，道："再烦问老伯，此间山上可有香獐？"老农笑着道："瞧你们这身行头，想必是去猎獐的吧！那毛竹山上獐、豖皆有。那獐灵巧得很，若是闻得喧哗嘈杂之声，早溜得无影。此间猎獐必以草叶藤枝遮身，轻履猫行，切勿大声喧闹，先以正道上得山顶，再沿小径，拣草密花盛处下来，反复上下或可巧遇。”晁云龙听罢，拱手道谢。

二人依言砍了树枝、藤蔓、花草周身披戴遮盖，似树桩草木一般。二人对视见了，捧腹大笑一阵，便沿山道蹑手蹑脚上得山顶，又沿僻径，摸下山去，上下折腾了几趟，却无半点獐影踪迹，再翻越两座山冈也无所获。

天近午时，已到毛竹山脚，见一条乡间古道蜿蜒曲折，顺山势而上。道旁涧水潺潺，山中古松苍柏，林茂竹秀，峰峦叠嶂，好一派景致。二人赏着美景，不觉饥肠辘辘，遂解下包袱吃了些糕点。宋福坐在溪边青石上，道："云龙兄弟，这上蹿下跳的，俺腿脚已不听使唤了，此毛竹山俺上不去了，兄弟上得山去，待遇着香獐赶将下来，俺便在下头候着。此唤作上赶下兜。"晁云龙笑道："你个懒汉，俺可管不得你！"说罢，放步登山而上。

约莫行了半个时辰，已到了山腰间。远眺青山巍峨，群山雾锁，近观怪石嶙峋，松翠竹秀，沿道漫山奇花，遍地异草，令人目不暇接。又登高一程，眼前平顶山冈，分成两岔道：一条僻径小道直上峰顶；山左却是一条盘冈山道，曲径蜿蜒，伸向密林深处，却不知通往何处。晁云龙心中盘算该往哪条道去。正疑惑间，忽见十几丈外，左首山坡花草丛中，有一黄褐色野物，正低头啃食，再定睛细瞧，那野物似鹿非鹿，似羚非羚，正是香獐无疑。那物甚是机敏，觉有异声，忽立身竖耳观望四周，正瞟见晁云龙挽弓搭箭欲射之，扭身便往乱草中窜去。只听"嗖"的一声，箭正中那物股肱，疼得它"吱吱"几声怪叫，往林深处急蹦乱窜。晁云龙见了，哪肯罢休，提了口气，脚上用劲，蹚岭越坡，赶了一里多地。忽地不见了那物影踪，心忖道：那物中了一箭，沿途定留有血迹，便往草丛乱石中，去寻那血迹。

正当此时，林中不远处隐约传来惊叫呼救之声。晁云龙急急去掉身上草藤枝蔓遮盖之物，循声而去，刚转过一坡，便见前方有一绿衣女子，攀爬在松树梢上，再瞧树底下，一头黑乎乎的野猪，嗷嗷直叫，绕着树转了几圈，忽地停下，发疯般用嘴去拱那棵松树。那绿衣女子紧抱树梢，随之颠簸晃动，看那情景甚是危险。此时，那绿衣女子也瞧见这边有人到来，忙大呼道："公子，救我！"晁云龙高喊道："那女子莫要惊慌，俺来救你！"说罢，飞步向前。那头野猪瞧见有人过来，舍了那女子，转向晁云龙奔来。这时，晁云龙瞧那野猪背上，还插着三支雕翎箭。晁云龙立定止步，手中哨棒一横，摆个斜步，眼看那野猪近身撞上，忽左脚箭步斜跨，右腿猛蹬，身子左纵，避开猪头，手中哨棒使个秋风扫落叶，直往猪腿横扫过去，只听“扑通”一声，那野猪被打折了前腿，一个嘴啃泥，滚了两滚，站立不起。云龙撒了手中哨棒，急掣出钢刀，猛往那猪脖颈上乱戳。只听那猪连声嚎叫，殷红鲜血汩汩直冒，四蹄朝空乱蹬。不一会儿，便没了气息。

这时，那绿衣女子已下了树，行到晁云龙跟前。晁云龙抬头一瞧，不是别人，正是昨日梅岭相遇，又同船渡至沈家湾的那位心仪少女。

第五十八回

葛仙洞喜结连理枝
蒲家湾怒打浪荡子

再说当年官军攻陷杭州城，方腊胞妹方八妹一干人隐入几只运粮船中偷出钱江，船至莲花洋面突遇风暴。瞬间，乌云翻滚，惊涛骇浪，船桅折了，船舱进水，眼看倾覆之际，方八妹忽见浪涛汹涌处，一尊神像随波起伏，漂至船弦。方八妹令人将神像捞上船。顷刻，风息浪止，海不扬波。众人无不称奇，心生敬畏。不一会儿，船靠拢昌国螺门湾山脚滩头。当地有渔家识得此乃妈祖神像。方八妹众人诚感妈祖显圣，救众人脱厄解危，遂于当日船靠泊之山上建庙供奉，名曰圣母庙，每年派族人至此进香。

昨日，方静儿与老管家方庆、方秀萍三人去梅岭，本说定游玩两三天，却因风暴将至，当日搭船匆匆而回。二女回到蒲家湾中，觉意犹未尽，闻姑姑与老管家方庆说起进庙烧香之事，便嚷着要来。方八妹见侄女已老大不小，又练得一身武艺，五六个寻常汉子近不得身，拗其不过只得应允，叮嘱其速去速回，途中小心。

次日，方静儿与方秀萍起个大早，各拴短剑，背弓悬箭，带了些干粮，装束停当，便前往圣母庙。这蒲家湾去螺门山圣母庙，也要过毛竹山。俗话说：吃饭防噎，走路防跌。那方秀萍行到毛竹山脚，不小心扭了脚，走不得山路。方静儿只得让其于山下土地庙中歇着，待自己往圣母庙进香回来，再寻辆骡马车驮了去。

方静儿独自过了毛竹山，到螺门山上圣母庙烧罢香忏了愿，又原路返回，却遇上这头黑毛野猪。方静儿取弓搭箭射了一箭，却惹火了这头野猪，漫山追着方静儿不放，要拼上这条老猪命。方静儿情急之下，爬上松树，又射了两箭。无奈这头黑猪皮糙肉厚，伤不得性命，更激得性子发作，嗷嗷直叫，拱得那树根松动，惊得方静儿连声惊呼，引来英雄救美。

二人于此时此地又相见，格外惊喜！方静儿道：“我被这物追得好苦。”说罢，上前猛踢两脚。晁云龙道：“姑娘咋会在这荒山野岭之中？”方静儿便将与秀萍一早出来，自己去圣母庙进香，回来遇野猪之事说了一遍。晁云龙也将自己与宋福出来，自个儿上毛竹山猎獐追到此处，闻声而来，加以细述，又笑道：“今日在此山中又相遇真是有缘！”方静儿闻言，脸颊泛起一阵红晕。晁云龙看着野猪，转念一想：獐没打着，这野物肉倒也不错。便道：“咱不能暴殄天物，不如割了两条腿去，也好美食一顿！”方静儿听了拍手道：“好！小女子也正有此意。”晁云龙抽出短刃，来个庖丁解猪，割下两条肥腿，又寻了根老藤拴住，二人顺山道拖着猪腿往回走。

二月里，天气回暖，忽遇寒流，顿有暴至。山冈峪口，北风骤起，顷刻，暴雨如注。二人正行于岭间，片刻，便被打湿发脸，淋透衣袄。那方静儿年前曾与少年同伴到此山中游玩，知晓不远处有一石洞，可避风雨。此时想起，忙对晁云龙道：“公子，前面转过山冈便有一山洞，咱们可先去那里避这山雨。”晁云龙应声将两条猪腿撇在道旁，随方静儿快步小跑，奔上山冈，转过岭墩，见不远处奇峰倒竖，怪石嶙峋。行到近前，果见一处石洞。洞侧岩石上刻着“葛仙洞”三字，洞口藤蔓缠绕，高有丈余，可容一人进出。二人进得里面，只见洞内豁然开朗，有十余丈宽深，间有石床、石墩，侧旁有一潭静水，不知深浅。

二人浑身湿透。方静儿虽也练得一身武艺，可毕竟是女儿身，此时寒风阵阵，冷雨凄凄，方静儿肌肤战栗，喷嚏连连，咳嗽声声，似已风寒侵体。晁云龙瞧洞内枯草断枝残木不少，忙捡了些堆起，取出火石生起火来。晁云龙少年英雄，心无杂念，清纯无邪，又出洞外砍了几条树杈，中间用木棒搭了个架子，欲让方静儿脱了衣服烘烤取暖。方静儿心中踌躇，站立未动。晁云龙察觉其心中所虑，急道：“俺云龙是顶天立地男儿，心中坦荡，绝无歹念。姑娘你赶紧脱了湿衣，烤火取暖，不然风寒侵骨，必得大病。俺立于洞口于你把风。”方静儿闻言，道：“咱江湖儿女，也不计较这个，只是这荒山野岭，孤男寡女，若传将出去，真羞死人也！”晁云龙笑道：“姑娘尽可放心，俺绝不回头来看！”方静儿打趣道：“男人要说话算话，回头来是小狗！”晁云龙笑着道：“嗯！一诺千金，回头来是小狗。”二人说笑着，晁云龙已走到洞口，望着洞外风雨，心中想起宋福还在山下，现时不知身在何处。方静儿也不多想，三下五除二脱了外套内袄，挂于木架上晾烤，身上只留得裤衩肚兜片物遮盖，于火旁烤衣取暖。

方静儿边烤着衣袄，边偷眼细瞧云龙，见云龙堂堂八尺体，凛凛正义身。看了满心欢喜。正所谓，一心不能二用，手中衬衣衫，却已被柴火引着，方静儿“哎哟”一声，腾挪间，却撞倒一旁木架，直一声惊叫。晁云龙不由得回身来看，眼前恰见得姑娘：玉笋纤纤，霜腿婷婷，酥胸荡漾，香肌沁肺。真是：玉貌妖娆花解语，芳容窈窕玉生香。直瞧得，心花乱坠，夭桃粉红。慌得姑娘缩作一团，云龙别着头，上前扶起树杈，再行架好，欲移步仍去洞口，却被姑娘玉手揽住腰身，斜倚在云龙身上。那姑娘是冰清玉洁，素体馨香。晁云龙心扉狂簸，面颊通红，也不由自主地揽住姑娘腰身。一时间粉面斜偎，朱唇紧贴。真是杨柳腰，脉脉春浓；樱桃口，呀呀气喘。直惹起，羞云怯雨，蜂狂蝶乱。真所谓：羞答答，连理枝生；喜滋滋，同心带结。

一场巫山云雨过后，方静儿依偎着晁云龙，道：“小女子今生是公子的人了，可不要负了我！”晁云龙急道：“哥一生绝不负妹！”二人一番海誓山盟。方静儿道：“说来好笑，如今咱已行了男女之事，可还不知公子姓氏乡贯。”

那混江龙李俊曾于途中叮嘱：为防公人细作，众人到了昌国休提“梁山”二字！

晁云龙见问，便答道：“俺姓晁，名云龙，祖居山东巨野。此番随舅家出海行商，到昌国来还是头遭。”又道，“姑娘怎的称呼，居于何所？”方静儿迟疑了会儿，道：“小女子姓蒲，名静儿。居于蒲家湾，打沈家湾往西去不远便是。”

原来，方八妹一干人到昌国后担忧朝廷追杀，将姓氏改为其母之蒲姓。故方静儿称自己姓蒲。后宋亡以后又改回方姓，此乃后话不表。

二人情意缠绵。方静儿又道：“前些年家中发生了变故，容日后详告公子，望公子谅解苦衷。如今族中大小事，全由姑姑做主，公子回去后即可托人来提亲，也好明媒正娶。”晁云龙亲吻了一下方静儿额头，轻声道：“嗯，明日便来提亲。”方静儿捏了一把云龙脸蛋，笑着道：“看你心急的，也该找人挑个吉日才行。”说罢，二人开怀大笑。

这时，风停雨歇，洞中柴火也不知啥时早熄了。方静儿穿好衣袄，理顺发鬟。二人出了山洞，寻着那道边猪腿，挽着胳膊说笑着，拖着猪腿下得山来。

二人行到山下，却不见宋福人影，晁云龙四处寻遍，仍无影踪。方静儿见晁云龙面生忧色，便劝道：“适才瓢泼大雨，左近又没人家，说不定跑到前头土地庙中躲雨也未知。”晁云龙无奈，只得随方静儿行了约半里地，转过一坡，果见有一土地庙。未入庙门便已听到里面男女嬉笑之声，

入内果见得宋福与一姑娘各坐着蒲团，挨着烤火嬉耍。原来，宋福见下起大雨，忙寻地方躲雨，却见这里有座土地庙，便跑进庙内，恰遇秀萍姑娘。二人昨日见过，已是熟了，便生起火来取暖。秀萍又道自己扭了脚丫，那宋福平日里跟着神医安道全，这跌打损伤，外敷内托医理，也学得一知半解，就替姑娘揉捏拿推，把弄得七分好了三分。一个是少年郎，如初春嫩枝；一个是美少女，似三月桃花。二人正打情骂俏，嬉闹间被人撞见。四人此时相见，又是一番滋味。

闲话休叙，晁云龙出庙寻了辆牛车，四人上了车，一路说笑着，直驮到蒲家湾，分了那野猪腿。方静儿指点了居所方位，叮嘱云龙莫忘了正事，云龙连声诺诺，分手惜别，回到沈家湾望海阁酒楼，已是酉牌时分。一夜无话。

次日，方静儿睡到日上三竿，同方秀萍去湾前溪头，洗涤衣袄裤鞋。二位姑娘边洗边说笑着昨日之事，忽从身后传来几声口哨。方静儿扭头瞧去，见是五六个吊儿郎当之人，都是贼眼淫相。方静儿扭转头，对秀萍道："原来是几只王八羔子，莫去理睬则个。"二人自顾低头洗衣。那几个见二位姑娘生得俏丽，却不去理会他们，倒来了贼兴，嬉皮笑脸挨身凑近，竟伸手来摸姑娘脸蛋。方静儿顿时怒火中烧，柳眉倒竖，反手一掌，打得那厮一个踉跄，几个伴当见姑娘动手打人，便也对姑娘动起粗来。殊不知二位姑娘从小练武，莫说这几个纨绔子弟，再多几个会拳脚的，也不在话下。没三五下，小地痞便被打得鼻青脸肿，东倒西歪。

方静儿一脚踏着为首那个的胸脯，道："本姑娘姓蒲，名静儿。今日且放了尔等杂碎，若再遇着，休怪本姑娘拳头不长眼。"这厮哪还敢吱声？赶紧起身，抱头鼠窜而去。

且说那几个是谁家的。领头的一个却是昌国县尹韩克明的亲侄，唤作韩存虎。那韩克明为官也算清廉，却膝下无子。其兄韩克光生有三子，韩存虎为第三子。韩克光遂将韩存虎从小过继给其弟为子。那韩存虎日渐长成，却不争气，恃仗叔父为县尹，整日与几个富家纨绔子弟东游西荡，欺男霸女，打架斗殴，不务正业。韩存虎几个调戏姑娘不成，反被暴揍一顿。几个狼狈逃窜，来到沈家湾去找一人。此人姓孙，名宝堂，乃昌国上潘孙人，祖上以木匠为生。孙宝堂从小喜弄拳脚枪棒，因患有体癣，人称烂皮孙。前些年，随人去杭州城做木匠营生，恰遇方腊造反，便投方天定麾下效力，做了个小头目。不久宋军攻城，其见势不妙，便早早溜回昌国，在沈家湾做个鱼贩，却与韩存虎混得烂熟。

韩存虎来到沈家湾渔埠集市，找到烂皮孙。这时，快近巳末，烂皮孙见韩存虎到来，如同见了亲爹似的，便邀去望海阁酒楼，要了间雅房吃酒。恰巧李俊、晁云龙一干人也正用餐。那韩存虎将蒲家湾调戏人家姑娘，反被殴打之事说了一遍，要烂皮孙出头，去讨回面子。

晁云龙在厅上听到雅间包房内说到“蒲家湾”三字，便特别留意起来。那烂皮孙一听，一拍大腿，哈哈大笑，道：“此乃好事，像这般花容月貌又要得拳脚功夫的姑娘，打着灯笼也找不到。若讨得来做老婆，定是几辈子修来的福。依孙某看，韩公子倒是与那姑娘有缘，这叫作不打不相识。”韩存虎听烂皮孙这么一说，心思倒是活络起来，想那姑娘容貌俏丽，风姿绰约，心头一阵火热，便道：“听了兄弟所言，倒也顺耳。但不知该如何摆弄？”烂皮孙笑着道：“此事不难，包在孙某身上。公子只需亮明昌国县尹公子身份，备些金银锦缎，再凭孙某三寸不烂之舌，去说个媒，哪家姑娘不投怀送抱？”韩存虎听了甚是高兴。真是：癞蛤蟆想吃天鹅肉，痴心妄想。当日，几个狐朋狗党喝得酩酊大醉，直至半夜方休。

第五十九回

方八妹隐居富都乡
烂皮孙说亲蒲家湾

再说方八妹等人败退到了昌国县蒲家湾安顿下来后，立下报仇复国之志。

前岁，方八妹派遣旧日部将吴值、赵毅、温克让三人去探听消息，联络旧部，后在杭州城外六和寺遇到武松动起手来，赵毅当场毙命，温克让被擒，单走脱了吴值回来报信，之后又得知伍应星在昱岭关被杀，甚是伤感。

昨日，吴值又探得消息回来，第一则消息是水泊梁山寨已为官军攻占，林冲伤重不治，吴用率败军流窜沂蒙之地；第二则是金兵南下，攻至汴京，宋金和议，订立城下之盟，皇帝让位于太子；第三则是两湖路圣坛教主已联络洞庭湖九洞十八寨，不日将起兵举事。方八妹得报，内心悲喜交加。悲的是宋帝昏庸，奸佞当道，忠义之士受到排斥，国无栋梁之材，以致金兵入侵，生灵涂炭，黎民百姓遭殃。又想那梁山好汉如此英雄，当年却因宋江被招安，来征南国，两厢残杀。后梁山义士再举反旗，其志可嘉，然势单力薄，成败亡流寇，实令人扼腕叹息。想到这里，嗟叹不已！喜的是两湖路圣坛义士不日举兵，摩尼圣教将重现天光，家仇国恨得报。心中万分感慨！

且说烂皮孙一心要巴结韩存虎。次日一早，穿戴整齐带了礼物，兴冲冲地到了蒲家湾，问明居所方位径到蒲家。烂皮孙见这户人家周遭高墙，青砖碧瓦，俨然大户，便行到门前叩了几响铜环。少顷，便有人来开门，探头问道："公子敲门所为何事？"烂皮孙见是一家仆模样，咧嘴一笑，躬身一揖，道："受人所托前来贵府提亲，烦劳向你家主人禀告一声。"家仆闻是来提亲的，便道："那请公子稍候，待通报了主人，再来回话。"说罢，随手关了门。不一会儿，门又开了，那家仆笑着道："公子有请，我家主人在厅堂相候。”烂皮孙随家仆入内，见一偌大庭院，两排耳房，中间一座厅堂。入至厅堂内，里面一位老者堂上坐着。那老者见客人到来便起身施礼，道：“贵客登门，失敬，失敬。”双方分宾主落坐。

那老者不是别人，正是老总管方庆。须臾，家仆端上茶水、果肴珍品，双方一般客套过后，方庆笑着道：“适才听家仆言，客人是来提亲的。不知客人所提的是哪家公子？我家的又是哪位姑娘？”烂皮孙见问，昂了昂头，斜视着方庆，道：“你家的那位姑娘，便是唤作蒲静儿的千金，说来也是你家姑娘前世修来的福分，我家那位公子可是大大的有名！”方庆闻言“噢”了一声，接着道：“愿闻其详。”烂皮孙拉长声调，道：“那位公子可是当下昌国府尹韩克明的公子，韩存虎便是。韩公子今年二十有一，诸子百家，琴棋书画，无不知晓，可谓才貌双全，风流倜傥。因其心高气傲，至今未看上一位姑娘。昨日，韩公子路过此处，因言语冒犯被姑娘打了一顿。那韩公子君子气度，不记小过。俗话说得好，打是亲，骂是爱，不打不相识，心中反生倾慕之情。昨日与小的说起心中之事，今日小的便来撮合这桩好事。”说罢，便解了包袱，取出金银彩缎置于桌上。

方庆听了淡淡道：“贵客且将礼物收起。韩公子官宦人家子弟，金枝玉叶。我家姑娘乡野民女，放荡不羁。可谓门不当，户不对。咱蒲家可高攀不起！”

烂皮孙把脸一沉，道：“咱韩公子可不计较门户对当！曾有多少家姑娘上门托媒，却被拒之门外。韩公子独看上你家姑娘，说不定也是前世有缘。依我所看，贵府家大业大，也定是名门望族。老丈休要自贬门庭，推托这桩好事，误了姑娘终身！”

方庆经烂皮孙这么一说，心中一转：俗话说女大不可留，说不定静儿姑娘中意也未知，老汉不可擅作主张。便道：“且不说门户之事。咱蒲家婚嫁有两条特别规矩：一则长辈不得包办，须子女中意方成；二则女儿不外嫁只招赘婿，恐韩公子不能受，故特先告之。”烂皮孙闻言，即道：“姑娘是否中意，可烦老丈进内征询姑娘，小的等回话便是。至于入赘之事，待小的禀告韩公子后，再来贵府回复。”方庆道：“如此甚好，贵客少待片刻，容老汉入内问过姑娘，若姑娘不允，那贵客也不必再来回奔走。”方庆说罢进内房去，独留烂皮孙一人在厅堂上。

烂皮孙那厮不是省油的灯，一双贼眼往四周滴溜溜地乱转，忽地瞥见厅角立着一杆方天画戟，甚是耀目。烂皮孙按捺不住起身走近，忍不住伸手握住一拎，吃惊不小，觉有四五十斤重，心中暗暗佩服此人神力。再细瞧这戟把上还镂刻着一行金字。烂皮孙脱口念道："南——安——王——方——天——定。"烂皮孙念到这里"呀"的一声，一时惊呆。这南安王是方腊所封。烂皮孙脑中闪过几个念头：这杆方天画戟怎会落在这里？这家主人是谁？难道方天定还在世？眼前又现出南安王方天定持戟驰骋疆场，与宋军拼斗厮杀的场景……

正当烂皮孙发呆之际，厅外传来干咳之声，方庆已从内厢房转回。烂皮孙急急回到原位坐下。烂皮孙问道："不知姑娘意下如何？"方庆摇了摇头，道："唉！被我家姑娘一口回绝，也是姑娘没这福分消受。那就请贵客回吧！"烂皮孙此时心中惦着方天画戟的事，那说亲之事，也不在意了。听老汉说姑娘不中意，也不多说，便将礼金锦缎收拾包好，扭身转出来，刚要出门却差点儿撞上一人。那人正从外面跨进门槛，烂皮孙低头想事，直往前撞来，那人侧身闪过一旁，口中道："走好！"烂皮孙抬头一瞅，惊吓得三魂六魄，去了二魂四魄，只剩得一魂二魄，一时挪不开脚步。须臾，才缓过神来，忙拔步出门，急急赶回。

原来，昨日方八妹听了哨报，思前想后心潮起伏，一夜未曾睡好。今日起个大早，拳脚刀械练了一遍，将那方天画戟置于厅堂，便出门去各堂口巡视。转回来时，正巧遇上烂皮孙。刚才一照面，烂皮孙认出方八妹，方八妹可没认出这厮，只是觉得有些眼熟。

方庆见方八妹回来便走了出来，方八妹问道："适才那人是谁，来做什么？"方庆便将那人前来提亲之事细说一遍。方八妹道："如今多事之秋，别去招惹官宦人家！万事应格外小心，免生意外！"方庆连声诺诺。

又说韩存虎昨夜在望海阁大醉未回，就寄宿在沈家湾渔埠里。韩存虎见烂皮孙回来，听其一番言语，道是说亲不成，便对烂皮孙大骂一通，要烂皮孙纠些地痞混混，去蒲家闹事。

烂皮孙遭韩存虎一顿臭骂，自觉颜面尽失，却不敢作声，忽地眼珠一转，灵光一现，计上心来。遂对韩存虎道，公子无须发火，只需如此这般，定叫蒲家乖乖地将人送上门来。韩存虎闻言大喜，让烂皮孙赶紧操办。

烂皮孙早年读过私塾识得字，便叫人取来笔墨、信笺，略作思考，提笔书道："方将军，鄙人孙宝堂曾在南安王方天定将军麾下效力，昔年兵败，逃匿于此，苟延残喘。今有昌国府尹公子韩存虎，对你家静儿姑娘十分钟情，托鄙人至贵府提亲遭拒，鄙人怏怏而归之际得遇将军，实欣慰！现转表韩公子之意：若两家结秦晋之好，一切过往毋提。不然告发官府，必玉石俱焚，鸡犬不留。望将军慎思而为，亟待回复！孙宝堂拜上。"

烂皮孙修好书信，封了信口，唤过张三，吩咐道：“大哥差你速去蒲家湾走一遭，交给蒲家主人，待那厮看过书信，捎带了话语再回。日后大哥发迹了，定提携于你！”那张三连声诺诺，忙不迭地跑去蒲家湾送信。

当日，张三见到方庆，言明来意，递上烂皮孙书信。方庆看罢书信，大吃一惊，自觉事体重大，遂留张三于厅堂相候，自己进内房告知方八妹。方八妹见了书信，大惊。回想早上进门时遇见那人，确是面熟，当时没认出让其走脱，却来要挟。如今两湖路圣坛正要举大事，却横生事端，心生懊恼，后悔不已。

方八妹、方庆不敢施强，二人商定，只得以缓兵之计，拖延时日，再徐图之。

方庆回到厅堂，对张三道：“客人可先回，今日我家姑娘出外串门去了，容我家姑娘到了再作商议。”那张三来时烂皮孙有嘱，便道：“咱孙大哥说了，此事以三日为限，便听回话。”张三撂下狠话扭头便走。

第六十回

沈家湾劫掠官船
望海阁斩杀无赖

且说晁云龙与宋福那日回到望海阁酒楼已是入夜。次日，云龙见了李俊，将去毛竹山猎香獐，与静儿姑娘相遇，二人私订终身之事备细告知。李俊，听了大喜，遂找来宋清，让宋清多备些彩帛，选个吉日，前去提亲。宋清找店家翻出皇历，掐指算来后日二月初九，便是黄道吉日。这日一早，宋清与宋福装束停当，带着锦缎等物，往蒲家湾来。

那宋福记得路径，父子二人敲开蒲家院门说知来意，家仆迎入厅堂。方庆听闻又是来提亲的，心觉蹊跷。双方一打照面，便认出是那日船上见过的，已有几分亲近，宾主一番客套言语。宋清报说自己是山东巨野人时，那方庆顿时脸色一沉，露愠怒之色，道："咱蒲家与山东人素不往来，绝无通婚之事！"宋清欲开口再言，只见那方庆道了一声："送客！"竟拂袖离去。家仆将父子俩送出门外，可谓是乘兴而去，败兴而归。

父子二人刚离蒲家不远，背后传来一女子叫声，宋福回头一瞧，却是秀萍姑娘。

原来宋清、宋福与方庆在厅堂中叙话，方静儿恰于内房中听得方庆闻来人是山东人氏，即刻拂袖而去，回绝这门亲事，心中十分着急，即着秀萍姑娘赶来告知宋福，定黄昏后于青龙山麓映心亭中，与晁云龙约见。

真是一轮红霞映春晖，两颗丹心显真情。所谓一日不见如隔三秋，晁云龙与方静儿相拥于映心亭中，二人情意缠绵，互诉衷曲。方静儿望着远处落日余晖，海天交融，浑然一色，心中思绪万千，凝神沉思了会儿，道："一家人，不说二家子话，今日约公子来，有一件紧要事相告。"晁云龙笑着道："小生愿洗耳恭听。"方静儿一脸惆怅，与云龙道："公子可知前些年方腊举兵造反之事？"晁云龙答道："如何不知？可谓家喻户晓，老幼皆知！那方腊可是大英雄，只可惜壮志未酬身先亡！”方静儿眼圈一红，压低声道：“实不瞒公子，方腊即小女子堂伯，小女子乃方腊之弟方貌之女。”晁云龙闻言大惊。方静儿又道：“那年父亲战死苏州城，堂伯退守帮源洞，老总管带我姊妹等人连夜从山后小径逃出，一路千辛万苦，才遁至昌国，与姑姑方八妹会合，自此隐居，改成蒲姓。后每听姑姑言，那山东宋江引梁山好汉降了朝廷，又来攻打南国，故其最厌烦山东人。今日提亲遭拒，是小女子疏忽，未告知公子情由缘故，如今想来，未免不是一件好事！”

晁云龙听了方静儿这番言语，思绪万千，感叹道：“原来姑娘是方腊侄女，真所谓，不是冤家不聚头。”方静儿听晁云龙话中有话，便问道：“此话怎讲？”晁云龙便将自己身世和众英雄重聚梁山，与官军殊死拼杀，混江龙李俊领梁山老小驾船出海州欲去琉球，遇大风至昌国之事，从头至尾说了一遍。

方静儿听了惊讶不已，良久道：“真是冤家对头！”晁云龙叹了口气，接着道：“若俺父亲不早死，梁山绝不会受朝廷招安！龙廷上坐的，可不一定是赵官家。”方静儿应声道：“那倒也是，咱小时常听长辈们提起晁天王和梁山好汉英雄大名。只可惜那宋江胸无大志，埋没了众英雄，害得咱们成了冤家对头。如今若将你身世说与咱叔、伯、姑姑，他们定然不允我俩在一起。”方静儿说罢，别转头去潸然泪下。

晁云龙听罢，拉住方静儿的手，道：“此乃父辈们的恩怨，不能连累俺们。况俺父亲是顶天立地之人，与方家本无冤仇！”方静儿望着晁云龙两眼含情，低声道：“咱已是公子的人了，此生非公子不嫁，愿随公子浪迹天涯，至死不渝！”二人说着又紧紧相拥在一起。

许久，方静儿忽想起一事，又道：“如今尚有一件紧要事，要告知公子，让公子拿个主意。”遂说起韩存虎让烂皮孙来蒲家湾提亲被拒，出门遇见姑姑方八妹，回去后又差人来要挟，若是不答应这门亲事，便要去官府告发，方家恐又遭灭门之灾。晁云龙听了沉思半晌，想那方家背负灭九族之重罪，若韩存虎真娶了方家姑娘，传将出去必受牵连。只要方家没回绝这门亲事，两三日之内必不会将方家身份泄漏给旁人。如今只需诱其出来劫杀之，便可保全方家众人性命。想到这里，便说出一个杀人灭口的计策来，让方静儿这般如此即可。真是：胆小非君子，无毒不丈夫。

当晚，方静儿回到蒲家湾，提笔修书道：“那日不知公子乃昌国县尹之子，小女子多有冒犯！今公子不计冲撞之前嫌，不避官民之贵贱，差人前来提亲，小女子受宠若惊，深感欣慰。但族有族规，乡有乡矩，婚配嫁娶无父母之命媒妁之言，恐遭乡邻耻笑！公子若真心实意，可于后日沈家湾望海阁中，订两三桌酒席，邀些亲朋邻舍做明媒见证，才显名正言顺，方成百年好合。”方静儿写罢这封信，想了想又写一封：“今遇所托终生之人，恐姑姑、叔伯不允，故留信辞别。那韩存虎一干人，已为我等所杀，以绝其患。若有缘再见，定当面释。静儿拜上。”书罢折好，将这信置于枕下。

次日一早，方静儿唤来家仆，去沈家湾渔埠送信给烂皮孙，嘱其转交给韩存虎，务听其回话。

晁云龙当晚回来即去找李俊，将方静儿身世及韩存虎提亲，自己让方静儿假意应允亲事，约韩存虎等至望海阁，欲杀其灭口，以保全方家之计策前后备细告知李俊。

李俊听了，嗟叹不已！怪不得前几日梅岭相遇之老者如此面熟，原来是当年诈降方腊时，在清溪县见过。如今却让世仇两家结为亲家，真是天意弄人！想到这里，不禁哈哈大笑。

晁云龙不解其意，问道：“叔叔何故发笑？”李俊答道：“当年宋头领带梁山兵马征剿方腊叛军，两厢血拼厮杀，枉死了多少好汉！今日却要结百年之好，上辈的冤仇由你辈化解。想那冥冥之中，上苍自有安排，若早知今日，又何必当初！故而放浪大笑。”晁云龙也觉好笑。

李俊又道：“如今要保全方家，也唯有杀人灭口之计！这二日，叔在港湾中转了转，见到那日海上遇到的官船也来此处避风，干脆一不做二不休，一并做了，省得让其祸害渔家。先劫了官船，再上岸杀人。后日应是风平浪息，正好出海行船！”叔侄二人计议已定，便分头去准备。

且说那韩存虎收到方静儿书信如痴若癫，当即应允。烂皮孙翻了翻眼珠，道：“果然不出孙某之所料。俗话说，穷不跟富斗，富不跟官斗。您韩公子若是要摘天上月亮也不难，何况区区一个民女！”韩存虎脸露得意之色，道：“话虽如此，但那厮是山匪盗贼之家，也不可不防。”烂皮孙连连点头。

这日辰时，烂皮孙纠集沈家湾地头上有名声的混混和渔霸地痞二三十人聚集望海阁酒楼。韩存虎身穿锦衣团袄，居中坐定，烂皮孙一旁相伴，依次是张阿三、李老四、王大五等人，各有绰号名目，满满围了三桌。这边方静儿旁方秀萍陪伴，宋清扮大舅居中，宋福扮作堂兄，晁云飞、洪霞算是姑嫂，也坐了一桌。各人怀中藏了利刃，脸上挂着笑容，推杯执箸，把酒言欢。

再说那海巡司官船在沈家湾中停泊避风，那日只留了五六人看船，其余公人都上岸游玩去了。收了李俊二十两银子的领头公差唤作白食，因着了凉没上岸，也留在船上。

当日，辰时刚过，那白食听闻有人划着舢板叫卖时新蔬果，便叫那舢板拢上官船。这时，船尾又有几只舢板趁做公的都到舱板上挑买蔬果，悄悄拢上官船摸将上来。白食忽见有人上船来，正要呵斥来人，那小贩已从腰中抽出一把明晃晃利刃，往白食腹中一刀，又回手朝脖颈一挥，那白食连声都没出，便没了气息。几个做公的不承想青天白日会遇上强人，一时慌了手脚，没三五下便被砍翻在舱板上。李俊将公人尸首抛入大海，留两个伙计看船，与云龙等赶上岸来，急奔望海阁酒楼而来。

又说那望海阁酒楼中，韩存虎与狐朋狗党频举酒盏，正春风得意之际，忽闯入一群蒙面强人各执刀剑。正是混江龙李俊、少年英雄晁云龙和十几位好汉。只见李俊大喝道："俺是梁山好汉混江龙李俊，尔等狗男女，留下钱财，便饶尔狗命，不然杀了尔等，如同弄死一只蚊蝇！"烂皮孙见大门已被强人堵住，瞅柜台旁有一边门，便移开脚步往柜台边挪动，欲溜之大吉。晁云龙瞅见一步上前，拎住后颈往地上一摔，挥手便是一刀，结果了性命。

韩存虎三魂六魄，去了二魂三魄，作声不得。众人见烂皮孙被杀，吓得瑟瑟发抖，叫苦不迭，忙将身上首饰，怀中金银置于桌上。李俊环视众人，高声道："哪个是韩存虎？"韩存虎面如土灰，"扑通"一声跪倒，磕头如捣蒜，口中嚷道："小的便是，金银财帛尽管拿去，只求好汉饶命。"李俊喝道："平日里仗势欺人的腌臜泼才，爷爷今日留你不得！"说罢，手起刀落，一颗血淋淋人头滚出丈远。众人吓得跪倒在地，忙不迭地磕头求饶。李俊大声道："俺梁山好汉替天行道，今日到昌国为民除害，与众人不相干。"众人忙磕头跪拜，张阿三、李老四、王大五等人拔腿奔出酒楼前去告官不提。方静儿、方秀萍随晁云龙一干人等上了船，扬帆出海前往琉球。

第六十一回

南山大王仗义纳好汉
神机军师设计夺琉球

上回说混江龙李俊、晁云龙于昌国设计杀了海巡船上官兵，抢了官船，又杀了韩存虎、烂皮孙。方静儿、方秀萍二位姑娘也随船往琉球去。

昌国县这边早有人去县衙告官，报知梁山贼寇窜至昌国，杀官兵掠官船，又上岸杀人越货，劫财害命。县尹韩克明闻报大惊！一面具文上报明州府衙，一面贴出海捕告示，缉拿凶犯。

那边蒲家湾方八妹派人打探得清楚，韩存虎、烂皮孙已死于非命，心中稍安。当日，看罢侄女方静儿留下的书信，知其与方秀萍二人已随梁山人等出海，心中愤懑不已，只是入海无踪，也只好作罢！

李俊等人驾舟数日，行至琉球地界。那琉球位于东瀛国九州岛西南海上，又称萨南岛。分北山、中山、南山诸岛，以中山岛居中，人口物产最盛。隋时，有阿摩美久治理土著，始成藩邦，曾归附于唐。今藩王阿罗娑年事已高，膝下无子，有一女儿唤玉姗公主，长得婀娜玲珑，去岁招李俊为驸马。

船至南山大里岛，还未驶入港湾，便有藩兵驾小舟前来盘查，至埠上又有藩兵过来巡查。那藩兵头目认得是驸马爷李俊，急上前相迎，将李俊等人引至南山大王处。

此南山大王，姓耿，名子金，祖上中土人氏，太祖时定居于此。耿子金亦是性情中人，见李俊到来也不多礼，急将李俊走后，琉球发生之事一一告知。

原来藩王阿罗娑手下有一藩将，唤作曲里奇驼，长得五短身躯，面如黑炭，生有一身疙瘩肉，双臂有千斤蛮力，使一柄五股铁叉。那曲里奇驼貌似赳赳武夫，却心思缜密！眼瞧藩王阿罗娑年老体衰，后继无人，便有意去亲近玉姗公主，日思夜想要娶玉姗公主，以待老藩王死后，可承其王位！可玉姗公主嫌其相貌丑陋、举止粗鲁，十分不愿，百般相拒。去岁，玉姗公主巧遇混江龙李俊，二人一见钟情，老藩王也十分中意，即招赘李俊为婿，却坏了曲里奇驼好事！

数月前，从东瀛来了一位僧陀，唤作鳖头陀。此鳖头陀可不是一般游方僧陀，乃东瀛国国师。这东瀛国位于高丽国东，列海上诸岛。秦时，徐福奉始皇令，率三千童男童女，三千金甲武士，到蓬莱求取长生不老仙药不成，而渡至东瀛，始成其国。因其土著长得佝偻，又贪诈不仁，故名倭国。此倭国连年杀伐不断，这时，倭王刚将诸岛纷争平息，便觊觎琉球诸岛，遣国师鳖头陀南下琉球，以探听虚实。

那鳖头陀来到琉球打探得明白，便对曲里奇驼献上一条毒计：让曲里奇驼出重金买通厨子，下了慢性毒药，不久老藩王毒发身亡。曲里奇驼自封藩王，号令三山，将玉姗公主软禁起来。此时，玉姗公主已有五六月身孕，每日以泪洗面，翘首盼望丈夫回来。北山王木里沙本就与曲里奇驼沆瀣一气，其余诸岛势弱，不敢声张。

耿子金将事情前后说清，李俊听罢，心中担忧玉姗公主安危，道："今南山王做何打算？"耿子金答道："曲里奇驼那厮弑王篡位，又来威逼本王。那厮悖逆大恶之人，有违君臣人伦，恨不得碎剐生啖！几番思量，起兵讨伐，无奈南山岛小兵寡，恐将不敌，反受其辱，姑且忍耐。只待驸马回来，再作计议！"

李俊思索了一会儿，想出一计，道："不日梁山大军将至琉球。南山王可先使人送些金帛之礼给曲里奇驼，假意奉承，以惑其心，使其疏于防范。一面遣精细之人，潜至中山首里岛隐匿，待大军到时，里应外合，便可一举铲除叛逆。"耿子金又道："曲里奇驼手下有一头目，名唤幸鹏飞，此人颇为刚正。前些日，已使人与之疏通，若举事之时，可做内应。"二人商议已定，便依计行事。众人于南山大里岛暂歇不提。

再说朱武等梁山义军自苏马湾分乘二十几只海船，往琉球去。船行数日，至东海长江口外佘山洋面，却遇上数艘巡海官船。

原来两浙路兵马指挥使符涛得昌国县尹韩克明上行公文，知梁山流寇于昌国劫杀官兵，夺船出海而遁，便行文沿海各州郡乡县，令巡海严查，务要缉拿流寇。正巧遇上梁山军船队。一时之间，箭弩乱发，火炮轰鸣。正是狭路相逢勇者胜。义军船多，三面围定，舟船相撞，攀附而上，一番激战厮杀，官军被杀死百余人，烧沉两船，掳获一船，其余官船见势不妙，皆掉头远遁。

朱武清点兵马，军士亦有数十人伤亡。那黑旋风李逵倚着船桅，直挺

挺立着，胸口中了二矢，血流不止。急唤神医安道全来，奈何箱中药尽，纵有回天妙术，却无药可施。戴宗闻讯急来探视，李逵拉着戴宗的手，道："昨晚梦见公明哥哥来召唤，道是楚州地界城隍中缺一判官。想必是命数已尽，俺铁牛生平好杀，死后不入地狱，却去做个判官！想来好笑。"说罢，哈哈大笑，口中鲜血直涌，众人嗟嘘不已。当晚李逵气绝。想那黑旋风李逵乃天杀星下界，一生杀人无数，亦是世间混沌不清，合该遭劫。诗曰：平生不修善果，只爱杀人放火。忽地放下利斧，立成断狱判官。

又行了几日，各舟船所载淡水告罄。朱武心中焦急，远眺茫茫大海，忽地隐现数座小岛，似青螺碧玉般。忙问费保等人是何岛屿。费保取出海图，指着远处小岛，道："此乃钓鱼台诸岛，辖属宋廷流求（流求，台湾古称）。过此往东南去，便到琉球。那钓鱼台方圆数里，山高百丈，上有清泉。闽浙流求渔民常在此域打鱼取水，避风晒货。"朱武闻言，大喜，真是天无绝人之路！即与柴进、戴宗等头领议定，传令各舟船近钓鱼台泊锚。各船放下小舟，将李逵等十三位伤重不治战殁者，抬上钓鱼台南峰，掘个大坑合葬一处，立碑刻文"好汉冢"。费保又领众军士于山崖间寻得几眼清泉，往来取水，载满各舟。是夜，各舟船泊于斯海域，次日晨起锚再航。

这李俊离开梁山时，曾做过交代，那琉球南山大王与己交投甚密，让梁山军马先投南山来。

这日，梁山二十余艘海船历惊涛经骇浪，驶到琉球南山大里岛。早有巡海番兵截住，问明事由，报到南山大王耿子金处。耿子金闻报，即唤来李俊。李俊大喜，急派人将大军舟船迎入港中泊定。耿子金、李俊、宋清、宋福、晁云龙、晁云飞、洪霞等一干男女，皆到埠头相迎。梁山义军上得岸来，众兄弟相见道不尽别后之事，花荣妹子与夫人洪霞闻吴用、洪光等人阵亡，掩面而泣。晁云飞与关冲、花荣与二位夫人，各有诉不尽别离之情……

李俊引众兄弟与耿子金相识，耿子金见梁山义士个个儿气宇非凡，人人英雄了得，心生敬佩。忙吩咐手下将众英雄头领与家眷老小安顿妥当。大军离岸不远择高处扎下营寨，休整兵马。

过了几日，李俊召集众头领至耿子金处商讨军情，李俊将曲里奇驼毒死老藩王，占据中山自封为王，将玉姗公主软禁前后之事，述说一遍。众头领闻言，义愤填膺，纷纷请战。耿子金道："据探子来报，那曲里奇驼拜东瀛国术士鳖头陀为国师，掳掠大小海船七八十条，于中山首里岛南关前设了一座水寨。”朱武听罢，问道：“南山有多少海船、兵马？”耿子金答道：“有海船五六十条，兵士千余。”朱武又问：“中山地理如何？有多少兵？”耿子金答：“那中山以首里岛最大，此首里岛东、西、北三面陡峭，船只无法拢岸，唯有南面滩岸平坦，可登岛上岸，上筑有关楼，称为南关。岛上有蛮兵三千，今又设水寨一座。”耿子金又将前些日送金帛给曲里奇驼假意归顺，使人联络幸鹏飞做内应之事述明。朱武闻言，大喜道：“俺有一计可破中山！”

朱武说出一条里应外合妙计，李俊听了大喜，令众人分头准备，依计而行。

再说曲里奇驼收到南山耿子金送来的金银、彩缎等物甚为高兴，与国师鳖头陀道：“本王本欲派兵去攻打南山，那耿子金还算识相，来归顺本王！”鳖头陀满脸堆笑，奉承道：“恭喜大王！有言道，胳膊拧不过大腿。大王武威足令四海臣服，但琉球毕竟远悬海外，物产欠丰。臣从东瀛来，观那东瀛天国，人盛物茂，天皇仁慈。大王可遣使与东瀛相交，互易物产，永结同好！”曲里奇驼闻言，道：“本王早有耳闻，只是无缘相交。”鳖头陀又道：“臣游历东瀛时，曾与天皇有缘相处。若大王有意与东瀛相交，臣可修书一封，大王可备些特产礼物，遣使东瀛！”曲里奇驼听了，甚是高兴。忙道：“就依国师所言。”鳖头陀心中盘算：先易物通商，后借护商派兵，大事可成。那曲里奇驼如何能得知倭人诡计！

曲里奇驼手下有四个头目：铁金雕、铜金雕兄弟俩，乌里火和幸鹏飞。那乌里火颇通水性，曾潜到海中捉得百十斤重虎鲨，曲里奇驼命其领八百蛮兵，于南关外镇守水寨。

这日，乌里火手中拎支鱼叉，正操练水军。忽见驶来二十几条海船，乌里火问清来船是南山王耿子金运粮米献于大王，不敢擅放来船进寨，急派蛮兵飞报曲里奇驼。曲里奇驼闻报，大喜。鳖头陀在旁道：“小心有诈！大王可派人查验实了，再放入关来。”那蛮兵道：“乌里火头领已派小的们查验过了，船上载的确实是粮米，每条船上也仅三五个船工。”曲里奇驼笑道：“国师您也太小心了，谅那耿子金吃了熊心豹子胆也不敢造次。本王正愁粮米不济，快将粮船放入关来。”乌里火得了大王令，命蛮兵打开水栅，放粮船过水寨，靠埠卸粮。

乌里火正看视南山来的运粮船卸粮，忽听水寨外几声轰天炮响，如同惊天炸雷，震耳欲聋。原来是凌振领二艘掳获的官船直抵水寨，正当蛮兵要上前盘查，船上大炮突发，惊得蛮兵魂飞魄散。随着炮响寨内桅断船裂，血肉横飞。紧随着，李俊、阮小七、童威、童猛、费保、倪云、卜

青、狄成率五六十条海船杀入水寨中来。那些蛮兵没见过这阵势，以为是天兵降临，哪里还敢应战？各自驾船夺路逃生，来不及的，都跳海里凫水而遁。

乌里火没弄明白咋回事，正待驾舟去察看究竟，只见许多蛮兵各驾海舟往埠岸逃来，乌里火拎住一个蛮兵，那蛮兵急道："大将军，大事不好了，不知从哪里杀来天兵，炸了水寨，孩儿们各自逃回……"乌里火不待那蛮兵说完，已是怒气填胸，手起一叉将蛮兵刺死。独自驾舟迎头来战，正遇上活阎罗阮小七驾海船而来，那小船经不得冲撞，一撞而翻，乌里火落入海中。这时，童威、童猛驾海船赶上，二人一顿鱼叉乱搠，乌里火水中身死，喂鲨鱼去了。

那运粮船上船工皆是朱武、花荣、柴进、戴宗、李应、乐和、杜兴、蔡庆、萧让、顾大嫂、杨勇、晁云龙、关冲、陈子义众人装扮。众人见蛮兵从水寨中逃回岸上，都混入乱兵中，涌进关楼去。关楼上正是幸鹏飞值守，闻水寨炮响，心中惊喜，又见众蛮兵逃回，忙下令打开关楼放下吊桥。朱武、花荣等众人随即一同入关，把住关口，那蛮兵正欲收起吊桥，早被蔡庆一刀砍翻，众人抽出利刃一顿乱砍，蛮兵猝不及防，死的死、伤的伤，余下的四散奔逃。铁金雕闻讯奔上关楼，不防幸鹏飞手起一刀，被砍为两段。李俊引大军杀进关去，迎面遇着铜金雕拎着铁叉奔来，被花荣一箭射倒，顾大嫂踏步上前，一刀割下头来。众蛮兵见是驸马爷李俊领军杀入，都弃械跪倒一边，愿意归降。李俊好言安抚，众皆愿随李俊去捉拿曲里奇驼和鳖头陀。

李俊入藩王府内院，找到玉姗公主和岳母高堂，玉姗公主喜极而泣，向李俊哭诉父王遭害，自己被禁，受尽种种苦楚等。李俊轻抚劝慰，搀扶着出来与众兄弟相见。这时，有小校来报，道是抓住了伪国师鳖头陀。

第六十二回

东瀛国发兵战琉球
梁山军施威灭倭寇

上回说抓住了伪国师鳖头陀。原来南山王耿子金早已安排精细之人五六个，混入中山首里岛，早盯上曲里奇驼和鳖头陀。闻关外炮响，杀声四起，知道大军杀至，便去抓曲里奇驼和鳖头陀。怎耐曲里奇驼那厮长得一身蛮力，壮如水牛，反被他伤了两个兄弟，窜至西坡，赴水而遁。那鳖头陀躲进山洞，被拽出绑缚了拖来。

李俊清点兵马，安抚旧臣降卒仍归其部。将鳖头陀押赴市曹，由一枝花蔡庆执刑，碎剐千刀，凌迟处死。

且说曲里奇驼跳海赴水，抢了条小舟，连夜划到北山。那北山王木里沙将曲里奇驼迎入府内，木里沙闻李俊和南山王领大军攻占中山，心中大惊。木里沙沉思了会儿，对曲里奇驼道："北山兵少将微，若李俊领军来战，恐将不敌。今闻大王言：国师鳖头陀与东瀛王交好。前些日，大王也曾寄书东瀛王，欲与其互通。大王此时何不向东瀛借兵？小王曾闻东瀛有意与宋相争，今只道宋无故派兵犯境，攻陷疆土，掠财杀命。那东瀛王决不肯坐视琉球纳归宋土，必发兵助战！"曲里奇驼闻言，大赞妙计，即令木里沙多备些珍稀珠宝异物，驾一艘大舟驶往东瀛，去借倭兵。

这边众人齐推李俊为琉球王，玉姗公主和其母舅也皆大欢喜。李俊下令重筑南水寨，由阮小七、童威、童猛镇守，又于左、右各设一座小水寨，与主寨呈掎角之势。左水寨由费保、倪云驻守；右水寨由卜青、狄成驻守。令陈子义、蔡庆监督整固关楼城防；令凌振铸造火炮、火器；令幸鹏飞打造飞舟战船；由宋清掌管钱粮、仓廪；顾大嫂督造兵器、衣甲、旗鼓，余众头领皆镇守关内，操练士卒。诸将众人各司其职，里外上下井然有序。

这日卯时时分，李俊正于小教场中操练士卒，突有小校飞奔来报，道

是曲里奇驼借得倭兵来犯琉球。李俊闻报，忙驾舟出水寨察看，只见敌船排列如麻，足有二百余艘，皆是艨艟战船。李俊回府急召集众头领来商议军情。

晁云龙年少气盛，见众人沉思未语，便道："那倭兵远涉重洋而来，应乘其立足未稳，一股儿掩杀过去，必获大胜！"李俊笑而未答。朱武捋了一把胡须，道："那倭兵仗着船坚兵多，乍到势盛，加之北山之敌，有一万余众。目下敌众我寡，不宜强攻，只宜坚守关寨，待其粮草耗尽，必然气馁，再伺机出击，方为上策。"李俊拍手称赞，道："所谓批亢捣虚，正是此意！"众头领也皆赞同。李俊当即传令坚守关寨，命凌振将轰天炮架于各水寨中，多备火箭弩石。

那倭兵头目唤作石边关白。见琉球军闭寨不出，便催动战船前来攻寨。刚近水寨，寨内轰天炮震天连响，炸得倭船桅断木碎，倭兵血肉横飞。倭兵从未见过炮阵，吓得魂飞魄散，军无斗志。石边关白急下令后撤十里。

石边关白这番领倭兵一万来夺琉球，随行中有一巫师，唤作黑山滕作，正独自喝着清酒解闷，见石边关白出师不利，便凑前道："本师算来三日后天日无光，正好兴风作法。到时借得神兵，无惧炮石刀剑，大将军只管挥军向前，定可大获全胜。"石边关白闻言，大喜道："如此甚好！若取了琉球，便封你做国师。"黑山滕作听了，也满心欢喜。

再说倭兵犯境，凌振于寨内发炮击退倭兵。三日后辰时，李俊、朱武、花荣等众头领皆在水寨中，只见天色混浊，阴云密布，波涛滚滚，忽见倭船再来犯境，一时间号角连连，战鼓咚咚。待到倭船近了，凌振正欲下令发炮，突然海上狂风骤起，霎时黑雾漫漫，冷气飕飕。众人惊疑间，忽空中电闪雷鸣，海上突卷起一股黑色水龙柱，直冲到半空中，又一声惊雷，那水龙柱忽散开来，半空中惊现飞鲨、虎鲸、巨蟹、猛虾异形怪物，各张开大口，露着獠牙，铺天盖地，朝水寨扑来。众军士惊得三魂六魄只剩得一魂一魄，只待受死。

那朱武见状，知是倭兵中有人施展妖法，忙抽出松纹长剑，口中念念有词，忽道一声"疾！"，只见一道白光飞起，随后千万条剑光，朝那些异形怪物射将去，那飞鲨、虎鲸、巨蟹、猛虾纷纷中剑坠海，随之空中雾散，海上波平。

黑山滕作正披发施术，突见敌寨内一道白光闪现，那些海怪妖精坠海淹没，知道法术被破，心中一急，血涌上头，大叫一声，扑地跌倒，不省人事。

石边关白见势不妙，正传令撤军，无奈船已近了，寨中已是炮响。瞬间，火箭飞弩炮石如雨点般打来，众倭兵哭爹喊娘，急转船头，拼死逃回，已是折损了十几条战船。

一晃又过了十余日，双方并无战事。这日，朱武急匆匆来到李俊府上。李俊道："倭兵连吃两个败仗，不见动静，想是折了锐气，不敢妄动。"朱武急道："非也！倭兵虽两次受挫，但只损皮毛，未伤筋骨，仍不可小觑。若倭王见其损兵折将无功而返，必定责罚。倭人十里外泊锚，十余日不退，必想寻机再战。那倭兵远来，若耽搁时日，必粮草不济，不能久持，故倭兵必求再战速胜。"李俊点头道："军师所言在理。"朱武又道："后日立夏，渔家有谚语：夏日前后雾锁沧海。今逢春夏之交，冷暖交替，明后日海上必起大雾，想那倭人奸诈，必乘雾色前来偷寨。"李俊闻言，急道："依军师之计，作何处置？"朱武笑道："只需如此这般，便一战定乾坤！"李俊大喜，二人定下灭倭大计。

果不出所料！次日晨，雾起，至晌午渐浓，海上大雾弥漫。

石边关白自上次败回，黑山滕作身死，陷两难之境。再战，惧琉球军轰天炮厉害；不战，恐天皇震怒，必得切腹自杀了。石边关白心中烦闷，每日大醉酣睡。这日，曲里奇驼见海上起雾，心中窃喜。便探头进舱，嚷道："大将军，今海上起雾了！"石边关白闻言，一骨碌跳起，蹿出舱外，果见海雾弥漫，心中惊喜，真乃天助我也！若不乘此大雾前去偷寨，更待何时？石边关白也不多想，传令战船拔锚起航，令北山木里沙三十余艘海船押后，自己率二百余艘倭船气势汹汹直扑水寨而来。

这边李俊早传下令去，令大小战船皆撤出水寨，寻些烂板杉木连夜绑成木筏，在水寨中密密麻麻排列成行，上置芦苇蒿草，枯叶乱枝，伴杂硝石、硫黄、炭末，再浇上松油。水寨后便是数十只飞舟快船，伏着五百精兵，各执飞箭、火石、挠钩、鱼叉，由费保、倪云、卜青、狄成四将率领；寨左是阮小七、童威、童猛率二十几只战船，上有轰天大炮，一千水军各执火箭、飞石、长枪、飞梭为前队，后面便是花荣、李应、杨勇、柴进、蔡庆、陈子义、晁云龙、关冲、幸鹏飞率六十余条大小海船，三千大军为后队；寨右是耿子金率五十余艘海船，一千余南山子弟兵；关内由戴宗、乐和、杜兴、萧让、顾大嫂、宋清、宋福、晁云飞、洪霞、方静儿、方秀萍等人领兵镇守。

石边关白借着雾浓，引军直撞入水寨中来，却未遇一兵一卒。正疑惑间，忽闻几声号炮响，寨后火箭、弩矢雨点般射来。那木筏上芦苇败叶乱草枯枝放了硝石、硫黄等物再浇了松油，遇火便着，"噼里啪啦"地烧起来。火随风势，风借火威，那倭船船帆浸过桐油，瞬间引燃。石边关白大呼不好！欲挥军后撤，可后船一时停不住，还往前冲撞。倭船前拥后挤，左右乱撞，火势迅即蔓延开来，寨内一片火海，映红半边天日，倭兵见势不妙，纷纷跳水。费保、倪云、卜青、狄成领兵赶上，一顿鱼叉长矛乱戳，没几个逃得性命。

石边关白拼死闯出寨外，又闻惊天炮响，寨左涌出几十艘战船冲杀过来。倭兵不敢接战，急往寨右逃去，忽见前面又有数十艘战船迎面而来，两厢夹击一阵混战，倭兵死伤无数。曲里奇驼见势不妙，跳水逃命，早被几把挠钩钩住拖上船来，那厮手中铁叉还不停乱挥，被陈子义一刀砍下头来。石边关白率残军左冲右突，逃出三十几里，眼见来时二百余艘战船只剩得二十几艘，心中悲凉，便来个切腹自尽，行了武士精神。那木里沙见前队中伏，急掉转船头逃回北山。

梁山军大败倭兵，倭王自此不敢妄动。不日，病尉迟孙立、小尉迟孙新、独角龙邹润率义军千余，从登州沙门岛出海，也来到琉球，孙新与顾大嫂夫妻团聚。北山木里沙慑于梁山军威势，愿纳土归降。

李俊将琉球大小事务安排妥当，择定吉日与晁云龙、方静儿，宋福、方秀萍两对新人主持大婚。三日大宴，众人皆醉。

不久，有探子来报：金人举兵南侵，汴京失陷，二帝被掳。李俊惦记留在山东的梁山兄弟，让戴宗去趟中土，探听消息。杨勇因思子心切，闻戴宗欲去中土，便向李俊辞别。朱武到了琉球后水土不服，心中又惦记着罗真人、公孙胜，闻戴宗、杨勇欲走，也来向李俊请辞。众兄弟又设宴三日，为戴宗、杨勇、朱武三人送别饯行。

李俊为琉球王每事必躬，与民同受，深受黎民拥戴，后传位三世。

正所谓：梁山泊内聚英豪，水浒寨中显忠义；风云际会千军人马动，多少豪杰尽显英雄身。